Paul Heyse

Gesammelte Werke

Band 16

Paul Heyse

Gesammelte Werke
Band 16

ISBN/EAN: 9783743325623

Hergestellt in Europa, USA, Kanada, Australien, Japan

Cover: Foto ©Andreas Hilbeck / pixelio.de

Manufactured and distributed by brebook publishing software
(www.brebook.com)

Paul Heyse

Gesammelte Werke

Gesammelte Werke

von

Paul Heyse.

~~~~~

Neue Serie.

Sechster Band.

(Gesammelte Werke Band XVI.)

Novellen.

VII.

Zweite Auflage.

Berlin.

Verlag von Wilhelm Hertz.

(Besser'sche Buchhandlung.)

1888.

Novellen

von

Paul Heyse.

Siebenter Band.

Zweite Auflage.

Berlin.

Verlag von Wilhelm Hertz.

(Besser'sche Buchhandlung.)

1888.

Jorinde.

(1875.)

Vor einem der alten Festungsthore der Stadt Augsburg
stand noch in den ersten Jahrzehnten unseres Jahrhunderts ein
Häuschen mitten in einem großen, verwilderten Garten, den
schon seit Menschengedenken Niemand mehr betreten hatte. Eine
hohe Mauer, deren Bewurf, von Regen und Schnee zernagt,
kaum noch hie und da an den Steinen hing, lief in weitem
Viereck um das öde Grundstück herum, und nur durch das
schwere eiserne Gitterthor zwischen den beiden mit Wappenlöwen
gekrönten Mittelpfeilern konnte man einen verstohlenen Blick in
das Innere werfen. Man sah von dem Häuschen, das nur Ein
Stockwerk hatte, Nichts als ein Stück des verwitterten Schindel=
daches über die Taxushecke hervorragen, die gleich hinter dem Eingang gepflanzt dazu bestimmt schien, neugierige Blicke abzuwehren.
Jahr um Jahr wuchs diese Hecke, an der so lange schon keine
Gärtnerscheere gestutzt hatte, und Jahr um Jahr schien die schwarze
Dachlinie des Gartenhäuschens tiefer hinabzusinken, so daß man den
Tag kommen sah, wo hinter den rostigen Schnörkeln des alten
Thores nur noch eine dunkelgrüne Wildniß zu schauen sein würde.

Eine halbverschollene unheimliche Geschichte knüpfte sich an
diesen Garten. Ein vornehmer Herr — nach Anderer Meinung
gar ein hoher Kirchenfürst — hatte das Häuschen für eine Dame,

die er liebte, bauen und mit allem üppigen Hausrath, wie er
in den Lustschlössern der Rococozeit zu finden war, ausstatten
lassen. Die Herrlichkeit sollte nicht lange währen. Der Gemahl — oder war es ein Bruder — der unglücklichen Schönheit,
die hier von der Welt vergessen zu werden hoffte, hatte ihren
Versteck ausfindig gemacht und mit einem Pistolenschuß seine
besudelte Ehre reingewaschen. Seitdem war das Haus un-
bewohnt geblieben. Es gehe darin um, raunten sich die Leute
zu. Einem kleinen Bürger der Stadt hatte der Besitzer die
Schlüssel anvertraut, unter der Bedingung, daß er Niemand
den Eintritt gestatte. Darüber waren viele Jahre vergangen.
Ueber den Gespenstern der französischen Schreckenszeit hatte
man den Spuk in der Nähe vergessen. Doch wirkte das Unheimliche, das jeder Verödung anhaftet, noch immer so stark,
daß selbst unter dem Empire, als die Blutscheu auf den großen
Schlachtfeldern gründlich erstickt wurde, Niemand sich fand, der
Lust gehabt hätte, das so schön gelegene Gartengrundstück zu
erwerben und den Motten und Mäusen die Herrschaft in dem
verfallenen Häuschen streitig zu machen.

Um so größer war das Erstaunen der gesammten Augsburger Bürgerschaft, als plötzlich die Neuigkeit durch die Stadt
lief, das verwunschene Haus sei wieder bewohnt, und zwar von
zwei einzelnen Frauenzimmern, einer jungen wunderschönen Person und einer ältlichen, welche die Kammerfrau, Haushälterin,
Köchin und Gärtnerin der Jungen vorstelle. Denn außer einem
in Augsburg gemietheten Laufmädchen, das die nöthigen Einkäufe
in der Stadt besorgen und täglich mit einem Körbchen zum
Bäcker und Metzger wandern müsse, zeige sich keine menschliche,
geschweige männliche Seele im Bereich der gemiedenen Mauern.
Der alte Schlüsselbewahrer, den man um Auskunft bestürmte,
konnte Nichts weiter berichten, als daß vor etlichen Wochen die
alte Person ihn mit der Frage angegangen, ob das Häuschen
sammt dem Garten vermiethet werde. Er hatte sich um In-
struction für diesen bisher undenkbaren Fall an die Erben des
früheren Besitzers gewendet, die gern gegen einen mäßigen Zins
ihre Einwilligung gegeben. Dann seien eines Morgens die
beiden Frauenzimmer in einem kleinen Wagen vor dem Gitter-

thor erschienen, hätten ein Köfferchen und einige Schachteln vom
Kutscher abladen lassen und sofort von dem Hause Besitz ergriffen, das wundersamer Weise trotz der langen Vernachlässigung
sich noch in ziemlich wohnbarem Zustande gezeigt habe.

Auf seine Frage, wen er denn der Herrschaft als Mietherin
zu nennen habe, sei ihm von der Jungen, die dabei ein Paar
unglaublich schöner schwarzer Augen so fest auf ihn geheftet,
daß er den Blick kaum habe ertragen können, in gutem, nur
etwas fremdartigem Deutsch die Antwort geworden, sie heiße
Mademoiselle Jorinde La Haine und gedenke jedenfalls Jahr
und Tag hier wohnen zu bleiben.

Nach diesen Mittheilungen konnte es nicht fehlen, daß die
Neugier, zumal der jungen Welt, zu einem wahren Fieber ge-
steigert wurde und diese sonst so einsame Gegend des alten
Stadtwalles zu allen Stunden des Tages von Spaziergängern
zu wimmeln anfing. Ja selbst in der Nacht konnte man junge
Bürger aus den anständigsten Familien, die sonst keine Nacht-
schwärmer waren, das Gitterthor hier außen umschleichen und
wohl gar, wenn sie sich unbemerkt glaubten, an der bröckligen
Mauer hinaufklettern sehen, um in die Taxuswege und zu dem
Häuschen hinüberzuspähen. Auch schienen sich alle Dilettanten
auf der Guitarre und im Gesang plötzlich verschworen zu haben,
ihre Künste vor dem geheimnißvollen Garten zu üben. Es
war gerade Sommer und die Nächte warm und duftig, da der
Jasmin eben zu blühen begonnen. Wer die Worte, die da
gesungen wurden, nicht verstand, konnte sich nach Italien versetzt glauben.

Alles aber blieb verlorene Mühe, und schon begann die
Neugier zu erkalten und selbst in den abenteuerlichsten Köpfen
die Ahnung zu dämmern, daß es eine große Thorheit sei, um
eine ewig Unsichtbare sich den Schlaf abzubrechen, als eines
schönen Sonntagmorgens, da gerade der Wall von geputzten
Kirchgängerinnen und spazierenden jungen Bürgern schwärmte,
das eiserne Parkthor sich öffnete und die räthselhafte Fremde,
begleitet von ihrer Dienerin, heraustrat. Ihre Erscheinung, wie
sie die sonnige Straße zwischen ihrem Garten und dem von
hohen Bäumen überschatteten Wall mit ruhigen Schritten kreuzte,

war so wunderſam und wie aus einer fremden Welt, daß das
geſammte luſtwandelnde Publikum auf Einen Schlag betroffen
ſtillſtand, nicht die Jugend allein, ſondern auch bejahrte Matronen
und ehrwürdige Grauköpfe, die bisher zu allen Erzählungen
von der ſeltſamen Fremden die Achſeln gezuckt und gemurmelt
hatten: es werde auch an Dieſer nicht viel Sauberes ſein, gleich-
wie an ihrer Vorgängerin in dem ſpukhaften Häuschen. Jetzt
ſtanden ſie Alle mit offenen Augen und Mäulern und ſtarrten
der ſchlanken Geſtalt entgegen, wie man Spalier bildet, um
irgend eine fürſtliche Perſon ehrerbietig vorbeizulaſſen. Das
Fräulein war in ein ſchwarzes, ſommerliches Gewand gekleidet,
das, nach der Mode der Zeit hoch unter der Bruſt gegürtet,
den ſchönſten jugendlichen Wuchs erkennen ließ, während ein
feiner rother Shawl die bloßen Schultern und Arme nur wie ein
ſchmaler Streifen umſchlang. Ihr reiches, ganz eigen aufgeſtecktes
Haar war unter einen hohen Strohhut nur nothdürftig gebändigt,
und eine loſe ſchwarze Locke fiel ihr auf den Buſen, den ſie,
gleichfalls der herrſchenden Sitte gemäß, ziemlich frei der Sommer-
luft preisgab. Statt der Schuhe — und dies war das Einzige,
worin ſie völlig von der Mode abwich, — trug ſie kleine hoch-
rothe Saffianpantöffelchen, ohne hohe Hacken, in denen ſich ihre
ſchmalen Füße aufs Zierlichſte bewegten. Sie ſchritt, als ob
das Gaffen der Menge ſie nicht das Mindeſte anginge, den
Weg zum Wall hinan in einer Haltung, die nicht züchtiger
und harmloſer hätte ſein können, ihre Dienerin in einem ehr-
baren grauen Kleide mit großer Haube dicht an ihrer Seite,
von Zeit zu Zeit ein Wort an ihr Fräulein richtend, das immer
freundlich erwidert wurde. Während ſie nun raſch durch die
ſtehen gebliebenen Gruppen hinſchritt, konnte die Neugier, die
ſo lange hatte faſten müſſen, ſich recht an ihrem Anblick ſättigen,
und man hörte von allen Seiten die bewundernden Ausrufe
und geflüſterten Bekenntniſſe, daß ſie noch weit ſchöner ſei, als
man ſie ſich vorgeſtellt, ja daß man überhaupt nie und nirgend,
außer in Bildern, etwas Aehnliches geſehen habe. Selbſt den
alten Leuten, deren Blut zahm und ſchläfrig in den Adern floß,
ſchien ſie es wie durch einen Zauber angethan zu haben; ſie rühmten
in die Wette ihren Anſtand, ihre graziöſe Art, das Haupt

auf den schönen Schultern zu tragen, die schlichte Hoheit, womit sie etwa einen Gruß erwiderte, ohne daß je ein Lächeln über ihr Gesicht ging, auch den Geschmack in ihrer wunderlich gewählten Kleidung. Daß die Jugend vollends, die weibliche wie die männliche, von der Fremden ganz erfüllt war und in leidenschaftlichem Eifer, freilich in sehr verschiedenem Sinne, ihr plötzliches Erscheinen besprach, wird Niemand Wunder nehmen.

Sie aber, die Anstifterin dieses Volksaufruhrs, schien von der Wirkung ihrer jungen Reize nicht die geringste Notiz zu nehmen. Sie war an eine Stelle gelangt, wo sie unten in dem breiten Wassergraben, der träge zwischen Wall und Stadtmauer hinschleicht, die Entenhäuschen sehen konnte und die zahlreiche junge Brut, die sich dazwischen auf der schlammigen Welle hin und her trieb. Da blieb sie stehen, zog ein Bröbchen aus der Tasche und fing an einzelne Brocken den gierigen Vögeln hinunterzuwerfen, die sich sofort nach der Stelle hindrängten, um das seltene Futter sich streitig zu machen. Dies dauerte eine Weile, zu sichtbarer Belustigung der Spenderin. Als aber der Vorrath erschöpft war, winkte sie ihnen nur noch mit ihrer kleinen Hand, die zur Hälfte in einem schwarzseidenen Filethandschuh steckte, gleichsam einen Abschiedsgruß hinunter, zog den rothen Shawl, der tief herabgefallen war, wieder um ihre Schultern und trat den Heimweg nach ihrem Garten an, die dichte Zuschauermenge furchtlos durchwandelnd, als wären es eben so viele Sträucher und Bäume.

So verschwand sie hinter ihrem eisernen Parkgitter, das die alte Dienerin sorgfältig mit einem großen rostigen Schlüssel hinter ihnen verschloß.

*   *   *

Von diesem Tage an war die ausländische Demoiselle, wie die älteren Leute sie nannten, oder die schöne Jorinde, wie sie bei der Jugend hieß, durch viele Wochen das Hauptgespräch der guten Stadt, in welcher vor einem halben Jahrhundert noch sehr kleinstädtischer Brauch herrschte. Die jungen und alternden Töchter der guten Bürgershäuser führten dies Gespräch mit verhaltener Gereiztheit, die mehr und mehr in offene Erbitterung

ausartete. Väter und Mütter, die anfangs nur daran ein
Aergerniß genommen hatten, daß die Fremde nie eine Kirche
besuchte, überhaupt die Straßen der Stadt niemals betrat, als
ob eine ansteckende Seuche darin umgehe, wurden von diesen
feindseligen Gefühlen mit der Zeit ebenfalls ergriffen und fingen
ihrerseits an, das schöne Wesen als eine gemeinschädliche Person
zu betrachten, ja auch im Stillen auf Mittel zu sinnen, wie
man sie aus ihrem stillen Garten vertreiben könnte. Das Alles
einzig und allein, weil die gesammte männliche Jugend je länger je
unentrinnbarer dem Zauber verfiel, den die Bewohnerin des ver-
wunschenen Häuschens um sich her verbreitete.

Sie erschien, nachdem sie einmal die Schwelle ihrer Garten-
pforte überschritten hatte, alltäglich zu der nämlichen Stunde
auf dem Wall, um ihren Spaziergang zu machen, meist mit
der Alten, zuweilen auch allein. Immer trug sie dasselbe Kleid,
den rothen Shawl und Strohhut und die Saffianpantöffelchen,
und nie wurde an ihr das geringste Schmuckstück bemerkt, außer
einem kleinen Kreuz von rothen Korallen an einem schwarzen
Sammetbande, das die Weiße ihres Halses und Busens nur
noch leuchtender hervorhob. In einem Körbchen trug sie regelmäßig das Futter für ihre Pfleglinge unten im Wallgraben und
gab sich dieser Beschäftigung so ernsthaft und eifrig hin, als
vollbrächte sie damit ein wichtiges Tagewerk. In der That sah
man sie auch in ihrem Garten, als man später sie dort aufsuchen
durfte, nie mit irgend einer weiblichen Arbeit beschäftigt, noch
schien sie je ein Buch zu lesen. Gleichwohl konnte man in dem
schönen Gesicht nie einen Zug von Langerweile entdecken, wenn
auch freilich noch weniger von Munterkeit, wie man bei einem
so jungen Wesen, das alle Welt bewunderte, wohl hätte erwarten
dürfen. Es war etwas Kaltes, Stilles und doch wieder
Kühnes und Trotziges in den kindlich weichen Zügen, und gerade
dieser räthselhafte Widerspruch reizte die jungen Leute mehr als
das süßeste Lächeln und die zierlichste Gefallsucht anderer glatter
Lärvchen. Schon am folgenden Tage faßte sich der reichste und
auf seine schöne Figur eitelste junge Herr, der Sohn des Bürger-
meisters, ein Herz, die Fremde auf dem Walle anzureden. Sie
antwortete ohne jede Verlegenheit, vermied aber auf eine feine

Weiſe, über ihre perſönlichen Verhältniſſe irgend nähere Auskunft zu geben; nur ſoviel ließ ſie durchblicken, daß ſie, von
deutſchen Eltern geboren, längere Zeit in Frankreich gelebt habe
und jetzt ganz allein in der Welt ſtehe. Auf die Frage, warum
ſie ein ſchwarzes Kleid trage, erwiderte ſie unverlegen, es ſei
dies ihr einziger guter Anzug, ſie habe eben kein großes Vermögen und müſſe an ihrer Garderobe ſparen, um ſich ohne
Schulden durchzubringen.

Als dieſes offene Bekenntniß unter den jungen Bürgers-
ſöhnen herumkam, beſtärkten ſie ſich daran in der frechen Hoffnung, an dieſem fremden Meerwunder, das ſie nun für nicht
viel Beſſeres als eine Abenteurerin hielten, einen bequemen
Fang zu machen. Sie ſollten aber unſanft enttäuſcht werden.
Denn ſo freien Zutritt die Schöne Jedem verſtattete, der auf
dem Wall ſich ihr vorſtellte, oder gar die Klingel an dem Parkthor
zog, um ihr auf ihrem eigenen Grund und Boden eine Viſite
zu machen, ſo wenig konnte ſich irgend Einer rühmen, auch nur
die Spitze ihres kleinen Fingers geküßt zu haben, oder auf eine
verwegene Rede ohne die gebührende Abfertigung geblieben zu
ſein. Jenen Haupthahn im Korbe der jungen Augsburgerinnen,
den Sohn des Bürgermeiſters, hatte ſie ſogar ein für allemal
von ihrem Antlitz verbannt, weil er in einer vom Wein befeuerten
übermüthigen Stunde ſich unterſtanden hatte, den Arm um ihre
Hüfte zu legen. Er wagte es, obwohl ſeine Leidenſchaft bis zu
völliger Verzweiflung emporloderte, nicht mehr, die Schwelle ihres
Gartens zu betreten, während er ſo viel andere, beſcheidenere Bewerber den halben Tag dort aus- und eingehen ſah. Denn es
war bald Sitte geworden, gleich nach Mittag der ſchönen Jorinde
ſeine Cour zu machen, die es auch nicht ungnädig aufzunehmen
ſchien, und deren ernſte ſchwarze Augen immer ſeltſamer zu blitzen
anfingen, je größer der Schwarm verliebter junger Thoren ward,
der durch die verſchlungenen Kieswege um das Häuschen herum,
bei der alten, längſt verlechzten Fontäne, unter der Trauerweide
und bei dem Tempelchen hinten im dichteren Theil des Parks
der angebeteten Grauſamen nachzog.

In das Innere ihres Hauſes ließ ſie Niemand. Und
jeden Tag, ſobald die Sonne hinter den Rand der Fichtenreihe,

die das Grundstück nach Westen abgrenzte, zu versinken Miene machte, verabschiedete sie ihren ganzen Hofstaat, und die alte Dienerin mußte warten, bis der Letzte hinaus war, um das Parkthor hinter ihm wieder zu verschließen. Daß Keiner aus der Schaar sich heimlich in einem Schlupfwinkel verbarg, um, wenn die Andern gegangen, die Früchte seiner Kriegslist zu ernten, dafür sorgte die Eifersucht Aller, die eine genaue Liste über jeden Mitbewerber führte.

Auch die Hoffnung, vielleicht durch die Alte Etwas zu erreichen, und wär' es zunächst nur eine genauere Kunde über das frühere Leben des Fräuleins, ihr Herkommen und warum sie sich gerade Augsburg zum Aufenthalte erwählt, auch diese Hoffnung erwies sich als eitel. Geld, das man der Alten geboten, hatte diese mürrisch und verächtlich zurückgewiesen. Dagegen war es um so sonderbarer, daß Jorinde selbst Geschenke, die man ihr zuerst nur höchst schüchterner Weise darzubringen gewagt, durchaus nicht abgelehnt, freilich auch kaum mit mehr als einem trockenen Wort gedankt hatte. Sie sagte, als dies zum ersten Male geschah, sie selbst habe keine Freude am Besitz, doch wisse sie arme Leute genug, denen es zu Gute kommen würde, wenn sie die Augsburger Goldfasanen ein wenig rupfte. Möglich auch, daß sie, wenn sie einen rechten Schatz beisammen hätte, eine Kirche oder Kapelle davon gründen würde. Nur kein Kloster, dessen Aebtissin sie selbst werden möchte! riefen einige der Jünglinge scherzend. O nein, sagte sie ganz ruhig, zum Klosterleben fühle sie einstweilen nicht den geringsten Beruf. Sie habe fürs Erste eine andere Mission zu erfüllen. Gefragt, worin diese bestehe, verstummte sie, und ihr Gesicht verfinsterte sich fast unheimlich. Dann aber fing sie gleich wieder an zu singen, eine leichtmüthige französische Chanson oder ein trübsinniges deutsches Volkslied, und ihre Stimme, obwohl weder stark noch geübt, vollendete den märchenhaften Zauber, den ihr fremdes und widerspruchsvolles Wesen auf jedes Mannsbild auszuüben wußte.

Jene Aeußerung nun war das Signal zu einer wetteifernden Bemühung um ihre Gunst durch kostbare Geschenke. Jeder wollte, wie er sagte, zur Gründung ihrer Kapelle seinen Baustein herbeitragen. Alles aber, Juwelen, kostbare Stoffe und Geräthe,

seltene Schaumünzen und was die Söhne der reichen Handels-
herren irgend Ausgesuchtes aus der Ferne verschreiben mochten,
häufte die Herrin des Häuschens in einem eigenen Zimmer zusammen und führte zuweilen ihren jungen Hofstaat an das Fenster,
um den milden Stiftern zu zeigen, daß Alles wohl aufgehoben
sei. Sie selbst trug nie weder eins der theuren Geschmeide,
noch kleidete sie sich in den Sammet und die goldburchwirkte
Seide, schien vielmehr diese ihre Schatzkammer nicht höher zu
achten, als ob darin ein Haufen dürren Laubes aufgeschichtet
läge. Eine besondere Freude schien ihr überhaupt Nichts auf
der Welt zu machen, und selbst wenn sie einmal lachte, klang
es unfroh und verstimmt, wie ein Instrument, das lange nicht
gespielt seinen harmonischen Klang verloren hat.

Es konnte nicht fehlen, daß die Erbitterung gegen ein so
gefährliches Wesen bei Allen, die nicht von Leidenschaft zu ihr
verblendet waren, immer drohender heranwuchs. Mehr als Ein
Brautstand war durch die fremde Hexe, wie sie nun hieß, zerrüttet, mehr als Ein wackerer Muttersohn seinem Geschäft und
rührigen Erwerb abtrünnig gemacht worden, Dieser in Schulden
gestürzt, Jener mit Vater und Mutter entzweit, und wenn noch
kein Blut geflossen war unter den Rivalen selbst, da sie alle in
gleicher Hoffnungslosigkeit hinschmachteten, so fingen doch einige
Brüder von Patriziersbräuten an, Händel mit ihren künftigen
Schwägern zu suchen, die gleichfalls sich dem verzauberten
Schwarm zugesellt hatten, und ein Ehrsamer Rath der Stadt
hielt allen Ernstes im Stillen eine Sitzung, ob nicht Mittel zu
finden seien, dieser Stadtplage auf gute und gesetzliche Manier
loszuwerden. Es kam aber zu Nichts, weil einige der jüngeren
Rathsherren selbst von der Schlange gebissen waren und mit
allem juristischen Scharfsinn nachwiesen, daß sich kein Paragraph
ihres Stadtrechtes auf diesen unerhörten Fall anwenden lasse.
So gährte die leidenschaftliche Aufregung, Haß, Liebe, Furcht
und Neid in dunklem Gemisch Woche um Woche fort, nicht
anders als ob man in die fabelhaften Zeiten zurückgekehrt
wäre, wo hie und da ein Lindwurm, eine böse Schlange oder
sonst ein reißendes Ungeheuer eine Stadt oder Insel in Con-
tribution gesetzt hatte.

Da geschah Etwas, das der ganzen Welt die Augen darüber öffnen mußte, wie groß die Gefahr und wie dringend geboten eine rasche Abwehr sei.

*　*　*

Unter Denen, die wie verblendete Motten um das Licht der fremden Schönheit schwirrten, befand sich Einer, dem Niemand je zugetraut hatte, daß er einer leidenschaftlichen Thorheit fähig wäre: ein junger Kaufmann, der die Dreißig schon erreicht, steif und nüchtern, ganz nur auf sein Geschäft bedacht, das er in großen Flor gebracht hatte, allen jugendlichen Lüsten und Liebhabereien abgekehrt und in der Stadt für einen ausgemachten Weiberfeind geltend. Sein Name war Georg Haslach, und er führte das Geschäft unter der Firma und mit dem Gelde eines frühverstorbenen Oheims, der in jungen Jahren sich durch die leichtsinnige Verbindung mit einer schönen Magd einen üblen Ruf gemacht hatte, dann aber, nachdem er diese ungleiche Ehe gelös't und eine der reichsten Patriziertöchter heimgeführt hatte, bei der gestrengen reichsbürgerlichen Gesellschaft wieder zu Gnaden aufgenommen worden war. Seinen Neffen Georg und dessen Bruder Walter hatte er zu Erben eingesetzt. Der Letztere, der zugleich mit dem noch lebenden alten Vater in der österreichischen Armee diente, war dem älteren Bruder durchaus unähnlich, ein ungebunden schwärmendes und schweifendes Reiterblut, übrigens bei Jung und Alt trotz seiner wilden Sitten besser gelitten als der rechtfertige, trockene Georg, der doch den Credit und Wohlstand des Hauses Haslach mit rastloser Arbeit aufrecht erhielt. Auch dankte der Biedermann im Stillen Gott, daß sein Bruder fern bei der Armee war, als das erste Gerücht von der gefährlichen Sirene durch die Stadt lief. Aber sein tugendstolzer Hochmuth sollte desto schmählicher zu Falle kommen. Er war der Fremden kaum einmal auf dem Walle begegnet, wohin er mit dem Vorsatz gegangen war, sie durch einen verachtungsvollen Blick zu beleidigen, als er selber, nur gestreift von ihrem gleichgültigen schwarzen Auge, rettungslos sich in ihrem Netz gefangen fühlte.

Statt sie zu demüthigen, mußte er nun selbst die nicht geringe Schmach erleiden, als er das erste Mal sich ihrem Hofstaate beigesellte, von den übrigen Schicksalsgenossen, die sonst alle Ursache hatten, sich unter einander zu schonen, mit grausamer Schadenfreude begrüßt und der jungen Dame unter anzüglichen Sticheleien als das interessanteste ihrer Opfer vorgestellt zu werden. Jorinde empfing ihn nicht anders wie jeden Andern. Nur als sie seinen Namen hörte, blitzte Etwas wie eine stolze Genugthuung über ihre Lippen, und sie schien ihm in so fern einen Vorzug vor den Anderen zu gönnen, daß sie ihn mit noch schneidenderer Kälte behandelte, als alle seine Rivalen.

Er selbst nahm ihre Geringschätzung hin wie ein Schicksal und machte, seiner steifen und unweltmännischen Natur gemäß, keinerlei Anstrengung, unter den glänzenderen Bewerbern sich vorzudrängen. Im Stillen aber hoffte er dennoch, durch unsinnige Kostbarkeiten, die er ihr schickte, und durch wiederholte Briefe, in denen er ihr seine Hand anbot und sich und sein ganzes Vermögen ihr zu Füßen legte, mit der Zeit allen Anderen den Rang abzulaufen.

Sie nahm sich kaum die Mühe, wenn er wieder vor ihr erschien, nur mit einem flüchtigen Wort den Empfang der Briefe und Geschenke zu bescheinigen, so daß sich ihm der Stachel immer tiefer ins Herz wühlte. Und einmal, da er es durchgesetzt hatte, sie allein zu treffen, übermannte ihn seine jammervolle Leidenschaft dergestalt, daß er sie in heftiger Rede um eine Antwort bestürmte, ob sie ihm Hoffnung machen könne oder nicht, jemals die Seine zu werden. Tod oder Leben hänge an ihrer Entscheidung.

Sie erwiderte mit ihrer gelassensten Miene, während doch ihre Stimme von verhaltener Erregung bebte: sein Tod oder sein Leben habe nicht den geringsten Werth für sie. Sie sei noch überhaupt nicht Willens, ihre Freiheit aufzugeben. Wenn es aber geschehe, werde sie lieber dem lahmen Bettler, der täglich an ihrem Gitterthor seinen Kreuzer hole, ihre Hand reichen, als Herrn Georg Haßlach.

Und als er darauf mit mühsamer Stimme, bleich wie die getünchte Wand ihres Häuschens, die Drohung hinwarf, sie werde dies Wort bereuen, wenn er um ihretwillen das Leben hingeworfen wie einen Beutel, aus dem ein Bankerottirer den letzten Gulden ausgezahlt, lachte sie kalt: ihr sei nicht bange, daß ein Haslach aus Liebe sterben könne, es sei denn aus hoffnungsloser Sehnsucht nach einer Million, die er nicht zu erlangen vermöge.

Am folgenden Morgen, als die alte Dienerin die vordere Thür des Häuschens, die auf einen kleinen Porticus zwischen zwei verschnörkelten Säulen hinausging, ihrer Gewohnheit nach öffnen wollte, konnte sie nicht damit zu Stande kommen, da etwas Schweres sich dagegen stemmte. Verwundert mußte sie zur Hinterthür hinaus und um das Haus herumgehen. Da sah sie eine Mannesgestalt in der kleinen Vorhalle sitzen, am Boden hingekauert und gegen die Thür gelehnt, und glaubte, da trotz der Sommerzeit ein grauer Mantel mit kurzem Krägelchen und der tief über die Augen gedrückte Hut das Gesicht verbarg, irgend ein Anbeter habe zu Nacht im Rausch der Hoffnungslosigkeit oder des Weines die Gartenmauer überstiegen, um vor der Schwelle seiner harten Herrin den Tag zu erwarten. Wie sie aber hinzueilte, den Schläfer wachzurütteln, erkannte sie mit Entsetzen Herrn Georg Haslach's entfärbtes und vom Tode verzerrtes Gesicht. In der starren Hand hielt er ein leeres Fläschchen, darin noch einige Tropfen einer braunen Flüssigkeit, die deutlich verriethen, was hier geschehen war.

*   *   *

Wenn der eherne Herkules von seinem Brunnen in der Hauptstraße herabgestiegen wäre und die Treppen des Rathhauses hinanschreitend die Thür zum goldenen Saal mit seiner Keule gesprengt hätte, — es hätte die Stadt kaum in helleren Aufruhr und tieferes Grauen versetzen können, als die Nachricht von diesem schauderhaften Ende eines so stillen und achtbaren Mitbürgers. Noch lange, nachdem der Leichnam hinweg und in das Haslach-Haus auf einer eilig errichteten Tragbahre geschafft, die herzudrängende Menge des geringeren Volkes wieder hinausgewiesen und das eiserne Gitterthor fest verschlossen war, stand die Straße, die an Jorindens Garten vorbeilief, Kopf an Kopf gefüllt von einem unheimlich gährenden Gewühl, aus dem sich dann und wann Arme und Hände deutend und drohend gegen das Innere des verschlossenen Bezirkes reckten und Stimmen laut wurden, die nur durch den Machtspruch einiger bewaffneter Polizeidiener sich wieder beschwichtigen ließen. Wären die Zeiten der Hexen= prozesse nicht vorbei gewesen, so hätte sich das grauenvoll auf= gereizte Volksgemüth unzweifelhaft zu den wildesten Gewaltthaten fortreißen lassen.

Gegen Mittag erschienen Abgesandte vom Justizamt, die mit der Bewohnerin des Gartenhauses ein Verhör anstellten und ein weitläufiges Protokoll aufnahmen. Sie berichteten hernach, daß sie das Fräulein in ganz unerschütterter Fassung, von dem furchtbaren Vorfall scheinbar unberührt gefunden hätten, und da ihre völlige Schuldlosigkeit aus allen Zeugnissen hervorging, fehlte auch fürs Erste den Vätern der Stadt jede Handhabe, um gegen sie einzuschreiten und ihre Verweisung aus dem Stadt= gebiete anzuordnen.

Auch war zunächst Dasjenige von selbst erreicht, was die besorgten Mütter und die schwergekränkten Töchter der Stadt aufs Dringendste gewünscht hatten: auf Einen Schlag war das Gefolge der unheimlichen Fremden zersprengt und zerstoben. Von all den jungen Thoren, die sich jeden Nachmittag in dem Zauber= garten dieser Circe eingefunden, wagte sich keiner mehr über die Schwelle des Parkgitters, die Einen von dem Grauen, das hier seinen Einzug gehalten, zurückgebannt, die Anderen nur aus Furcht, von dem Volk, das sich draußen wie zu einer freiwilligen Wache hin und her trieb, geschmäht oder gar handgreiflich fort= gewiesen zu werden.

Man hatte Vater und Bruder des Unglücklichen sofort benachrichtigt, konnte aber die Bestattung, die ohnehin bei der frevelhaften Art dieses Todes ohne jede Feier bleiben mußte, nicht so lange hinausschieben, bis die beiden nächsten und einzigen Verwandten in der Stadt eingetroffen wären. Sie hatten eine Reise von mehreren Tagen zu machen, und obwohl sie unter= wegs täglich die Pferde wechselten, langten sie doch erst in ihrem Hause zu Augsburg an, als das Grab an der Kirchhofsmauer schon eine Woche lang mit flachem Rasen zugedeckt war. Nichts fanden fie von dem kläglich verlorenen Sohn und Bruder, als den Anzug, den er in jener Todesnacht getragen, seinen grauen Mantel und Hut und einen kurzen Brief, worin er ihnen ein verzweifeltes Lebewohl sagte.

Der alte Oberſt, ein weißhaariger, harter Soldat, den Niemand je hatte weinen ſehen, brach beim Anblick dieſer Ueberbleibſel wie ein geknicktes Rohr zuſammen und verſchloß ſich, als er ſeine Mannheit wiedergefunden, in ſeinem Schlafzimmer, wo die ganze Nacht das Licht brannte und der ſporenklirrende Schritt des Alten ruhelos über die Dielen klang. Dem jungen Sohne leiſtete einer ſeiner früheren Kameraden und Schulgenoſſen eine tröſtliche Geſellſchaft, wobei ihm Alles mitgetheilt wurde, was die Stadtchronik über das Unglück und ſeine Urheberin bisher verzeichnet hatte. Die Brüder hatten ſich nie ſehr nahe geſtanden. Gemüthsart und Beruf hielten ſie in einer kühlen, wenn auch nicht unfreundlichen Entfernung von einander. Jetzt aber ſchien es dem Ueberlebenden, als hätte ihn kein größerer Verluſt treffen können, als müſſe er alle verſäumte brüderliche Liebe und Zärtlichkeit gegen den Todten mit doppelter Innigkeit nachholen. Doch als der Freund um Mitternacht den jungen Capitän verließ, fielen dieſem vor Erſchöpfung durch den haſtigen Ritt und die bittere Trauer alsbald die Augen zu, und er erwachte ſpät aus ſonderbaren Träumen, in denen ihm die Geſtalten ſeines Bruders und einer teufliſchen Schönheit, die ihm nach dem Leben ſtand, in den mannichfachſten Bildern und Scenen vorübergegangen waren.

*   ⁂   *

Gegen Mittag, als eine ſtechende Gewitterſonne die Straße vor Jorindens Garten öde machte, ſahen die wenigen Menſchen, die im Schutz der Wallbäume vorbeiſchlenderten, mit großem Erſtaunen einen jungen Mann in öſterreichiſcher Uniform ſich nähern und mit aufgeregten Schritten auf das eiſerne Gitter zueilen. Er riß ſo heftig an dem Glockenzug, daß die lange ſtumm gebliebene Klingel gellend durch die ſtille Luft tönte. Als nicht ſogleich Jemand kam, um das Thor zu öffnen, läutete er von Neuem, indem er den Hut abnahm und ſich den Schweiß

von der Stirn trocknete, die Augen finster und scheu zu Boden
geheftet, als fürchte er irgend Wem ins Gesicht zu sehen, der
ihn fragen könnte, wie er es übers Herz brächte, dieser Schwelle
zu nahen.

Endlich erschien die alte Dienerin, den Schlüssel in der
Hand, und als sie den Unbekannten draußen stehen sah und seine
wunderlich verstörte Miene gewahrte, fragte sie durch die Eisenstäbe hindurch, was er wünsche. — Mit ihrer Herrin zu sprechen. —
Das Fräulein habe noch nicht Toilette gemacht, er möge sich
nach Tisch wieder herbemühen. — Er sei nicht gekommen, die
Reize ihres Fräuleins zu bewundern, gab der junge Mann
barsch zur Antwort, sondern um über ein Geschäft mit ihr zu
verhandeln. — Wen sie zu melden habe? fragte die Alte wieder
nach einigem Zögern. — Der Name thue Nichts zur Sache; er
werde sich dem Fräulein selbst vorstellen.

Die Alte schloß nach einigem Besinnen kopfschüttelnd das
Gitter auf und führte den düsterblickenden Besucher durch die
sonneglitzernden Kieswege des Gartens dem Hause zu. Als er
die kleine Vorhalle mit den geschnörkelten Säulen erblickte, wo
sein Bruder vor wenigen Tagen seine letzte Nachtruhe gehalten,
überfiel ihn ein Schauder, er wandte sich ab und preßte die
Lippen zusammen, wie um einen Seufzer oder eine Verwünschung
zu ersticken. Während die Dienerin ins Haus ging, ihn zu
melden, warf er sich in tiefer Erschöpfung auf ein Bänkchen
neben einer hohen Taxuswand und fuhr sich mit der Hand über
die Augen, aus denen schwere Tropfen rollten. Er biß die
Zähne in sein Schnupftuch, und seine schwer arbeitende Brust
verrieth, daß ein schluchzender Krampf ihn erschütterte. Plötzlich
hörte er leichte Schritte vom Hause her, kämpfte seine Bewegung
gewaltsam nieder und erhob sich, um mit dem Aufgebot all seines
Muthes der verhaßten Erscheinung die Stirn zu bieten.

Was er aber sah, widersprach so völlig Dem, was er zu
sehen erwartet hatte, daß das Erstaunen zunächst alle anderen
Empfindungen seines Inneren niederschlug.

Statt einer kaltsinnigen Verführerin, die mit aller Schlangen-
kunst der Gefallsucht jedem neuen Besucher entgegentritt, stand
eine bescheidene junge Gestalt vor ihm, in ein schlichtes, fast ärm-

liches Morgengewand gekleidet, die Arme nur bis zu den Ellenbogen
entblößt, die reichen Haare kunstlos aufgesteckt, das ernste, blasse
Gesicht durch einen kleinen leinenen Sonnenschirm gegen die Mit-
tagsglut geschützt. Als sie die großen Augen unter breiten Lidern
müde und theilnahmlos auf ihn heftete und mit einer sanften
Stimme nach seinem Begehren fragte, war plötzlich jedes Wort
der heftigen Rede aus seinem Gedächtniß verlöscht, mit der er
sich der Mörderin seines Bruders vorzustellen gedacht hatte.

Doch besann er sich endlich, ließ die Augen, gleichsam um
sich gegen diese stille Gewalt zu waffnen, wieder nach dem Porticus
schweifen und sagte dann mit dem schärfsten Tone, dessen er
fähig war:

Sie sind die Herrin dieses unglücklichen Hauses, Mademoiselle?

Ein leichtes Kopfnicken war die ganze Antwort.

Ich bin gekommen, fuhr er fort, Ihnen ein Handelsgeschäft
zu proponiren. Es ist dazu nöthig, daß Sie meinen Namen
kennen. Ich bin der Capitän Walter Haslach, Bruder jenes Unglücklichen —

Sie trat einen Schritt zurück, ihre ohnehin bleiche Wange
war todtenfahl geworden, einen Augenblick schien sie zu wanken
oder hinwegflüchten zu wollen, faßte sich aber sogleich und sagte,
während ein tiefer Seufzer ihren jungen Busen hob:

O wie beklage ich Sie — und ihn — und mich!

Dann verstummte sie wieder. Er hatte schon ein schneidendes
Wort verächtlichen Hohns auf der Lippe, um sich jedes geheuchelte
Beileid zu verbitten. Aber das Wort versagte ihm. Ein Ausdruck wahren Schmerzes lag in Ton und Blick und Geberde
des schönen Wesens, dem er sich nicht entziehen konnte.

Ich weiß nicht, was man Ihnen von mir gesagt haben
mag, fing sie endlich mit einer seltsamen Hast wieder zu reden
an. Man wird mich als ein fluchwürdiges Ungeheuer dargestellt
haben, und in Ihren Augen werde ich es wohl immer· bleiben,
obwohl ich, so wahr mir Gott helfe! an diesem Unglück keinen
Theil habe. Nie habe ich Ihrem Bruder die geringste Hoffnung
gemacht, nie seine Bewerbung um mich begünstigt. Weßhalb
ich überhaupt — aber wozu verschwende ich meine Worte? Sie

hören mich nicht, am wenigsten, wenn ich mein Betragen zu recht=
fertigen versuchte. Wohl ist es wahr — und auch das mögen
Sie erfahren: ich habe dem Todten nie etwas Gutes ge=
wünscht. Warum? Das ist ein Geheimniß zwischen meinem
Schöpfer und mir. Sein klägliches Ende aber war nicht mein
Wunsch, so wenig wie mein Werk. Ich dachte, ein Haslach sei
ewig schon durch den Geist seiner edlen Familie vor einem so
raschen, unseligen Schritt geschützt. Es ist nun geschehen, wie
überhaupt Unglück in der Welt geschieht. Ich kann es beklagen,
aber wenn Sie gekommen sind, es mir ins Gewissen zu schieben,
so erkläre ich Ihnen offen und ehrlich, daß ich keinerlei Reue
zu empfinden vermag. Und somit —

Sie trat wieder einen Schritt zurück, als ob sie das Ge=
spräch zu enden wünsche. Er hatte, während sie sprach, den
Blick nicht von ihr verwandt, aber seine düster gespannte Miene
ließ es ungewiß, ob er ihren Worten gefolgt war.

Mademoiselle, sagte er jetzt und senkte die Augen in plötzlicher
Verwirrung, ich bin nicht gekommen — seien Sie überzeugt,
daß ich bis auf einen gewissen Grad meinem armen Bruder nach=
fühlen kann, — ich gestehe, daß die Vorstellung, die ich mir von
Ihnen gemacht hatte —

Er stockte. Das Blut schoß ihm in die schönen, wetter=
gebräunten Wangen. Er ballte die Faust krampfhaft um seinen
Degengriff, als ob er sich seiner Mannes= und Bruderpflicht
erinnern wollte, hier nur d a s zu sprechen, was streng mit seinem
Geschäft zu vereinigen war, und sich schämte, daß er sich von
dieser sanften Stimme halb und halb hatte entwaffnen lassen.

Ich komme nicht aus eigenem Antrieb, brach es endlich rauh
und kalt von seinen Lippen. Mein Vater hat mich geschickt —

Ihr Vater! Ah! er ist hier? —

Ihr Gesicht, während sie dies sagte, nahm wieder seinen
herben, unguten Ausdruck an.

Mein Vater — hat unter dem Nachlaß des Todten Etwas
vermißt, was ihm sehr werth ist, einen Ring, der in der Familie
seit mehr als hundert Jahren immer auf den ältesten Sohn
fortgeerbt hat, einen Rubin in Diamanten gefaßt. Da es be=
kannt ist, Mademoiselle, — daß Sie Liebhaberin von Juwelen

sind — daß Sie eine Sammlung von Kostbarkeiten angelegt haben — (er betonte das Wort mit neu aufwallender Feindseligkeit) — so glaubt mein Vater nicht fehl zu gehen, — auch diesen Ring jetzt in Ihrem Besitz vermuthen zu dürfen. Ich weiß nicht, Mademoiselle, —

Jetzt erst heftete er die Augen wieder auf ihr Gesicht und begegnete einem kalten, stolzen Blick, den er mit Mühe ertrug.

Es kann sein. Ich glaube sogar mich bestimmt zu erinnern, daß auf diesen Ring einmal die Rede kam; die andern Herren fragten ihn darnach, er sagte, daß es ein Familienstück sei, und zog ihn vom Finger, mich ihn betrachten zu lassen. Ich gab ihn zurück ohne jede Bemerkung. Desselben Tages sandte er mir ein elfenbeinernes Kästchen mit verschiedenem Geschmeide, darunter auch diesen Ring, den ich eben so wie alles Uebrige bei Seite that. Er steht Ihnen jeden Augenblick wieder zu Dienst.

Mein Vater wird sich beeilen, Ihnen den dreifachen Werth in Gold dagegen zu senden! warf der Jüngling trotzig hin, indem er sich verneigte.

Sagen Sie Ihrem Vater, daß ich keinen Handel mit Juwelen treibe. Ihr Vater ist zwar Offizier, aber da er einem alten Kaufmannshaus entstammt, ist er gewiß nicht gleichgültig gegen Gold und Gut, und dieser Ring wird darum Nichts in seiner Schätzung verlieren, wenn ich mir jeden Preis dafür verbitte. Folgen Sie mir. Sie können ihn sofort in Empfang nehmen.

Sie wandte sich mit der kältesten Geberde dem Hause zu und ging ihm rasch voran. Im höchsten Erstaunen hatte er sie reden hören, selbst das Beleidigende in ihren Worten erfüllte ihn mehr mit geheimer Achtung und Bewunderung, als mit Unmuth. Keines Wortes mächtig, gesenkten Hauptes, wie in einer traumhaften Betäubung schritt er hinter ihr her.

Als sie das Haus erreicht hatte, blieb sie stehen und wandte sich nach ihm um.

Sie sind der erste Mann, der diese Schwelle überschreitet, sagte sie. Ich weiß nicht, wie ich dazu komme, mit Ihnen eine Ausnahme zu machen, die mich vielleicht in Ihren Augen herabsetzt. Aber es ist nun Alles gleich. Treten sie ein.

Er betrat das kleine Gemach, in welchem der vielberufene „Schatz" Jorindens aufgespeichert lag. Es war ein zierlicher Raum mit verblichener mattblauer Seidentapete und schmalen Spiegeln rings an den Wänden. Auf einem Rococotisch in der Mitte standen schöne Geräthe, Uhren, Vasen, Candelaber, wie in einem Bazar; ein großer Schrank mit halboffenen Thüren enthielt Stoffe und Stickereien, Spitzen und kostbare Fächer. Ein kleineres Möbel mit eingelegter Holzarbeit und vergoldeten Rococogriffen schien bloß für die Aufbewahrung von Schmucksachen bestimmt. Zu diesem ging das Fräulein und zog ein Schubfach nach dem andern heraus. Er beobachtete sie dabei. Keine Miene verrieth irgend eine Freude an diesem Besitz. Mit einer Art verächtlicher Unordnung waren Kästchen, Etuis und lose Ketten und Spangen über einander gehäuft. Sie wühlte darin herum, ihre Wangen rötheten sich, da sie immer noch das Gesuchte nicht fand. Endlich schob sie das letzte Fach wieder hinein und sagte:

Ich bin zu aufgeregt, um jetzt ordentlich zu suchen. Der Ring ist sicher vorhanden, beruhigen Sie sich darüber. Ich will Sie nicht länger aufhalten, ich begreife, daß Ihnen hier der Boden unter den Füßen brennt. Aber mein Wort darauf, heute Abend haben Sie den Ring. Ich sende ihn durch eine zuverlässige Person in Ihr Haus.

Er sah, daß sie ihn verabschiedete. Dennoch zögerte er noch einen Augenblick.

Erlauben Sie mir, heute Abend noch einmal selbst vorzusprechen und den Ring aus Ihrer Hand in Empfang zu nehmen?

Wie Sie wollen. Ich dachte Ihnen ein peinliches Wiedersehen zu ersparen. Aber wie es Ihnen lieber ist.

Sie neigte den Kopf unmerklich gegen ihn, er machte eine linkische Verbeugung und verließ das Haus.

Als die alte Dienerin, die ihm das Parkthor wieder geöffnet hatte, zu ihrem Fräulein zurückkehrte, stand diese noch unbeweglich auf derselben Stelle, wo der junge Capitän sie verlassen.

Du bist es, Anne! sagte sie mit einem Seufzer. Ist er fort?

Die Alte nickte. Wer war der Herr?

Sein Bruder! Walter Haslach! Sollte man's für möglich halten? — Ach, Anne, ich gäbe alles Gold der Welt darum, wenn er dem Todten ähnlich sähe!

*   *
*

In tiefster Verworrenheit war der Jüngling fortgestürmt. Stundenlang rannte er durch die einsamsten Feldwege rings um die Stadt und wich allen Menschengesichtern aus. Als er sich endlich besann, daß der Vater auf ihn warte, erschrak er. Aber als Soldat an Gehorsam und Selbstverleugnung gewöhnt, schlug er, ermattet wie von einem langen, blutigen Kampf, den Weg nach der Stadt wieder ein und schlich, die Augen zu Boden gesenkt, die Glieder mühsam regierend, durch die abgelegensten Gassen seinem väterlichen Hause zu.

Er fand den Alten in dem Zimmer, wo die Kleider des Todten lagen. Die hohe Gestalt, von den Jahren noch un= gebrochen, hatte ihre frühere Straffheit wiedergefunden. Nur das Sprechen schien Mühe zu kosten. Der Alte hörte den stammelnden Bericht des Sohnes, ohne eine Miene zu bewegen, dichte Wolken aus seiner kurzen Thonpfeife hervorstoßend, und nickte dann nur mit dem Kopf. Der Bediente flüsterte hernach dem Sohne zu, der Herr Oberst habe den ganzen Tag Nichts genossen, als ein Stück Brod und eine Flasche Wein.

Auch Walter wies die Frage zurück, ob er nicht zu speisen befehle. Der Freund von gestern Nacht kam wieder, sich zur Gesellschaft anzubieten, wurde aber weggeschickt: ein Kopfweh mache jede Unterhaltung unmöglich. Dann saß der Einsame in seinem Stübchen, bis die Dämmerung hereinbrach und die Thurm= uhr, die acht Uhr schlug, ihn von Neuem aufschreckte.

Einen Augenblick war es ihm durch den Kopf gefahren, ob er nicht besser thäte, einen Boten zu schicken, statt selbst zu gehen. Dann sagte er sich, daß sie es als Feigheit oder Ge= ringschätzung deuten könnte, wenn er sein Versprechen nicht hielte. Den wahren Grund, der ihn unwiderstehlich wieder zu ihr hin= zog, gestand er sich nicht.

Aber auf dem Wall, da er schon aus der Ferne die Wappenlöwen auf den Thorpfeilern ihres Parks erkennen konnte, schlug ihm das Herz so heftig, daß er stillstehen und an einen Baum gelehnt nach Athem ringen mußte. Nein! sagte er dumpf vor sich hin, ich will sie nicht wiedersehen. Es kann nicht Feigheit gescholten werden, wenn ein Mensch von Fleisch und Blut sich vor der Hölle fürchtet. Wer sie auch sein mag — sie ist ein Dämon — und wenn sie unschuldig ist — um so schlimmer!

Er nahm sich fest vor, sich nicht bei ihr zu melden, nur durch ihre Dienerin um das Versprochene bitten zu lassen. Das beruhigte ihn. Er trocknete sich den Schweiß von der Stirn und gelangte mit festen Schritten an das verhängnißvolle Gitter.

Leise zog er die Glocke. Sie hatte aber kaum ausgeklungen, als er hinter der Taxushecke, die den Garten vorn abschloß, eine schlanke, dunkle Gestalt hervortreten sah und erkannte, daß all seine weisen Entschlüsse umsonst gefaßt waren.

Sie trug wieder ihr schwarzes Kleid, heute aber nicht den Shawl, und Hals und Brust waren mit einem grauen Flortuch verhüllt. Wie sie jetzt selbst das Gitter öffnete und ihn nur mit einer stummen Geberde begrüßte, war ihm zu Muth, als hätte er sie schon Jahr und Tag gesehen und könne keinen Tag mehr leben, an dem er sie nicht sehen sollte.

Sie kommen spät, sagte sie, als sie ein paar Schritte in den Garten hinein gethan hatten. Ich dachte schon, es sei Ihnen überhaupt wieder leid geworden, — ich hätte es Ihnen nicht verdenken können. Desto mehr danke ich Ihnen, daß Sie nun doch Wort gehalten haben. Ich sehe es als einen Beweis an, daß Sie Alles glauben, was ich Ihnen von mir und meinem Unglück gesagt habe. Gleich nachdem Sie mich heute verlassen hatten, fand ich den Ring. Hier ist er. Verzeihen Sie mir, daß er je in meine Hände kam, so unschuldig ich daran bin.

Sie zog den Ring aus der Tasche und reichte ihn dem Jüngling, der ihn stumm, ohne einen Blick darauf zu werfen, in Empfang nahm und zu sich steckte. Mademoiselle — sagte er; er stockte und nahm den Hut ab, die Stirne brannte ihm, seine Augen irrten durch das Halbdunkel der Gebüsche, vermieden aber ängstlich die Richtung nach dem Hause einzuschlagen.

Ich habe noch eine Bitte an Sie! sagte er endlich kaum hörbar.

Sie blieb stehen und wartete.

Ich weiß nicht, was Sie von mir denken werden, fuhr er mit schwerer Zunge fort. Glauben Sie an ein Schicksal? Ich war bisher geneigt zu denken, der Mensch — einer, der Muth und Selbstachtung und einen Begriff von Ehre habe, — ein Mann mit einem Wort, schaffe sich sein Schicksal selbst. Seit heute — hab' ich erlebt, wie wenig wir wissen und können, — wie wir beherrscht — geknechtet werden von unbekannten Gewalten. Wer mir noch gestern gesagt hätte, daß ich an die Stätte, wo mein armer Bruder seinen letzten Hauch gethan, — an das Wesen, um welches er so früh fortgemußt, — anders als mit Grauen und Bitterkeit denken würde, ich hätte ihn einen Lügner und Ehrenschänder gescholten. Und nun heute — verzeihen Sie — ich weiß nicht, was ich sage, kaum, was ich fühle. Aber so viel ist mir mit furchtbarer Klarheit gewiß geworden, daß — daß ich den Todten beneide, der den Muth gehabt hat, lieber zu sterben, als ein hoffnungsloses Leben jammervoll hinzuschleppen!

Sie standen von einander abgewandt. Er hatte die Spitze seines Fußes in den Kiesweg gebohrt, wie wenn er etwas Begrabenes herauswühlen wollte. Kein Laut regte sich ringsum. Nur der niedere Flug der Fledermäuse bewegte dann und wann die Luft zu ihren Häupten.

Und Ihre Bitte? fragte sie nach einer langen Pause mit tonloser Stimme.

Sie haben mir den Ring zurückgegeben, und nun wäre Alles aus zwischen uns, — und doch — Ihr Bild wird mich verfolgen, wohin ich auch gehen mag. Ich möchte — eine Art Vergeltung üben, — Ihnen Etwas zurücklassen, was Sie daran erinnert, daß Sie nicht nur einen Todten, sondern auch einen Lebenden auf dem Gewissen haben. Hier — und er zog einen breiten goldenen Reif mit einem Türkis von seinem Finger — erlauben Sie mir, Ihnen dies werthlose Andenken — Sie mögen's zu dem Uebrigen legen!

Er hielt ihr den Ring hin und sah sie unwillkürlich jetzt zum ersten Male an. Ihre Augen, die groß und still geöffnet waren, standen in hellen Thränen. Ich danke Ihnen, hauchte sie; dieser Ring soll mit mir begraben werden.

Jorinde! rief er überlaut, — Sie —

Die Stimme brach ihm. Im nächsten Augenblick lag er zu ihren Füßen, hatte ihre beiden Hände an seine Lippen gerissen und benetzte sie mit Thränen und Küssen.

Sie fand zuerst ihre Besinnung wieder. Stehen Sie auf! Was thun Sie? Walter, bei Allem, was Ihnen theuer ist.— Sie können — Sie dürfen nicht —

Was kann und darf ein Mensch nicht, um den diese Augen geweint haben! rief er außer sich. O Jorinde, was vermag ein Mensch gegen sein Schicksal!

Ich habe es mich selbst gefragt, sagte sie kaum hörbar. Ich weiß keine Antwort, als — sich ergeben! Kommen Sie, führen Sie mich dort zu jener Bank. Ich habe Ihnen Viel, Viel zu sagen. —

* * *

Acht Tage waren vergangen. Der Urlaub, den der alte Oberst für sich und seinen Sohn bei ihrem Regiment erwirkt, neigte sich zum Ende. In der Stadt hatte man von den beiden Traueruden wenig gesehen; Niemand war es auffallend, daß sie keine Besuche gemacht, und selbst die Schroffheit, mit welcher der Vater sich alle Condolenzen von Seiten befreundeter Familienhäupter und Jugendgefährten verbeten hatte, fand ihre Entschuldigung in der grauenvollen Art des Todes und den Ursachen, die ihn herbeigeführt.

Auch mit dem eigenen Sohn hatte der alte Herr wenig verkehrt; sie nahmen sogar ihre Mahlzeiten zu verschiedenen Stunden, Jeder auf seinem Zimmer. Denn seltsamer Weise: obwohl der Ueberlebende den gleichen Beruf, wie der Vater, erwählt hatte, war der Todte doch von jeher dem Herzen des Alten näher gewesen. Er hatte den Familiengeist deutlicher in sich ausgeprägt, als der jüngere Bruder, der von seinem strengen Erzieher ein Phantast gescholten ward und hören mußte, wie

der pünktliche und nüchterne Georg ihm als Vorbild hin=
gestellt wurde. Auch schien bei dem Schmerz um den Ver=
lorenen in der Seele des Alten die herbe Enttäuschung mitzu=
sprechen, daß dieser musterhafte Sohn durch eine so überspannte
That den Namen seines Hauses hatte beflecken können. Das
alte Patrizierblut empörte sich bei dem Gedanken, daß ein Haslach
fähig gewesen war, wie ein kopfloser Schwärmer einen Wertherstreich
zu begehen und ein bequemes, wohlgeordnetes Leben um einer
hergelaufenen, verdächtigen Fremden willen auf eine so jähe Art
wegzuwerfen. So hatte er den Sohn doppelt verloren, da sein
Bild ihm plötzlich verzerrt erschien und er auch um die Erinnerung
an ihn betrogen war.

Am Abend des neunten Tages, als er den Anderen, minder
Geliebten, der ihm geblieben, eben zu einem Ausgang sich rüsten
sah, rief er ihn zu sich und erinnerte ihn daran, daß sie sich
in zwei Tagen zur Rückkehr nach Linz, wo sie in Garnison
lagen, bereit halten müßten.

Der Sohn stand regungslos vor ihm, den Hut in der
Hand, das Gesicht düster zur Seite gekehrt.

Vater, sagte er, ich habe Sie bitten wollen, um eine
Verlängerung des Urlaubs einzukommen. Ich möchte — eh'
ich die Stadt wieder verlasse — eine Angelegenheit ordnen,
an der das Glück meines Lebens hängt.

Der Alte sah ihn prüfend an, legte die Pfeife auf den
Tisch und kreuzte die Arme über der Brust. Er hörte an der
Stimme des Sohnes, daß er eine peinliche Eröffnung zu machen
hatte. Es war aber nicht seine Art, ihm in solchen Fällen
mit einem väterlich ermunternden Wort zu Hülfe zu kommen.

Ich habe mich entschlossen zu heirathen, fuhr der
Jüngling fort. Ehe ich gehe, sollte die Verlobung fest ab=
geschlossen werden — wenigstens Sie, mein Vater, sollten meine
Braut kennen lernen, und in der Stille, wie es diese Trauer=
zeit erheischt —

Nun, beim Sacrament, du hast dir eine recht convenable
Zeit ausgesucht für deine Herzensangelegenheiten! Heirathen
willst du? Eine alte Liebschaft vielleicht? Und hast in dieser
tristen Woche das Herz dazu gehabt, wieder anzubändeln und

die Sache glücklich so weit zu bringen, daß es nur noch am Vatersegen fehlt? Uebrigens — Jeder auf seine Manier. Ich habe schon sonst erleben müssen, daß deine phantastischen Einfälle mir über den Kopf weggingen, und wenn du es diesmal auch ein bischen stark machst — basta! Du bist mündig. Ich gratulire dir zu deiner Kaltblütigkeit, dicht neben einem frischen Grabe an Hochzeit zu denken. Wer ist denn die Auserwählte?

Der Jüngling antwortete nicht sogleich. Er hob aber den Blick vom Boden auf und heftete ihn fest und muthig auf die bohrenden Augen des Vaters, als ob er ihm zeigen wollte, daß er seines Willens und seiner Kraft sicher sei.

Ich muß darauf gefaßt sein, Vater, daß Sie meine Wahl noch unpassender finden werden, als die Zeit. Ich kann nichts Anderes zu meiner Rechtfertigung anführen, als daß wir so wenig Herr unseres Herzens sind, wie unserer Tage. Und ich weiß auch, wenn Sie die erste Ueberraschung, den ersten so natürlichen Abscheu überwunden haben, wenn Sie meine Braut kennen gelernt und alle Umstände ruhig werden erwogen haben —

Den Namen! Laß' Er die krausen Reden und sag' Er endlich —

Ich kann es Ihnen nicht ersparen, Vater, Sie erst vorzubereiten. Alles scheint gegen dieses Mädchen zu sprechen, und ich selbst — eh' ich sie kannte — da ich nur wußte, welch ein Unglück durch sie, die ich damals noch für schuldig hielt, über uns gekommen, —

Der Alte richtete sich plötzlich hoch auf. Er winkte mit der Hand, daß der Sohn nicht weiter sprechen sollte, machte dann ein paar Schritte nach der Thür zu, wie wenn er das Zimmer eilig verlassen wollte, blieb aber wieder stehen und sagte endlich mit einem seltsam heiseren Ton, heftig mit dem Kopf vor sich hin nickend: Nur zu! Nur immer zu! Der Eine tobt — der Andere wahnsinnig! Nur zu! nur zu! Eine herrliche Welt!

Vater! rief der Jüngling, schmerzlich sich zu ihm hinwendend, glauben Sie mir, nur um Ihretwillen habe ich das Uebermenschliche gethan, um dieses Gefühl mir aus der Brust zu reißen. Auch wie ich Alles wußte, daß sie selbst so wenig Theil an diesem jammervollen Schicksal hat, wie eine der steinernen Figuren in ihrem Garten, — selbst da kämpfte ich noch mit mir selbst. Der Todte steht ewig zwischen uns! rief eine Stimme in mir, und Mehr noch! — Denn wenn der Aermste wirklich aus einem Jenseits zurückzublicken vermag, kann es sein verklärter Geist dem Bruder mißgönnen, glücklicher zu sein, als er selbst hat werden sollen? — aber Sie, mein Vater, Sie, wie ich Sie kenne — da Ihnen der Todte von jeher theurer war als ich — nicht daß ich es als einen Vorwurf aussspräche! — vielleicht war die Schuld mein, daß ich den Weg zu Ihrem Herzen —

Still! — unterbrach ihn der Alte überlaut. Ich habe den Wahnwitz lange genug toben lassen. Kein Wort — keine Silbe mehr! Noch bin ich auf der Welt — oder bin ich's nicht? Oder ist das die Mode dieser neuen Zeit geworden, daß der Vater höflichst um seinen Segen gebeten wird, wenn der Sohn sich und sein Geschlecht entehren will? Nur Geduld! Es heißt zwar, daß Söhne mündig werden mit fünfundzwanzig Jahren. Aber ein Toller bleibt ewig unmündig, einen Rasenden bindet man mit Stricken und Ketten, daß er sich nicht selbst das Gesicht zerfleischt. Nur Geduld — nur Geduld!

Es war ganz dunkel im Zimmer geworden. Blindlings tappte der alte Mann um sich her, griff nach seinem Degen, den er umzuschnallen anfing, warf ihn dann wieder auf den Stuhl und nahm den Hut vom Tische.

Vater! rief der Jüngling, was wollen Sie thun? Wo wollen Sie hin? Ich beschwöre Sie —

Sei ruhig — o sei ganz ruhig! Ich — ich will nur ein wenig Luft schöpfen, und übrigens — hast du mich nicht selbst eingeladen, diese interessante Bekanntschaft zu machen, wovon du dir Wunder versprichst? Haha! in der That, ein großmächtiges Wunder gehörte dazu, mich dahin zu bringen, daß ich eine mordlustige Buhlerin —

Vater! bei Allem was heilig ist — bedenken Sie, zu wem Sie sprechen, daß ich eine Beleidigung meiner Braut selbst von Ihnen —

Sei ruhig! Sei nur ruhig! O ich weiß, was Cavaliers- pflichten sind. Und wenn du etwa glaubst, daß ich etwas

Gewaltſames vorhabe, — ſiehſt du, ich nehme nicht ein-
mal den Degen mit, ich will auch die Zunge in der Scheide
behalten, du kannſt ganz unbeſorgt ſein, daß ich dieſem
Geſchöpf kein Haar krümmen werde, — aber ſehen will ich
doch, wie eine Dirne beſchaffen ſein muß, um aus einem jungen
Narren einen raſenden Gottesläſterer zu machen, der ſeinem
Bruder im Grabe die Ruhe ſtiehlt und ſeinem alten Vater ins
Geſicht ſchlägt!

Er hatte den Hut aufgeſetzt und war mit ſtarken Schritten
auf die Thür zugegangen.

Vater, ſagte der Sohn mit verzweifelter Feſtigkeit, — geben
Sie mir Ihr Ehrenwort, daß Sie in dieſem unglücklichen
Mädchen die Braut Ihres Sohnes reſpectiren wollen? O wenn
Sie Alles wüßten, wenn ich Ihnen Alles ſagen dürfte! — Ihr
Ehrenwort, Vater, oder beim allmächtigen Gott, ich laſſe Sie
nicht allein gehen, ich muß —

Du bleibſt! herrſchte der Alte ihn an, der ſchon den
Griff der Thüre gefaßt hatte. Armer Wahnſinniger, er
glaubt, ich würde mich an ſeinem Kleinod vergreifen! Es wird
nicht lange dauern; ich denke ihr nur zwei Worte zu ſagen.
Wie? kann er nicht einmal die halbe Stunde ſich gedulden,
um dann nach Herzensluſt wieder zu ſeiner ſauberen Liebſchaft
zu ſchleichen? — Die Hand von meinem Kleide, Thor! Bei
meiner Soldatenehre, die mir theurer iſt, als meinem Herrn
Sohn, es ſoll Alles höflich und ritterlich abgemacht werden.
Du erwarteſt mich hier!

Er ging hinaus. Der Sohn hörte ihn draußen mit dem
Bedienten ſprechen, wie wenn nichts Beſonderes vorgefallen wäre.
Dann ſah er vom Fenſter aus, wie der Vater aus dem Hauſe
trat und die Gaſſe hinunterging, links und rechts keines der
bekannten Geſichter grüßend. Die qualvolle Aufregung wich ein
wenig von ihm. Er zog ein Miniaturbild aus der Bruſttaſche,
das er geſtern erſt empfangen hatte, und vertiefte ſich in das
ſchöne, traurige Geſicht. — Wenn er ſie nur erſt ſieht! ſagte
er vor ſich hin.

* * *

Es war inzwischen Nacht geworden. Aber die sommerliche Helle des Himmels ließ den Mond noch nicht durchdringen. Am Wallgraben war's finster, Niemand erkannte den alten Offizier, als er auf das eiserne Parkgitter zuschritt und mit hastiger Hand die Glocke zog.

Die alte Dienerin aber, die alsbald mit dem Schlüssel heran= kam, stutzte, als sie das bleiche Gesicht mit dem grauen Bart durch die Gitterstäbe erkannte. Sie fragte nach dem Begehren des Herrn. Ihr Fräulein empfange so spät Abends keinen Besuch.

Er wisse, daß dieses Thor nach Sonnenuntergang nur für junge Herren aufgeschlossen werde, die Mademoiselle werde aber vielleicht eine Ausnahme machen, wenn sie höre, daß der Oberst Haslach, der Vater des Capitäns, ihr die Ehre erzeige. — Dann, als der Getreuen vor Schrecken der Schlüssel entfiel und sie auf dem dunkeln Boden eine Weile danach herumtastete, setzte er gebieterisch hinzu:

Oeffne Sie! Wenn es Sitte ist, das Entrée vorauszube= zahlen, hier ist ein Louisd'or.

Die Alte richtete sich auf und sah ihm mit einem ganz eigenen Blick ins Gesicht. Ich hoffe doch, Herr Oberst, sagte sie, Sie sind nicht gekommen, um wehrlosen Frauenzimmern Beleidigungen zu sagen. Uebrigens — das Fräulein wird um die Antwort nicht verlegen sein. Treten Sie näher.

Ihr Ton machte ihn stutzig. Er hatte Anderes erwartet und schob mit einem murrenden Soldatenfluch die Börse, die er schon herausgezogen, wieder ein. Dann ging er die Gartenpfade entlang, welche die Alte ihn führte.

Wie sie um die Taxuswand bogen, sah er das Häuschen hinter dem Rasenplatz, der Mond fiel gerade zwischen den Säulen durch und zeichnete ein viereckiges Lichtfeld in die kleine Vorhalle. Der Alte wußte, was dort geschehen war; aber seine Seele war gegen das Grauen gepanzert durch Zorn und Ingrimm darüber, daß er gezwungen wurde, diese fluchwürdige Stätte zu .betreten, und mit diesem Anliegen.

Schon wollte er den nächsten Weg nach dem Hause ein= schlagen, da sah er auf der Bank am Rande einer verfallenen Fontäne eine weibliche Gestalt in schwarzem Kleide, die sich mit einer Geberde der Ueberraschung erhob und einige Schritte ihm entgegen that.

Die alte Dienerin war plötzlich verschwunden, er stand der Herrin des Parks allein gegenüber.

Ohne sich Zeit zu lassen, ihre Person näher zu mustern — auch war ihr Gesicht durch den Schatten der Hecke verdunkelt —, ohne sie auch nur mit einer Verbeugung zu begrüßen, sagte er:

Sie sind die Mamsell, die dieses Haus bewohnt?

Sie antwortete nicht.

Ich bin der Oberst Haslach, fuhr der Alte fort. Mein Sohn hat mir soeben mitgetheilt, daß es zwischen Ihnen bis zu einer Art von heimlicher Verlobung gekommen ist. Ich bin nun hier, um Ihnen zu erklären, daß eine solche unpassende Verbindung mit meinem Willen nie zu Stande kommen wird. Mein Sohn ist, wie alle verliebten Gecken, überzeugt, daß es Ihnen mit Ihrem bischen Larve und allerlei verschmitzten Künsten nicht fehlen könne, auch meinen alten Schädel aus den Fugen zu bringen, wie Sie so vielen jungen Laffen den Kopf verdreht haben, daß ich mit Kußhand meinen Segen zu einer so standesmäßigen Mariage geben würde. Bemühen Sie sich aber nicht, Mademoiselle. Ich halte sie für gescheidt genug, um mir altem Soldaten eine solche Tollheit nicht zuzutrauen. Aber wie ich leider meinen Herrn Sohn kenne, sitzen die Schrullen bei ihm fester, als bei andern Sausewinden in seinen Jahren. Deßhalb bin ich hier, um Ihnen, falls Sie etwa schon ein schriftliches Eheversprechen in Händen haben, ein Arrangement vorzuschlagen, das für beide Theile vortheilhaft wäre. Belieben Sie Ihren Preis zu bestimmen. Ein Haslach pflegt nicht zu knausern, wo es die Familienehre gilt.

Sie hatte ihn ausreden lassen. Jetzt that sie einen Schritt aus dem Schatten heraus und zeigte ihm ihr volles Gesicht, dessen traurig stolze Ruhe ihn mehr, als er sich selbst gestehen wollte, überraschte. Er suchte in seiner Erinnerung, wo er die Aehnlichkeit hinbringen sollte, die ihm auf den ersten Blick aufgegangen war. Nun hörte er ihre Stimme und mußte sich beständig vorhalten, was auf dem Spiele stand, um nicht seine Söhne zu begreifen oder doch zu entschuldigen.

Herr Oberst, sagte sie, ich weiß genug von Ihnen, um darauf gefaßt zu sein, daß Sie kein Mittel unversucht lassen werden, um Ihren Sohn von mir zu trennen. Daß Sie mir ein erniedrigendes Anerbieten machen, vergebe ich Ihnen gern. Sie kennen mich nicht, der Schein ist gegen mich. Ihr Sohn, dem ich meine Geschichte mitgetheilt, hat mir versprochen, Niemand davon zu sagen, er hat auch wohl seinen eigenen Vater nicht einzuweihen gewagt, — sonst hätten Sie mir gegenüber nicht diese Sprache geführt. Damit Sie mich aber gerechter beurtheilen —

Ich bitte, Mademoiselle —! Es ist mir nicht im Traum eingefallen, mir ein Urtheil über Sie zu erlauben. Schöne junge Damen, die ihre Freiheit genießen, pflegt man nicht nach irgend einem bürgerlichen Maßstabe zu messen. Eine Jede hat irgend eine interessante Lebensgeschichte aufzutischen, in welcher sie sich alle Qualitäten einer geopferten Unschuld und eines hochherzigen Engels beilegt. Daß mein Sohn mich damit verschont hat, mir Ihre Memoiren mitzutheilen, war sehr wohlgethan. Ich gestehe Ihnen auch, daß ich zu alt bin, um mich von einem Roman rühren zu lassen, selbst wenn ich ihn aus der Heldin eigenem Munde erführe. Das letzte Kapitel des Ihrigen, das in diesem Garten gespielt hat, genügt mir vollkommen, um für jede Fortsetzung zu danken. Parbleu, Mademoiselle, es ist doch eine etwas starke Zumuthung, daß ein Vater, der auf Ehre und Respect bei seinen Mitbürgern hält, einer — gelinde gesprochen — zweideutigen Fremden seinen jüngeren Sohn anverloben soll, nachdem sie dem älteren — aus der Welt geholfen hat!

Sie stand mit gesenkter Stirn dem Alten gegenüber. Die grauenvolle Erinnerung schien sie zu überwältigen. Aber plötzlich brach ein anderes Gefühl in ihrer Seele hervor; sie schüttelte das dichte Haar in den Nacken und trat dem Obersten einen Schritt näher.

Sie haben Recht, sagte sie mit leiserer Stimme, aus der eine tiefe Bitterkeit klang. Werfen Sie mir nur ein Unglück, das mich zu allem Andern noch getroffen, als eine Schuld vor. In so fern bin ich auch schuldig, als ich bei diesem Unglück kaum einen Schmerz gefühlt habe, nur ein dumpfes Staunen, wie die Rache des Himmels sich endlich vollzieht, wenn auch spät, erst im zweiten Gliede. Sie sehen mich betroffen an, Herr Oberst. Betrachten Sie mich nur genauer; vielleicht finden Sie, daß ich doch nicht so ganz eine Fremde für Sie bin, wie Sie glaubten, und nicht so zweideutig, wie Sie mich gern vor sich selber darstellen möchten, um für Ihr Gewissen eine Rechtfertigung zu haben, wenn Sie mich in die Fremde zurückzustoßen suchen. Forschen Sie doch nach an allen Orten, wo ich je gesehen worden bin, ob man irgend etwas Ehrloses oder nur Unziemliches von mir sagen kann, von mir oder — von meiner Mutter, die jetzt unter der Erde ruht.

Wir waren arm, Herr Oberst; wir haben uns mit der Arbeit unserer Hände durchbringen müssen. Freude und Lachen habe ich nicht gekannt, obwohl ich jung war und ein gutes Gewissen hatte und eine Sehnsucht nach Glück, die keine Sünde sein kann, da Gott sie jedem Menschen ins Herz gelegt hat. Aber ich sah meine arme Mutter an, da erschien es mir wie ein sündhafter Leichtsinn, wenn ich hätte lustig sein und an Vergnügen und Putz denken wollen. Und doch hatte ich Augen und Ohren und hätte mir beide zuhalten müssen, um nicht zu merken, daß ich für schön galt und daß unsere Armuth in den Augen junger und alter Nachbarn keine Schande war, kein Grund, mich nicht zu allen Festen und Tänzen hinzuzuwünschen. Wenn ich trotzdem keine frohe Jugend gehabt habe, wissen Sie, wer daran Schuld war? Ich will es Ihnen sagen, wie ich es Walter gesagt habe: der alte Hochmuth und Familienstolz des Hauses Haslach, an dem das Lebensglück meiner armen Mutter zu Grunde ging, und der nun auch die Tochter elend machen möchte. Kennen Sie den Namen Franziska Bauer? So hieß meine Mutter, Herr Oberst, als sie in das Haus Ihrer Eltern als Magd eintrat, da ihr Vater zu arm war, um seine vielen Kinder bei sich in Freiburg zu behalten. Das Uebrige werden Sie besser wissen, als ich. Sie werden sich auch ohne Zweifel so gut wie meine Mutter entsinnen, daß es viel Geld und viel mächtige Vermittelung brauchte, bis die heimliche Ehe, die Ihr Bruder mit der Magd seiner Eltern schloß, wieder gelöst und alle Ansprüche der ärmsten Frau ein für alle Mal mit einer Summe Geldes abgekauft waren. Nie habe ich begriffen, wie meine Mutter darein willigen konnte, Geld zu nehmen für ihren Mann. Sie sagte, sie habe es ihres Kindes wegen gethan. Es ist möglich, daß man anders gesinnt wird, wenn man Mutter ist. Und Sie haben Recht, das Haus Haslach knausert nicht, wenn es einen Preis machen muß für das, was es seine Familien= ehre nennt. Aber auch arme Leute haben ihre Ehre, Herr Oheim! Und alles Gold, was Sie der verstorbenen Schwägerin mit auf den Weg gaben, hat ihr die verlorene Ehre nicht vergüten können.

Ihre Stimme war immer erregter geworden, Thränen er= stickten sie jetzt. Der alte Offizier, der an die Hecke gelehnt stand, starrte vor sich hin. Kein Laut verrieth, was in ihm vorging.

Sie haben es abgelehnt, meinen Roman, wie Sie es nennen, zu hören, fuhr sie fort, nachdem sie sich wieder ein wenig ge= sammelt hatte. Ich kann es Ihnen dennoch nicht ersparen. Sie sind nicht nur der Urheber dieser traurigen Geschichte, Sie müssen auch wissen, ganz und unverhüllt, wie das unglück= liche Wesen dazu gekommen ist, Sie wieder an sein Dasein zu erinnern. O, ich will nicht versuchen, mich nun als ein Opfer hinzustellen, wie Sie vielleicht erwarten! Alles, was meiner armen Mutter an Trotz und Muth gegen ihr Schicksal gefehlt hat, all das habe ich in mir auflodern fühlen, als ich an ihrem Todbette zuerst die Geschichte ihrer Leiden erfuhr, die ich bisher nur verworren geahnt hatte. Wie sie in ihre Heimath zurück= kam, ohne den Mann, nur mit dem Kinde; wie Keiner, selbst ihre Nächsten nicht, daran glauben wollten, daß dieses Kind einer wirklichen Ehe entsprungen sei, — und die Schmähungen, die Verdächtigungen, die eigenen Eltern, die sich von ihr abwendeten, bis sie es zu Hause nicht mehr aushielt und nach einem Orte floh, wo Niemand sie kannte, bis nach Frankreich hinein, — wie sie erst in Besançon, dann in Grenobles eine Zuflucht suchte, und weil sie schön war und man Nichts von ihrer Herkunft wußte, überall Nachstellungen und Demüthigungen preisgegeben — nein, Herr Oberst, ich will Ihnen nicht langweilig werden mit der ausführlichen Geschichte dieser traurigen Zeit. Da erbarmte sich unser endlich ein neues Unglück. Das Capital, das die Mutter von dem Hause Haslach nach der Scheidung erhalten, ging bei einem Bankrott verloren, sie fiel vor Schrecken in ein Nervenfieber, das ihre Schönheit zerstörte, und da sie in der Nacht, besinnungslos, ihrer Wärterin entkam und aus dem Fenster sprang und ein schweres inneres Leiden davontrug, siechte sie ihre übrigen Jahre so hin, sich selbst nicht mehr ähnlich. Ich habe sie nicht anders in der Erinnerung, als auf Krücken schleichend, wenn sie einmal von ihrem Spitzenklöppeln am Fenster aufstand, nach dem Herde zu sehen oder mir die Thür zu öffnen. So haben wir Jahr um Jahr gelebt, und ich wußte nicht, warum wir so unglücklich waren, warum in einem fremden Lande, da wir doch Deutsch sprachen, und warum von meinem Vater nie die Rede war. Erst als sie ihre letzte Nacht herankommen fühlte, sagte sie mir Alles. Und in dem bitteren Gram, daß ich meine Mutter begraben mußte, — wie viel härter schien mir ihr Loos, wie viel schändlicher die Tücke des Geschickes und die Herzenskälte der Menschen! Ich hörte den Namen Haslach, den ich selbst zu führen berechtigt war, zum ersten Mal, und die erste Silbe davon klang mir immer im Ohre. Haß fühlte ich gegen Alle, die das Leben meiner armen Mutter zerrüttet, sie um Ehre und Glück betrogen hatten, die Einen aus Schwäche, die Andern — ich weiß nicht, wie Sie selbst es nennen, Oheim. Und nun es vorbei war, was nun? Kam nun die Reihe an mich? Ich war schön, wie meine Mutter, und arm, wie sie, und wehrlos, wie sie, gegen selbstsüchtige Menschen, die meine Jugend zu verderben Lust hatten. Sollte ich nun still halten und auch so ein erbärmliches heimathloses Leben herankommen lassen, wie hier eben eins zu Ende gegangen war? Nein! sagte ich mir und biß die Zähne zusammen, ich will nicht so geduldig sein, ich will mein Schicksal herausfordern, und vor Allem: die Todte will ich rächen an dem ganzen Geschlecht, das ihr Elend verschuldet hat, und der Herrgott im Himmel, der ja will, daß wir die Sünde hassen, wird mir beistehen, wenn ich mich zum Werkzeug der Vergeltung in seine Hand gebe!

Ich wußte, daß mein Vater nicht mehr lebte, daß seine zweite Ehe kinderlos geblieben war, — von Ihnen, Oheim, den ich vor Allen haffen mußte, wußte ich Nichts. Auch lag mir wenig daran, bloß an den Haslachs mich zu rächen. Alle die hochmüthigen reichen Häuſer in dieſer Stadt, die damals es nur gelobt und gebilligt hatten, daß die Ehe mit einer fremden Magd vernichtet wurde, all die wollt' ich aus ihrer Ruhe aufſchrecken. Ich wußte gut genug, daß mein Geſicht und meine Geſtalt jungen Leuten gefährlich war. Ich hatte es trotz unſeres eingezogenen Lebens mehr als einmal erprobt, daß, wenn ich es darauf anlegte, ich jeden Strohkopf in Flammen ſetzen konnte. Schelten Sie das Eitelkeit, Oheim, oder wie Sie wollen, Gott iſt mein Zeuge, ich hatte nie Mißbrauch damit getrieben; ich liebte die Männer nicht, noch eh' ich wußte, was meine arme Mutter durch einen Mann hatte leiden müſſen. Jetzt aber, jetzt freute ich mich, daß ich es in meiner Macht hatte, mich an dieſen ſtolzen Patrizierhäuſern zu rächen, indem ich ihre übermüthigen, verwöhnten Söhne zu meinen Füßen ſchmachten ließ!

Sie hatte im hellen Mondlicht geſtanden, ihr Geſicht glühte über und über, es war, als ob ein Fieber all dieſe Bekenntniſſe aus ihr herauslocke. Und der Alte noch immer ſtarr und ſtumm auf dem alten Fleck.

Sie näherte ſich ihm jetzt und ſuchte ſich zu einem gelaſſenen Ton zu zwingen.

Es graut Ihnen vor mir, Oheim, geſtehen Sie es offen; mir ſelbſt — jetzt, wenn ich zurückdenke, — wie von einem böſen Geiſt beſeſſen komme ich mir vor; ich frage mich, ob ich's wirklich war, die das arge Spiel mit all den verblendeten Thoren getrieben hat, ſo gelaſſen, wie ich die Enten im Wallgraben fütterte. Ich will Nichts beſchönigen, Oheim. Ich weiß, daß ich mir Nichts von all den Sorgen und Seufzern zu Herzen gehen ließ, ſondern heimlich dachte: Euch geſchieht Recht; wenn es nur noch ärger käme! — Dann kam es ärger — und es war ein Haslach, den es traf, — und auch das, Oheim, obwohl mir's ſchauerlich war — ich trug nicht ſchwer daran in meinem Gewiſſen. Ich glaubte, es ſei die Hand des gerechten Gottes, die ihn getroffen.

Aber dann — als wieder ein Haslach kam und ich beim erſten Blick auf ihn in meinem Innerſten fühlte: nun war ich getroffen von der vergeltenden Hand, — o wenn ich Ihnen sagen — wenn Sie mir glauben könnten —

Sie verstummte plötzlich. Sie sah, wie der Alte mit einem Ruck die Lähmung abschüttelte, die ihn so lange an die dunkle Hecke festgeklammert hielt. Er fuhr, mit der Hand tastend, nach seinem Hut, als ob er sich überzeugen wollte, daß er ihn noch auf dem Kopfe trug; dann strich er sich die Uniform über den Hüften glatt und versuchte an ihr vorbeizuschreiten. Aber sie vertrat ihm den Weg.

Wo wollen Sie hin, Herr Oberst? rief sie voll Angst. Können Sie, nachdem Sie nun Alles wissen, ohne ein Wort —

Es ist genug geredet worden, stieß er rauh heraus. Was helfen Worte? Können sie einen Todten wieder aufwecken? Und selbst dann — können Sie im Ernst glauben, Mademoiselle, —

Oheim! rief sie, nach seiner Hand haschend, nennen Sie mich nicht mehr eine Fremde! Sei'n Sie barmherzig! Ich bin nicht mehr Jorinde La Haine. O diesen selbstgeschmiedeten Namen — wie hab' ich ihn büßen müssen! Soll er uns nun ganz elend machen, mich, Ihren Sohn, — Sie selbst? — Mich freilich kennen Sie nicht, und daß ich, wenn ich gefehlt, nicht aus Leichtsinn, nur weil ich ein allzu schweres Herz und meine arme Mutter zu lieb gehabt hatte —

Er zog barsch seine Hand zurück. Bemühen Sie sich nicht weiter, sagte er mit seiner ganzen Kälte. Niemals wird der Oberst Haslach seine Einwilligung dazu geben, daß sein Sohn eine so wahnwitzige Ehe schließt. Wenn Sie glauben, ich sei mürbe geworden durch die zwanzig Jahre, seit ich meinem Bruder geholfen habe, einen Narrenstreich ungeschehen zu machen, so irren Sie sehr. Wie mein Sohn jetzt darüber denkt, ist mir sehr gleichgültig. Wenn er so graue Haare hat, wie sein Vater, wird er es ihm noch im Grabe danken, daß er ihn von einem Abgrunde zurückgezogen hat, und wär's auch mit Gewalt. Gute Nacht, Mademoiselle!

Er legte die Hand an den Hut und verließ, ohne noch einen Blick auf die regungslose Gestalt zu werfen, den Garten.

*   *   *

*

Was in dieser Nacht zwischen Vater und Sohn vorging, hat Niemand je erfahren. Am andern Tage sah man Jeden mit starrer, steinerner Miene herumgehen, die letzten Geschäfte vor der Abreise besorgen, Abschied nehmen von den wenigen näheren Bekannten, mit denen sie in dieser Trauerwoche überhaupt verkehrt hatten. Unter einander sprachen sie kein Wort und sorgten dafür, sich im Hause beim Kommen und Gehen nicht zu begegnen. Den Nachbarn fiel es auf, daß die Züge des jungen Capitäns düsterer, sein Betragen scheuer und abweisender war, als am ersten Tage, wo der Schmerz um den Bruder noch frisch in ihm bluten mußte. Der Oberst hatte stets für einen Sonderling gegolten, der die Menschen nicht liebe. Aber auch an ihm fiel eine unheimliche lauernde Miene auf, die selbst seine alten Kameraden von ihm zurückscheuchte.

So verging der Tag. Als es dunkel geworden war, trat der Bursche des Capitäns in das Zimmer des Obersten, um im Auftrage seines jungen Herrn zu melden, derselbe sei von einem Freunde — dessen Namen er auch nannte — eingeladen worden, noch einen Abschiedstrunk in seiner Gesellschaft zu nehmen. Sie würden in einem Weinhause vielleicht bis über Mitternacht bleiben, der Herr Oberst möge daher nicht unruhig werden, wenn der Herr Capitän erst spät nach Hause käme. Bei der Abreise, die auf morgen früh festgesetzt war, werde er nicht fehlen.

Kein Wort und keine Miene verrieth, ob der alte Herr die Meldung gehört hatte. Er saß in Tabakswolken eingehüllt vor seinem Schreibtisch. Auf einem Stuhl lagen die Kleider seines todten Sohnes, die er mitnehmen, aber selbst in den Mantelsack verpacken wollte.

So verließ ihn der Bursche, da auch auf die Frage, ob der Herr Oberst sonst Nichts befehle, keine Antwort kam.

Indessen saß der Sohn wirklich, wie er es dem Vater hatte melden lassen, in einem abgeschlossenen Zimmer einer Weinschenke mit jenem ältesten und vertrautesten seiner Jugend= freunde zusammen. Sie hatten viel mit einander zu besprechen gehabt, so ernste und gewichtige Dinge, daß Beide das Trinken darüber vergessen mochten. Eine ansehnliche Summe in Gold hatte der Freund mitgebracht, über die der junge Offizier ihm einen Schein ausstellte. Was sie dann noch weiter verabredet, war Alles mit so leiser Stimme gesprochen worden, daß der dienstfertig ab- und zugehende Kellner nicht eine Silbe verstand.

In der Trinkstube nebenan war es still und stiller geworden. Nur wenige von den beharrlichsten Nachtvögeln nisteten noch fest in den düsteren Winkeln hinter ihrem letzten Schoppen, und man hörte den rasselnden Gang der alten Wanduhr. Jetzt setzte sie ein, um Mitternacht zu schlagen. Da erhob sich der junge Offizier von seinem Stuhl, griff nach dem Hut und sagte zu seinem Gefährten:

Es ist Zeit. Sie soll nicht auf mich zu warten haben. Bleibe du hier, Martin, und laß mich allein das Haus verlassen. Du kannst hernach der Wahrheit gemäß bezeugen, daß ich um Mitternacht fortgegangen sei und du nicht gesehen habest, welchen Weg ich eingeschlagen. Nochmals Dank für deine gute, herzliche Freundschaft, und ich hoffe dir's noch einmal vergelten zu können. Wenn sie hinter mir drein schimpfen und schmähen, — versprich mir, daß du mich nicht vertheidigen, dir keine Händel meinetwegen zuziehen willst. Jeder hat nur Einen Richter über seine Handlungen, sein Gewissen, und jedes richtet nach eigenem Gesetze. Daß meines mich losspricht, wo mich die Menschen verdammen werden, das fühl' ich so gewiß wie mein Leben. Ich weiß nicht, ob ich es thun würde, wenn Nichts weiter als meine Leidenschaft mich dazu spornte. Aber hier steht mehr auf dem Spiele. Der Name, den ich trage, legt mir die Pflicht auf, an der Tochter gut zu machen, was ein Haslach an der Mutter verbrochen hat. So spiele ich va banque — was liegt an meinem Leben? Du siehst zwar schwarz in die Zukunft, Martin. Aber du bist auch kein Soldat, nicht an Wagen gewöhnt. Und dann — du kennst sie nicht, wie ich sie kenne. Hoffentlich, wenn wir irgendwo auf einem sicheren Fleckchen Erde unser Leben gegründet haben, kommst du einmal zu Besuch, und dann scherzen wir über all deine sorglichen Einbildungen, mit denen du mir in dieser letzten Nacht das Herz hast schwer machen wollen. Lebe wohl, mein Alter! Vergelt' dir's Gott, was du trotz alledem gethan hast, mir beizustehen.

Er schüttelte dem guten Gesellen kräftig die Hand, leerte dann noch sein Glas und verließ das Haus.

In einem Gasthof nahe am Thor hatte er seine Pferde eingestellt. Dahin ging er jetzt durch die schlafende Stadt, in der die Brunnen rauschten und das Mondlicht sein stilles, märchenhaftes Wesen trieb. Er mußte eine Weile pochen und rufen, bis der Stallknecht aus seiner Kammer hervortaumelte, fluchend über die nächtliche Störung. Als er den jungen Offizier erkannte, der ihm ein Goldstück in die Hand gleiten ließ, wurde er alsbald munter, machte sich auch weiter keine Gedanken darüber, warum der Herr Capitän um Mitternacht seine Pferde verlange, sondern zog die beiden wohlgepflegten Thiere flink aus dem Stall und sattelte das Pferd des Dieners, während der Herr sein eigenes besorgte. Dann leuchtete er, als der Capitän sich in den Sattel geschwungen und das zweite Pferd am Zügel gefaßt hatte, mit der Stalllaterne über den dunklen Hof und verschloß das Thor hinter dem Davonsprengenden.

Nur ein Weg von zehn Minuten war zurückzulegen, da ragten ihm schon die Thorpfeiler mit den Wappenlöwen vom Mondschein versilbert entgegen. Er hielt am Parkgitter still, schwang sich aus dem Sattel und band die Zügel der beiden Pferde an einem der Eisenstäbe fest. Die Glocke zu ziehen war heute nicht nöthig; die Pforte war der Verabredung gemäß nur angelehnt. So klopfte er seinem Sattelpferde nur noch mit einer leisen Ermahnung, ruhig zu bleiben, den Hals und betrat den Garten.

Das Herz pochte ihm ungestüm, als er die hohe Taxus= hecke entlang schritt, ein fieberhaft ungewisses Gefühl überkam ihn, so muthig und entschlossen er war. Er fühlte, daß hinter ihm die Brücke versank, daß er nun von Allem, was ihm bis= her Heimath und Frieden bedeutet hatte, sich geschieden hatte. Aber er ging vorwärts, ohne zu zaudern, den Blick auf die Kiesel des Weges geheftet, die wie Edelsteine glänzten. Er horchte rings umher. Nirgends ein Laut. Es war ja auch ausgemacht worden, daß sie ihn im Hause erwarten sollte. Und doch fiel dies Schweigen ihm so beklemmend auf die Brust. Um nur bald ihre Stimme zu hören, verdoppelte er seinen

Schritt, und schon bog er um die Ecke der dunklen Wand und sah jetzt das Häuschen im grellen Mondlicht auf der kleinen Anhöhe stehen — da — was erblickt er zwischen den Säulen der Vorhalle? — Es lehnt dort Etwas, halb über die Stufen hingestreckt — den Oberkörper gegen die mittlere Thür ge- drückt — eine Mannsgestalt, das Gesicht im Schatten der breiten Hutkrämpe — und warum in der warmen Sommernacht den Mantel um die Glieder geschlagen — diesen Mantel — von lichtgrauer Farbe — heiliger Gott! — wer hütet die Thür zu dieser Stunde? — —

Ein zäher, kalter Nebel spann sich um die Augen des Jünglings, unwillkürlich war er einen Schritt zurückgetaumelt, er rieb sich mit der Hand Stirn und Augen, um den Nebel wegzuwischen — und jetzt riß er beide Augen so weit auf, als er konnte, und starrte mit wahnwitzig verzerrtem Munde auf die Gestalt. — Wer da? rief er mit halb erstickter Stimme, das Haar gesträubt, die Hand am Degengriffe.

Keine Antwort. Aber Der im grauen Mantel schien gleich- wohl für einen irdischen Anruf nicht taub zu sein. Langsam zog er das eine Knie nach dem andern an sich — und nun — mit mühsamer Geberde, wie ein Schwerverwundeter, reckte er sich auf den Stufen in die Höhe — nun lehnte er sich in den Schatten zurück — nur seine untere Hälfte war deutlich im Mondlicht zu erkennen — so deutlich, daß dem Jüngling die Brust von einer Centnerlast zu zerspringen drohte, — und nun hob sich eine Hand, ein Arm bewegte sich winkend, drohend gegen ihn, der nur etwa zwanzig Schritte entfernt drüben auf dem hellen Kieswege stand, — ein Winken und Drohen — so still und feierlich, wie der Arm keines Lebendigen —

Gespenst der Hölle! rief der Unglückliche drüben, dem dies Winken und Drohen galt — ich — ich weiche dir nicht! Was für ein Recht hast du — dich einzudrängen — diese Schwelle — hinweg von dieser Schwelle, sag' ich — oder vollende dein Werk, Phantom, komm an — wage es, blasser Spuk, dem Leben zu trotzen — ich weiß, daß du kein Recht hast — ich verachte dein Drohen — komm an! O all ihr Engel und Schutzgeister, helft mir gegen ihn!

Er hatte in der blinden Angst und Verstörung seinen Degen aus der Scheide gerissen, immer den Blick starr auf die Gestalt gerichtet — der Fuß trug ihn bewußtlos ein paar Schritte näher — er erhob den blanken Stahl — wieder ein Schritt gegen das Haus — da trat die Gestalt voll aus dem Schatten hervor, nur das Gesicht dunkel, und bewegte sich ihm entgegen, beide Arme wie beschwörend gegen den Besinnungslosen ausgestreckt — noch ein Winken und Drohen — dann ein dumpfes Stöhnen — die Gestalt im Mantel wankte ein paar Schritte zurück und stürzte straucheInd zwischen den Säulen über die Stufen hin, wo sie mit dumpfem Halle zusammenbrach.

Im hellen Kieswege stand der Jüngling, erstarrt wie ein Entseelter. Der Degen, von welchem Blut auf die Erde tropfte, fiel ihm aus der eiskalten Hand. Im nächsten Augenblicke kniete er neben dem zusammengebrochenen Körper und schlug den Mantel zurück, den der Vermummte im Fallen über sein Gesicht geschlagen hatte: er sah in die Züge seines Vaters, die der Todeskampf verzerrte.

* * *

Als am anderen Morgen die Marktweiber über den Wall nach der Stadt gingen, fanden sie zu ihrem Erstaunen das sonst so wohlverschlossene Parkgitter geöffnet. Einige Polizei= soldaten, hiervon benachrichtigt, hielten es für ihre Pflicht, nach= zusehen, ob etwa über Nacht ein Einbruch geschehen sei. Sie fanden den Garten und das Haus in friedlicher Ordnung. Als sie aber nach der Vorhalle kamen, lag dort der Todte, ganz wie er Nachts zusammengesunken war.

Von den Frauenzimmern, die hier gewohnt, war Nichts zu hören, noch zu sehen. Man mußte durch einen Schlosser die Thüren sprengen lassen. Da fand man in dem kleinen Rococogemach, wo der Schatz aufbewahrt wurde, Alles in der alten Ordnung, nicht eine Spange oder ein Ring schien zu fehlen, auf dem Tische aber lag ein offenes Blatt, worin die Besitzerin den Bürgermeister ersuchte, all diese kostbaren Sachen zum Besten der Stadtarmen zu verkaufen, da sie im Begriff sei, mit ihrem Bräutigam eine Reise anzutreten, und Nichts

von hier mitnehmen wolle, als was sie mitgebracht habe, außer
der Liebe und Treue ihres Verlobten. Zugleich bitte sie den
Vater ihres Bräutigams um Verzeihung, daß sie auf seinen
Segen habe verzichten müssen.

Dies Vermächtniß ließ deutlich erkennen, daß es noch vor
dem letzten entsetzlichen Ereigniß beschlossen worden war. Was dann
sich noch zugetragen, konnte nur aus den jammervollen Spuren
genuthmaßt werden. Am Abend desselben Tages kam eines der
Pferde, abgetrieben und halb gelähmt, an das Stadtthor und
wurde als das Reitpferd des jungen Offiziers erkannt. Ihn
selbst fand man erst zwei Tage später in einem nahen Gehölz,
mit zerschmettertem Haupt unter einer Eiche liegend, seine Pistole
neben ihm. Von seiner unglücklichen Braut und ihrer Dienerin,
die auf dem anderen Pferde entflohen sein mußten, ist nie die
geringste Kunde wieder vernommen worden.

Getreu bis in den Tod.

(1875.)

Mitternacht war vorüber, eine rauhe, sternlose Novembermitternacht. Ein dünner erster Schnee, der über Tag auf den Dächern und Fenstergesimsen gelegen, wurde vom Nachtwind in kurzen Stößen durch die Straßen gefegt und füllte die Luft mit unsichtbarem, krümligem Eisstaube. Dennoch ging ein junger Mann mit hastigen Schritten, deren Schall er sorgfältig zu dämpfen suchte, in einem engen Gäßchen der Stadt unermüdlich auf und ab und sah immer von Zeit zu Zeit nach der Wand des Hauses gegenüber, an der sich das Lichtbild eines kleinen, fast viereckigen Fensters malte, mit dunklem Stabwerk und zurückgezogenen Gardinen. Manchmal erschien ein Schatten in dem hellen Felde und stand dort eine Weile still; ein weiblicher Kopf war zu erkennen, von einer Haube eingerahmt. Dann hielt der Wandelnde unten den Schritt an und drückte sich in die Nische der nächsten Hausthür, als fürchte er, das Fenster oben möchte geöffnet werden und die Gestalt sich hinausbeugen, um besser hinunterzuspähen. Das geschah aber nicht, und nach einiger Zeit verschwand auch wieder der Schattenriß droben im Lichtscheine an der Mauer. Dann schüttelte der Jüngling die Erstarrung ab, die ihn überfallen wollte, vergrub seufzend die Hände tief in die Rocktaschen und begann von Neuem seinen rastlosen Schildwachenschritt auf der Schattenseite.

Auch die Frau in dem Stübchen droben ging ruhelos hin und her. Sie war klein und zart gebaut, das schlichte Haar unter ihrer Haube so weiß wie die Tüllkrause, die es einfaßte, das sehr blasse Gesicht zeigte einen ängstlichen Ausdruck von Horchen und Harren; aber wenn sie die blauen Augen aufschlug und zufällig auf einem großen Bildniß ruhen ließ, das hinter dem Sopha die ganze schmale Wand einnahm, war etwas in dem Aufleuchten ihres Blicks, das die weißen Haare und das verblühte Gesicht Lügen strafte, obwohl auch die Farbe dieser Augen ausgeblichen war, wie es hellen Augen geschieht, wenn sie zu viel weinen.

Das Bild stellte einen schönen, hochgewachsenen, breitbrustigen Mann dar, in schmuckem Jagdkostüm, die Flinte am Riemen über die Schulter gehängt. Eine leichtsinnige Munterkeit und verwegene Lebenslust blitzte ihm aus den Augen, und die vollen Lippen schienen sich eben zu einem trotzigen Scherz zu öffnen. Die eine Hand hatte er auf den glatten Kopf eines Hundes gelegt, in der andern hielt er eine rothe Rose. Auf diese fiel der volle Schein des Lämpchens, das auf dem Tisch vor dem Sopha stand, während der Kopf des Mannes nur einen Halbschimmer erhielt. Gerade in dieser Dämmerung aber erschienen die Züge um so geisterhaft lebendiger.

Sonst war kein Bilderschmuck in dem niedrigen Stübchen, auch alles Geräth überaus einfach und altmodisch. Aber die geblümten Ueberzüge über Sopha und Stühlen waren peinlich sauber gehalten, das Bett im Alkoven, das schon lange für die Nacht hergerichtet war, mit schneeweißen Linnen überdeckt, auf der rundausgebauchten Klappe des alten Secretärs kein Stäubchen, so wenig wie auf dem Gehäuse der Wanduhr, die, im Winkel stehend, bis an die Decke reichte, und deren zinnerner Pendel mit hartem Geräusch hin und her schlug, so ruhelos, wie das Herz der kleinen Frau, während sie immer von Neuem den Weg zwischen Thür und Fenster dem großen Bilde vorüber wandelte.

Der Ofen war längst ausgebrannt. Auf einmal erlosch auch die Lampe. Nun war es so finster in dem niederen Zimmerchen, daß kaum noch die weiße Masse des Bettes aus der Tiefe des Alkovens hervordämmerte. Aber die einsame Frau hatte die Schritte zwischen Thür und Fenster zu oft gemessen, um ihre Wanderung wegen der plötzlichen Finsterniß einzustellen. Was hätte es ihr auch geholfen, so lange ihr Herz nicht ruhiger wurde, als der Pendel an der Wanduhr?

Nun schlug die Uhr halb Eins, einen harten, heiseren Schlag. Die Frau fuhr leicht zusammen und blieb unwillkürlich stehen. Mein Gott, ach mein Gott! sagte sie vor sich hin, es ist nichts Gutes, nichts Gutes, sonst ließe er mich nicht darauf warten! — Sie horchte wieder in die Gasse hinaus, jetzt um so geschärfteren Ohrs, da das Auge unthätig blieb. Die Fenster schütterten leise unter den Windstößen, ein feines Winseln klang durch den hohen Schlot in den Ofen herab, dann und wann hörte man aus einem Hofe in der Nachbarschaft einen Hund heulen, den in seiner Hütte fror. Aber jetzt — der Zeiger war auf drei Viertel gerückt — wurde nicht unten ein Schlüssel sacht in die Hausthür gesteckt und behutsam das Haus geöffnet und wieder verschlossen — Alles in Pausen, um das Geräusch dazwischen wieder einschlafen zu lassen? Und nun kam es die Treppe herauf mit Diebes-tritten, und oben, auf dem Flur des zweiten Stocks, hielt es an und schien hineinzulauschen, ob drinnen wirklich Alles zur Ruhe sei. Und jetzt legte sich eine Hand auf den Griff der Thür, die das kleine Mittelzimmer zwischen den beiden Wohn= und Schlafstuben öffnete, — da aber wurde diese Thür von innen aufgerissen, und der Verspätete, der hier Niemand mehr wach zu finden hoffte, stand erschrocken vor der alten Frau, die trotz der Finsterniß jeden Zug seines jungen Gesichts deutlich zu er-kennen schien.

O Hubert, bist du's endlich! sagte sie, indem sie tastend seine Hände ergriff und ihn hineinzog. Mein Gott, wie eisig du bist! Und nun ist der Ofen kalt — und den Thee hat die Dora längst ausgetrunken, — aber wer dachte auch — und übrigens kann ich ja in fünf Minuten — die Spiritusmaschine steht noch im Zimmer, — o Kind, was für eine Nacht!

Sie war, sobald sie ihn in Sicherheit hatte, auf einen Stuhl neben der Thür gesunken, die Füße hatten ihren

Dienſt nur ſo lange nicht geweigert, als ſie ihm noch entgegen-
eilen mußten. Jetzt war Alles in ihr wie auf einen Schlag
gelähmt, ſo überwältigte ſie, was ſie doch ſo lange erwartet
und — gefürchtet hatte: daß er kam und ſtumm blieb.

Er ſchien ſich einzubilden, daß er von der Finſterniß Vor-
theil ziehen und alles Schwere, was noch durchzumachen war,
auf morgen vertagen könne; als ob ihr ſeine kalte Hand und
ſein ſtummes Betragen nicht trotzdem geſagt hätten, wie es um
ihn ſtand.

Laß nur, Mutterchen, ſagte er. Ich werde gleich wieder
warm. Biſt du denn wirklich aufgeblieben? Ich — ich konnte
noch nicht gleich nach Hauſe gehen — Du begreifſt, wenn man
ſo aufgeregt iſt, — ſchlafen kann man ja noch genug, — und
der Gruß, den dir Cilly ſchickt, hat ja wohl bis morgen —

Er hatte im Finſtern die Thür nach ſeinem Zimmer gefunden und ſchien geradewegs mit einem flüchtigen „Gutenacht!“
auf der Schwelle die Mutter verlaſſen zu wollen. Aber ſchon
hatte dieſe ſich tapfer wieder aufgerichtet und war ihm nachgeeilt.

Kind! ſagte ſie haſtig, kannſt du glauben, ich ließe mich
ſo abſpeiſen? Sei doch nicht ſo wunderlich. Als könnteſt du
mir was verbergen, was dich ſelber drückt. Meinſt du, ich
hätte es nicht gewußt, wie ich nur unten deinen erſten Schritt
auf der Stiege hörte? Hab’ ich nicht lange genug meinen lieben
Jungen in froher und trauriger Zeit nach Hauſe kommen hören,
um ſchon an ſeinem Gang zu wiſſen, wie ihm zu Muthe iſt?
Die alte Treppe hat mehr Zutrauen zu mir, als mein eigener
Sohn; die beichtet mir Alles.

Es war gut, daß er ihr Geſicht nicht ſehen konnte, während
ſie dieſen trübſeligen Scherz hervorſtammelte. Auch daß ſie ſich
am Thürpfoſten halten mußte, bemerkte er nicht. Er war auch
zu ſehr mit ſeinem eigenen Gemüthe beſchäftigt, um ganz klar
zu begreifen, wie der alten Frau zu Muth ſein mochte.

Mutterchen, ſagte er endlich und klinkte die Thür leiſe auf,
es iſt ſpät, — du haſt ſchon geſtern über Tag ſo ſchlecht aus-
geſehen, — wenn du nun auch um deinen Schlaf kommſt —
Und was ich dir zu erzählen habe, iſt eine lange Geſchichte,
eine ſehr einfältige Geſchichte, — aber du brauchſt nicht zu er-

schrecken, — es ist gar Nichts entschieden bis jetzt, und da zwischen mir und Tilly Alles geblieben ist, wie es war, — und auch die Eltern genau so viel von mir halten, wie früher, — du siehst, liebste Mutter, es ist gar nichts Verzweifeltes dabei, — dumme kleine Rücksichten und Vorurtheile, die eine rechte Liebe nicht unterkriegen dürfen —

Hubert — du willst mich täuschen! O mein Kind, — mein schweres Herz diese letzte Woche, — ich wußt' es wohl, das würde Recht behalten —.

Sie faßte wieder seine Hand. Ihre war kalt und zitterte.

Gewiß nicht, Mutterchen. Thu mir jetzt nur die einzige Liebe und geh zu Bett. Ich soll morgen um Neun ins Gericht, — du weißt, der Proceß, wo ich zu plaidiren habe, — und darum bin ich so lange durch die Stadt gerannt, um noch ein paar Stunden schlafen zu können und morgen einen freien Kopf zu haben. Wenn wir jetzt den hellen Tag heranschwatzen — thu m i r ' s zu Liebe, Mutterchen!

Sie ließ sogleich seine Hand los.

Gute Nacht, mein Kind, sagte sie. Du hast Recht, wir müssen schlafen. Morgen ist auch ein Tag. Schlaf wohl, lieber Junge!

Damit zog sie seinen Kopf zu sich herab, küßte ihm das Gesicht und drängte ihn dann selbst in sein Zimmer. Erst als die Thür hinter ihm zugefallen war, tappte sie leise, als ob er sofort eingeschlafen wäre und nicht mehr gestört werden dürfte, in ihr eigenes Gemach, dessen Thür sie aber nur anlehnte. Sie wollte horchen können, ob er auch wirklich schlafe.

Es blieb Alles ganz still. Dennoch konnte sie sich erst nach einer langen Pause, die sie am Thürpfosten lehnend verbracht, entschließen, in den Alkoven zu schleichen und sich zu entkleiden. Auch das geschah zaudernd; zwischen jedem Stück, das sie ablegte, saß sie ein Weilchen unthätig, horchte um sich her und in sich hinein und seufzte: Ach mein Gott! Als sie dann endlich im Bette lag, starrte sie mit weit offenen Augen in die Finsterniß, aus der nur wenige hellere Punkte auftauchten, die weiße Glocke der kleinen Lampe vor dem Sopha, ein Streif des goldenen Rahmens um das große Bild, der messingene Griff an der Thür, die ins Vorzimmer führte.

Immer hingen ihre Augen an dieser Thür, sie wußte selbst nicht, warum. Denn drüben blieb es ja still. Auch die Nacht= stimmen beruhigten sich, der Wind hörte auf zu heulen und im Kamin zu winseln, der Hund in seiner Hütte schien endlich ein= geschlafen zu sein, Nichts regte sich, als der Pendelschlag an der Wanduhr, den sie sonst vor alter Gewohnheit nicht mehr ver= nahm. Heute aber überdachte sie, was Alles an ihr vorüber= gegangen war, seit diese eintönige Zunge das alte Lied von Werden und Vergehen sang; und darüber konnte sie nicht zur Ruhe kommen.

Es hatte Eins geschlagen — ein Viertel — halb — drei Viertel, — da sah sie den gelben Punkt an der Thür sich sacht bewegen, die Thür that sich geräuschlos auf, und Der, den sie schlafend geglaubt hatte, stand als ein dunklerer Schatten — noch völlig angekleidet, wie er gekommen war, nur ohne Mantel, — in dem finsteren Rahmen der Thür.

Er bewegte sich nicht; er wollte horchen, ob sie schlafe. Hubert! rief sie halblaut, — siehst du nun wohl, daß es doch Nichts hilft?

Im nächsten Augenblicke war er an ihrem Bett niedergesunken, er hatte die Hand, die sie ihm entgegenstreckte, ergriffen und an seine Lippen gedrückt, sie fühlte, daß seine Wange naß war, und zuckte zusammen.

Nein, sagte er, als sie sich haftig aufrichten wollte, du mußt ganz still liegen bleiben, meine geliebte Herzensmutter. Ich komme nur, weil ich auch nicht schlafen konnte, — und von dir wußte ich's wohl, — da ist es gescheidter, dacht' ich, man ver= sucht es mit einander, sich erst noch ein wenig zu beruhigen. — So! ich sitze hier gut auf dem Schemel an deinem Bett, laß mir nur deine Hand, sie thut mir wohl. Und ich habe auch gedacht, so in der Dunkelheit kann ich mir eher ein Herz fassen, — denn ich müßte mich schämen, Mutter, am helllichten Tage von so albernen Gespenstern zu sprechen, wie sie mir heut in den Weg getreten sind, und wenn ich so feig und kindisch war, nur einen Augenblick daran zu glauben, nicht wahr, Mutterchen, du verzeihst es mir? Nicht wahr?

Liebes Kind, erwiderte die Frau, indem sie sacht die Hand des Sohnes streichelte, wie soll ich dir verzeihen, was ich gar nicht weiß? Aber laß es nur gut sein, sprich nicht davon, wenn es dir peinlich ist, oder sag gleich Alles heraus, wenn es dich erleichtert. Daß ich wissen möchte, was dir Kummer macht, kannst du wohl denken, — obwohl ich sonst nicht neugierig bin. Aber Alles, wie es dir lieb ist, mein armer Junge.

Es war wieder eine Weile still im Alkoven. Dann sagte die Mutter:

Ich wette, du hast Nichts zu Nacht gegessen. Du gingst schon so früh hin, dann habt ihr gewiß gleich über die Hauptsache zu reden angefangen, und dann hast du alles Andere vergessen. Geh doch in das Wandschränkchen, da steht noch die Flasche mit dem alten Wein, die du mir neulich gebracht, und ein Teller mit Zwieback. Thu es um meinetwillen, mein Junge, du erträgst es sonst nicht, und morgen bist du krank. Siehst du wohl, deine Hand ist ganz heiß und trocken.

Er schüttelte still den Kopf.

Mich hungert nicht ein bischen, Mutter, und wenn ich heiße Hände und heißen Kopf habe, kommt es von ganz anderen Dingen. Aber es geht schon vorüber, wenn du mir nur —

Er stockte und brütete eine Weile vor sich hin. Plötzlich sprang er auf und machte einen Gang durch das Zimmer, bis er endlich vor dem Bilde über dem Sopha stehen blieb. Er sah es in der Dunkelheit so unverwandt und lange an, als ob er jede Linie des Gesichts aus den dichten Schatten herausfinden wollte.

Wann ist das Bild gemalt worden, Mutter? fragte er hastig.

Ein Jahr ehe du auf die Welt kamst. Warum fragst du jetzt auf einmal darnach? Ich meine, ich habe es dir oft gesagt.

Es kann wohl sein — es kam mir nur so — es war heut von dem Bilde die Rede, — auch von Dem, den es vorstellt, — ist es wahr, Mutter, daß ich ihm so ähnlich sehe?

Zug für Zug, Kind, bis auf den Bart, für den du noch zu jung bist, und bis auf die Augen, die du von mir hast. Mußt du's nicht selber sagen, wenn du nur in den Spiegel

fiehft? Aber wie kam es denn, daß sie vom Vater zu reden
anfingen? Und — was sagten sie denn von ihm?

Der Sohn antwortete nicht gleich. Er ging wieder mit
tastenden Schritten durch das Zimmer, stand jetzt vor der Uhr
still und sagte: Darf ich wohl den Zeiger anhalten? Es macht
einen ganz toll, in der Stille das harte, klirrende Ticktack zu
hören. Mich wundert, wie du es aushältst.

Wie du willst, Kind.

Er öffnete den Kasten, plötzlich aber schien er in seinen
Gedanken wieder auf etwas Anderes zu gerathen, denn er berührte
den Pendel nicht, sondern wandte sich ab und ging wieder nach
dem Alkoven, um sich auf seinen alten Platz niederzukauern.

Nein, sagte er, es ist nicht möglich!

Was, mein lieber Sohn?

Soll uns die Stimme der Natur so jammervoll belügen
können? Wenn ich denke, wie ich schon als kleiner Junge, wenn der
Vater nur ins Zimmer trat, — aber nein, auch jetzt nicht, auch
nicht einen Augenblick, ich schwör' es dir, Mutter, hab' ich es im
Ernst geglaubt — auch nur so lange, wie man es ausspricht, um
gleich zu sagen, daß es unmöglich ist. Nicht wahr, Mutterchen,
das traust du mir nicht zu?

Wieder eine Stille, die wohl fünf Minuten anhielt. Die
Hand der Mutter ruhte sanft auf dem buschigen Haar des
Sohnes, der seinen Kopf dicht neben sie an das Kissen ge-
schmiegt hatte.

Armer Junge! flüsterte endlich ihre traurige Stimme.
Also doch! Es hat dir also nicht erspart werden sollen! Ich
mußte es gleich, wie es hieß, sie wollten sich's noch eine Woche
überlegen, sich erst noch erkundigen. Man soll nur bei fremden
Menschen herumfragen, ob sie einem erlauben, glücklich zu sein,
da wird einem die reinste Freude vergiftet. Sage jetzt nur Alles,
Kind; du sagst mir schwerlich etwas Neues.

Sie zog ihre Hand leise von seinem Kopf zurück und stützte
sich im Bett auf, so daß sie ganz gerade saß, die Hände vor
sich auf der Decke gefaltet.

Mutterchen, fragte er stockend, muß ich wirklich Alles sagen, —
auch wenn es dir nichts Neues ist?

Sag es nur, Kind, sag es nur! Wenn dumme Menschen alte Geschichten erzählen, lügen sie doch immer was Neues hinzu. Ich sage das nicht von Cilly's Eltern, die sprechen nur so nach, und haben auch die Pflicht, für ihr einziges Kind, — aber eine Woche ist lang, da kann man sich viel einfältiges Zeug erzählen lassen, — ach Gott! ach mein Gott!

Ich danke dir, Mutter, daß du nicht schlecht von ihnen denkst. Sie haben dich Beide sehr lieb, besonders der Papa hält große Stücke auf dich, der Mama bist du nicht zuthulich genug; sie glaubt, es sei aus einem heimlichen Stolz wegen unseres Adels, den wir doch selbst aufgegeben haben, und weil sie nur Kaufleute sind. Aber warum hast du mir auch nicht den Gefallen thun wollen, öfter hinzugehen, als gerade durchaus nothwendig war! Sie kennten dich jetzt, Mutterchen, so genau, daß sie sich gar Nichts in den Kopf setzen ließen, und was die Tante Veronika schreibt —

So — so! Die Tante Veronika! Hab' ich's doch gewußt! Ach Gott! ach mein Gott!

Sie haben bei ihr anfragen müssen, einmal, weil sie die ältere Schwester des Papa ist und von der ganzen Familie verehrt wird wie ein Weltwunder an Tugend, Weisheit und Frömmigkeit, und dann, weil sie Cilly's Pathin ist und ihr ganzes Vermögen, das jetzt im Geschäft angelegt ist, einmal an ihre Nichte fallen soll. Cilly selbst, die gar keine Ader von ihrem Vater hat, gar keinen Geschäftsverstand, — schon als die Tante noch hier bei ihnen gelebt hat, war sie ihr nur mäßig zugethan. Das Moralisiren und Schelten über die Welt, der altjüngferliche Tugenddünkel hielt sie von ihr fern, und jetzt, seit sie nach B. übergesiedelt ist, mußte sie sich zu jedem Pflichtbriefe an die Pathin mit Gewalt drängen und treiben lassen. Nun vollends, seit die Tante ihr's so übel nahm, daß sie den jungen Stadtpfarrer, ihren Protégé, nicht hat heirathen wollen. Noch das letzte Mal, als sie ihr einen Geburtstagsbrief schreiben sollte, fand ich sie in Thränen, es gehe ihr gegen das Blut, schöne Worte zu machen, wo sie Nichts fühle; — ich lachte noch und sagte, wir Advocaten hätten ein weiteres Gewissen, wir schrieben eine halbe Seite mit sogenannten Curialien voll, bei denen noch nie ein Mensch etwas gefühlt habe, — und so dictirt' ich ihr die schönste Curial=Gratulation, die eine Tante sich nur wünschen kann.

Ich erzähl' dir das Alles nur, Mutterchen, daß du siehst, wenn die Mama bei der Tante anfragte, ob sie gegen Cilly's Verlobung mit einem Doctor Hubert Horst, der ehemals Horst von Halden geheißen, Nichts einzuwenden habe, so war kein Schatten von einem Mißwollen oder Mißtrauen gegen dich oder mich dabei, nur eine unerläßliche Form, und Niemand ließ sich träumen, daß eine ernste Einsprache erfolgen könnte.

Mich hat das alte Fräulein wohl kaum einmal gesehen. Ich war noch auf der Universität, als sie im Hause ihres Bruders lebte, und wenn ich dich in den Ferien besuchte und schon damals an Cilly's Fenster vorbeistrich, so wenig ich ahnte, daß sich's dabei um mein ganzes Lebensglück handle, macht' ich mich eilig davon, sobald das verdrossene, hochmüthige Altjungfern= gesicht sich nur von ferne blicken ließ.

Ob sie d i ch gesehen und irgend eine Abneigung gegen dich gefaßt, weiß ich nicht. Es ist aber nicht glaublich, erstens, weil man dich nicht sehen kann, meine kleine Mutter, ohne dich lieb zu haben, und dann bist du ja erst nach ihrem Fortgange und ihrer Uebersiedelung nach B. in die Stadt gezogen, weil ich mich hier etablirte und doch meinen Clienten den Weg bis nach unserem Landhäuschen hinaus nicht zumuthen konnte.

Also war's wohl keine persönliche Bosheit gegen uns, nur eine kleine Schadenfreude, daß sie der Cilly, die jenen geistlichen Freier so geradezu abgewiesen, einen Possen spielen kann und ihr den Liebsten, den sie wirklich liebt, nun auch nicht zu gönnen braucht.

Er sprang wieder von seinem niedrigen Sitz am Bette auf, der Gedanke an die Tücke und Erbärmlichkeit der Menschen, die ihn um sein Glück bringen wollten, schien ihm schwül um die Stirn zu machen, daß er sein Blut wieder beruhigen mußte durch einen Gang im Zimmer auf und ab.

Erst nach einer langen Pause hörte er die leise Stimme aus dem Alkoven:

Nun? Und was hat sie geschrieben?

Er fuhr fort, hin und her zu schreiten.

Ha! sagte er, sich nach dem Fenster wendend, während ihm das Blut in die Wangen stieg, einen Brief voll der absurdesten Geschichten, aufgewärmten, längst verjährten Klatsch, ohne die Spur eines Beweises oder auch nur des Versuchs dazu. Man braucht nicht einmal Jurist zu sein, um diesen armseligen Wisch zu verachten, — nicht einmal die Schrift lesen zu können, die auf deinem Gesicht steht, um zu wissen —

Was aber stand denn darin, in Gottes Namen? Du sollst es mir sagen, Kind, hörst du? Ich kann ja sonst nicht —

Mutter, rief er, — glaube doch um Alles in der Welt nicht, daß du nöthig hättest, mir gegenüber, oder Cilly, — oder selbst den Eltern, — wenn sie dich auch wenig genug kennen, — auf so handgreifliche Lügen, so alberne Verleumdungen auch nur mit Einem Wort dich zu rechtfertigen! Wenn du selbst nicht zu stolz dazu wärst: ich, dein Sohn, der dich kennt wie seine eigene Seele, — und dann, selbst wenn wir uns erniedrigen und jene tückischen Anklagen bestreiten wollten, — wo ist denn etwas Greifbares für oder wider, nach sechzehn Jahren, alle Zeugen verstorben oder verschollen? — Es ist lächerlich, und nur das verschrobene Gehirn einer alten Jungfer kann auf so einen ganz unqualificirbaren Gedanken kommen, der ebenso dumm wie perfid ist.

Es blieb still im Alkoven.

Nach einer Weile fuhr der Jüngling fort:

Der Papa, der ein praktischer Mann ist, nebenbei seine Tochter abgöttisch liebt und mich sehr schätzt, seit ich ihm seinen Prozeß gewonnen habe, der war auch gleich der Meinung, seine arme Schwester habe im Umgang mit allerlei Betschwestern und scandalsüchtigen Heiligen das letzte Restchen ihrer gesunden Vernunft eingebüßt. Die Mama aber, obwohl sie gleichfalls die Achseln zuckte, sagte, man dürfe sie doch nicht geradezu vor den Kopf stoßen, man müsse es leiser und diplomatischer angreifen. Wenn sie nun aus Aerger und gekränkter Eitelkeit, ihre Stimme im Familienrath ganz mißachtet zu sehen, ihre alte Drohung wahr machte, ihr Vermögen aus dem Geschäfte zurückzöge und statt

ihrer Nichte Gott weiß welchen leisetretenden geistlichen Hausfreund zum Erben einsetzte?

Ich erklärte, daß ich am liebsten mein Mädchen ohne einen
Heller Mitgift heimführen würde. Der Papa aber war still
geworden und sagte nach einiger Zeit: Von allen äußeren Vor-
theilen abgesehen, widerstrebe es ihm, seine einzige Schwester
sich geradezu für immer zu entfremden. Schon wenn sie weiter
Nichts thäte, als, wie sie geschrieben, nicht zur Hochzeit hieher-
zukommen, um nicht der Mutter des Bräutigams ihres geliebten
Pathenkindes begegnen zu müssen, — hast du einen Begriff,
Mutterchen, von einer so abgeschmackten Einbildung? So ein
sitzengebliebenes vierundfünfzigjähriges Herz, — der reine Petre-
fact —

Er war wieder an das Bett getreten. Es schien, als
lausche er ängstlich, trotz seiner gezwungenen Munterkeit, auf ein
tröstliches Wort der Mutter.

Ich weiß immer noch nicht, was Alles in dem Briefe
steht! sagte jetzt die leise Stimme.

Nun denn, wenn du es mir durchaus nicht ersparen willst,
dir dies kindische Märchen wiederzuerzählen: sie habe sich bei
Leuten, die uns vor sechzehn Jahren intim gekannt, erkundigt,
was du für eine Frau seiest und was für ein Mann der Vater
gewesen, und ob man ein Mädchen wie Cilly auch mit ruhigem
Herzen in unsere Familie hineinheirathen lassen könne, da die
ihre, die Webers, seit zweihundert Jahren fast lauter Pastoren
aufzuweisen habe und in ihrem Bruder den ersten Kaufmann,
der aber auch in diesem Stande Gott vor Augen und im Herzen
behalten habe. Und da habe sie zu ihrem Schrecken und Kummer
gehört, daß du damals — vor sechzehn Jahren, Mutterchen,
als ich ein Bursch von elf, ein grüner Tertianer war, — aus
B. weggezogen seiest, nicht, wie du gesagt, um dich einzuschränken
und hier auf dem Landgütchen in aller Stille zu leben, während
ich auf der Schulpforte etwas strammer gehalten werden sollte,
sondern weil du dem Stadtgerede über den Tod des Vaters
hättest aus dem Wege gehen wollen, — müssen, schreibt die
Tante, da all deine alten Freunde und Bekannten von dir ab-
gefallen seien. Denn der Vater — aber das Uebrige kannst

du dir vielleicht hinzudenken, Mutterchen. Ich schäme mich wahrhaftig, daß ich's übers Herz bringe, diese niederträchtigen Klatschgeschichten —

Weiter, mein Kind! Sage nur Alles. Es muß doch einmal zur Sprache kommen.

O Mutter, warum hab' ich nur überhaupt davon angefangen! Nun bring' ich dich noch vollends um deinen Schlaf. Ich hätte meinem ersten Gefühl folgen sollen und ihnen einfach sagen: wenn sie euch schreibt, ihr habt zu wählen zwischen mir und dieser Frau, so kann ich euch nur sagen: Cilly hat zu wählen zwischen dieser Frau und der Schreiberin dieses Briefes. Und Gott ist mein Zeuge, Mutter: wenn sie auch nur eine Miene gemacht hätten, als ob sie selbst an diese elende Verleumdung glaubten, so hätt' ich ihnen Alles vor die Füße geworfen und ihre Schwelle nie wieder betreten. Aber gerade weil ihnen selbst daran gelegen schien, dir eine recht gründliche Genugthuung, eine recht vollständige Ehrenrettung selbst in den Augen der bösen Schwätzerin zu verschaffen, — Mutter! dir nachsagen zu können, du hättest jemals dem Vater gerechten Grund zum Argwohn gegeben, die Kugel, die seinem Leben so früh ein Ende gemacht, sei nicht aus einem Jagdgewehr gekommen durch einen unglückseligen Zufall, sondern aus der Pistole eines Dritten, gegen den der Vater seine — seine Ehre zu vertheidigen gehabt — o Mutter, verzeih mir, daß ich diese erbärmlichen Lügen über meine Lippen gebracht habe! Du hast sie mir abgezwungen, du selbst! Und nun kein Wort mehr davon!

· Er war neben dem Bett auf die Kniee niedergesunken, hatte ihre Hand gehascht und drückte seinen heißen Mund gegen ihre schmalen, kühlen Finger.

So blieben sie eine Zeitlang, und die Hand gab kein Zeichen erwidernder Zärtlichkeit. Endlich regte sie sich nur, um sich zurückzuziehen.

Steh auf, Kind, sagte die Mutter. Zünd ein Licht an und stelle es dort auf den Tisch vor das Bild des Vaters. Was ich dir noch zu sagen habe, dabei soll er mein Zeuge sein, — und du mußt mir klar ins Gesicht sehen können.

O Mutterchen, sagte er, indem er zögernd that, was sie
von ihm verlangte, wozu der curiose Apparat wie beim Schwören
vor Gericht? Auch wenn ich deine Augen nicht sehe, weiß ich
ja doch, daß du mir nie die Unwahrheit sagen kannst.

Nein, nein, mein Junge, das ist es eben, du hast eine
zu gute Meinung von mir. — So! Das Licht nur ein wenig
mehr nach rechts, ich kann sonst gerade den Kopf des Bildes
nicht sehen. Und nun sollst du wissen, so viel als ich dir
sagen darf, und zuerst, daß ich dir doch eine Unwahrheit gesagt
habe. Verzeih mir's Gott, ich würde es wieder thun, wenn
Alles wäre wie damals, du noch ein elfjähriges Knäbchen, und
ich allein mit dir in der Welt, die so schlimm ist und immer
noch Schlechteres schwatzt, als sie selber glaubt. Es hätte dich
um deine ganze fröhliche Jugend gebracht, wenn all die Lügen
dir zu Ohren gekommen wären. Was ist dagegen die Lüge
einer Mutter? War dennoch eine Sünde dabei, die nahm ich
auf mich, und sie hat mich bis heute nicht gedrückt. Nun aber
schäme ich mich doch, und gräme mich auch, weil du vielleicht
von jetzt an nicht mehr so blindlings auf jedes Wort deiner
armen Mutter schwören wirst, da du weißt, sie kann auch die
Unwahrheit sagen, sogar ihrem einzigen Kinde. Aber nicht wahr,
das denkst du nicht, daß ich lügen könnte, wenn ich das Andenken deines armen Vaters dabei anrufe und ihm fest in die
Augen sehe?

Mutter, rief er und stürzte zu ihr hin, ich bitte
dich —

Still! wehrte sie ihn ab. Störe mich jetzt nicht. Ich
will dir nur ganz kurz sagen, was wahr und falsch ist an jenem
Briefe des alten Fräuleins. Dein Vater ist freilich nicht auf
der Jagd verunglückt, wie ich dir damals vorerzählte, damit
du nicht weiter darüber nachgrübeltest, sondern das Unglück
hinnähmest, wie Etwas, das Gott gefügt, aus seinem unerforsch-
lichen Willen. Nein, er ist von uns fortgereis't bis nach Belgien
hinein, um drüben jenseits der Grenze mit einem alten Freunde,
der ihm ein Todfeind geworden war, einen Gang auf Leben
und Tod zu machen. Das Todesloos fiel auf ihn, sein Gegner
entfloh nach England und ist nie wieder zurückgekehrt.

Es war so still im Zimmer, daß man das leise Knistern der Kerze hören konnte.

Erst nach einer langen Pause fuhr die Mutter mit noch leiserer Stimme fort: Ich wollte nicht, daß dir deine Jugend vergiftet würde, wenn wir in der Stadt blieben und jedes erste beste Zeitungsblatt dir unter Unglücksfällen und Mordthaten erzählen konnte, wie kläglich dein armer Vater dahinstarb, den du so leidenschaftlich lieb hattest, dessen einzige unverbitterte Lebensfreude du gewesen bist. Darum brachte ich dich ohne Zaudern fort nach Thüringen in die stille Klosterschule, und als du sie verließest, war längst Gras gewachsen über all diesem Traurigen, und ich hoffte, es würde für immer begraben bleiben. Der Mensch denkt und Gott lenkt. Nun hab' ich es doch nicht mit mir ins Grab nehmen können!

Ihre Blicke hingen still an dem Bilde, ihre Hände lagen gefaltet auf der weißen Decke, aber ihr Herz klopfte noch immer stürmisch; sie wußte, daß das Gespräch noch nicht zu Ende war.

Und darfst du mir jetzt nicht auch sagen, Mutter, weßhalb die alte Freundschaft in so tödtlichen Haß umschlug?

Sie zögerte einen Augenblick mit der Antwort.

Nein, sagte sie dann leise, aber mit ganz festem Tone, nein, mein Sohn, ich darf nicht. Ich habe es deinem Vater gelobt, nie sollte ein Wort davon über meine Lippen kommen. Das darf ich sagen, ohne mein Gelübde zu brechen: ich selbst war unschuldig an dem entsetzlichen Schicksal, so unschuldig, daß ich meine Hand zum Himmel heben und einen Eid thun könnte bei dem Glück und Leben meines einzigen Sohnes. Soll ich den Eid schwören, Kind? Ich bin dazu bereit, wenn du es für nöthig hältst, dich zu beruhigen.

Er wandte sich rasch nach ihr um. Sein Blick begegnete dem ihren, der von einer stillen, traurigen Hoheit glänzte. Mutter! rief er, du thust mir sehr weh, daß du· so fragen kannst. Ich — und wenn ich dein Sohn nicht wäre — nur so mit dir gelebt hätte, wie wir gethan haben diese drei Jahre, seit ich die Universität und meine Reisen hinter mir hatte, — o, auch ein ganz Fremder, auch Cilly's Eltern, wenn du ihnen das Alles nur so sagen wolltest, wie jetzt mir, — kein Hauch von Mißtrauen könnte in ihnen zurückbleiben! Vergieb mir nur, daß ich dir überhaupt das Herz schwer gemacht habe mit dieser traurigen, längst begrabenen Geschichte. Aber siehst du, es klebt Jedem Etwas an von seinem Handwerk. Ich bin nun einmal ein Actenwurm; ich dachte, wie ich nach Hause kam: wer weiß, ob sie nicht mit irgend einem einfachen Actenstück die ganze erbärmliche Verleumdung beschämen kann, daß nicht bloß Cilly's Eltern, sondern auch die heilige Frau Base, die Tante Veronika, ihr auf den Knieen abbitten muß, was sie jemals gegen ihre Vergangenheit gesagt oder gedacht haben. Darum fing ich davon an, Mutter, und es ist nun freilich schade, daß es so einfach nicht geht, daß du das Dunkel über dem Tode des Vaters nicht aufhellen darfst. Aber sei nur ruhig, es wird sich dennoch Alles lichten. Morgen, sobald ich mich vom Gericht losmachen kann, gehe ich zu den Eltern und berichte ihnen Alles, und wenn ihnen meine moralische Ueberzeugung von der Nichtigkeit und Nichtswürdigkeit jenes Geschwätzes nicht genügt, erkläre ich ihnen gerade heraus, daß ich lieber auf die Ehre, ihr Schwiegersohn zu werden, verzichten will, als es dulden, daß meine liebe Mutter —

Du wirst mir versprechen, Kind, etwas so Tollköpfiges nicht zu thun, hörst du? Du wirst nicht zu den Eltern gehen und in deiner Hitze und selbstlosen Aufwallung einen Schaden anstiften, der vielleicht nie wieder gut zu machen ist. Vom Gericht wirst du nach Hause kommen, hörst du wohl? und abwarten, was du hier von mir erfahren wirst. Denn ich selbst werde zu Cilly's Mutter gehen, und verlaß dich darauf, meine Worte werden eindringlicher sein, wenn sie auch sanfter klingen werden, als all dein heißblütiges Herausfahren und stolzes Pochen auf unsere Unschuld. Und jetzt nimm nur das Licht vom Tisch und gehe damit in dein Zimmer. Gute Nacht, Kind. Komm! laß dich noch einmal an mein altes Herz drücken. So! Und nun schlafe gut. Deine Mutter steht dir dafür, daß der Morgen Gutes bringen wird!

*　　*　　*

Spät war es Tag geworden. Die Novembersonne hatte Mühe, den zähen Nebelschleier zu lüften, der an den spitzen Giebeln der alten Häuser sich festgehakt hatte. Und vollends in dem Alkoven der Mutter schien es heut überhaupt nicht Tag werden zu wollen. Dreimal hatte der Sohn sich herangeschlichen und, die Thür verstohlen öffnend, hineingehorcht. Er hörte immer die gleichen stillen Athemzüge und winkte der alten Dienerin, der ein solches Verschlafen ihrer stets vor Tag schon sich rührenden Frau unerhört vorkam, sich ja ruhig zu verhalten. Er habe mit der Mutter bis gegen den Morgen zu reden gehabt. Nun hole sie das Versäumte nach.

Kaum aber war er aus dem Hause, so regte sich's hinter dem Vorhang, und die kleine Glocke erscholl, die jeden Morgen der alten Dora das Zeichen gab, daß sie Feuer im Ofen anzünden solle. Die getreue Dienerin pflegte während dieses Geschäfts mit ihrer Herrin zwanglos zu plaudern, den Tagesbefehl für Küche und Haus entgegenzunehmen und allerlei Neuigkeiten aus der Nachbarschaft zu berichten. Heute, da sie nur einen flüchtig forschenden Blick auf das ernste Gesicht und die fest vor sich hinstarrenden Augen gethan, verging ihr alle Versuchung zum Schwatzen. Sie glaubte, die Frau sei überhaupt noch nicht recht wach, sondern träume noch fort mit offenen Augen. Also sputete sie sich, so viel sie konnte, stellte das Frühstück auf den Tisch und ging wieder in ihre Küche.

Die Frau hatte aber überhaupt nicht geschlafen, nur so lange das Bett gehütet, um das nächtliche Gespräch nicht gleich in der Frühe fortspinnen zu müssen. Nun stand sie auf, in tiefen Gedanken, zog sogleich das schwarze Seidenkleid an, in welchem sie Besuche zu machen pflegte, und setzte sich dann mechanisch zu ihrem Frühstück. Sie hatte aber kaum ein paar Bissen genossen, als sie wieder aufstand, nach dem alten, rundbauchigen Secretär ging und mit einem Schlüssel, den sie in ihrem Geldtäschchen verwahrte, die gewölbte Klappe öffnete.

Ein unruhiger, zweifelnder Geist arbeitete sichtbar hinter ihrer sonst so klaren Stirn, als sie in die dunkle Höhlung des Schränkchens hineinblickte. Sie zauderte eine ganze Weile, ehe sie eines der Seitenfächer öffnete und eine alte Brieftasche heraus=

nahm. Mit leise bebenden Händen zog sie einen vergilbten Brief daraus hervor, der noch in seinem Umschlag steckte. Die Adresse zeigte ihren eigenen Namen.

Wie oft hatte sie diesen Brief, den sie einst in ihrer jammervollsten Stunde auf dem Tisch neben dem Sterbelager ihres Mannes gefunden, wie oft hatte sie ihn aus dem Couvert genommen, gelesen und Thränen aufgetrocknet, welche die Schrift= züge hie und da zu verwischen drohten. Sie mußte jedes Wort auswendig. Warum las sie ihn jetzt bennoch wieder wie zum ersten Mal?

„Mein armes, unglückliches Weib, meine getreueste Freundin, ich muß dir schreiben, benn ich weiß nicht, ob du noch zeitig genug kommen kannst, um meinen Abschied und die letzte Bitte, mir zu verzeihen, von meinen Lippen zu hören. — O Karoline, fast wünschte ich, du möchtest zu spät kommen. Wie soll ich sterbender Schächer in meinen letzten Augenblicken Kraft finden, deinen Anblick zu ertragen! Du weißt es ja, daß ich selbst in meinen übermüthigsten Tagen vor deinem stillen Blick, der mir niemals strafend und anklagend, höchstens traurig begegnete, mich gefürchtet habe wie ein Schulknabe. Gerade weil du mit deiner Engelsseele mich es nie wolltest fühlen lassen, wie wenig ich deiner werth war, gerade darum ertrug ich deine Nähe so schwer. Der Dämon in mir riß mich mit Gewalt von dir weg, dem Teufel ist's nicht geheuer an einem geweihten Ort. Hättest du mir Scenen gemacht, mir Alles ins Gesicht gesagt, was ich mir selbst dir gegenüber im Stillen sagen mußte, so wäre mir's minder drückend gewesen. So aber mied ich dich und suchte mir Gesellschaft, die nicht besser war, als ich selbst. Gerade den Einzigen, gegen den ich jemals dein Auge in hellem Zorn hatte blitzen sehen, als du ihm wegen seiner galanten Zudringlichkeit unser Haus verbotest, gerade an Den mußte ich wieder gerathen. Es war ein seltsam gemischtes Ge= fühl von Schadenfreude und Kameradschaft, das mich zu ihm zog. Er war von dir ausgestoßen, und ich wäre es werth gewesen, mehr als er, benn ich kannte ja noch besser deinen ganzen Werth, und dein ganzes Leben hattest du mir geschenkt, und ich Wahnsinniger — Das Schreiben wird mir zu schwer,

um hier noch einmal zu sagen, was du ja Alles weißt. Ver=
zeihung, Karoline! Verzeihe dem Sterbenden, was du dem
Lebenden nie vorgeworfen, als durch das stille Bild deines
Kummers. Seit jener ersten Untreue an dir, zu der mich —
Gott ist mein Zeuge! — kein Funke einer wirklichen Leidenschaft,
nur der Uebermuth eines von den Frauen verwöhnten Welt=
mannes, nur der teuflische Tic verleitet hatte, nicht den plötzlich
zur Tugend bekehrten Ehemann zu spielen, da ich einen Engel
an meiner Seite hatte, — seit jener ersten Sünde an deinem
Frieden habe ich immer mit getheiltem Herzen mein Leben ge=
führt, hundertmal Willens, ein Ende zu machen und zu deinen
Füßen all meine schnöden Thorheiten abzuschwören, und immer
wieder — —

„Ich habe inzwischen viel Blut verloren — zwei Stunden
lang in der Ohnmacht gelegen. Meine Augenblicke sind gezählt.
O Karoline, nur das Letzte noch: ich bin einer nichtswürdigen
Kabale jenes Menschen zum Opfer gefallen, der unter der Maske
leichtfertiger Vertraulichkeit seinen tiefen Haß versteckte, seine
wüthende Begierde, sich an mir dafür zu rächen, daß meine Frau
ihn beschämend abgewiesen. Er hatte eigens zu diesem Zweck ein
Verhältniß angeknüpft mit einem eben so reizenden als verworfenen
Weibe. Er führte mich bei dieser Frau ein, gegen die ich an=
fangs vollkommen kalt blieb. Aber im Einverständniß mit ihm
bot sie alle Künste ihrer Koketterie, alle Listen der Hölle auf,
mich aus meiner Gleichgültigkeit herauszulocken. Als es endlich
gelungen war und ich mich, wie hundert andere Narren vor
mir, als ein schmachtender Wurm zu ihren Füßen krümmte, trat
der „Freund", der um Alles wußte, wie zufällig herein, da sie
mich gerade mit Hohn von sich stieß, und übernahm in ihrem
Spottlied die zweite Stimme. Ich durchschaute auf der Stelle
das tückische Possenspiel, — mein heißes Blut wallte über, —
ich warf dem Triumphirenden meine Reitpeitsche ins Gesicht, —
das Ende der Komödie vollzieht sich auf diesem blutigen Bette. —
— — „Es flimmert mir vor den Augen. Kaum daß
ich die Züge meiner eigenen Schrift noch unterscheiden kann.
Es ist gut so! Ich sehne mich nach dem letzten Augenblick, um
die qualvollen Stimmen nicht mehr zu hören, die mir zurufen:

du haſt das edelſte Weib elend gemacht, und wenn es eine Ewigkeit giebt, wird der Gedanke dich mehr darin martern, als alle Höllengeiſter thun könnten. Mein Weib, meine hoch= herzige, ſtarke, reine Karoline! — ich weiß, du wirſt dieſe meine Flecken mit deinen Thränen auslöſchen. Aber ich bitte Dich noch um Eins: wenn es irgend möglich iſt, ſorge, daß unſer Sohn nie erfährt, wie jämmerlich ſein Vater gelebt und geſtorben. Mein prächtiger Junge — ich ſehe in dieſem Augen= blick ſeine ernſthaften, ehrlichen Augen auf mich gerichtet, — deine Augen, Karoline! Wenn ich denken müßte, die ſtürmiſche Liebe, mit der er ſich mir an den Hals warf, ſo oft er mich ſah, verkehrte ſich in — Verachtung — Abſcheu, — o, das iſt mehr als Hölle, — das, Karoline, — bei deinem Mutterherzen beſchwöre ich dich, — das darf, das wird nie geſchehen, — nicht wahr? Dieſe angſtvolle letzte Bitte eines von Reue ge= folterten Sterbenden — — —"

Hier brach es ab, die letzten Zeilen waren kaum noch leſerlich, Auge und Hand ſchien die Nähe des Todes bereits überſchattet zu haben. Was blieb auch noch zu ſagen? Das Herz dieſer Frau hätte wohl auch ohne Wort verſtanden, was der letzte Wunſch des Sterbenden ſein mußte.

Wort für Wort mußte ſie den Brief auswendig. Und in den langen, dunklen Nachtſtunden nach dem Geſpräch mit ihrem Sohn war es ihr als ganz natürlich und gut erſchienen, das verhängnißvolle Blatt zu ſich zu ſtecken, wenn ſie den Gang zu Cilly's Mutter anträte. Ihr allein, die Mutter der Mutter, wollte ſie, nach feierlichem Gelöbniß unverbrüchlicher Verſchwiegen= heit, dieſes unter ſo viel Entſagungen und Schmerzen behütete Geheimniß offenbaren. Sie konnte ſich dann bei der übrigen Familie, vor Allen bei jener gefürchteten Erbtante in B., für die völlige Unſchuld und Unantaſtbarkeit der Verleumdeten verbürgen.

Das ſchien ihr, wie geſagt, ſo leicht und richtig in ihrem einſamen nächtlichen Denken, daß ſie ein fröhliches Ende voraus= ſah. Und nun — ein einziger Blick auf den Brief, wie er da vor ihr lag, hatte ihr allen Muth gelähmt.

Nein, ſagte ſie vor ſich hin, es iſt unmöglich. Dieſer

Frau, die mich nicht liebt, die auch mein Kind sich nur so aus
Gnaden gefallen läßt, um ihrem eigenen Kinde nicht das Herz
zu brechen, — dieser ganz Fremden mein heiligstes Geheimniß aus-
liefern, das Andenken an das unselige Geschick eines guten, nur
leider schwachen Menschen, — nein, in ihren Augen wäre es nur
eine gerechte Buße für arge Sünden, — sie hat ihn ja nicht gekannt,
sie ahnt und begreift ja nicht, warum man ihn trotz alledem lieben
mußte, wie man ein ganzes Leben lang ihn betrauern kann!

In solche rathlose Gedanken versunken stand sie noch vor
dem Secretär, als die alte Dora leise hereintrat, ein Bündel
Schriften in der Hand.

Der Bote vom Armenpflegschaftsrath habe die Acten gebracht. Wenn Madame sie gleich durchsehen wolle, könne er
darauf warten. Sie müßten noch bei drei anderen Damen vom
Vorstande circuliren, und es sei pressant; übermorgen habe der
Herr Stadtpfarrer eine Sitzung anberaumt.

Frau Karoline warf einen zerstreuten Blick auf die Papiere.
Es war eine ansehnliche Menge von Zeugnissen, Briefen und
Bittgesuchen um Unterstützung, die sie alle sorgfältig zu prüfen
hatte, da sie es mit ihren Pflichten als Vorstandsmitglied des
städtischen Hülfsvereins nicht leichtsinnig nahm.

Lege die Acten nur auf den Tisch, Dora, sagte sie. Der
Mann soll Nachmittag wiederkommen. Ich habe etwas Anderes
vor, das mehr Eile hat.

Die Alte that mit stillem Kopfschütteln, wie ihr geheißen
war. Es war noch nie vorgekommen, daß irgend Etwas auf der
Welt ihrer Frau pressanter schien, als ihre Armensachen.

Frau Karoline aber ging noch eine ganze Viertelstunde
in ihrem Stübchen auf und ab. Dann erst schien ihr Entschluß sich befestigt zu haben. Sie trat vor das Bild des
unglücklichen Mannes, der aus seinem goldenen Rahmen so zuversichtlich lebensfroh zu ihr herabsah, als ob nie ein ernster
Kummer diese offene Stirn furchen könne. Wie die kleine blasse
Frau jetzt zu ihm aufblickte, war etwas im Ausdruck ihres
Mundes, als wiederhole sie im Stillen ihr altes Gelübde, nie
zu verrathen, was die letzten Stunden dieses trostlos hingestürmten
Lebens verbittert hatte.

Sie nahm dann mechanisch das Bündel Papiere vom Tisch, trug es zum Secretär und legte es in dieselbe Schublade, wo sie auch den Brief beim Eintritt ihrer Dienerin rasch wieder verborgen hatte. Sorgfältig schloß sie die runde Klappe wieder zu und steckte den Schlüssel in ein eigenes Fach ihres Geld= täschchens. Darauf klingelte sie ihrer Dora und ließ sich Hut und Mantel bringen.

* * *

Wie sie so rasch und ohne rechts noch links zu blicken durch die bereiften, nebligen Straßen hinging, sah der resoluten kleinen Frau wohl Niemand an, wie sauer dieser Gang ihr wurde. Sie hatte das Mädchen, das ihr Sohn liebte, so wenig sie bisher mit ihr zusammengekommen, tief ins Herz geschlossen. Mit der Mutter hatte sie öfter verkehrt, unter Anderm in jenem Armencomité. Sie empfand aber, eine geborene Groß= städterin wie sie war, von echt vornehmer Familie und in den besten Kreisen aufgewachsen, eine stille, unüberwindliche Abneigung gegen diese Frau, die bei aller Gutmüthigkeit einen kleinstädtischen Honoratiorendünkel besaß und als Gattin eines der reichsten Männer der Stadt der Pflicht, zu repräsentiren, sich lebhaft bewußt war. Dieser Frau sollte sie nun gegenübertreten und sie bitten, die Ehrenerklärung, die sie sich selber geben mußte, auch ohne weitere Zeugnisse für voll anzunehmen! Als sie das stattliche blanke Haus am Markt erreicht hatte, mußte sie all ihren Muth zusammennehmen, um nicht wieder umzukehren. Ach Gott! ach mein Gott! seufzte sie, in= dem sie die teppichbelegte Treppe hinaufstieg. Droben wurde sie in das Besuchszimmer geführt und hatte hier eine Weile Zeit, sich zu sammeln. Wie sie die prunkvollen Möbel und schweren Seidenstoffe musterte, mit denen dies Gemach nicht eben im besten Geschmack ausgestattet war, kehrte ihr angeborener echter Stolz, der allen Schein verachtete, in ihre Seele zurück, und sie besann sich, daß sie ja keine Gunst zu erbitten komme, vielmehr der Besitzerin dieses Hauses eine Ehre damit anthue, wenn sie ihren einzigen Sohn ihr zum Schwiegersohn gönnen wollte.

Sie war kaum mit dieser Erwägung fertig geworden, als Cilly's Mutter hereintrat, in einem reichen Morgenanzuge, sichtbar erregt und im Zweifel darüber, mit welcher Miene sie den frühen Besuch, den sie halb und halb mit heimlicher Angst erwartet, zu begrüßen habe. Sie glaubte sehr klug zu verfahren, wenn sie alle übrigen Beziehungen beiseite ließ und nur das collegiale Verhältniß von der Armenpflegschaft her betonte.

Ich komme in ganz persönlichen Angelegenheiten zu Ihnen, sagte die kleine Frau sofort mit einem Ton, der alle Umschweife abschnitt. Mein Sohn war gestern bei Ihnen, um Ihre und Ihres Herrn Gemahls Entscheidung über sein Lebensglück —

O meine verehrte Frau Collegin, unterbrach sie Cilly's Mutter, Ihr Herr Sohn ist ein so vortrefflicher junger Mann, Sie glauben nicht, wie mein Gatte ihn schätzt; ich selbst — obwohl Cilly Partieen hätte machen können, die äußerlich weit glänzender gewesen wären, — ich selbst bin ganz verliebt in ihn, und wenn dieser Eine Umstand nicht wäre, — aber ich bitte doch Platz zu nehmen, — es ist noch ein wenig kalt hier, — der Salon wird so schwer durchwärmt, — wir wollen es nun mit einem russischen Ofen versuchen, — ich bitte dringend —

Ich habe Ihnen nur wenige Worte zu sagen, erwiderte Frau Karoline, und — verzeihen Sie — in einem Hause, wo eine so schwere Beschuldigung gegen meine Ehre ausgesprochen worden ist, mag ich mich nicht als Gast betrachten, ehe dieser Makel wieder von mir genommen ist. Ich habe meinem Sohn, als er mir von dem Einspruch des alten Fräuleins und Ihren Rücksichten auf diese reiche Verwandte erzählte —

Aber ich bitte Sie, beste Frau, was sollen wir mit dem besten Willen thun? Es hängt so viel davon ab — versetzen Sie sich in unsere Lage, — von allem Geschäftlichen abgesehen — die natürlichen Beziehungen zu einer einzigen Schwester und Schwägerin, — übrigens war Ihr Herr Sohn heut schon in aller Frühe bei meinem Mann und hat ihm mitgetheilt, was Sie in der Nacht ihm eröffnet haben. Ich muß gestehen —

Mein Sohn? Er war hier? Ich hatte ihn doch gebeten —

Er wollte Ihnen gewiß einen Gang ersparen, der Ihnen wohl nicht leicht wurde. Mein Gott, Sie sind ja so exclusiv —

so menschenscheu — man muß ja geradezu ein Armer oder Kranker sein, damit Sie einem die Ehre erweisen, einen aufzusuchen! — und Ihr Herr Sohn, der Sie förmlich vergöttert, das können Sie mir glauben —

Wollen Sie die Güte haben, mir zu sagen, was mein Sohn Ihnen von unserem Gespräche berichtet hat?

Nun, was wir uns denken konnten: daß Sie Alles für eine böswillige Verleumdung erklären, bis auf das Duell, dessen Veranlassung Sie allerdings nicht aufklären dürften, zu dem Sie selbst aber nicht in der entferntesten Beziehung gestanden hätten. Der arme Hubert! Er war noch ganz unter dem Eindruck dieses aufregenden nächtlichen Gesprächs. Und er ist ein so guter Sohn, jede Mutter könnte stolz darauf sein, — ein solches Herz, ein so klarer Verstand — er wird gewiß noch eine schöne Carrière machen und so glücklich werden, daß er es leicht verschmerzt, wenn auch wirklich ein jugendlicher Wunsch ihm unerfüllt geblieben ist!

Sie hatte so eifrig gesprochen, daß ihr rundes, vor Zeiten gewiß recht hübsches Gesicht über und über geröthet war. Nun schwieg sie in sichtbarer Verlegenheit, wandte sich einen Augenblick ab und fegte ein paar Stäubchen von der kostbaren Decke des Tisches, neben welchem die beiden Frauen standen.

Es entstand eine peinliche Stille. Dann hörte man die Stimme der kleinen Frau mit den weißen Haaren, die jetzt ein wenig gepreßt klang, als habe sie Mühe, ihre Aufregung zu bemeistern.

Sie haben vielleicht Recht. Ein junger Mann, wie mein Sohn, dem ein reiches Leben bevorsteht, der an keiner Thür, wo er auch anklopfen mag, befürchten muß, abgewiesen zu werden, — ich glaube wohl, daß er mit den Jahren selbst eine so tiefe Neigung, wie die zu Ihrer Tochter, verwinden wird. Aber glauben Sie dasselbe auch von Fräulein Cilly? Ich habe sie nicht oft gesehen, aber doch den Eindruck von ihr empfangen, als ob sie zu den Naturen gehörte, die in unserem Geschlecht zwar selten, aber doch noch immer zu finden sind, die ein für alle Mal ihr Herz hingeben, und wenn es ein Irrthum war oder das Schicksal dazwischentrat, nie wieder ganz glücklich werden, auch nicht durch) die glänzendste Partie, mit der man später sie zu entschädigen versuchte.

Ja wohl, nickte Cilly's Mutter, indem sie an dem Strauß künstlicher Blumen in der großen Kryftallvase ein paar Blättchen zurechtzupfte, Cilly ist ein ungewöhnliches Kind, ein seltenes Geschöpf, wie mein Mann immer sagt. Aber bei alledem — mein Gott, das Leben bringt so Vieles mit sich — Sie begreifen, beste Frau, die Pflicht der Eltern, die kühler und unbefangener urtheilen, — nicht als ob wir irgend etwas von dem in Zweifel zögen, was Ihr Herr Sohn uns mitgetheilt —

Sie stockte. Es machte sie immer verwirrter, daß sie die stillen Augen der kleinen Frau so fest auf sich gerichtet fühlte. Wenn es nur auf uns ankäme — stotterte sie —

Hat mein Sohn Ihnen auch gesagt, daß ich bereit war, mit einem feierlichen Eide Alles zu bekräftigen, was ich in dieser Nacht zum ersten Mal mit ihm besprochen habe?

Ich weiß wahrhaftig nicht, ob er meinem Mann auch das gesagt hat. Aber, beste Frau, was würde es helfen? Denn, sagt mein Mann mit Recht, was wir glauben oder nicht, kommt ja nicht in Betracht. Veronika muß überzeugt werden — da sie sich nun einmal die verrückte Marotte in den Kopf gesetzt hat, so eine rechte Betschwestern-Marotte, — Sie sehen, mein Mann beurtheilt seine Schwester nicht gerade schonend, — die nämlich, sich von der Familie loszusagen, wenn Sie, meine Liebe, an der Hochzeit Theil nähmen oder ihr sonst hier im Hause begegneten. Und wie sie nun einmal ist — und einer einzigen Schwester, auch wenn sie keine Erbtante wäre, kann man doch nicht geradezu das Haus verbieten, — würde sie sich nicht dabei beruhigen, wenn wir die moralische Ueberzeugung von Frau Karolinens vollkommener Unschuld erhielten — sagt mein Mann — und selbst wenn Frau Karoline einen sogenannten Reinigungseid schwören wollte, mein Gott, wie oft hat man erlebt, daß eine Mutter, um ihr geliebtes Kind glücklich zu machen, ein Verbrechen begangen, eine Todsünde auf ihr Gewissen genommen hat, ohne an ihr eigenes Seelenheil zu denken. So, sagt mein Mann, könnte Veronika sagen, nicht entfernt als ob er selbst oder ich einen solchen Gedanken —

Ich bitte, sich ja keinen Zwang anzuthun, — brach es jetzt der kleinen Frau von den entfärbten Lippen, die sich während der letzten langen Rede immer fester zusammengepreßt hatten. Nach Allem, was ich so eben gehört, muß ich leider gestehen, daß mir auch auf Ihre eigene moralische Ueberzeugung nicht viel mehr ankommt. Ich bitte, mir nur noch eine Frage zu beantworten: wenn ich den Tod meines Gatten nicht überlebt, oder überhaupt nie die Ehre gehabt hätte, Ihre Bekanntschaft zu machen, sondern etwa in einer sehr entfernten Stadt lebte und Ihnen die Versicherung geben könnte, daß ich Ihrer Fräulein Schwägerin niemals durch meine anstößige Nähe unbequem werden würde, — wäre dann jedes Hinderniß für die Ehe unserer Kinder beseitigt?

Die runden Augen der Kaufmannsfrau richteten sich mit einem betroffenen Ausdruck auf ihren Besuch.

Was wollen Sie damit sagen? Was nützt es, von Möglich= keiten zu reden, die ja vorläufig —

Es ist gut, unterbrach sie Frau Karoline. Sie haben Recht, vorläufig bin ich eben noch da, und da ich leider schon Manches überlebt habe, wird mich auch diese neue Erfahrung nicht aus der Welt schaffen. Uebrigens kommt Zeit, kommt Rath. Ich bitte um Entschuldigung wegen meiner langen Störung zu so unschicklicher Stunde. Leben Sie wohl!

Sie machte einen förmlichen, eher herablassenden, als höflichen Knix und war aus dem Zimmer, bevor die verdutzte Herrin des Hauses noch ein Abschiedswort an sie richten konnte.

So eilig sie es aber hatte, das Gespräch, das sie nicht länger ertrug, abzuschneiden und diesem Hause für immer den Rücken zu kehren, so mußte sie dennoch draußen in dem glänzen= den Treppenflur einen Augenblick stehen bleiben, die Hand um das Mahagonygeländer geklammert, die Augen eingedrückt, da das er= regte Blut ihr zu heftig gegen die Schläfen pochte und ein plötzlicher Schwindel sie um ihre Besinnung zu bringen drohte. Es dauerte nur einige Secunden. Der Gedanke, wie be= schämend es für sie sein würde, wenn man sie hier ohnmächtig fände, als ob ihr Stolz die Demüthigung, die sie so eben er= litten, nicht hätte überwinden können, kam ihrer Kraft zu Hülfe. Aber ehe sie sich noch besinnen konnte, fühlte sie sich von zwei zarten Armen umfaßt und unwiderstehlich fortgezogen nach einer Thür neben dem großen Vorzimmer und sah mit tiefer Rührung in ein junges, über und über glühendes Mädchengesicht, aus dem zwei Augen in zärtlichster Verwirrung sie anlächelten. O Cilly, du bist es! sagte sie leise abwehrend. Ich danke dir, Kind, daß ich dich noch einmal sehen darf. Und dabei schien sie das reizende Gesicht zu studiren, wie wenn sie es noch nie gesehen, und athmete wie von einer Angst befreit auf, als sie keinen Zug darin fand, der der Mutter glich.

O liebste Mutter, flüsterte das Mädchen, kommen Sie doch in mein Zimmer — bitte, bitte — ich habe Ihnen so viel zu sagen. Denn schelten Sie mich nur, aber — ich habe Alles mit angehört, was Sie mit der Mama gesprochen haben — die Thür vom Salon war offen geblieben — Sie glauben nicht, wie weh es mir gethan hat, aber nicht wahr, das ist ja unmöglich! — Was kümmert uns diese böse Tante? An ihr Geld habe ich nie gedacht, an sie selbst nur aus Pflicht, so oft die Mama es für nöthig fand, — Sie aber, liebste Mutter, seit dem ersten Tage, wo ich Ihnen mit Hubert im Stadtwäldchen begegnet bin, — o nicht wahr, Sie wissen es, nicht bloß, weil Sie seine Mutter sind, hab' ich Sie lieb gehabt, Sie wissen auch —

Meine geliebte Tochter, unterbrach sie die kleine Frau, während das Mädchen seine Thränen an ihrer Brust ausweinte, du mußt dich fassen, ich muß es ja auch. Hier ist meines Bleibens nicht, und dir würde man es übelnehmen, wenn man dich so in meinen Armen fände. Sei ruhig, es wird noch Alles gut. Versprich mir nur, ihn immer so zu lieben, wie heut; du wirst sehen, er wird es immer werth sein. Gieb mir deine Hand darauf — so! — und nun laß dich noch einmal recht mütterlich küssen und segnen!

Ein Geräusch unten auf der Treppe riß die Beiden, die sich fest umschlungen hatten, auseinander. Bald darauf sah man die kleine Frau langsam, aber mit ganz gefaßter Haltung die Treppe hinuntergehen und die Hausthür mit fester Hand öffnen, ohne die Hülfe des herbeieilenden Portiers abzuwarten.

*　　*　　*

Eine gute halbe Stunde von der Stadt entfernt und von dem nächsten Dorf recht geflissentlich durch ein Wäldchen geschieden, lag ein schlichtes einstöckiges Landhaus mitten in einem großen Obst- und Gemüsegarten, der den eigentlichen Werth dieser Besitzung ausmachte. Vor sechzehn Jahren hatte Frau Karoline, als sie aus ihrer Vaterstadt fortzog, dies Gütchen gekauft und in tiefster Zurückgezogenheit hier gelebt, bis ihr Sohn von seinen Reisen zurückkam und sich als Advocat in der Stadt niederließ. Da war der Garten dem bisherigen Gärtner in Pacht gegeben worden, und von dem Hause hatte sich die Besitzerin nur den oberen Stock vorbehalten, um dort die heiße Jahreszeit zuzubringen.

Der Gärtner, ein schon betagter und etwas wunderlicher Mann, haus'te seit einigen Monaten mutterseelenallein in einem Hinterzimmer des Erdgeschosses. Seine alte Frau und ein einziger blühender Sohn, der ihm im Geschäft geholfen, waren ihm rasch nach einander weggestorben, und in seiner wortlosen, fast ingrimmigen Trauer um diese beiden einzigen Angehörigen mochte er kein fremdes Gesicht um sich sehen. Auch konnte er, was die Pflanzungen im Winter an Pflege erforderten, da er noch rüstig und ein umsichtiger Mann war, füglich ohne Hülfe beschicken.

Er saß eben an dem Herd seiner kleinen Küche auf dem Block, auf dem er sein kleines Holz zu spalten pflegte, und tauchte den Löffel trübsinnig in die Suppe, die er sich selbst hatte kochen müssen, als er einen Schritt über den Kiesweg herankommen und gleich darauf den Hund, der draußen im Flur bei seinem Mittagmahl kauerte, freudig aufheulen hörte.

Gleich darauf wurde die Küchenthür leise aufgemacht, und Frau Karoline erschien auf der Schwelle.

Der alte Mann hing sehr an seiner gütigen Herrin, die noch in der letzten schweren Zeit seinem armen Weibe beigestanden und dem Sohne selbst die Augen zugedrückt hatte. Als er ihrer jetzt ansichtig wurde, schoß ihm diese Erinnerung wieder mächtig gegen das Herz, daß er sich zuerst gar nicht verwunderte, die Frau an einem so rauhen Nebeltage hier draußen zu sehen.

Guten Tag, Veit, sagte sie, anscheinend mit ganz gleich=
müthiger Freundlichkeit, wie immer. Laßt Euch nicht stören in
Eurem Mittageſſen. Ihr ſollt mir hernach ſelbſt noch Etwas
kochen — nicht jetzt, es iſt noch nicht meine Stunde, — aber vor
allen Dingen: Niemand darf wiſſen, Veit, daß ich hier im Hauſe
bin. Könnt Ihr lügen, Veit? Ich weiß wohl, es wird Euch
ſauer, aber diesmal müßt Ihr's dennoch übers Herz bringen.
Es iſt möglich, fuhr ſie leiſer fort, — daß man mich ver=
mißt, daß mein eigener Sohn mich hier draußen ſucht. Wenn
er kommen ſollte, Veit, — Ihr verſteht mich — Ihr habt ſeine
Mutter ſeit drei Wochen nicht geſehen; die Sünde, die Ihr
damit thut, nehm' ich auf mein Gewiſſen, — und wenn er
Euch nicht glaubt, da Ihr vielleicht trotz Eurer zweiundſechzig
Jahre noch roth dabei werdet, — wenn er das Haus nach
mir durchſucht, — zu der alten Kammer auf dem Speicher,
wo Ihr ſonſt Eure Sämereien und Blumenzwiebeln überwintert,
habt Ihr ſchon ſeit Jahr und Tag den Schlüſſel verloren, hört
Ihr? — Und jetzt macht mir oben die blaue Stube auf und
bringt mir Feder, Tinte und Papier, ich habe einen eiligen
Brief zu ſchreiben.

Dem einſamen alten Manne, der immer wortkarg geweſen,
war vollends in der letzten Zeit der Mund verſiegelt geblieben.
So nickte er nur zu Allem, was er geheißen wurde, führte die
Herrin in das obere Stockwerk, öffnete die Läden in dem blauen
Zimmer und war nicht eher zu bewegen, ſein unterbrochenes
Mahl fortzuſetzen, bis er in dem Ofen ein Feuerchen angemacht,
das die dumpfe, froſtig beklommene Luft des lang verſchloſſenen
Raumes ein wenig verbeſſerte.

Aber ſelbſt als dies geſchehen und die Schreibſachen zu=
ſammengeſucht waren, konnte Frau Karoline ſich nicht gleich
entſchließen, den Brief aufzuſetzen, den ſie auf dem trau=
rigen Wege hier heraus ſchon hundertmal in Gedanken ge=
ſchrieben hatte.

Sobald der Alte ſie droben allein gelaſſen hatte, veränderte
ſich der Ausdruck ihres Geſichts. Eine tiefe Troſtloſigkeit, eine
ſchmerzliche Erſchöpfung ſprach aus jedem Zuge ihres Mundes,
und die Augen wanderten unſtät an den wohlbekannten Wänden

herum, wo jetzt von der früheren behaglichen Einrichtung ihres Wittwensitzes nur noch dürftige Reste zurück geblieben waren. Ach Gott! ach mein Gott! sagte sie immer von Zeit zu Zeit vor sich hin, während sie über die weißgescheuerten Dielen hin und her ging, den Hut noch immer auf dem Kopf und den Mantel umgebunden, obwohl der Ofen schon seit einer halben Stunde eifrig prasselte. Dann kam der alte Veit wieder herauf, fragte, ob die Frau zu essen wünsche, und wurde wieder fortgeschickt. Dann schlug der Hund im Hausflur an, daß sie zusammenschrak, haftig das Schreibgeräth in die Schublade warf und sich auf dem Sprung hielt, ihr Versteck auf dem Speicher aufzusuchen. Erst als diese Gefahr vorüber war, konnte sie so viel Muth und Kraft zusammenraffen, um sich an das Tischchen zu setzen und die folgenden Zeilen mit leidlich fester Hand aufs Papier zu werfen:

„Mein geliebtes Kind! Es bleibt nichts Anderes übrig, als sich der Nothwendigkeit zu beugen. Daß es mir nicht ganz leicht wird, mich in diese Trennung zu finden, will ich nicht zu leugnen versuchen. Was würde es helfen, da du meine Liebe zu dir kennst? Aber ich habe schon Härteres überwunden, und dies wird mich Gott ja wohl auch überleben lassen. Wenn nur die ersten Jahre vorüber sind, wird man es mir wohl nicht mehr mißgönnen, mich an Eurem Glück zu freuen. Bis dahin denke ich bei meiner Schwester in Hamburg zu leben. Du magst allen Denen, die sich über meine plötzliche Abreise etwa wundern, sagen, daß ich zu ihr gerufen sei, um sie in ihrer Krankheit zu pflegen. Daß sie mich schon längst sehr gut hätte brauchen können, ist ja die reine Wahrheit. Dir aber war ich noch nöthiger; das hat jetzt aufgehört; du wirst dein Mutterchen kaum vermissen, als glücklicher junger Ehemann. Grüße unsere Cilly von mir, sie hat ein goldenes Gemüth, ich liebe sie, wie wenn ich sie unterm Herzen getragen hätte.

„Lebwohl, mein lieber Junge. Du hörst bald wieder von mir. Dein getreues   Mutterchen."

„Ich mache den Brief noch einmal auf, um dir zu sagen: denke nur nicht daran, mich etwa aus übertriebenem Stolz und Ritterlichkeit in meinem Vorhaben wankend machen zu wollen, reife nicht etwa nach Hamburg, mich von da mit Gewalt wieder nach Hause zu holen. Ich komme fürs Erste noch gar nicht hin, reise auf einem weiten Umwege, Geld genug hab' ich mitgenommen, bin so gesund wie ein Fisch, auch gar nicht einmal sehr betrübt, daß es so hat sein müssen. Du weißt ja, wie es meine Art ist, über Dinge, die nicht zu ändern sind, mir rasch einen Vers zu machen.

„Also sei gutes Muths, liebster Junge, und hoffe mit mir auf bessere Zeiten. Wir stehen alle in Gottes Hand und müssen's nehmen, wie er's schickt.

„Leb wohl! Ich küsse dich und Cilly, und bin eure alte resolute   Mama Karoline."

„Herrgott, ich muß wahrhaftig ein drittes Couvert daran wenden. Mir fällt ein, du möchtest am Ende, wenn du meine Spur nicht findest, auf den wahnsinnigen Gedanken kommen, ich hätte in einem Anfall von gottloser Schwermuth mir selbst — wer weiß, ob man mich etwa, da ich ziemlich lange spazieren gegangen bin, auch in der Nähe des Flusses gesehen hat, — aber, nicht wahr, Kind, so etwas Sündliches traust du deiner alten, von Gott hartgeprüften Mutter nicht zu, — es wäre ja nicht bloß frevelhaft und gottlos, sondern würde auch meinen Zweck, dir nicht zu deinem Glücke hinderlich zu sein, verfehlen. Wie könnte mein lieber Sohn ein Glück genießen, das mit einem Verbrechen seiner Mutter erkauft wäre!

„Also — nicht wahr? — du bist ganz ruhig um mich. Wir sehen uns wieder, vielleicht früher als wir denken. — Empfiehl mich auch den Schwiegereltern. Sie können ja nichts dafür, daß sie gewisse Rücksichten zu nehmen haben.

„Leb tausendmal wohl und sei gesegnet!"

*   *   *

Ihre Hand zitterte, als sie den Brief zum letzten Male schloß; ein kalter Schweiß stand ihr auf der Stirn. Aber sie zauderte nun keinen Augenblick mehr. Sie rief den alten Veit und trug ihm auf, sich nach einem sicheren Boten umzuthun, der den Brief nach der Stadt tragen sollte. Sie band ihm auf die Seele, dem Boten einzuschärfen, daß er auf keinen

Fall verrathen dürfe, von welchem Ort man ihn abgeschickt habe. Dann ging sie mit dem Alten in die Küche hinunter und wartete dort, auf dem Hauklotz am Herde sitzend, auf seine Rückkehr.

Er blieb nicht lange aus, es war Alles aufs Beste und Zuverlässigste besorgt worden. Nun redete er der Herrin zu, etwas zu essen, und bediente sie, als sie sich endlich, um ihn zu beruhigen, dazu verstand, in seiner stillen, einsilbigen Art, ohne sie mit Fragen zu belästigen, da sein eigener Kummer ihm die Neugier abgestumpft hatte. Erst als sie ihn fragte, ob wohl für morgen früh ein Wagen aufzutreiben sei, bei einem sicheren Mann, der reinen Mund zu halten verstehe, wagte er zu fragen, wohin die gnädige Frau denn in der bösen Jahreszeit verreisen wolle. Er hörte mit stillem Kopfschütteln, da ihm jetzt erst ihr un= gewohntes Wesen verdächtig ward, daß sie es selbst noch nicht genau wisse, die Nacht sei lang genug, sich's zu überlegen, sie werde dem Kutscher dann schon Bescheid sagen. Aber den Rückstand von der Pacht müsse er ihr mit auf den Weg geben; er werde die Summe, wenn er sie nicht gleich im Hause habe, leicht auftreiben können in der Nachbarschaft, und wenn es ihm gerade schwer falle, bis zum neuen Jahr das Geld zu entbehren, wolle sie ihm vom Ziel ihrer Reise aus, wo sie Geld zu finden denke, das Nöthige schicken. — Das Alles verwunderte ihn mehr und mehr. Er war aber zu sehr gewohnt, den Willen der gütigen Frau als weise und gerecht zu verehren, um irgend eine Einwendung zu machen.

Auch brachte er schon eine Stunde später Beides, das Geld und die Nachricht, daß ein Fuhrwerk für morgen früh bestellt sei, das sie vor Thau und Tage davonführen werde. Sie hatte sich wieder in die blaue Stube zurückgezogen, wo der Ofen inzwischen ausgebrannt war, und saß in einem Lehnstuhl am Fenster, den Blick auf die kahle Straße gerichtet, die nach der Stadt lief.

Veit, sagte sie plötzlich, da kommt er, ich hatte es wohl geahnt. Sein erster Gedanke mußte sein, mich hier draußen zu suchen. Geht hinunter und erinnert Euch, was Ihr mir angelobt habt. Ich darf Euch die Gründe nicht sagen, aber Ihr werdet begreifen, daß es sich um nichts Kleines handelt,

wenn ein Sohn seine Mutter sucht und sie muß sich vor ihm
verleugnen laſſen. Schließt mich hier ein und steckt den Schlüſſel
zu Euch. Im Nothfall bleibt noch immer die Bodenkammer.
Der Alte nickte und ging. Frau Karoline hörte den
Schlüſſel im Schloß umdrehen und ſeufzte tief auf. Sie
konnte jetzt, durch die ſtaubblinden Scheiben ſpähend, deutlich
das Geſicht ihres lieben Sohnes erkennen, wie er mit verſtörten
Zügen daher kam, — alſo hatte er ſchon ihren Brief; — es
war ihr einen Augenblick, als habe ſein Blick, die oberen Fenſter
ſtreifend, ihre Augen getroffen, erſchrocken ſchmiegte ſie ſich hinter
die Mauer zurück und horchte mit Herzklopfen hinunter. Der
Hund ſchlug an und ſtieß dann ein Freudengebell aus, als er
den jungen Herrn eintreten ſah. Dann hörte ſie Hubert's
Stimme und ſchlich an die Thür, um zum letzten Mal zu hören,
was ihr Kind ſagte, aber die Worte verhallten in dem tiefen
Treppenflur. Ein langes Geſpräch wurde unten geführt, einen
Augenblick ſchien es, als ob ſich die Sprechenden der Treppe
näherten, um heraufzuſteigen, ſchon war die Mutter von der
Thür zurückgeflohen und im Begriff durch eine Seitenpforte
nach dem Speicher hinaufzuhuſchen, als es unten ſtill ward, die
Hausthür wieder aufging und Schritte ſich vom Hauſe weg nach
der Straße hin entfernten. Im nächſten Augenblick war die
Frau wieder nach dem Fenſter hingeſtürzt und ſah nun die
ſchlanke Geſtalt ihres Lieblings gerade noch am Gartenzaun ſtehen,
dem Alten die Hand reichend, und dann mit einem letzten
hoffnungsloſen Blick auf das Haus langſam den Weg nach der
Stadt einſchlagen.

Da ſank ſie in den Seſſel, drückte beide Hände vor das
Geſicht und weinte ſich von Herzen aus.

*   *   *

Sie überhörte es, als der Alte herauf kam und die Thür
wieder aufſchloß. Da er ſie drinnen leiſe ſchluchzen hörte,
wagte er nicht einzutreten. Erſt nach einer Stunde ſchlich er
wieder hinauf, klopfte behutſam an und getraute ſich endlich in
das Zimmer zu ſchleichen. Da lag ſie in einem ſanften Schlaf,
der ſich ihrer erſchöpften Seele erbarmt hatte.

So vergingen mehrere Stunden. Die Stille hier draußen in der winterlich veröbeten Gegend ließ sie ruhig fortschlummern, so erquicklich traumlos, daß, wie sie endlich durch das Peitschen- knallen eines vorüberfahrenden Kärrners geweckt wurde, sie ganz heiter die Augen aufschlug. Da sah sie in die unwohnliche Stube und die dunkle Nebellandschaft vor dem Fenster, und die ganze Last ihres Schicksals fiel ihr plötzlich wieder auf die Brust. Ach Gott! ach mein Gott! seufzte sie und besann sich rasch auf Alles, was geschehen war und noch kommen sollte. Und jetzt erst, wie ihr Eins nach dem Andern Alles wieder vorüber- ging, fuhr sie, plötzlich von einem qualvollen Gedanken erschreckt, in die Höhe: sie hatte ja den Brief nicht bei sich, an dem Alles hing, der vor keines Menschen Auge kommen durfte, den sie heute früh offen, wie sie ihn in der Hand gehalten, wieder in das Schubfach des Secretärs verschlossen hatte! Wenn sie nun nicht nach Hause kam, Wochen, Monate, Jahre lang, — wie sollte sie es anstellen, zu diesem so eifersüchtig bewachten un- seligen Document ihrer Unschuld und ihres Unglücks zu gelangen!

Ein kalter Schauer überlief sie bei dem Gedanken, der Brief möchte auch nur erst nach ihrem Tode gefunden werden. Warum hatte sie ihn nicht heut am Morgen, wie sie einen Augen- blick vorgehabt, verbrannt! So konnte sie jetzt ruhig sein, alles Andere war so schön geordnet, Niemand litt, als sie selbst, und sie war ja an Leiden gewöhnt. Nein! es durfte nicht so bleiben. Sie mußte das Papier haben, um jeden Preis. Und noch war es ja nicht schwer, das Versäumte wieder gut zu machen.

Der alte Veit riß die Augen weit auf, als er die Herrin die Treppe herunterkommen sah, wieder in Hut und Mantel, und hörte, sie habe noch ein eiliges Geschäft in der Stadt abzuthun. Die frühe Novembernacht brach schon herein, der Schneewind pfiff uns Dach, und es war bitter kalt auf der Landstraße neben dem hoch mit Eis gehenden Fluß. Lassen Sie mich gehen, Frau, murmelte der alte Mann. Sie werden sich eine Krankheit zuziehen, und wenn Sie morgen ohnehin fort wollen —

Aber sie schüttelte entschlossen den Kopf und erlaubte auch nicht, daß er sie begleitete. Wenn man den Himmel nicht leichtsinnig herausfordert, sondern thut, was Gottes Wille ist, schadet einem kein bös Wetter, sagte sie, und trug ihm auf, oben noch einmal nachzulegen und für heißes Wasser zu sorgen, daß sie, wenn sie zurückkomme, sich ihren Thee bereiten könne. Dann schlug sie den Weg nach der Stadt ein.

Sie hatte Zeit, sich Alles wohl zu überlegen. Ihrem Hause gegenüber war ein kleiner Kramladen, dessen Besitzerin allerlei Gutes von ihr genossen hatte, in gesunden und kranken Tagen. Bei Der wollte sie vorsprechen, in Deren Hinterstübchen abwarten, bis sie ohne Gefahr drüben in ihrer Wohnung einbrechen und den Schatz entwenden könnte. Auch die alte Dora, vor deren Thränen und Bemühungen, sie nicht wieder fortzulassen, sie sich fürchtete, konnte durch die Nachbarin, die ein kluges nnd gewandtes Weibchen war, aus dem Hause gelockt und so lange festgehalten werden, bis sie ihren Zweck erreicht hatte.

Wie sie durch die nächtliche Dämmerung und den scharfen Wind dahineilte und all diese Anschläge überdachte, trat ihr das Erbärmliche ihrer Lage so ans Herz, daß ihr die Augen übergingen. Sie kam sich als das unseligste aller irdischen Geschöpfe vor, daß sie so gezwungen war, mit Noth und Gefahr, durch Sturm und Winterschauer darum kämpfen zu müssen, von ihrem einzigen Lebensglück sich zu trennen, und in ihrer Verlassenheit auf der unwirthlichen Landstraße schien es ihr jetzt auch unmöglich, daß diese Trennung einmal ein Ende nehmen würde. Ach Gott! ach mein Gott! seufzte sie aus tiefer Brust. Dann stand sie still, schöpfte eine kleine Weile Athem und faßte sich neuen Muth. Auch das noch! dachte sie. Dann ist Alles gethan, und ich kann ruhig schlafen, er wird nie erfahren, was mich selbst sechzehn Jahre hindurch so unselig gemacht hat.

Niemand begegnete ihr, der sie erkannt hätte. Auch in den Straßen der Stadt, die sie endlich erreichte, wurde sie von keinem Begegnenden aufgehalten. Sie strich zitternd und trotz des eisigen Windes in Schweiß gebadet an den Häusern hin und bog jetzt in die Straße ein, wo sie wohnte — gewohnt hatte, wie es ihr jetzt schon vorkam. Ihr erster Blick fiel auf die Wand des Hauses gegenüber, an welcher sich gestern

bis nach Mitternacht das schwarze Kreuz ihres Fensters in dem
ruhigen Lichtschein abgeschattet hatte. Heute war die Wand
dunkel, es brannte also kein Licht in ihrem oder ihres Sohnes
Zimmer, Niemand war zu Hause, — höchstens die Magd,
deren Kammer nach dem Hofe lag.

Ein schwerer Stein fiel ihr vom Herzen. Sofort gab sie
all die künstlichen Pläne auf, die sie nur mit Hülfe der Nachbarin
hätte ausführen können. Mit der Dora allein fertig zu werden,
schien ihr jetzt ein Spiel. Sie stand einen Augenblick auf der
Treppenstufe vor der Hausthür und betete still und wortlos
zu Gott um das Gelingen ihres Vorhabens. Dann drehte sie
behutsam den Schlüssel, den sie immer bei sich trug, im Schloß,
öffnete und schlüpfte geräuschlos in den dunklen Flur und die
alte Treppe hinauf.

Alles blieb ganz still im Hause. Auch oben, vor dem
Eingang zu ihrer Wohnung, hörte sie keinen Laut, und es schien
fast, als ob auch die Dora nicht in ihrer Kammer sei, denn das
Kammerfenster war unerleuchtet. Da schloß sie mit klopfendem
Herzen die Thür auf und betrat so leise, wie gestern Nacht der
Sohn heimgekommen war, die Räume, die sie nun für immer
meiden sollte.

Auf den Zehen, mit verhaltenem Athem schlich sie durch
den dunklen Flur; denn sie hörte nun wohl, daß ihre getreue
Dienerin in der Küche hantierte, aber vor dem Lärm, den sie
dort mit Tellern und Pfannen machte, das Oeffnen der Thür
überhört hatte. Auch in das Vorzimmer gelangte sie geräuschlos, zitternd am ganzen Leibe; denn ihr war zu Muth, wie
wenn sie eine Diebesthat begehen wollte, ja noch unheimlicher,
wie wenn sie zu einem Gespenst geworden wäre, das eine versäumte irdische Pflicht noch einmal in die Stätten des alten
Lebens zurückzwingt. Kaum eine schwache Dämmerung schimmerte durch die Schneestreifen draußen an Dächern und Fenster-
simsen in ihr grauliches Wohnstübchen, wo aus der schwarzen
Höhle des Alkovens die Erinnerung so mancher kummervollen
Nacht sie anblickte. Nur die Uhr hielt ihr eintöniges heiseres
Selbstgespräch, und über dem Sopha stand die dunkle Gestalt
des Todten, für den sie all das litt und wagte, — das hielt

sie aufrecht, daß sie, ohne erst einen Augenblick von dem hastigen Gang auszuruhen, so sehr ihre Kniee wankten, nach dem Secretär schlich, um ihren Schatz zu heben. Aber wie sie mit der Hand, in der sie den Schlüssel hielt, nach der bauchigen Klappe tastete, griff sie ins Leere — der Deckel stand offen — auch das Schubfach zur Rechten war halb herausgezogen, ihre suchende, wühlende Hand, die blindlings sich hier zurechtzufinden wußte, — nach Brief und Brieftasche tastete, griff und wühlte sie vergebens. Da vergingen der ärmsten Frau die Sinne; ehe sie noch sich zusammenreimen konnte, wer ihr hier zuvorgekommen, brach sie von dem Schrecken überwältigt in die Kniee zusammen und lag bewußtlos auf dem Teppich vor dem alten Möbel, Finsterniß um sie her und in ihrem von allen Schmerzen dieses Tages übermannten Gemüth.

Doch währte es nicht lange, so fing sie wieder an, ihr Bewußtsein zu sammeln; durch alle Betäubung der Sinne hindurch dämmerte in ihr das Gefühl der Gefahr und der Pflicht, ihr zu begegnen, wenn es noch irgend möglich wäre. Mühsam erhob sie sich vom Boden und wollte eben wagen, ein Kerzchen anzuzünden, das zum Siegeln neben dem Schreibzeug stand, um noch einmal ihre Augen in jedem Winkel herumgehen zu lassen, da hörte sie draußen eine Stimme, die sie vom Kopf bis zu den Füßen zittern machte, als ob ein Fieber sie schüttelte. Er war's, — er kam nach Hause, — die Dora leuchtete ihm durch das Vorzimmer herein, — ehe die Mutter noch daran denken konnte, etwa in den Alkoven zu flüchten, hörte sie ihn schon an der Schwelle sprechen: Ist Niemand dagewesen? Die Thür zu Mutters Zimmer steht ja auf! — und jetzt stand er auf der Schwelle und sah die stille kleine Frau an dem offenen Secretär, — und mit einem Ausruf, der wie der Schrei eines Geretteten klang, stürzte er auf sie zu und schlang seine beiden Arme so heftig um ihre wehrlose Gestalt, daß er jeden Laut von ihren Lippen erstickte.

Die alte Dienerin hatte das Licht auf den Tisch gestellt und war, ihre Augen mit der Schürze trocknend, wieder in die Küche geschlichen. Nichts regte sich in dem Stübchen als der zinnerne Pendel der Uhr, und er mußte eine gute Weile hin und her schwingen, ehe der Sohn endlich die Mutter, die leise

weinte und mit stillen Geberden und halben Worten bat, daß er sie
freigeben möchte, aus seinen Armen losließ. Nun stand sie vor
ihm, sah ihn aber nicht an; sie knüpfte, als ob sie gleich wieder fort
müsse, die Hutbänder fest, die er in seiner stürmischen Umarmung
gelockert hatte. Endlich, da er sie mit seinen Blicken förmlich
wie eine Geliebte verschlang und immer noch kein Wort über
die Lippen brachte, dachte sie es sehr klug zu machen, wenn sie
sich zu einem mütterlich vorwurfsvollen Tone zwang, und sagte,
mit einer Geberde nach dem offenen Secretär hin: O Kind,
warum hast du mir das gethan!

Er aber, dem sonst das leiseste verweisende Wort von ihr
sehr zu Herzen ging, er schüttelte diesmal nur den Kopf und
sagte: Komm, Mutterchen, jetzt ist die Reihe zu schelten an
mir. Aber erst wollen wir uns hinsetzen. Du stellst Dinge
an, die einem in die Glieder fahren.

Dann zog er einen Stuhl heran, stellte ihn vor den offenen
Schreibtisch und setzte sich darauf, seine kleine Mutter aber hob
er auf seinen Schooß, so viel sie sich sträubte, und sagte halb
lachend, halb mit erstickten Thränen:

Du darfst nun gar nicht mehr einen eigenen Willen haben,
du böse Mutter, du mußt unter strenge Aufsicht und Curatel;
denn wer so leichtsinnige Geschichten macht und plötzlich auf und
davon geht, den muß man dingfest machen, und einstweilen halt'
ich dich hier auf meinem Schooß, bis du Zeichen ernstlicher
Reue und die heiligsten Versprechungen giebst, dich zu bessern.
Siehst du, wie ich heute deinen Brief bekam, da bin ich so
wild und betrübt und dir so gram gewesen, wie ich nie geglaubt
hätte daß man gegen eine solche Mutter werden könnte. Und
dann hab' ich draußen im Landhause nach dir gesucht —

Ich war auch da, sagte sie ganz scheu und ohne ihn
anzusehen, aber du durftest mich eben nicht finden, und daß
du mich jetzt so überrascht und ertappt hast, und hier gegen
meinen ausdrücklichen Willen —

Er schloß ihr mit zärtlicher Gewalt den Mund, indem er
sein Gesicht dagegen drückte. Sprich nur ja nichts, sagte er;
es ist Alles dummes Zeug, was du sagen willst, und es muß
weit gekommen sein, daß ein Sohn seiner Mutter den Mund

verbieten darf. O du hartherzige Frau! Sieht und hört
mich kommen in ihrem Versteck da draußen und ist mit dem
alten grauen Sünder, dem Veit, verschworen, mich ablaufen zu
lassen wie einen Narren! Und ich guter Tropf glaube auch
wirklich, der Erdboden habe diese kleine Frau verschlungen; und
wenn ich in meiner rasenden Desperation mir gleich ein Leids
angethan hätte, wessen Schuld wäre es gewesen? Siehst du,
jetzt fährst du doch zusammen bei dem bloßen Gedanken an
diese Möglichkeit, die du in deiner unsinnigen Weisheit dir
gar nicht vorgestellt hast. Aber ich bin zum Glück ein weit
vorsichtigerer und besonnenerer Mensch, als meine böse Mutter.
Ich lief nur auf die Polizei, um gleich, unter dem Siegel der
tiefsten Heimlichkeit, eine allgemeine Spähe auf Wegen und
Stegen nach dir zu veranlassen. Und dann kam ich heim und
war wie ein lebendig Begrabener, daß ich dachte, ich müsse ersticken vor Angst um dich — ja, streichle mir nur jetzt die
Hände — nie werde ich diese Stunde vergessen — und da
klingelt es, und der Bote vom Armenpflegschaftsrath ist draußen,
wegen der Papiere, die heut früh die Dora dir hereingebracht
hatte, — es habe Eile, wurde mir bestellt; und weil ich sie nirgends
fand, dachte ich mir gleich, du habest sie da in der Höhle verschlossen neben deinen Wirthschaftspapieren, und da du sonst
nie Geheimnisse vor mir gehabt, — wie ich wenigstens mir
einbildete — schickte ich nach einem Schlosser, — da fand ich
denn bald, was ich suchte, — o, und weit mehr, als ich gesucht hatte! O Mutter, was bist du für eine einzige, kluge,
thörichte, anbetungswürdige Heilige! Und nun hast du deine
Schelte, und jetzt setz dich ganz still da hin und laß dir Hände
und Füße küssen!

Er war aufgestanden, hatte die kleine Frau auf seinen
Stuhl niedergelassen und lag nun vor ihr auf dem Teppich,
das Gesicht unter strömenden Thränen in ihre Hände gedrückt.

Kind, sagte sie nach einer Weile, wir wollen nichts mehr
davon reden. Geschehen ist geschehen; so wahr mir Gott helfe,
deine Vorwürfe rühren mich gar nicht, ich thät' es genau so
wieder und stellt' es vielleicht nur ein bischen vorsichtiger an.
O mein lieber Junge, was ist denn nun gewonnen? Beisammen-

bleiben können wir jetzt so wenig, wie vorher, und mir hast du's nur erschwert —

Er richtete sich vom Boden auf und stand ihr mit einem seltsam stillen Lächeln gegenüber. Mutter, sagte er, weißt du, woher ich eben komme?

Sie sah ihn fragend an.

Von Cilly's Vater komm' ich. Den Brief, Mutter, den du mir so sorgsam vorenthalten hast, ob dir auch das Herz darüber brechen wollte, den hab' ich verbrannt. Aber erst, nachdem ich ihn dem trefflichen Mann gezeigt hatte, der dich stets mit einer wahren Schwärmerei verehrt hat und jetzt vollends dich für die Krone aller Frauen hält. Du wirst böse sein, Mutter, und mich eigenmächtig schelten; aber es ist nun ganz recht so, auch ich habe dir ja etwas zu vergeben: daß du mir nur einen Augenblick zugetraut hast, ich würde glücklich sein können ohne dich, auf deine Kosten. Siehst du, Mutterchen, so sind wir quitt. Mein Schwiegervater hat mir sein Ehren- wort gegeben, daß der Inhalt dieses Briefs ein Geheimniß bleiben soll zwischen uns Männern, und daß er nun der Schwester gegenüber sein feierliches Wort verpfänden werde, an deinem Leben hafte nicht der Schatten eines Makels. O Mutter, nicke mir nur wieder zu, sage mir nur, daß ich wieder dein guter Junge sein soll, wenn ich auch bei dir eingebrochen bin und dein theuerstes Geheimniß entwendet habe! Und wenn du glaubst, daß ich von nun an das Bild da mit andern Augen ansehen werde, — ja, es ist wahr, Mutter, ich habe jetzt erst einen Begriff davon, wie unglücklich mein armer Vater war, da er deinen ganzen Werth kannte, und doch durch sein Ver- hängniß so früh dir von der Seite gerissen wurde. Ich aber, Gott sei Dank, ich lebe noch, und noch Eine lebt, die gerade so denkt, wie ich, und wenn du je wieder so böse Gedanken hast, als ob du zu dem Glück deiner Kinder nicht unumgäng- lich nöthig wärst, — vier Arme werden schon im Stande sein, dich zu hindern, daß du nicht wieder in die weite Welt fliehen kannst, um den Todten treuer zu sein als den Lebendigen!

<hr />

Die ungarische Gräfin.

(1874.)

Auf einem Schloß in Ungarn, nahe der westlichen Grenze dieses Landes, lebte in den vierziger Jahren eine Frau, die durch ihre große Schönheit und mancherlei seltene geistige Gaben viel von sich reden machte und durch ihr räthselhaftes Ende noch lange die Gemüther beschäftigte.

Gräfin Helene S . . ., einem alten österreichischen Adels= geschlecht entstammt, hatte sich in großer Jugend, obwohl ihr die Auswahl unter einer zahlreichen Schaar junger und glänzender Bewerber frei stand, mit dem bejahrtesten und unansehnlichsten unter ihren Verehrern, dem bereits fünfzigjährigen Grafen N — y, vermählt und war ihm fern von ihrer Heimath auf seine ungarischen Güter gefolgt. Ihr Gemahl, ein ritterlicher Offizier, aber durch einen unglücklichen Sturz mit dem Pferde genöthigt, frühzeitig seinen Abschied zu nehmen, schien wenig dazu geschaffen, die Phantasie oder die Sinne einer blutjungen Schönheit zu bestechen, und eben so wenig konnte sein Reichthum, der dem ihrigen kaum gleichkam, zur Erklärung ihres seltsamen Entschlusses dienen. Nur ihre Nächsten kannten den frühreifen Ernst dieser jungen Seele, die jahrelang den Gedanken gehegt, in ein Kloster ein= zutreten, und es dann als die schwerere christliche Pflicht auf sich genommen hatte, die Pflegerin und Gefährtin eines alternden

Gatten zu werden. Ihre Mutter warnte sie umsonst. Schon als Kind hatte sie von Niemand Rath annehmen wollen, als von ihrem eigenen Herzen, dessen Geheimnisse sie sorgfältig zu hüten pflegte. So erfuhr auch Niemand, ob sie in den fünf Jahren, die ihre Ehe währte, Ursache fand, ihre Wahl zu bereuen. Zwar legte sie bei dem Tode ihres Gatten in keiner Weise eine ausschweifende Trauer an den Tag, die auch Niemand, so sehr der Graf im Ruf eines trefflichen Mannes stand, für aufrichtig gehalten hätte. Daß aber die zweiundzwanzigjährige Wittwe sich auch nach dem Trauerjahr nicht von ihrem einsamen Schlosse hinweglocken, geschweige zu einer neuen Verbindung bewegen ließ, daß sie sogar ihre Eltern nur immer auf kurze Wochen besuchte und alle Freuden des Wiener Carnevals verschmähte, schien auf ein tieferes Gefühl hinzudeuten, das über das Grab fortdauerte.

Sie hatte ihrem Gatten ein einziges Kind geboren, ein Jahr vor seinem Tode, einen zarten Knaben, den am Leben zu erhalten nur der aufopferndsten Muttersorge gelang. Viele waren der Meinung, es wäre dem Kinde selbst eine größere Wohlthat gewesen, wenn man sich weniger Mühe gegeben hätte, ihm ein Dasein zu erkämpfen, von welchem es kaum Freude zu erwarten hatte. Der Knabe, sobald er in die Jahre kam, wo der Geist aufzuwachen beginnt, zeigte leider eine so auffallende Verkümmerung aller Denkkraft, daß er nur mit großer Noth und Geduld dahin gebracht wurde, einige Worte sprechen zu lernen, und gar an weiteren Unterricht nicht zu denken war. Sein Aussehen verrieth nicht auf den ersten Blick die Größe seines Unglücks. Er war schlank und wohlgebildet, das Gesicht hatte die schönen, gewinnenden Züge der Mutter, seine Augen blickten mit einem sanften Ausdruck von Träumerei umher, und wer nicht wußte, wie es um ihn stand, konnte ihn für einen etwas verweichlichten Muttersohn halten, dem nur eine kräftigere Hand fehlte, um ihn aus seiner Trägheit aufzurütteln. Dazwischen kamen freilich Zeiten, wo sich Niemand über seinen Zustand getäuscht hätte. Er litt in den Nächten an krampfartigen Zufällen, auf welche Tage des tiefsten Stumpfsinns und lähmender Erschöpfung folgten. Dann machte Nichts Eindruck auf ihn,

als die Stimme seiner Mutter, die selbst in den Augenblicken
völliger Umnachtung ein Lächeln auf seine Lippen zu locken vermochte. An seinen besseren Tagen hatte dies Lächeln einen
eigenen Zauber. Aller Adel eines Gemüths, das in der Knospe
verkümmert war, schien darin aufzudämmern. Die Schloßbewohner,
die Leute im Dorf, Jeder, der ihm nahe kam, war dem Unglücklichen zugethan, und die weiblichen Dienstboten vollends
wären für ihn durchs Feuer gegangen.

Später natürlich als alle Anderen hatte die eigene Mutter
sich in die trostlose Ueberzeugung ergeben, daß dieses Unglück
als ein unabänderliches hinzunehmen sei. Kein berühmter Arzt,
kein erfahrener Pädagoge war, so lange das Knabenalter währte,
von ihr unbefragt geblieben, ohne daß sie Mehr erreicht hätte,
als eine Erleichterung der nächtlichen Zufälle durch zweckmäßige
körperliche Pflege. Als der Aermste in die Jünglingsjahre trat,
war auch ihr jede Hoffnung geschwunden, ihn noch einmal zu
einem selbständigen Leben heranreifen zu sehen. Von da an
schien sie nicht nur nach außen, wo sie sich selbst in den Zeiten
ihres schweren Kummers fest und gleichmüthig gezeigt, sondern
auch in ihrem eigenen Innern zu einer gewissen Ruhe und
Heiterkeit zurückzukehren. Sie öffnete ihr Haus wieder mehr
als sonst der nachbarlichen Geselligkeit, nahm, wiewohl selten,
da sie den Sohn ungern allein ließ, Einladungen auf die nahen
Güter an und erklärte auf mitleidige Reden, die manchmal ver-
letzend genug an ihr Ohr drangen: sie tausche mit so mancher
Mutter nicht, deren Söhne ihre vollen Geisteskräfte nur dazu
erhalten zu haben schienen, um durch Wüstheit und zuchtlose
Streiche sich und ihre Familien zu entehren.   -

Kam sie von einem ihrer kurzen Ausflüge zurück und hörte
schon von fern das Geigenspiel ihres Sohnes, der gewöhnlich, in
der Begleitung seines alten Dieners, dem Wagen der Mutter eine
Strecke weit entgegenging, und erblickte ihn dann, das mädchen-
haft zarte Gesicht auf die Geige geneigt, die blonden Haare,
die er in freien Locken trug, auf die Schultern und über den
Steg des Instrumentes herabhängend, und sah das Aufleuchten
der Freude in seinen sanft umschleierten Augen, so konnte selbst
ein Dritter begreifen, daß es ihr mit ihrer Ablehnung fremden

Bedauerns völliger Ernst war und sie selbst sich trotz alledem nicht für eine unglückliche Mutter halten mochte.

Die Musik war die einzige Sprache, die der junge Graf geläufig sprechen lernte, Notenhefte die einzigen Bücher, die er fließend las. Er mußte das Talent vom Vater ererbt haben. Gräfin Helene hatte nie Musik getrieben. Sie war daher leider nicht im Stande, ihren Sohn in dieser seiner einzigen leidenschaftlichen Neigung selbst zu fördern, und da sein bisheriger Lehrer, der Geistliche des Dorfes, an eine andere Stelle versetzt wurde und sein Nachfolger nicht musikalisch war, entschloß sich die Gräfin, durch die Zeitungen sich nach einem passenden Ersatz umzusehen.

Unter den unzähligen Briefen, die auf ihre Annonce einliefen, erregte einer ihr besonderes Interesse, ohne daß sie recht wußte, wodurch. Er kam aus einem kleinen schlesischen Städtchen und war von einem jungen Manne geschrieben, der zuerst Theologie studirt, dann aber sich ganz der Musik gewidmet hatte und jetzt seine alte Mutter und zwei Schwestern durch Klavierunterricht erhielt. Der einfache und doch gebildete Stil, eine gewisse Melancholie, die sie mehr zwischen als aus den Zeilen herauslas, vielleicht der bloße Zug der Handschrift bestimmten die Gräfin, von allen Anmeldungen nur diese eine zu berücksichtigen, — die einzige, der keine weiteren Zeugnisse und Empfehlungen beigefügt waren. Sie sandte ein ansehnliches Reisegeld an den jungen Mann, der sich Georg Lindner nannte, und schrieb ihm, er möge unverzüglich aufbrechen, falls der Zustand ihres Sohnes, den sie ihm jetzt ganz unverhohlen schilderte, in seinem Entschluß keine Aendernng hervorbringe.

Ein paar Wochen vergingen, ohne daß der Erwartete eintraf. Schon glaubte die Gräfin, der junge Mann habe sich eines Anderen besonnen, als eines Abends ein verstaubter Fußwanderer bei ihr eintrat, dem man die Mühsal einer weiten Reise deutlich am Gesicht und an den Kleidern ansah. Es war ein bleicher, zartgebauter junger Mensch mit trübsinniger Stirn und geistvoll blitzenden schwarzen Augen, der wenig Worte machte, aber sich trotz seines dürftigen Aufzuges mit vollkommenster Sicherheit der Schloßherrin gegenüber betrug. Er erklärte ihr unbefangen, daß er, um das überschickte Reisegeld der Mutter zurückzulassen, den größten Theil des Weges zu Fuß gemacht habe. Sein Koffer werde mit einer wohlfeilen Gelegenheit nach= kommen; das Nöthigste trage er im Tornister bei sich.

Die Gräfin ließ ihn durch den Haushofmeister nach einem Zimmer führen, das neben den Gemächern des jungen Grafen lag. Sie fühlte eine Art Enttäuschung, über deren Grund sie sich nicht klar wurde. Das Bild des jungen Mannes ent= sprach vollkommen seinem Briefe. Weder seine Armuth hatte er verleugnet, noch sein freies, unbekümmertes Selbstgefühl. Doch mochte sie wohl erwartet haben, daß ihre Person, deren Schönheit und weibliche Hoheit manchen hochgeborenen Herrn verwirrt hatten, auf den unbedeutenden Jüngling einen größeren Eindruck machen würde. Nun hatte er nicht ein einziges Mal den Blick vor ihr niedergeschlagen, und nur ein rasches Erröthen, das beim ersten Anblick der stolzen Schloßfrau sein Gesicht über= flog, verrieth, daß er Mannesblut in den Adern hatte.

Als sie ihn dann nach einigen Stunden bei der Abendtafel erscheinen sah, erstaunte sie von Neuem. Er hatte die Zeit so gut dazu benutzt, sich mit seinem armen Zögling vertraut zu machen, daß er, seinen Arm um den Nacken des jungen Grafen geschlungen, ihn wie einen jüngeren Bruder in den Saal führte, gleichsam zum Beweise für die Mutter, daß er trotz seines dürftigen Rockes die beste Gesellschaft sei, die sie für ihren Sohn hätte wünschen können. Diesem leuchteten die Augen von un= gewöhnlicher Heiterkeit, und er streichelte, während sie zu Tische saßen, zuweilen heimlich den Arm seines Nachbarn, was immer das Zeichen seiner Zuneigung war.

Nach dem Essen öffnete der Candidat — wie der junge Mann im Hause genannt wurde — den Flügel, stellte die verlorene Stimmung wieder her und begleitete das Spiel seines Zöglings mit solcher Meisterschaft, daß nach und nach das ganze Schloßgesinde draußen im Vorsaal sich versammelte, um „den Deutschen“ spielen zu hören. Auch die Gräfin, die genug der besten Musik in ihrem Leben genossen hatte, um zu wissen, was sie hörte, erstaunte über die Macht und Fülle seiner musikalischen Gedanken, da er sehr bald die Noten bei Seite ließ und über einige ungarische Volksweisen, die der junge Graf gespielt, sich in freien Phantasieen erging. Sein Zögling hatte die Geige längst weggelegt und lauschte völlig hingerissen dem Spiel seines neuen Freundes. Als der Candidat geendigt, blieb Stephan noch eine Weile sitzen, wie unter dem Bann einer Verzauberung. Die Mutter trat auf ihn zu, er hatte helle Thränen in den Augen. Glücklich! Glücklich! war Alles, was er zu stammeln vermochte.

Von nun an waren die beiden jungen Leute unzertrennlich. Wenn Georg arbeitete, componirte oder las und schrieb — sein Kofferchen hatte fast Nichts als Bücher und Noten enthalten —, lag Graf Stephan auf einem niedrigen Divan mitten im Zimmer, die schönen Augen still auf seinen Gefährten geheftet, der ihm den Rücken zugekehrt hatte und stundenlang seiner Anwesenheit ganz zu vergessen schien. Sobald er dann das geringste Zeichen gab, daß er nun wieder für ihn da sei, sprang der Jüngling auf, wie ein treuer Hund auf den ersten Wink seines Herrn, und fragte mit seinen unbeholfenen Worten, was er wünsche, ob sie ausgehen, reiten oder Musik machen wollten. Die Leute im Hause und im Dorfe erzählten sich, wie viel besser es jetzt mit dem jungen Grafen gehe; er blicke so viel freier aus den Augen und spreche mit weniger Mühe. Das Alles mache der deutsche Lehrer, der sich ganz anders mit dem Armen beschäftige, als je zuvor ein Mensch und sogar die eigene Mutter es vermocht habe.

Nur wenn sein Zögling durch Unwohlsein ans Zimmer gefesselt war, sah man den Candidaten allein spazieren gehen, oft stundenweit durch den Wald oder die Nachbardörfer. Er erwiederte freundlich die respectvollen Grüße, mit denen man ihm begegnete, redete aber nie einen Menschen an. Die Dorf= dirnen, denen er nicht mißfiel — sein Aussehen war bei dem reichlicheren Leben im Schlosse besser geworden, obwohl er noch immer die gleichen geringen Kleider trug —, die Mägde im Schlosse selbst und die hübsche Frau des Haushofmeisters sprachen oft von ihm unter einander. Alle verwunderten sich, daß er für ihre Reize und aufmunternden Winke blind und taub schien, und Boriska, das Kammermädchen der Gräfin, konnte sich dies Wunder nur durch eine Brautschaft erklären, die er in seiner Heimath zurückgelassen habe. Die Deutschen seien alle viel treuer als die Ungarn! behauptete sie; es sei aber schade um den netten jungen Menschen; er könnte ein viel vergnügteres Leben haben, wenn er nur die Augen aufmachen wollte.

Diese ihre Beobachtung theilte sie auch ihrer Herrin mit, die übrigens um Alles, was nicht das Verhältniß des Candidaten zu ihrem Sohne betraf, sich wenig zu kümmern schien. Sie hatte nach den ersten Wochen eine Gelegenheit wahrgenommen, dem jungen Manne ihren Dank auszusprechen für den günstigen Einfluß, den er auf seinen Zögling ausübe. Zugleich hatte sie, wie es dem um fünfzehn Jahre Jüngeren gegenüber wohl an= gebracht schien, mit wahrhaft mütterlichem Antheil nach seinen eigenen Schicksalen geforscht, ihn gefragt, warum er trotz seiner Jugend und seines herrlichen Talents nicht froher sei und ob sie selbst irgend etwas zur Erleichterung seiner Lage thun könne. Nach Mutter und Schwestern hatte sie sich theilnehmend er= kundigt, auch ein Briefchen an die Mutter geschrieben, voll Dankbarkeit dafür, daß sie ihr den Sohn überlassen habe, der ihrem eigenen wie ein Bruder nahe getreten sei. Auf all diese Zeichen der gütigsten Gesinnung hatte er sich nur abwehrend verhalten, einsilbige Auskunft gegeben und erklärt: daß er nicht munterer sei, liege ihm im Blut; sein eigener Vater, ein ganz unbescholtener Beamter, habe sich aus Melancholie in den Fluß gestürzt; ihn selbst halte, wie er sich mit einem düstern Lächeln ausdrückte, „nur sein bischen Musik über Wasser“.

Nach dieser kühlen Abweisung ging es der Gräfin gegen ihren Stolz, dem jungen Hausgenossen anders als mit gleich= mäßiger Höflichkeit zu begegnen. Sie mußte erkennen, daß sie selbst in äußeren Dingen keine Macht über ihn besaß. Da er in ihren Gesellschaften, wenn der glänzende Adel der Umgegend versammelt war, immer in dem abgeschabten Röckchen erschien, das er von Hause mitgebracht, suchte sie ihn halb scherzend zu bewegen, daß er sich einmal in der Nationaltracht zeigen möchte. Sie ließ ihm einen feinen schwarzen Schnürrock anfertigen, der ihm eines Tages ins Zimmer gebracht wurde. Er verstand die Absicht nur zu wohl und schickte den Rock wieder an die Herrin zurück, mit dem Bemerken, er sei ihm beim Klavierspiel unbequem. Von da an war nicht weiter von seiner Toilette die Rede.

Auch hatten sich die Nachbarn, Herren und Damen, bald
daran gewöhnt, in den Räumen des gräflichen Schlosses den
unscheinbaren Deutschen erscheinen zu sehen, meist Arm in Arm
mit dem blöden jungen Grafen, oft aber auch allein und immer
so unbefangen, als ob er von Jugend auf nur in vornehmen
Kreisen verkehrt hätte. Er war nie vordringlich, schwieg lieber,
als daß er mitsprach, äußerte aber, wenn er angeregt wurde,
seine Meinung mit solcher Ruhe und Schärfe, als sei es ihm ganz
gleichgültig, ob man sie theile oder nicht. Damals wurde viel
politische Discussion geführt, und er, als Deutscher, stand meist
allein. Aber wenn er durch seine entschiedene Sprache hie und da
verletzt oder die Stimmung aller Gäste gegen sich gewendet hatte,
bedurfte es nur einer Aufforderung der Gräfin, sich an den Flügel
zu setzen, um die gereizten Gemüther sogleich wieder zu versöhnen.

Einladungen auf die Güter der Nachbarn nahm er nie an.
Er schien zu fühlen, daß er nur im eigenen Hause in seinem
einzigen Hauskleide sich sehen lassen dürfe.

So vergingen Monate, ohne in dem Verhältniß der Schloßbewohner zu einander irgend etwas zu verändern. Nur daß die
Röthe der Jugend, die sich anfangs auf den Wangen des
Candidaten eingefunden, nach und nach der früheren Blässe wieder
weichen mußte. Seine Stimmung war ungleicher, selbst sein Spiel
wilder und freudloser geworden. Gegen den jungen Grafen
blieb er immer derselbe zartfühlende, herzliche und doch überlegen
lenkende Freund; der Gräfin aber wich er an manchen Tagen
sichtbar aus, ließ sich von den Mahlzeiten entschuldigen und verschwand auf halbe Tage in der Umgegend. Boriska behauptete,
er verkehre draußen auf den Kreuzwegen mit Hexen oder Gespenstern, anders lasse sich der Ausdruck seines Gesichts nicht
erklären.

Es geht gegen das Frühjahr, sagte die Gräfin ruhig.
Das macht alle melancholische Leute in Deutschland toll. Es
wird auch bei ihm wieder vorübergehen.

Als aber der Sommer kam und der Candidat, statt wieder
zur Vernunft zu kommen, sein wunderliches Wesen nur ärger
trieb, wurde sie doch ernstlich besorgt um ihn. Sie beschloß,
obwohl sie sich seit dem ersten mißglückten Versuch jede Ein-

mischung in seine Privatverhältnisse streng versagt hatte, noch
einmal an seine verschlossene Seele zu klopfen; sie fühlte es als
eine Art Pflicht, Denjenigen, dem sie so viel verdankte, nicht aus
falschem Stolz seinen dunklen Dämonen zu überlassen.

Zunächst freilich brachte sie ein Zwischenfall, der allerlei
Aufregungen verursachte, wieder von ihrem Vorsatz ab.

Schon seit Weihnachten war ein reicher Magnat auf einem
der Nachbargüter erschienen, der viele Jahre in Paris und Italien
zugebracht und jetzt erst das Bedürfniß empfunden hatte, sich
in seiner Heimath fest anzusiedeln. Gleich beim ersten Zusammen-
treffen mit der Gräfin, die jetzt in ihrem siebenunddreißigsten
Jahre stand, zugleich aber noch in der reifsten Sommerblüte ihrer
Schönheit, hatte der Graf sich's merken lassen, daß sie einen un-
gewöhnlichen Eindruck auf ihn gemacht habe, und da er die
Vierzig eben überschritten hatte und in allem Andern, auch im
Adel der Erscheinung und wahrhaft vornehmer Gesinnung ihr eben-
bürtig war, hielt man allgemein dieses Paar für einander vor-
bestimmt und begriff nicht, welche Gründe den Abschluß einer so
selbstverständlichen Sache hinauszögern konnten.

Der Graf selbst hatte die erste freundliche Abweisung, die
er erfahren, nicht für ein letztes Wort genommen und eifrig seine
Bemühungen um die Gunst der schönen Frau fortgesetzt. Hierzu bot sich während des geselligen Winters vielfache Gelegenheit.
Aber auch als mit der guten Jahreszeit der nachbarliche Kreis
sich aufzulösen begann, dauerte die Bewerbung des leidenschaftlich
gefesselten Mannes fort, und kaum verging ein Tag, wo er nicht
auf seinem englischen Pferde in den Schloßhof gesprengt kam,
um bis in die Nacht hinein der geliebten Frau Gesellschaft zu
leisten. Sie hatte ihm dies erlaubt, unter der Bedingung, daß
er niemals auf seinen Antrag zurückkommen dürfe. Sie war
ihres eigenen Entschlusses zu sicher und überdies von gewissen
Vorurtheilen gegen die Beständigkeit der Männer zu sehr durch=
drungen, um eine Gefahr darin zu sehen. Wenn Sie mich näher
kennen, hatte sie ihm gesagt, werden Sie finden, daß ich mehr
Anlagen zu einer guten, ehrlichen Freundschaft habe, als zur Liebe,
die ja auch in unseren Jahren eine lächerliche Illusion sein würde.
Ich habe den festen Vorsatz, nie wieder zu heirathen, schon beim

Tode meines Mannes gefaßt. Ich fühlte, daß die Frau, die einem so unglücklichen Knaben das Leben geschenkt, ihm hinfort ihr ganzes eigenes Leben schuldig sei. Niemand, auch wenn er es mit Stephan noch so gut meinte, würde mich schon in jüngeren Jahren diesem Entschluß abtrünnig gemacht haben. Jeder Dritte könnte die Sorge für den armen Unschuldigen nur als eine Last empfinden und früher oder später es mich fühlen lassen, daß ich ihm eine so traurige Pflicht mit ins Haus gebracht hätte. Also sprechen wir nicht mehr von unmöglichen Dingen.

Graf Alexander schien sich darein ergeben zu haben und sich an der Abfindung mit „guter ehrlicher Freundschaft" genügen zu lassen. Aber trotz seiner vierzig Jahre war sein Blut noch ungestüm und verwegen genug, um eines Tages mit seinem feierlich gegebenen Versprechen durchzugehen.

Bei einem Spazierritt, den er mit der Gräfin durch den fröhlich aufgrünenden Wald machte, kam es zu einer neuen Erklärung. Sie ließ ihn ruhig ausreden, hielt dann den Schritt ihres Pferdes an und sagte:

Es thut mir leid, Graf Sandor, daß Sie es mit meinen Worten so wenig ernst genommen haben, wie mit Ihrem eigenen. Sie werden begreifen, daß ich nun auf Ihren Umgang, der mir recht angenehm war, verzichten muß. Sie kennen meine Gründe. Es ist daran nichts geändert worden, seit ich einige Monate älter geworden bin. Uebrigens sans rancune, lieber Graf. Wenn über Jahr und Tag eine Luftveränderung Sie von dieser Thorheit geheilt hat, werde ich Sie mit Vergnügen wiedersehen.

Dann setzte sie durch einen Schlag mit der Reitgerte ihr Pferd in einen ruhigen Galopp und sprach von gleichgültigen Dingen.

Der Graf, ins Tiefste getroffen, hatte Mühe, seine weltmännische Haltung zu bewahren. Als sie nach einer einsilbigen halben Stunde bei dem Schlosse wieder anlangten, wollte er sich sofort verabschieden. Die Gräfin aber, wie um seine Strafe zu verlängern, bestand so unbefangen darauf, ihn nicht vor der gewohnten Stunde zu entlassen, daß ihm Nichts übrig blieb, als sich stumm zu verneigen und den Kelch bis auf die Neige zu leeren.

Das Gesicht der schönen Frau war gerötheter als sonst, das ihres Begleiters bleicher und finsterer, als sie mit einander in den Speisesaal traten. Sie fanden hier den jungen Grafen mit seinem Hofmeister ihrer wartend, die Mutter umarmte ihren Sohn und küßte ihn dabei auf den Mund, was sie sonst nie vor Fremden that; den Candidaten grüßte sie mit ungewöhnlicher Güte und Huld. Es war, als wollte sie Beiden stillschweigend andeuten, wie wohl ihr sei, daß das trauliche Verhältniß zwischen ihnen Dreien aufs Neue gegen jede Störung gesichert sei.

Dennoch verlief das Mahl in beklommener Stimmung. Der Graf schien bei jedem Bissen zu empfinden, daß er seine Henkersmahlzeit einnahm; der Candidat, der gegen den glänzenden Weltmann von Anfang an eine fast unfreundliche Kälte an den Tag gelegt hatte, sah stumm auf seinen Teller; einige andere Hausgenossen waren zu bescheiden, um das Wort zu führen, und auch die Gräfin versank zwischen mühsamen Versuchen, ein zwang= loses Gespräch in Gang zu bringen, in nachdenkliches Schweigen.

Die Dämmerung brach endlich herein, man stand von Tische auf und begab sich in das Musikzimmer nebenan, wo man nach der Tafel noch einige Stunden zusammenzubleiben pflegte.

Der Graf trat an den jungen Deutschen heran, mit dem er den ganzen Abend noch kein Wort gewechselt hatte.

Was werden Sie uns heute zum Besten geben? sagte er mit einem Ton, der deutlich verrieth, daß die Antwort auf seine Frage ihm vollkommen gleichgültig war.

Ich spiele heute nicht, erwiederte Georg, indem er sich ab= wendete und die Noten auf dem Flügel mit der ruhig geballten Hand ein wenig zurückschob.

Sind Sie nicht wohl? Oder ist Ihnen das Publikum heut zu klein?

Die Gründe, Herr Graf, werde ich ja wohl für mich be= halten dürfen.

Ganz nach Ihrem Belieben, Herr Candidat. Zumal Ihre Art zu reden besorgen läßt, daß Sie sich auch beim Spiel heute in der Tonart vergreifen würden.

Das Auge des Jünglings blitzte den Sprecher an.

Ich erinnere mich, was ich dem Hause, wo wir uns treffen, schuldig bin, sagte er mit leise bebender Stimme. An jedem anderen Ort hätte ich eine andere Antwort, Herr Graf.

Er verneigte sich leicht und verließ langsam das Gemach.

Die Gräfin näherte sich dem Betroffenen, der seinen Verdruß unter einem kurzen Auflachen zu verbergen suchte.

Was haben Sie mit meinem Musikus gehabt? fragte sie. Ich kenne sein Gesicht. Sie müssen ihn gekränkt haben.

Wahrhaftig ohne meinen Willen, Gräfin! Aber ich habe heut einen Unglückstag. Ich brauche nur den Mund zu öffnen, so kehrt man mir den Rücken. Wissen Sie übrigens, daß ich mich über Parteilichkeit von Ihrer Seite zu beklagen habe? Mir selbst verbieten Sie von morgen an Ihre Thür, und einen Menschen, der noch kopfloser als ich sich die Flügel am Licht Ihrer Schönheit verbrannt hat, dulden Sie in Ihrer täglichen Nähe.

Sie sah ihn groß an.

Ich verstehe Sie in der That nicht, Graf Sandor.

Seltsam! Und Sie behaupteten doch eben, das Gesicht dieses jungen Deutschen zu kennen.

Sie scherzen sehr zur Unzeit, Graf.

Zur Unzeit? Ich wüßte nicht. Ein kleiner Galgenhumor ist doch wohl zeitgemäß eine halbe Stunde nach der Henkersmahlzeit. Indessen sollten Sie die Sache nicht zu scherzhaft nehmen. Ich selbst habe hier nur mein Herz verloren. Der kleine Deutsche sieht mir ganz danach aus, als ob er eines schönen Tages auch den Verstand darüber verlieren könnte. Daß er mich so unhöflich behandelt hat, als ob ich ein begünstigter Nebenbuhler wäre, ist schon verrückt genug; hätte er noch seine fünf Sinne beisammen, so wäre es ihm klar geworden, wie wenig er von mir zu fürchten hat. Ich fühle nur zu sehr, wie schlecht ich dazu tauge, für „gnädige Straf'" zu danken. Aber ich bin Ihrer Verzeihung gewiß, theure Gräfin. Sie werden Fälle erlebt haben, wo Menschen in meiner Lage noch weniger bonne mine à mauvais jeu zu machen wußten. Uebrigens ist es spät, und ich bitte um meine Entlassung.

Er ergriff ihre Hand und führte sie leicht an seine Lippen. — Auf Wiedersehen übers Jahr, und gute Besserung bis dahin!

sagte sie mit einem zerstreuten Ausdruck. Ihre Gedanken waren von einer viel lebhafteren Sorge in Anspruch genommen, als wie der Graf diesen Abschied überstehen würde.

Sie entließ ihre übrigen Gäste, schickte den Sohn zu Bett und zog sich in ihr Boudoir zurück. Boriska hatte alle Kerzen anzünden und die Fenster weit öffnen müssen. Der Herrin war heiß und beklommen, unruhig ging sie mit über der Brust gekreuzten Armen das Zimmer auf und ab, die Stirn von schwerem Sinnen gefurcht, manchmal am Fenster die Nachtluft einathmend, ohne daß die Kühle sie beruhigen wollte. Sie konnte von hier aus die Fenster ihres Sohnes sehen, bei dem das Licht bald erloschen war. Nebenan in dem Zimmer seines Hofmeisters brannte noch die Lampe. Es war nichts Ungewöhnliches, daß sie erst lange nach Mitternacht erlosch. Dennoch schien es ihr heut zum ersten Male aufzufallen.

Um zehn Uhr klingelte sie ihrer Zofe.

Ich lasse den Herrn Candidaten bitten, noch einmal herüberzukommen. Ich hätte etwas mit ihm zu besprechen, was ich nicht bis morgen verschieben möchte.

Nach fünf Minuten klopfte es an die Thür des Boudoirs. Georg trat herein.

In seinem Aeußeren war keine Veränderung zu bemerken. Er sah die stolze Frau mit dem ernsten Blick, der ihm eigen war, an, ohne Neugier oder Unruhe zu verrathen.

Sie haben befohlen, Frau Gräfin?

Sie antwortete nicht sogleich. Sie betrachtete ihn eine Weile mit einem halb erstaunten, halb unmuthigen Ausdruck, wie man sich im Gesicht eines Menschen, der uns plötzlich in ganz anderem Licht erscheint, zurechtzufinden sucht. Er aber hielt diesen Blick ohne jede Verlegenheit aus.

Ich habe Sie zu mir bitten lassen, lieber Georg, sagte sie endlich, ohne ihm einen Sessel zu bieten; — was ich Ihnen zu sagen habe, ist mir von großer Wichtigkeit; dergleichen ist besser vor dem Schlafengehen abzuthun. Sie wissen, wie sehr ich Sie schätze, wie glücklich es mich macht, daß mein Sohn einen Freund und Gefährten in Ihnen gefunden hat, dem er von ganzem Herzen zugethan ist. Und auch Sie schienen den Aufenthalt in diesem Hause nicht als ein Unglück anzusehen. Sie hatten hier wenigstens Muße und Gelegenheit, sich in Ihrer Kunst zu üben, die Sorge um Ihre Angehörigen durfte Sie weniger drücken, und wenn Sie Mutter und Schwestern entbehren mußten, — eine wahrhaft mütterliche Theilnahme war Ihnen von meiner Seite gewiß, sobald Sie einer solchen bedurften. Sie haben sie freilich bis jetzt nie in Anspruch genommen; ich legte das so aus, als wären Sie mit Ihrer Lage, wie sie nun einmal war, zufrieden. Aber ich scheine mich dennoch schwer getäuscht zu haben.

Sie hielt einen Augenblick inne. Er hatte das Gesicht von ihr abgewendet und sah vor sich nieder. Woraus schließen Sie das, Frau Gräfin? fragte er mit einer Stimme, der nur ihr geschärftes Ohr die Erregung anhören konnte.

Sie sind von Monat zu Monat einsilbiger, düsterer, menschenscheuer geworden. Sie magern ab, Ihre Farbe wird blässer, Ihr Auge unstäter. Ich müßte nicht das wahrhafte Interesse an Ihnen nehmen, das ich Ihnen schon im Namen meines armen Sohnes schuldig bin, wenn mir diese Veränderung entgangen sein sollte. Irgend ein Kummer oder ein physisches Leiden nagt an Ihnen, versuchen Sie es nicht, zu leugnen, lieber Freund. Ich kann das nicht länger mit ansehen. Ich würde die Mutterpflichten, die ich stillschweigend auch gegen Sie mit übernommen habe, schwer verletzen, wenn ich Sie nicht endlich direct um den Grund befragte, — selbst auf die Gefahr hin, daß es Heimweh sein möchte, was Sie hier nicht heiter und gesund sein läßt. Ich kenne Ihre großherzige Seele. Vielleicht glauben Sie es meinem armen Sohne schuldig zu sein, ihm Ihre eigenen liebsten Wünsche aufzuopfern. Aber so sehr mich das betrüben würde, ein solches Opfer kann ich nicht annehmen. Ein gesunder Mensch voller Jugendkräfte und reicher Talente darf seine Zukunft nicht aufs Spiel setzen, sein Leben nicht auf- opfern, um die Tage eines für immer vom wahren Leben Aus- geschlossenen ein wenig erträglicher zu machen. Das Opfer ist zu unverhältnißmäßig gegenüber dem Erfolge. Keine Humani- tät, keine noch so überschwängliche christliche Liebe kann das fordern oder nur gutheißen. Ich dächte, hiergegen wäre Nichts einzuwenden.

Sie schwieg wieder und ging, um ihm Zeit zum Besinnen zu laffen, über die weichen Teppiche ein paar Mal auf und ab. Seine Augen folgten ihr, die große, herrliche Gestalt schien ihn unwiderstehlich zu feffeln.

Und Sie felbst? fagte er endlich. Opfern Sie sich nicht auch? Haben Sie nicht auf Mehr verzichtet, als ein armer Mensch, wie ich, jemals einer folchen Pflicht zum Opfer bringen könnte?

Sie blieb vor ihm stehen. Wie können Sie das vergleichen! fagte fie ruhig. Ich bin feine Mutter. Und übrigens — ich habe feine Zukunft mehr, die in Betracht käme. Laffen Sie uns vernünftig reden, Georg. Noch einmal: Sie find hier nicht an Ihrem Plaße; Sie ftreben heimlich hinweg, und nur die Rücksicht auf Ihre Mutter oder die andere auf Stephan hält Sie fest in einem Elemente, wo Sie sich verzehren. Sie müffen nach Wien oder fonst in eine große Stadt, wo Sie hundertfache Anregung für Ihr Talent finden und das Blut nicht im einförmigen Tageslauf stocken fühlen. Erlauben Sie mir, Ihnen die Wege zu ebnen. Ich habe an das Haus meiner Cousine, der Fürstin D., gedacht, Sie entfinnen sich der Dame vom vorigen Herbst; schon damals hätte fie nicht übel Luft gehabt, Sie mir zu entführen, um ihre Kinder von Ihnen unterrichten zu laffen, ihre kleinen Hausconcerte Ihrer Leitung zu übergeben. Es koftet mich nur zwei Worte, und Sie werden dort mit offenen Armen aufgenommen. Soll ich heute noch diefen Brief schreiben?

Er hatte den Blick wieder gefenkt; auf feinem bleichen Gesicht arbeitete eine heftige Erregung; langfam strich er sich mit der Hand das Haar von der Stirn und trat an das offene Fenster. Hier ftand er eine Weile und schien Mühe zu haben, feiner inneren Aufregung Meister zu werden.

Schreiben Sie diefen Brief nicht, Frau Gräfin, kam es endlich tonlos von feinen Lippen. Ueberlaffen Sie mich meinem Schickfal, das mich unter Ihr Dach geführt hat, weil es mir wohlwollte. Wenn ich diefe Gunst des Glückes mir felbst verderbe durch meine unselige Natur — Sie trifft keine Schuld; und wenn ich zu Grunde gehen sollte, Ihnen habe ich in alle Ewigkeit zu danken.

Ich wußt' es, erwiederte die Gräfin schmerzlich; Ihre Antwort überrascht mich keinen Augenblick. Obwohl ich mich wundere, daß ich es nicht längst kommen sah. Georg, was Sie da sagen, soll mich im Dunkeln über Sie erhalten; aber jedes Wort bestätigt meine traurige Vermuthung. Wenn Sie es dann auch nicht zur Sprache zu bringen wünschen, es muß zwischen uns ausgesprochen werden, so sehr es mir widerstrebt: Sie haben sich in mich verliebt, Georg. Sie sehen selbst ein, wie wahnsinnig das ist, wie hoffnungslos, wie es Ihr Leben zerstört und unser Beisammensein auf die Länge unmöglich macht. Aber Sie wollen sich lieber zu Grunde richten, als dieser thörichten Verirrung widerstreben. Ist es nicht so?

Er schlug die Augen voll zu ihr auf. Es ist so! sagte er, wie wenn er etwas betheuerte, das so selbstverständlich wäre, wie irgend ein Naturgesetz.

Sie betrachtete ihn mit wachsendem Erstaunen.

Schon mancher Mann hatte ihr gegenüber das Geheimniß eines Herzens bekannt, keiner in diesem Tone.

Und wenn es so ist — was haben Sie sich vorgestellt, daß daraus werden soll?

Nichts. Was hätte ich zu hoffen? Ich weiß es — ich wußte es vom ersten Tage an, es war mein Schicksal.

Schicksal! Sprechen Sie nicht anderen schwachen Menschen dies Wort so leichtsinnig nach, das so oft nichts Anderes bedeutet als unsere Feigheit und Thorheit! Wie? es wäre Ihr Schicksal, sich und Anderen das Leben zu verderben, indem Sie überspannte Gefühle nähren für eine Frau, die fast Ihre Mutter sein könnte? Ich habe Sie für besonnener, für tapferer gehalten, Georg.

Ich bin leider weder das Eine noch das Andere, erwiederte er mit seinem düster resignirten Lächeln. Das heißt: ich habe beides zu sein versucht, monatelang. Zuletzt — mußte ich der Gewalt weichen. Wenn Sie wüßten, wie sehr ich — Aber wozu davon reden? Es kann Sie nicht im Geringsten interessiren. Es ist auch vorbei.

Sein Gesicht und seine Stimme waren wieder ganz ruhig geworden, wie eines Menschen, der mit dem, was er sagt, keinen Eindruck zu machen denkt und Alles für unabänderlich hält.

Sie sind erst zweiundzwanzig Jahre alt? fragte die Gräfin nach einer Pause.

Schon zweiundzwanzig.

Wie oft haben Sie schon geliebt?

Noch nie. Außer in meinem zwölften Jahre, wo ich aus Eifersucht auf ein Kind — aber das sind alte Kindereien.

Sie scheinen mit den Kinderschuhen den Hang zu kindischer Eifersucht nicht abgelegt zu haben. Ihr Benehmen heute Abend dem Grafen Alexander gegenüber —

Eine hohe Röthe übergoß plötzlich das Gesicht des Jünglings.

Ich bitte um Vergebung, stammelte er; ich vergaß, daß ich einem Gast Ihres Hauses Rücksichten schuldig bin, wenn er auch seinen beleidigenden Hochmuth gegen mich herauskehrt. Es soll nicht wieder geschehen; ich werde ihm auszuweichen suchen.

Dieser Mühe sollen Sie überhoben sein. Der Graf betritt mein Haus nicht wieder. Er hat mir wiederholt seine Hand angeboten, und ich habe sie ausgeschlagen. Sie sehen, daß es mir Ernst damit ist, Alles so zu erhalten, wie es für das Wohl meines Sohnes und meine Ruhe am besten ist. Dazu gehört aber noch Eins: daß Sie vernünftig werden, Georg. Sie sind ein Idealist, ein Schwärmer; Sie stellen sich die Dinge dieser Welt anders vor, als sie in Wirklichkeit sind. Wenn Sie Er= fahrungen in der Liebe gemacht hätten, würden Sie über die Laune ihres Herzens, die sich zufällig nun eben auf mich ge= richtet, leichter hinwegkommen. Aber leicht oder schwer: Sie müssen darüber hinauskommen, Georg, oder wir können nicht beisammen bleiben. Das sehen Sie doch ein, daß ich es Ihrer Mutter schuldig bin, Sie von mir zu entfernen, wenn Sie diese wahnsinnige Marotte nicht bezwingen und mit Ruhe neben mir hinleben können. Ich würde es schon um meines armen Sohnes willen tief beklagen, wenn Sie es nicht dahin brächten. Aber da hülfe kein Bedauern, es müßte sein, Sie müßte . dies Haus verlassen. Sie sind trotz Ihrer fieberhaften Verblendung noch verständig genug, um das einzusehen. Ueberlegen Sie sich's, ich gebe Ihnen acht Tage Bedenkzeit; hernach hoffe ich, daß Sie zu mir kommen und mir ehrlich gestehen werden, Sie wären nun so weit, Ihre eigene Thorheit zu belächeln. Und jetzt — gute Nacht und gute Gedanken!

Sie streckte ihm die Hand entgegen, um ihn wie sonst zu entlassen. Er aber, nachdem er noch etwas hatte sagen wollen, aber mit den Worten vergebens gerungen hatte, verneigte sich so tief vor ihr, daß sein Gesicht seine Brust berührte, und ging dann, ohne ihre Hand zu ergreifen, mit wankenden Schritten aus dem Zimmer.

Ich werde ihn verlieren, ich seh' es kommen! sagte die Frau vor sich hin. Schade drum! Er ist ein Mensch wie wenige, und er thut mir von Herzen leid. Und ich — soll ich mir nicht auch leid thun? Warum ist das Leben immer neu und nie so, wie man es wünscht? Warum müssen uns gerade die besten Menschen am meisten Noth machen?

Sie entkleidete sich ohne Boriska's Hülfe und suchte rasch ihr Lager. Den Schlaf aber fand sie lange nicht. Es waren keine Gedanken weiblicher Schwäche, geschmeichelter Eitelkeit, die sie wach hielten, obwohl die Gestalt des seltsamen Jünglings, der so ergeben sich zu seinem Schicksale bekannt hatte, beständig vor ihrer Seele stand. Sie trug keine glimmenden Funken halb-ausgeglühter Leidenschaften unter der Asche ihrer einsamen Jahre mit sich herum, die ein Hauch aus einem verworren stammelnden Munde wieder anfachen konnte. In ihrer Ehe, die voll verschwiegener Prüfungen gewesen, hatte sie glückliche Liebe nie kennen gelernt; sie dachte darum gering von Allem, was junge Sinne reizt und rührt. Ihr Gemahl war, wie sie zu spät inne wurde, ein gebrochener Mann, als er sie heimführte, und nur ihr Stolz hatte es ihr verwehrt, den Irrthum ihrer Wahl einzugestehen. Sie war zuletzt fast ruhig und mit ihrem Loose ausgesöhnt worden, da er ihr das Opfer, das sie gebracht, auf jede mögliche Weise zu erleichtern suchte. Daß dieses Opfer über seinen Tod fortdauern sollte in der Sorge für den unglücklichen Knaben, war eine härtere Aufgabe, als Manche gelös't haben würde. Dieser seltenen Frau hatte sich die Kraft gestählt an der Schwere ihrer Pflicht. Auch jetzt war ihr einziger Gedanke, wie Stephan die

Trennung von seinem Freunde ertragen würde, die sie als unvermeidlich ansehen mußte. Sie täuschte sich keinen Augenblick
darüber, daß das Gespräch dieses Abends erfolglos bleiben würde.
Sie „kannte sein Gesicht", wie sie dem Grafen gesagt hatte.
Jetzt erst kannte sie es g a n z.

Es war heller Morgen, als das Kammermädchen, ohne
auf das Zeichen der Glocke gewartet zu haben, haftig bei ihrer
Herrin eintrat. Die Gräfin fuhr erschrocken aus einem kurzen
Schlummer auf und fragte, was vorgefallen sei.

Der Herr Candidat sei plötzlich erkrankt, der Reitknecht
fort nach der Stadt, den Doctor zu holen, aber das Fieber
nehme so überhand, daß sie den Kranken nicht mehr im Bette
halten könnten. Er verlange heftig, bei der Frau Gräfin vorgelassen zu werden, er habe ihr etwas Wichtiges mitzutheilen;
als man ihn mit Gewalt zurückgehalten, sei er in Thränen ausgebrochen, der junge Graf habe auch zu weinen angefangen, es
sei so herzbrechend anzusehen, daß kein Auge trocken bleiben könne.

In äußerster Aufregung kleidete sich die Gräfin an und
eilte nach dem Zimmer Georg's. Sie fand ihn schon etwas
ruhiger, in seinem Bette liegend, die Augen weit geöffnet, aber
er erkannte sie nicht. Nur als sie seinen Namen nannte und
fragte, wie er sich fühle, glänzte ein wehmüthiges Lächeln über
seine Züge, das dieselben ungewöhnlich anziehend machte. Er
antwortete aber nicht, nur ihre Stimme schien einen Funken
seines Bewußtseins geweckt zu haben. Sein Zögling, halb angekleidet, saß neben dem Bett auf einem Fußschemel, die herabhängende Hand des Freundes in seinem Schooße haltend, die
er beständig streichelte.

Nach zwei bangen Stunden hörte man den Wagen in den
Schloßhof rollen, der den Arzt brachte. Er fand das Fieber
sehr bedeutend, die Gefahr groß, daß es in eine Gehirnentzündung
ausarten möchte. Doch gelang es der sorgsamsten Pflege, nach
einigen Tagen das Aergste abzuwenden. Noch immer lag der
Kranke bewußtlos; aber was er in seinen Fieberträumen lallte,
verstand Niemand als Gräfin Helene, da er nie einen Namen
nannte. Boriska, die bei diesem Anlaß ihren heimlichen Gefühlen für den spröden jungen Mann den Zügel schießen ließ

und all ihre freie Zeit in seinem Zimmer zubrachte, erzählte in
der Gesindestube: es sei ihr nun ganz klar, eine unglückliche
deutsche Liebschaft habe den jungen Herrn aus den Fugen gebracht,
er rede beständig von hoffnungslosen Gefühlen, von Trennung
und ewigem Verlieren, und dabei sehe er so rührend aus, ordent=
lich schön, daß man nicht begreife, wie ein Frauenzimmer mit
einem lebendigen Herzen im Leibe einen so reizenden Menschen
habe unglücklich machen können.

Der junge Graf war während der ganzen Krankheit nicht
von der Seite seines Freundes zu bringen, ja in der Nacht
stand er mehrmals auf, schlich an das Bett Georg's, horchte
auf seinen Schlummer und weckte den Krankenwärter, so oft er
ihn eingeschlafen fand. Auch die Gräfin saß stundenlang neben
dem Krankenlager, erneuerte mit eigenen Händen die Eisumschläge
und brachte das Glas mit der Arznei an die fiebernden Lippen.
Als aber nach sechs Tagen das Bewußtsein wiederkehrte, fand
sie es für gut, sich zurückzuziehen und ihre Sorge für den lang=
sam Genesenden nur aus der Ferne zu bethätigen.

Auch verlangte er, sobald er wieder sprechen konnte, niemals,
die Schloßherrin zu sehen. Es schien, als ob eine dumpfe Er=
mattung sich seines leidenschaftlichen Herzens bemächtigt hätte,
eine Stille, wie sie nach dem Verlust eines theuren Menschen
durch den Tod über die Seele kommt, wenn die erste Bitterkeit
der Schmerzen sich ausgetobt hat und das Bild des Verlorenen
wie aus einem fernen Spiegel zurückgeworfen uns anblickt. Er
ließ ihr täglich auf ihre Erkundigungen sagen, es gehe ihm viel
besser, er hoffe, bald es ihr selbst sagen zu können, er danke
ihr für ihre gütige Sorge um ihn. Boriska fügte hinzu, daß
er heiterer sei als je, manchmal sogar eine Czardasmelodie vor
sich hin singe, so daß sie fast fürchte, es möchte von der Krank=
heit etwas zurückgeblieben sein, daß er so ganz anders erscheine
als vorher. Der Arzt indessen, der der Gräfin täglich berichten
mußte, erklärte diese Furcht für unbegründet. Der junge Mann
scheine durch Arbeiten und Nachtwachen seine Nerven überreizt
zu haben, jetzt sei durch die heftige Krisis Alles wieder auf den
guten, natürlichen Weg zurückgebracht, und das Gefühl der
Reconvalescenz pflege die ärgsten Hypochonder aufzuheitern,

geschweige einen rüstigen jungen Menschen, dem nur die Ueberfülle der Jugend als eine unschädliche Melancholie im Blute
gespukt habe.

Als er die erste Ausfahrt machen durfte, stand die Gräfin
oben am Fenster und rief ihm freundlich glückwünschende Worte
zu, für die er mit leichtem Erröthen dankte. Er schien größer
geworden seit der Krankheit, seine Haltung war freier, sein Gesicht,
von den langen Haaren eingerahmt, hatte einen eigenthümlich
weichen Ausdruck gewonnen. Auch stand der Bart, den er sich
hatte wachsen lassen, gut zu seinen bleichen Wangen, so daß ihm
das Gesinde und die Bauersleute in ihrer gutmüthigen Art
Complimente machten. Nach einer Stunde kam er mit luft-
geröthetem Gesicht, aber noch ziemlich erschöpft, in sein Zimmer
zurück, wo er Blumen fand, die ihm die Gräfin geschickt hatte.
Doch erst am nächsten Tage ließ er anfragen, ob er ihr nicht
mündlich dafür danken könne. Bei diesem Wiedersehen betrug
er sich so heiter und unbefangen, daß von nun an seine Clausur
stillschweigend aufgehoben wurde. Er erschien wieder mit seinem
Zöglinge zu der Mittags- und Abendtafel, auch die Musik, die
so lange verstummt war, lebte wieder auf; nachbarliche Besucher,
die ein paar Wochen ausgeblieben waren, hätten kaum eine Veränderung in dem Betragen der Hausgenossen bemerkt, nur daß
die Gräfin stiller und ernster geworden war, und der Hofmeister
ihres Sohnes ganz gegen seine frühere Gewohnheit selbst die
ihm widerwärtigsten Meinungen mit der sanftesten Geduld vertheidigen hörte, als ginge ihn aller Streit der Welt nichts mehr
an, seitdem er dem Tode entronnen sei und das Leben wieder
lieb gewonnen habe.

Es war offenbar, daß er beschlossen hatte, jedes Opfer zu
bringen, all seine tiefsten Wünsche und Leiden niederzukämpfen,
nur um fernerhin unter diesem Dache athmen zu dürfen.

Wie die Gräfin darüber dachte, blieb im Dunkeln. Sie
selbst war mit keiner Silbe auf das verhängnißvolle Gespräch
jenes Abends zurückgekommen. Er durfte mehr und mehr sich
in der Zuversicht wiegen, daß sie ihm und seiner Herrschaft über
die hoffnungslose Leidenschaft vertraue und keine gewaltsame
Aenderung herbeizuführen gedenke.

Darüber war der größte Theil des Sommers vergangen. An einem milden Abende hatte die Schloßherrin mit ihrem Sohn und seinem Gefährten eine Fahrt nach einem nahen Dorfe gemacht, wo eine junge Bäuerin, die ehemals in ihren Diensten gestanden, ihre Hochzeit feierte und die Gegenwart der Gräfin bei der Trauung als eine besondere Gunst sich erbeten hatte.

Sie hatten der Feier in der kleinen Dorfkirche beigewohnt und waren, nachdem das schmucke junge Paar von der Gräfin beschenkt worden war, in die Kirche zurückgekehrt, die noch von Weihrauch und Blumen duftete; Georg hatte den Wunsch ausgesprochen, auf der Orgel zu spielen, die schon unter den Händen des Schullehrers sich als ein Werk von seltener Trefflichkeit gezeigt hatte. Während aus der Schenke von fern die Geigen zum Tanz aufspielten, stieg der junge Musiker auf den Orgelchor hinauf und stimmte ein machtvolles Bach'sches Präludium an, das die weltlichen Töne draußen wundervoll übertönte. Die Gräfin saß, in ihren Schleier gehüllt, unten in einem der Kirchenstühle ganz allein, Graf Stephan war, unzertrennlich wie immer von seinem Freunde, diesem auf den Chor hinauf gefolgt und lauschte hingerissen aus nächster Nähe dem meisterlichen Spiele, das die Mauern der Dorfkirche mit einem Strome von Kraft und Wohllaut erschütterte.

Die Nacht war hereingebrochen, der Spieler schien Zeit und Ort vergessen zu haben und sich nicht ersättigen zu können, das wiedergewonnene Leben in Tönen auszuströmen. Als er endlich mit einer kühnen Fuge schloß, war es so dunkel um ihn, daß er mühsam, seinen Zögling am Arme führend, sich die schmalen Treppen hinuntertasten mußte.

Unten trat ihnen die Gräfin entgegen. Sie sprach kein Wort, sie drückte dem Jünglinge nur leise die Hand. Als er ihr in den Wagen half, der vor dem Kirchlein gewartet hatte, sah er beim Strahle der Laterne, daß ihre Augen naß waren.

Er hatte sie nie weinen sehen. Warum diese Thränen ihn froh machten, wußte er sich nicht zu deuten. Aber auf dem ganzen Heimwege saß er in einem seltsam schaurigen Wonnegefühl ihr gegenüber, die den Schleier doppelt um ihr Gesicht gezogen hatte und mit keiner Silbe das Schweigen brach.

Im Schloß angelangt, zeigte sie wieder ihr gewöhnliches Gesicht. Nur daß sie auch während des Abendessens in sich gekehrt blieb und gleich nachher die beiden jungen Leute verabschiedete, obwohl ihr Sohn Lust zeigte, auch seinerseits noch etwas Musik zu machen.

Dann rief sie ihr Kammermädchen, schloß sich eine Stunde lang mit ihr ein und ließ einige Koffer packen, schrieb dazwischen ein paar Briefe und gab dem Mädchen allerlei Aufträge. Als es zehn Uhr war, sagte sie:

Ich will noch nach meinem Sohne sehen; ich fürchte, er hat wieder eine böse Nacht, er hat sich durch die Fahrt zu sehr aufgeregt, das Gewitter, das sich wieder verzog, drückte auf seine Nerven. Du kannst zu Bett gehen, Boriska; du mußt morgen so früh wieder heraus. Ich selbst will wenigstens bis Mitternacht seinen Schlaf beobachten. Das Mädchen küßte ihrer Herrin die Hand und ging in ihre Mansardenkammer hinauf. Die Gräfin aber saß noch eine Weile im leichten Nachtkleide, das schöne, reiche Haar, das sie sich selbst frisirte, noch geordnet, wie sie es bei Tage trug. Sie stand dann auf, ging einmal durchs Zimmer und warf einen flüchtigen Blick in den Spiegel.

Wie mir das Gesicht brennt! sagte sie. Von dem Winde draußen, oder —

Sie warf das Haar in den Nacken zurück und richtete sich in die Höhe. Dann löschte sie alle Kerzen bis auf eine, ergriff den Leuchter und ging den langen, dunkeln Corridor entlang nach dem anderen Flügel, wo die Zimmer ihres Sohnes lagen.

Ein reich ausgestatteter Salon trennte das Schlafzimmer des jungen Grafen von dem seines Hofmeisters. Die Thür war unverschlossen. Sie durchschritt das leere Gemach und öffnete leise die Thür zu ihrem Sohne, das Licht mit der Hand verdeckend. Gleichwohl drang der Schein durch seine eben geschlossenen Augenlider. Er erschrak aber nicht über den nächtlichen Besuch der Mutter; er war es gewohnt, daß sie oft mitten in der Nacht nach ihm sah.

Mutter, sagte er, ihr die Hand entgegenstreckend, doch ohne sich aufzurichten, ich schlafe sehr gut, mir ist sehr wohl, er hat so wunderschön gespielt, ich höre es noch beständig im Traum.

Sie setzte sich neben ihn, sprach aber nichts, sondern hielt seine Hand in ihrer linken und legte ihm die rechte auf die Stirn. So hatte sie ihn schon in heftigen Anfällen seines Leidens beruhigt; heute währte es keine Viertelstunde, bis er fest entschlafen war.

Er merkte es nicht, daß sie ihre Hand aus der seinen zog und, das erloschene Licht mit sich nehmend, aus der Thüre glitt. Nebenan stand sie dann noch ein paar Secunden lang und horchte. Es war Alles still bei ihrem Sohn, nur in Georg's Zimmer hörte sie Geräusch. Er schien wie gewöhnlich keinen Schlaf zu finden und rastlos hin und her zu wandern; vielleicht componirte er. Auf einmal hörte er ein kaum vernehmliches Klopfen.

Herein! rief er in jähem Erstaunen, da er das Eintreten der Gräfin bei ihrem Sohn überhört hatte.

Die Thür öffnete sich geräuschlos; er sah in dem röthlichen Zwielicht seiner Lampe die angebetete Frau auf seiner Schwelle stehen.

Heiliger Gott, rief er, was ist geschehen? Ist Stephan erkrankt?

St! — machte sie, indem ein geheimnißvolles Lächeln ihre Züge belebte, das gleich wieder verschwand. — Er schläft tief und gut. Wecken wir ihn nicht. Georg — ich komme zu Ihnen — ich kann heute nicht Schlaf finden, ehe — eh' ich dich noch einmal gesehen habe — Gott sei mir gnädig — ich weiche der Gewalt! — —

*   *
*

Erst spät am Morgen, wie der an Nachtwachen Gewöhnte seit Jahren that, fuhr Georg aus seinen Träumen auf, Träumen, die ein Erlebniß fortgesponnen hatten, das über alle Träume war. Er lag wohl noch eine Stunde, bald mit geschlossenen Augen sich Alles zurückrufend, was die Sterne dieser Nacht ihm gegönnt hatten, bald im Zimmer umherblickend, wo nun jedes Geräth, die stummen Bilder an der Wand, der Teppich, der ihre Füße getragen, das Glas, aus dem sie die heißen Lippen genetzt, ihm ein unerhörtes, ungeahntes, unbegreifliches Glück bezeugten. Er hatte im ersten Morgengrauen eine verstohlene Unruhe im Schloß und auf dem Hofe zu vernehmen geglaubt; aber schon gewohnt, daß der Tag für die Anderen früher anfing, als für ihn, war er von Neuem darüber eingeschlafen. Nun blieb Alles um so stiller ringsum. Nicht einmal die Pferde im Stall unten hörte er stampfen, noch Boriska's helle Stimme, die selten vorbeiging, ohne ein Volksliedchen zu singen. Es war ihm unsäglich lieb, daß Nichts die süßen Worte übertönte, die ihm von der Nacht her noch immer durch das Herz flüsterten. Auch wenn er die Augen eindrückte, war es wie ein Rosenschimmer um ihn her, ein Duft auf seinem Kissen wie von einem ganzen Frühling, eine sanfte Glut durch all seine Adern ergossen, als wenn er nie zuvor gefühlt hätte, was Jugend sei. Er seufzte zuweilen, wie um die Brust auszuweiten, die ihre Fülle nicht fassen konnte. Dann lächelte er vor sich hin und vergrub das Gesicht in seinem Pfühl.

Der Gedanke an Stephan bewog ihn endlich, aufzustehen. Er fühlte eine so innige Zärtlichkeit für den Unglücklichen, als habe er jetzt erst ein volles Recht darauf, sich ihm zu widmen. Der junge Graf pflegte um diese Zeit bei ihm einzutreten, sich zu seinem Tische zu setzen und bei seinem Frühstück zugegen zu sein. Er wunderte sich, warum er heute ausblieb. Auch in seinem eigenen Zimmer drüben war er nicht zu finden. Vielleicht hatte er, da Georg länger als sonst geschlafen, einen Gang durch den Park gemacht.

Er klingelte nach dem Diener. Auf dem Frühstücksbrette, das dieser ihm hereintrug, lag ein versiegelter Brief.

Von der Frau Gräfin! sagte der Alte mit einem mürrischen Tone, der ihm sonst fremd war. Sie lassen Ihnen noch mündlich Adieu sagen, sie sind heut in aller Frühe nach Wien abgereis't. Wir haben Alles in großer Eile und ganz heimlich herrichten müssen, um den Herrn Candidaten nicht zu wecken. Frau Gräfin meinten, der junge Graf und der Herr Candidat würden es Beide nicht recht vertragen, wenn sie erst noch Abschied von einander nähmen. Graf Stephan wußte, wie er in den Wagen stieg, noch kein Sterbenswort davon, daß es so weit weg ging; sie dachten, es sei bloß ein Besuch in Sár bei der Gräfin Szilaghi, — werden sich jetzt recht grämen, haben sich so an Herrn Candidaten gewöhnt; aber Frau Gräfin kommen hoffentlich bald wieder, haben es nie lange in Wien bei den alten Herrschaften ausgehalten.

Er ordnete den Frühstückstisch und wunderte sich im Stillen, daß der Candidat die überraschende Nachricht so gleichmüthig aufzunehmen schien.

Auch als Georg wieder allein war, saß er noch eine ganze Weile wie abwesenden Geistes auf dem Sopha, hielt den Brief in der Hand und spielte mit ihm, als wäre es ihm sehr gleichgültig, was darin stand, oder als wüßte er jedes Wort voraus. Endlich erbrach er doch das Siegel und las die wenigen Zeilen.

„Ich bringe meinen Sohn auf einige Wochen oder Monate zu meinen alten Eltern, um durch neue Umgebung ihm die Trennung zu erleichtern, die unabwendbar ist. Wann wir zurückkehren, ist noch ungewiß; keinenfalls, ehe ich die Nachricht erhalten habe, daß Sie das Schloß verlassen haben. Ich erwarte von Ihrer Ritterlichkeit, daß Sie diesen meinen Willen ehren und ihn nicht zu kreuzen suchen. Bleiben Sie hier bis zu Ihrer völligen Genesung, oder bis Sie eine Stelle gefunden, die Ihnen zusagt. Daß wir uns nicht wiedersehen dürfen, kann Ihnen nicht schmerzlicher sein, als mir, die es Ihnen nie vergessen wird, welch ein Freund Sie meinem Sohn und mir gewesen sind. Aber das Schicksal ist stärker als unsere Wünsche. Leben Sie wohl!

Helene."

* *
*

Georg blieb den ganzen Tag auf seinem Zimmer, mit Schreiben beschäftigt. Abends sandte er einen dicken Brief durch den Reitknecht nach der nächsten Post. Der Brief war nach Wien adressirt an die Gräfin.

Dann machte er einen Gang durch den Park und das Dorf, grüßte die Leute freundlich und unterhielt sich mit ihnen gegen seine Gewohnheit. Wenn man ihm von der Abreise der Gräfin sprach, lächelte er und äußerte: sie werde hoffentlich nicht allzu lange ausbleiben. Dann saß er bis tief in die Nacht hinein in dem verödeten Speisesaal und las während des Essens in einem kleinen Exemplar von Daumer's Hafis, das er in der

Bibliothek der Gräfin gefunden hatte. Darauf hörte man ihn noch stundenlang am Flügel phantasiren.

So trieb er es auch den folgenden Tag und die nächsten, bis er sich überzeugen mußte, daß sein Brief ohne Antwort blieb. Das schien ihn betroffen zu machen; er fragte jeden Tag mehrmals, ob Nichts aus Wien für ihn gekommen sei. Bald aber gewann er wieder seine zuversichtliche Haltung, und der Arzt fand sein Befinden vortrefflich.

Aber ein Brief aus seiner Heimath trübte plötzlich die heitere Stimmung, in der er die Einsamkeit ertragen hatte. Seine Mutter schrieb ihm, daß die Gräfin ihr ein großes Geschenk gemacht, eine Summe, die sie zur Ausstattung ihrer Töchter verwenden sollte; zugleich habe sie ihr mitgetheilt, daß ihr Georg zu ihrem großen Bedauern ihr Haus verlassen habe, da der Arzt erklärt, die Luft der ungarischen Tiefebene wirke auf seine Nerven im höchsten Maße zerrüttend und auflösend.

Nach Empfang dieses Briefes bemerkten die Leute im Schloß eine tiefe Niedergeschlagenheit an dem einsamen Jüngling, die auf einmal einer hastigen Geschäftigkeit wich. In weniger als einer Stunde hatte er seine Bücher und Musikalien eingepackt und nahm dann, während der Wagen angespannt wurde, der ihn nach der nächsten Eisenbahnstation bringen sollte, einen raschen Abschied von der Dienerschaft, die er weit über sein Vermögen und seine Stellung im Hause beschenkte. Darauf verschwand er aus ihren Augen, und es fiel der Frau des Haushofmeisters auf, daß er nicht einmal einen Gruß für die Gräfin und ihren Sohn zurückließ, auf deren Wiederkehr man doch, nach früheren Erfahrungen über den Zustand des jungen Grafen, bald genug rechnen konnte.

Hierin aber hatten sich Alle getäuscht. Die Gräfin schrieb an den Arzt, es gehe ihrem Sohn über Erwarten gut, und sie würden noch bis in den Winter hinein auf einer Besitzung der Großeltern in Steiermark zubringen. Sie erkundigte sich beiläufig nach dem Befinden des Candidaten und seinen Plänen für die Zukunft. Als sie die Nachricht erhalten, er habe das Schloß verlassen, erwähnte sie seiner nicht mehr.

Sommer und Herbst waren vergangen, ein strenger Winter früh herein gebrochen, die Wälder und Ebenen um das Schloß lagen tief verschneit, und die Kälte war so groß, daß sich die Wölfe, die in dieser Gegend sonst nur seltene Gäste sind, aus den Gebirgen rudelweise in die Nähe der Dörfer wagten und durch Treibjagden der Gutsherren in großem Stil zurückgewiesen werden mußten. Da kam an einem Novembertage die Botschaft an den Haushofmeister, Alles zum Empfange der Herrschaften in Bereitschaft zu setzen, da am folgenden Nachmittage die Gräfin mit ihrem Sohne zurückkehren würde.

Ein geschlossener Schlittenwagen sollte sie von der nächsten Station abholen, ein anderer ihr Gepäck nachführen.

Es war erst zwischen fünf und sechs, aber schon völlige Nacht, als die Reisenden, von dem Haushofmeister zu Pferde escortirt, im Schlosse wieder anlangten. Der junge Graf schien in den wenigen Monaten um Jahre gealtert; sein Blick war starrer geworden, seine Haltung gebückt, als suche er beständig Etwas am Boden. Auch seine Mutter, obwohl ihre Wangen durch die Schneeluft jugendlich angehaucht und ihr Gang rasch und sicher war wie je, betrat die alten Räume nicht mit so heiterem Blick, wie sonst nach einer längeren Entfernung. Sobald sie den Sohn, der eine leichte Erkältung von der Reise mitgebracht hatte, in seinem Zimmer wohl versorgt wußte, schloß sie sich in ihrem Boudoir ein, noch ehe Boriska die Koffer ausgepackt und die Garderobe ihrer Herrin geordnet hatte.

Langsam, die Arme über der Brust gekreuzt, ging die hohe Frau wohl eine Stunde lang auf und ab, wie sie zu thun pflegte, wenn ihr irgend Etwas zu schaffen machte, über das sie nicht gleich Herr wurde. Die Erinnerungen, die ihr an der Schwelle ihres Hauses aufgelauert hatten, bestürmten sie mit einer Gewalt, vor der sie selbst erschrak. Gerade darum hätte sie sich geschämt, wenn sie ihnen Macht über ihre stolze Seele eingeräumt hätte. In diesem Hause sollte und wollte sie allein die Herrin sein, kein Lebendiger, kein Spuk neben ihr.

Es gelang ihr auch endlich; ihr Blut floß ruhiger, ihre Brust athmete leichter. Sie schürte die Flammen im Kamin und sah sich dabei im Spiegel. Die Röthe war von ihrem

Gesicht verschwunden, sie kam sich plötzlich zur Matrone gealtert vor. Gottlob! — sagte sie vor sich hin. Dann fing sie an, ihre kleinen Reise-Chatoullen auszupacken, eine bunte Unordnung über Tisch und Sessel zu streuen. Sie bemerkte, daß neben dem kleinen silberbeschlagenen Revolver, den die Mutter in Wien ihr zum Schutze gegen die Wölfe aufgedrungen hatte — ganz Wien sprach von der Unsicherheit der ungarischen Pußten — der Geigenkasten ihres Sohnes lag. Sie wollte eben ihrem Kammermädchen klingeln, um das Instrument, von dem der Kranke sich nie trennte, ihm hinüberzuschicken, als es an der Thür ihres Zimmers klopfte. In der Meinung, der Haus-hofmeister melde sich, schloß sie ruhig auf und öffnete selbst die Thür.

Eine Gestalt im Mantel, dicht beschneit, stand vor der Schwelle. Im nächsten Augenblicke war die feuchte Hülle ge-fallen und, der sie trug, hastig eingetreten.

Georg! Barmherziger Gott! — rief die Gräfin, unwill-kürlich zurückfahrend.

Er stand ihr mit seiner stillen, sicheren Haltung gegenüber, ungefähr wie an dem ersten Tage, da er das Haus betreten hatte; seine Züge waren so bleich wie damals von der langen Wanderung, seine Augen eben so ruhig auf sie gerichtet, nur von einem leichten Freudenschimmer verklärt.

Ich bin es, sagte er. Ich komme vielleicht ungelegen, du bist erst seit einer Stunde wieder zurück, aber bedenke, wie lange ich gewartet habe! — Zuletzt, wenn man Monate über-standen hat, kann man es nicht minutenlang mehr aushalten.

Sie blieb sprachlos. Mit einem einzigen Blick hatte sie den Zustand seines Gemüthes und ihre Lage erkannt. Ein tödtliches Entsetzen lähmte all ihre Lebensgeister.

Wie geht es Stephan? fragte er nach einer Weile. Mich verlangt so sehr, ihn wiederzusehen — ich hoffe doch, es ist nichts von Bedeutung — die Leute unten sagten, er huste ein wenig — eine kleine Erkältung — der Winter ist auch so un-erhört rauh —

Georg, unterbrach sie ihn jetzt, und ihre Stimme klang fast drohend, — Sie sind wieder in dieses Haus gekommen —

haben Sie vergessen, was Sie mir schuldig sind, oder vielmehr — bei Ihrer Mannesehre der Ehre einer Frau schuldig gewesen wären?

Mannesehre? wiederholte er mechanisch. Verzeih, wenn ich nicht gleich fasse, was du meinst. Ich will erst einen Augenblick mich setzen. Ich bin drei Stunden von T — bis hierher durch den unwegsamen Schnee gewatet, es hat mich angegriffen, aber ich mußte — ich wäre vergangen, dich so nah zu wissen und dich nicht zu sehen. — Seltsam! du bist viel, viel schöner, als ich dich mir vorstellen konnte all diese Monate —

Er sank auf den Divan und strich sich das nasse Haar von der Stirn. Dabei lächelte er in seligem Selbstvergessen.

Sie betrachtete ihn mit einem Ausdrucke des tiefsten Mitleidens. Keine Spur von zärtlicher Neigung mischte sich darein.

Unglücklicher! sagte sie dumpf. Sie sind in der That geworden, was ich längst gefürchtet hatte: ein Wahnsinniger, den man bewachen und keine Stunde sich selbst überlassen sollte. Wie? Sie rennen zu Fuß und unbewaffnet, wie ich sehe, drei Stunden weit durch das verschneite Land trotz aller reißenden Thiere, die es unsicher machen, und brechen hier in meinen Hausfrieden ein, ohne nur zu ahnen, was Sie damit thun? Haben Sie vergessen, was ich Ihnen geschrieben habe?

Habe ich dir nicht darauf geantwortet, Helene? Ich weiß, daß der Brief angekommen ist. Warum hast du nichts darauf erwiedert?

Weil ich wußte, daß es umsonst wäre, daß Sie sich in Ihren tollen Einbildungen nicht würden irre machen lassen durch die besten Gründe, daß nur die Zeit Ihr eigensinniges Gefühl, Ihre überspannten Hoffnungen bändigen kann, weil Sie durch jedes Wort, auch das entschiedenste, zu neuen Antworten gereizt worden wären, und ich keinen Briefwechsel mit Ihnen führen wollte und durfte. Sie hören doch, was ich sage? Antworten Sie!

Er nickte vor sich hin.

Die Zeit! sagte er mit einem wehmüthigen Lächeln. Was vermag die Zeit über ein ewiges Gefühl? Aber warum ereifern wir uns? Du bist wieder da, und nun ist Alles gut.

Sie war auf einen Stuhl neben dem Kamin gesunken; er sah nur ihr Profil, wie es sich von dem Flammenhintergrunde abhob. Wenn sie gesehen hätte, mit wie verklärter Miene er den lang entbehrten Anblick wieder in sich sog, vielleicht hätte ihr altes Gefühl für ihn sich wieder geregt. So aber empfand sie nur, wie wehrlos sie dem stillen, unscheinbaren Menschen gegenüber war, und all ihr Stolz empörte sich dagegen, sich seiner Uebermacht zu ergeben.

Sie stand plötzlich auf und trat an das Tischchen, das vor dem Sopha stand.

Das muß ein Ende nehmen, sagte sie heftig. Ich verlange eine unumwundene Erklärung von Ihnen, weshalb Sie in dieses Haus zurückgekehrt sind, nachdem ich Ihnen unzweideutig mit= getheilt hatte, daß wir uns nicht wiedersehen dürften. Trotzdem überfallen Sie eine alleinstehende Frau, die sich auf Ihre Ritterlich= keit verließ, in der ersten Stunde der Heimkehr, ohne sich an= gemeldet, ohne um Erlaubniß gebeten zu haben! Was suchen Sie hier? Was ist Ihre Absicht? Was wollen Sie von mir — erpressen durch Ihr sehr unwillkommenes Erscheinen?

Ihre Stimme zitterte, ihr großes, dunkelblaues Auge war fest auf den Jüngling gerichtet, der ruhig vor sich hinblickte und mit dem Griff des Geigenkastens spielte.

Weßhalb ich hier bin? sagte er, als habe er von all ihren kränkenden Worten nichts gehört. Nun, das ist doch klar. Ich habe die Zeit der Trennung schlecht genug überstanden und ge= fühlt, daß ich zu Grunde gehen würde, wenn ich nicht wieder zu dir käme. O wenn du wüßtest, wie kümmerlich ich meine Tage hingebracht habe — und gar die Nächte! Keine Arbeit, keine Zerstreuung, kein rechter Schlaf — ein jammerwürdiger Zustand! Du hast dir das nicht so vorgestellt — lieber Himmel, ich selbst ahnte ja nicht, daß es so etwas gebe, einen Zustand be= ständiger Geistesabwesenheit, wo man für Nichts lebt und da ist, als für einen einzigen Wunsch, ein einziges brennendes Ge= fühl von Durst, wie in einer Wüste. Ich kann es dir nicht schildern, aber gewiß, wenn du eine Ahnung davon hättest, würdest du mir nicht zumuthen, so etwas wie ein gegebenes Versprechen — und ich versprach es nicht einmal — sollte mich abhalten, dich wieder aufzusuchen. Da bin ich nun; du siehst jetzt, was du aus mir gemacht hast. Nun mußt du mich schon hier dulden, oder du wärst die Herzloseste der Frauen. Und ich weiß doch, daß du ein Herz hast — und welch ein Herz!

Muß ich? — Und als was müßte ich Sie hier dulden? Und wie lange? Kommen Sie zu sich, Georg; Sie sind krank, gemüthskrank; lassen Sie mich versuchen, ob ich Sie heilen kann; — ich habe mir freilich vorzuwerfen, daß ich mich schon einmal in dem Heilmittel vergriffen und das Uebel ärger gemacht habe. Gott ist mein Zeuge, wie schwer ich dafür gebüßt habe. Sie aber sollten diese unselige Schwäche nicht gegen mich an-führen, nicht dazu mißbrauchen, sich selbst retten zu wollen, um den Preis meines eigenen Lebens! Denn wir können nicht zusammenleben, Georg; es ist unmöglich! Ein Kind sähe das ein, ja Sie selbst, der Sie leider ein Kind von einem Träumer und Idealisten sind, Sie selbst müßten es einsehen, wenn Sie nur nicht vom selbstsüchtigen Wahnwitz, vom Egoismus der Leidenschaft verblendet wären. Als was sollte ich Sie hier dulden? Als den Hofmeister meines Sohnes, wie Sie in dieses Haus kamen? Ja wenn Sie vergessen könnten — und ich selbst! Oder soll ich Sie zu meinem Gatten machen? Sie, einen jungen Mann, der nur um wenige Jahre älter ist, als mein Sohn, der in wenigen Jahren, wenn mein Haar ergraut ist, erst zum vollen Gefühl seiner Männlichkeit heranreifen wird — einen fremden, deutschen, namenlosen Menschen, der als Herr dieses Hauses einen unauslöschlichen Makel der Lächerlichkeit — ja wohl, das Wort muß gesagt werden! — den Spott und Hohn all meiner Nachbarn auf mich lenken würde? Ich wüßte nicht, wohin es mit der Klarheit meines Denkens und Wollens kommen müßte, bis ich Herrn Georg Lindner meine Hand reichen sollte, nachdem ich die Werbung der edelsten Männer meines Standes und Landes abgewiesen. Leuchtet Ihnen das so gar nicht ein? Muß man wirklich die Herzloseste der Frauen sein, um das weise, nothwendig und recht zu finden?

Sie wartete seine Antwort nicht ab, sie las auf seinem Gesicht, daß er noch verblendet genug war, dies Alles gar nicht unwiderleglich zu finden. Aber er dachte auch nicht daran, mit ihr zu streiten. Sie hätte ihm noch härtere Dinge sagen können; zunächst war er viel zu dankbar für die Wohlthat ihrer Nähe, für die schmerzlich ersehnte Wonne, ihre Stimme wieder zu hören, als daß er ihr etwas hätte übelnehmen können.

Es bleibt noch Eins, fuhr sie mit leiserer Stimme fort, noch Eins, was so unmöglich ist, wie alles Andere. Oder würde Ihr Stolz sich nicht so sehr wie der meinige dagegen empören, daß ich Sie hier die Rolle eines heimlichen Liebhabers spielen ließe, über den erst das Gesinde im Schloß, dann die Leute im Dorf, endlich die Nachbarn und zuletzt die ganze Wiener Gesellschaft ihre Glossen machte? Vielleicht — denn ein Schwärmer, wie Sie, ist unberechenbar — vielleicht würden Sie das Unwürdige eines solchen Verhältnisses nicht empfinden, weder vor der Welt erröthen, noch vor dem Sohne der Frau, die Sie so schwer compromittirten. Und ich selbst — ich war nie in einer solchen Lage; ich will mich nicht für besser oder auch nur klüger ausgeben, als manche meiner guten Bekanntinnen, die sich über alles Gerede hinweggesetzt und einzig ihren Vergnügungen nachgelebt haben. Aber das eben ist es: den Kopf muß man erst verlieren, ehe man so etwas thut; und der meinige sitzt mir noch aufrecht auf den Schultern. Eine tolle Leidenschaft, wie die, von der Sie besessen sind, könnte mich zu einer so thörichten Schwäche fortreißen, mich blind machen für alle Folgen. Nun aber steht es anders mit mir. Ich — sie stockte einen Augenblick — ihre Hand spielte mit dem kleinen Revolver, als wäre sie sich bewußt, daß sie einen tödtlichen Gedanken laut werden lassen wollte, — dann legte sie die Waffe wieder hin.

Lieber Freund, sagte sie zögernd, es giebt einen frommen Betrug. Ich aber — wenn ich Sie jetzt täuschen wollte — ich würde eine Sünde an Ihnen begehen. Ich — liebe Sie nicht — ich habe Sie nie geliebt — ich würde gegen mein eigenes Herz handeln, wenn ich Ihrer unseligen Neigung nur das geringste Zugeständniß machte.

Diese Worte schienen nicht entfernt den Eindruck auf ihn zu machen, den die Sprecherin beabsichtigte. Er schüttelte mit einem wehmüthigen Lächeln den Kopf.

Wenn du auch mich nicht täuschen willst, sagte er sanft, so täuschest du dich jetzt selbst. Mein Gott, wie wäre es denn möglich? Ueberlege doch nur! Ich bin weder schön, noch vornehm, noch besonders liebenswürdig. Wenn es nicht jenes wunderliche Wesen, jene unverantwortliche Macht, die Herrscherin über Götter und Menschen wäre, die wir Liebe nennen, — was denn hätte uns zusammengefügt? Es mag wahr sein, du liebst mich nicht in diesem Augenblick; mit deiner klaren, klugen Art, das Leben zu ordnen, hast du dir eine Zukunft ohne mich zurechtgelegt. Nun trete ich dir unerwartet in den Weg und mache einen Strich durch deine Rechnung. Das ist dir natürlich unbequem, und nun willst du dir selber einreden, weil du mich jetzt vielleicht sogar hassest, du hättest mich nie geliebt, du würdest es auch nie wieder können. O meine Geliebte, das ist ja Thorheit und Wahnwitz, nicht aber was mich zu dir zurückgetrieben hat. Was hat man denn vom Leben, als allein die Liebe? Jetzt erst, seit ich sie kenne, ist mir's klar geworden, warum ich ein so trübsinniger Knabe war, ein so lebensmüder Student. Es ist Alles schal und abgeschmackt, in das die Liebe nicht einen Tropfen von ihrem himmlischen Tranke mischt; das hab' ich gefühlt, seit ich von dir ferne war, und wie fühl' ich's nun erst in deinem Anblick! — und wie umsonst ist es, daß du dir Mühe giebst, es dir selber zu verleugnen! In jener Nacht sprachst du anders, damals sprachst du die Wahrheit — nicht eins von all deinen Worten habe ich vergessen. Soll ich sie dir alle wiedersagen?

Ein heftiger Kampf hatte sich während dieser Worte auf dem Gesicht der Frau wiedergespiegelt. Ein letzter Schmerz zuckte über ihren blassen Mund. Jetzt wurden die Züge still und starr.

Ich habe dich dennoch getäuscht, wiederholte sie tonlos; dich und mich getäuscht. Ich habe dich nie geliebt. Was ich dir gab, gab dir das Mitleiden; ich hoffte dich von deinem überspannten Wahn zu heilen, dir zu zeigen, daß der Besitz einer Frau nicht all dieser kranken Sehnsucht werth sei. Ich selbst — ich hatte keine Ursache, überschwänglich von der Liebe zu denken. Auch jetzt — fügte sie mit unsicherer Stimme hinzu — auch jetzt bin ich von diesem Wahne frei, der so viel Thorheit und Unglück stiftet. Kommen Sie zu sich selbst, Georg! Denken Sie von mir was Sie wollen, bedauern, verklagen, verachten Sie mich um eines gutherzigen Einfalls willen, den ich nie bereut hätte, wenn Sie kein weichmüthiger Schwärmer wären. Aber rotten Sie den Aberglauben aus Ihrem Herzen aus, als ob ich das, was Sie Liebe nennen, für Sie fühlte, jemals für Sie gefühlt hätte. Was starren Sie mich so an, als verständen Sie mich nicht? Es ist kläglich genug von Ihnen, daß Sie mich gezwungen haben, so deutlich zu sein, Worte zu sprechen, die eine Frau, und wäre sie von allen sentimentalen Vorurtheilen noch so weit entfernt, dennoch schwer über ihre Lippen bringt. Und nun gehen Sie, und klagen Sie sich selbst an, daß wir so von einander scheiden!

Ihre Stimme zitterte, sie wandte sich ab, um die Thränen zu verbergen, die ihr in die Augen getreten waren. Als sie sich ein wenig gefaßt hatte und wieder nach ihm umblickte, erschrak sie töbtlich.

Er stand ihr gegenüber an dem Tischchen, sein Gesicht war verzerrt, wie wenn ihn plötzlich ein Schlag getroffen hätte, seine linke Hand zupfte krampfhaft an dem seidenen Kissen des Sophas, die rechte tastete an dem Griff des Revolvers herum, er setzte mehrmals zum Sprechen an, aber nur ein keuchender Ton kam aus seiner Brust.

Um Gotteswillen, was ist Ihnen? rief die Gräfin. Besinnen Sie sich doch, daß Sie einer Frau gegenüberstehen, die, was Sie auch von ihr denken mögen, es nicht um Sie verdient hat, in ihrem eigenen Hause mit Drohungen und Nachstellungen von Ihnen überfallen zu werden. Bei Allem, was Ihnen heilig ist — beruhigen Sie sich! Warten Sie, ich will Ihnen Wein kommen lassen — Sie sind von der Wanderung erschöpft — Ihre Nerven —

Sie that einen Schritt nach der Seite, wo der Glockenzug hing. Mit einem Sprunge war er ihr zuvorgekommen, seine Hand faßte heftig ihren ausgestreckten Arm.

Bleiben Sie! rief er mit erstickter Stimme. Ich — ich brauche Nichts — Nichts als Wahrheit! Es giebt nur Eine

Wahrheit — entweder damals oder heut haben Sie mich aufs
Unerhörteste belogen. Wissen Sie, was Sie damit gethan?
Wissen Sie, was es heißt, einem arglosen Menschen auf ewig
das Vertrauen auf die Stimme der Natur, auf den Instinct
seines Herzens aus der Brust stehlen? Wissen Sie, daß Sie
diesem Menschen damit die Sonne am Himmel auslöschen, daß
er in ekelhaftem Zwielicht, sich selbst zum Abscheu, wie ein armes
Thier im Staube hinkriechen muß? Lüge wäre es gewesen,
was Sie damals mir zu eigen gab? Eine elende Komödie
des Mitleids, ein Versuch, mich von einem Vorurtheil zu heilen,
das mich selig machte? Aber was bleibt denn, wenn das in
den Staub getreten wird? was ist denn einer Sehnsucht werth,
wenn das gemeiner Betrug und Spiegelfechterei der Hölle war?
So wäre es ja besser, ich machte mit dieser kleinen Maschine —
er hob den Revolver in die Höhe — dem ganzen Possenspiel
ein Ende, als daß ich das Leben weiter trüge, mir und dir ver-
achtungswerth, ein erbärmlicher Spuk am hellen Tage, dem
Nichts mehr wahr, Nichts heilig, Nichts der Liebe und Hoffnung
werth schiene. Meinen Sie nicht auch, daß ich so billiger weg-
käme aus diesem Spiel, wo ich Alles verloren habe und die
Ehre dazu — — und den Respect vor mir selbst — und das
bischen Gehirn, das andere Bankerotteurs wieder herausreißen
kann?

Sie machte ihren Arm mit einer heftigen Geberde von ihm
los. Sie rasen! sagte sie. Nur zu! Ich habe es allerdings
um Sie verdient. Sie verscherzen den letzten Rest von Theilnahme, den ich noch für Sie fühlte. Verlassen Sie jetzt augenblicklich dieses Haus, hören Sie wohl? Und um Ihnen jeden
Gedanken an eine Wiederholung solcher Scenen abzuschneiden,
erfahren Sie: ich habe mich mit dem Grafen Alexander verlobt.
In drei Wochen wird die Hochzeit stattfinden. Ich merke,
daß eine einsame Frau eines stärkeren Schutzes bedarf, als sie
an ihrer Schwäche und Wehrlosigkeit zu haben glaubte. —
Georg! — Allbarmherziger Gott — — — Georg! — —

In diesem Augenblicke hörte Boriska, die auf dem Gange
draußen herangeschlichen war, weil ihr die Unterredung zu lange
dauerte, zwei Schüsse fallen, dicht hinter einander. Mit einem

Schrei riß sie die Thür auf und stürzte, vom Schrecken über=
wältigt, über die Schwelle. Sie sah ihre Herrin blutend auf dem
Teppich liegen, den Jüngling aufrecht ihr gegenüber, — die
Waffe war seinen Händen entglitten, von seiner Schläfe, welche
die zweite Kugel nur geftreift, floß Blut herab, sein Gesicht war
leichenfahl.

Im Nu war das treue Mädchen zu der Gräfin hingestürzt
und versuchte, laut um Hülfe schreiend, die Ohnmächtige auf=
zuheben. Georg sah ihren Bemühungen zu, ohne sich zu rühren.
Als es endlich gelang, als die tödtlich Getroffene, an das Knie
der Dienerin gelehnt, sich halb vom Boden aufgerichtet hatte
und die Augen wieder aufschlug, fiel ihr erster Blick auf den
Unglücklichen ihr gegenüber.

Sie sind — ein Thor! hauchte sie mühsam. Was haben
Sie nun da gemacht? Haben Sie denn im Ernst glauben
können, dieser Graf Sandor — laß mich nur liegen, Borista,
ich — ich fühle gar keinen Schmerz — der Herr Candidat —
sieh nur, wie er blutet — ich habe mit dem Revolver gespielt,
da ist das dumme Ding — Aber gehen Sie, gehen Sie, Georg,
lassen Sie sich verbinden; — ich — um mich haben Sie keine
Sorge, mir ist sehr wohl — und geben Sie mir noch eine
Hand — so, nicht böse sein, lieber Freund, nicht wahr? Es
ist ja kein Wort wahr von Allem, was ich Ihnen vorhin gesagt
habe — eine einfältige Nothlüge — und Sie wunderlicher
Mensch, haben Sie denn nicht gemerkt, — gehen Sie, gehen
Sie — ich bitte es Ihnen tausendmal ab — ich — habe Sie
nur allzu sehr geliebt — aber nun ist es nicht mehr zu ändern —
Borista — ein Glas Wasser — mein Sohn —!

Sie schloß die Augen und stieß einen tiefen Seufzer aus.
Heilige Mutter Gottes, sie stirbt! Hülfe! zu Hülfe! schrie das
Mädchen in heller Verzweiflung.

Die stolze, herrliche Gestalt glitt ihr aus den Armen auf
den Teppich. Eben jetzt aber stürmte der Haushofmeister mit dem
übrigen Gesinde herein, durch die Schüsse und das Geschrei
der Dienerin alarmirt. Hinter ihnen wankte der junge Graf in
seinen Nachtkleidern. Als er Georg der todten Mutter gegen=
überstehen sah, immer noch wie ein steinernes Bild ohne jedes

Zeichen des Lebens, stieß er einen Freudenruf aus und stürzte ihm an den Hals. Da erst kam der Unglückselige zur Besinnung! Er lös'te die Hände seines Zöglings von seinem Hals und führte ihn mit sanfter Gewalt, ohne ein Wort zu reden, hinaus. Dann schloß er sich mit ihm ein, und man sah die ganze Nacht das Licht in den Zimmern der beiden Jünglinge brennen.

Der Haushofmeister hatte sofort einen reitenden Boten in die Stadt geschickt, um das Ereigniß dem Gericht anzuzeigen. In der ersten Frühe kamen Gensdarmen, den muthmaßlichen Thäter zu verhaften. Er trat aus der Thür, die über Nacht von den Knechten des Schlosses bewacht worden war, und deutete ihnen mit einer Geberde an, daß sie keinen Lärm machen möchten, da der junge Graf schlummere. Dann folgte er ihnen in den Wagen, der ihn in das Gefängniß bringen sollte. Er sprach nicht eine Silbe mehr, weder unterwegs, noch vor Gericht. Am sechsten Tage nach dem ersten Verhör fand man ihn ent= seelt in seinem Kerker. Er hatte die Speisen, die man ihm gebracht, beharrlich unberührt gelassen. Seine Züge waren ruhig und trugen keine Spur eines Seelenkampfs noch leiblicher Schmerzen.

Graf Stephan überlebte den Freund und die Mutter noch viele Jahre. Anfangs fragte er dann und wann nach Beiden. Dann erlosch der letzte Funken der Erinnerung, und nur das Geigenspiel, das dann und wann in dem öden Schlosse zu ver= nehmen war, klang wie eine Todtenklage um verlorenes Leben und verlorene Liebe.

Ein Märtyrer der Phantasie.

(1874.)

Die nachfolgenden Blätter wurden mir vor einiger Zeit von befreundeter Seite mitgetheilt, mit der Anfrage, ob ich nicht etwa Lust hätte, den darin enthaltenen „Stoff" in irgend eine Form zu gestalten und den merkwürdigen Fall, der sicherlich dem Psychologen interessant sein müsse, zu einer Novelle zu verwerthen.

Das Manuscript hatte sich im Nachlaß eines längst verstorbenen Juristen vorgefunden, an welchen der Schreiber seine Bekenntnisse gerichtet hatte. Die Blätter waren vergilbt, die Tinte verblaßt, die Handschrift hatte einen eigenthümlichen Zug von Weichheit und Flüchtigkeit, wobei doch ein kaufmännischer Ductus im Allgemeinen nicht zu verkennen war.

Unter allen Emolumenten und Accidentien, die mit dem Beruf des Novellisten verbunden sind, ist kaum eines erfreulicher, als daß ihn das Publikum mit der Zeit als eine Art General-beichtiger betrachten lernt, welchem wirkliche Erlebnisse anzuvertrauen wären, weil er sie besser als Andere zu würdigen, wohl aufzuheben und gelegentlich, da es hier oft gerade auf den Bruch des Beichtsiegels abgesehen ist, in gereinigter, künstlerisch durchgebildeter Form auszuplaudern wisse.

Vielfach ist auch dem Schreiber dieser Zeilen ein so ehrenvolles Vertrauen bewiesen worden, und er ergreift gern diese

Gelegenheit, den bekannten und unbekannten Mitarbeitern hiermit seinen aufrichtigen Dank abzustatten. Ist dies doch das Letzte, was den heutigen Erzähler an seine im Uebrigen so sehr verdunkelte Abstammung von den alten nationalen Epikern erinnert: wenn es dem Einzelnen heutzutage nicht mehr vergönnt ist, der Mund seines ganzen Volkes zu sein, mag er sich daran halten, daß er noch hie und da dazu berufen wird, die intimen Herzensangelegenheiten seiner Zeitgenossen zu belauschen und davon Rechenschaft zu geben.

In den meisten Fällen zwar sind solche Mittheilungen nicht viel mehr als „schätzbares Material". Umfangreiche Manuscripte, Briefe, Tagebücher u. dgl. enthalten oft nur vereinzelte Züge, die als specifisch werthvoll aus der Masse des Alltäglichen, nur für den Betreffenden oder davon Betroffenen selbst Bedeutsamen hervorleuchten. Diese bleiben in der Phantasie des Erzählers zurück, wie beim Goldwaschen die Körner des edlen Metalls, während die Masse leeren Flußsandes wieder fortgespült wird, und es geschieht oft erst nach langer Zeit, daß solche fragmentarischen Gewinnste wieder hervorgeholt, umgeschmolzen und in irgend ein größeres Gebilde verarbeitet werden. Der ursprüngliche Fundort ist dann wohl gar vergessen, der freundliche Geber erkennt seine eigene Beisteuer kaum wieder, oder findet sich für sein Vertrauen schlecht belohnt, wenn etwa aus dem Seinigen unter den Händen des Empfängers das gerade Gegentheil geworden ist. Dies aber liegt zu tief im Gesetz alles organischen Stoffwechsels, der ja auch das Geistige beherrscht, begründet, als daß es einer besonderen Entschuldigung bedürfte.

Eine ganz eigene Bewandtniß hatte es mit den Briefblättern, die ich unter dem obigen Titel mitzutheilen mich entschlossen habe. Das seltsame Charakterbild, das sie enthalten, mußte auf den ersten Blick als ein höchst fruchtbares Motiv zu einem größeren modernen Lebensbilde erscheinen; dieser Märtyrer der Phantasie konnte den Mittelpunkt, den Helden und die Seele eines Romans bilden, in welchem, ähnlich wie in dem großen Welt- und Zeitgedicht des Cervantes, der ewige Gegensatz zwischen den nüchternen Forderungen der Wirklichkeit und den Bedürfnissen einer phantastischen Natur, hier nun im Lichte der heutigen Lebensweisheit und gesellschaftlichen Cultur, zur Erscheinung gekommen wäre.

Die Aufgabe schien verlockend genug. Aber bei näherer Erwägung zeigte sich, daß eine solche Umbildung und Erweiterung nicht möglich gewesen wäre, ohne die Figur, wie sie in den Akten selbst sich darstellte, völlig aufzulösen und, der künstlerischen Structur eines größeren Werkes zu Liebe, mit allerlei Elementen zu versetzen, die gerade den specifischen Gehalt dieses Falles von Grund aus verwandelt hätten. Dem Schreiber jener Bekenntnisse fehlte gerade das, was einen Don Quixote zu dem letzten großen epischen Helden stempelt: jene energische Lust, die ihm ungemäße Wirklichkeit nach seinen Idealen umzuschaffen. Auch Jener ging an seiner phantastischen Illusion zu Grunde, aber nach wundersamen Thaten und Abenteuern, die ihres Homers würdig waren, während ein bloß p a s s i v e r Märtyrer schwerlich im Stande wäre, durch eine längere Reihe von Kapiteln hindurch das Interesse zu fesseln und das Peinliche seiner Lage durch ihre humoristisch-tragische Erhabenheit aufzuwiegen.

Hierzu kam noch, daß die Aufzeichnungen des unglücklichen Mannes auch durch ihre Form ein gewisses Interesse in Anspruch nehmen konnten. Der wunderliche Träumer, wenn er auch, wie er selbst am besten fühlte, zum Poeten nicht die volle Gesundheit der Einbildungskraft besaß, hatte doch so Manches nicht bloß mit sinnigen Augen betrachtet, sondern auch mit treffenden Zügen zu schildern vermocht, daß seine kurze Lebensgeschichte, so ungenügend sie zwischen Roman und psychologischem Vivisectionsbefund in der Mitte steht, gleichwohl etwas Besseres geworden ist, als ein Stück roher Stoff. Ich habe es daher nicht über mich gewinnen können, an der Form im Wesentlichen zu ändern, Kürzungen und kleine Redactionsstriche ausgenommen, die aber das Charakteristische dieser Bekenntnisse nur um so deutlicher hervorzuheben sich bemühten. Im Uebrigen möge dies seltsame Vermächtniß wirken, wie es kann und mag, schwerlich wohl auf weitere Kreise in solchem Maße, wie auf den Herausgeber selbst, der ja in gewissem Sinne von Berufswegen eine Art Leidensgefährte dieses armen Sünders ist und bei manchen Stellen ein deutliches de te fabula narratur von seinem eigenen Gewissen sich hat zuraunen lassen.

*   *   *

„Sie haben mich zuerst unter vier Augen, und dann auch
in öffentlicher Sitzung des Schwurgerichts gefragt, verehrtester
Herr Justizrath, ob ich keine mildernden Umstände für mich
anzuführen wüßte. Es falle Ihnen schwer, — waren Sie so
gütig zu bemerken — mein Verbrechen mit meinem bis dato
unbescholtenen Lebenswandel zu reimen.

Ich habe darauf geschwiegen. Es war mir, ehrlich gesagt,
ziemlich gleichgültig, was die Herren Richter für einen Spruch
thun würden. Mein Leben ist nun einmal verpfuscht; ich habe
mich aus den gebahnten Wegen, in denen die übrigen Menschen
so friedlich und bequem hinschlendern, in allerlei Seitenpfade
verloren, und es ist nun zu spät, noch einmal umzukehren und
es mit dem hergebrachten schnurgeraden Wandel zu versuchen.
Für eine abgesonderte Wohnung bin ich nun leider einmal quali-
ficirt; ob im Zuchthause oder im Narrenhause — was konnte
mir groß daran liegen?

Aber wie ich nun freigesprochen war, hauptsächlich durch
Ihre Bemühung, Herr Justizrath, ist es mir aufs Herz gefallen,
daß ich Ihre Güte und Menschenfreundlichkeit Ihnen schlecht
gedankt hatte. In Ihren Augen als ein verstockter Sünder zu
erscheinen, der für jeden vernünftigen und wohlmeinenden Zu-
spruch taub bleibt, — nein, Herr Justizrath, das geht mir gegen
den Mann. Auch haben Sie in Ihrer schönen Vertheidigungs-
rede auf eine mir unbegreifliche Weise die Hauptsache, um die
sich's bei meinem Charakter handelt, so richtig errathen, daß ich
mir mehr als einmal sagte: wenn du je einen Freund gehabt
hättest, der dich dir selbst so klar gemacht hätte, es wäre vielleicht nicht so weit mit dir gekommen. In manchen Stücken
haben Sie sich dann auch wieder geirrt, da Sie ja nicht alle
Umstände mußten. Darum müssen Sie mir schon erlauben, daß
ich die Auskunft, die ich Ihnen mündlich schuldig blieb, jetzt
schwarz auf weiß nachhole. Sie wird ein bischen lang gerathen;
aber dafür kann ich nicht; denn sie ist ziemlich so lang wie mein
ganzes Leben, und ich habe das Schwabenalter schon eine Spanne
weit hinter mir.

Oder glauben Sie nicht auch, Herr Justizrath, daß, wenn
man von jedem Verbrecher die genaue Biographie wüßte, man

nach mildernden Umständen nicht weiter zu fragen brauchte? Ich meine: eine ganz reguläre Lebensgeschichte, in der auch von Eltern und Großeltern so Viel stünde, daß man wüßte, wie viel von der Erbsünde und welche Sorte derselben der betreffende Sprößling mit ins Blut bekommen, würde in den meisten Fällen den Herrn Vertheidiger ganz überflüssig machen.

Bei mir, Herr Justizrath, kommt das ganze Uebel davon her, daß man mir gewisse angeerbte Triebe und Eigenschaften, die an sich gar nicht mit zur Erbsünde gerechnet werden können, in jungen Jahren mit Gewalt hat austreiben wollen. Da haben sie denn, wie's die Aerzte nennen, zurücktreten, ins Blut gehen und auf die ebleren Theile schlagen müssen, und die Miserabilität, zu der es jetzt gekommen ist, — entschuldigen Sie, daß ich keinen härteren Ausdruck brauche; der Herr Staatsanwalt hat ja schon dafür gesorgt, — die ist nun das Ende vom Liede.

Nämlich, Herr Justizrath, ich selbst erkläre mir die Sache so; es ist möglich, daß ich eine zu nachsichtige Ansicht von meinem Verbrechen habe; aber dies ist wenigstens meine ehrliche Meinung. Und das wäre denn vielleicht ein mildernder Umstand mehr. Denn so erbärmlich mir im Allgemeinen zu Muthe ist: die rechte Zerknirschung von wegen des besonderen Peccatums will noch immer nicht kommen. Ich bin nun einmal an meinen verdrehten Charakter schon zu sehr gewöhnt.

Also zur Sache, Herr Justizrath, und was ich selbst nicht recht herausbringe, weil ich ein unbeholfener Schreiber und durch die letzten Tage noch etwas mehr als sonst confus gemacht bin, das werden Sie sich schon hinzudenken.

Mein Vater war ein wohlhabender Kaufmann in F., meine Mutter die Tochter eines Malers, der unter seinen Bekannten — und es kannte ihn die ganze Stadt — sehr berühmt war. Damals, Herr Justizrath, war die Photographie noch nicht erfunden. Wer sich daher zu verewigen wünschte und ein bischen was daran wenden konnte, ging zu meinem Großvater und ließ sich malen. Ich habe noch viele von diesen Porträts gesehen. Sie sollen sprechend ähnlich gewesen sein. Aber da die Originale fast lauter nichtssagende Gesichter hatten, wurde dieser sichere und ehrenvolle Broderwerb dem Großvater auf die Länge lang-

weilig, und er fing an eigene Compositionen zu verfassen, Erl-
könige, Haymonskinder, blonde Eckberte — es war damals die
romantische Zeit, — und das gefiel ihm je länger je mehr,
seinen Mitbürgern aber nur sehr mäßig. Die Bilder wurden
ihm nicht abgekauft, er gerieth darüber in schlechte Verhältnisse,
war aber vergnügter als je, so daß Niemand seine mißlichen
Umstände ahnte. Man glaubte, er habe sein Schäfchen im
Trockenen und könne es nun mit ansehen.

So dachte auch mein biederer Vater, als er die einzige Tochter
des Alten heirathete. Wie er hernach den Schaden entdeckte,
machte er so ziemlich gute Miene zum bösen Spiel. Nur daß
er einen recht nachdrücklichen und zähen Haß auf alle broblosen
Künste warf und, wie ich ihm heranwuchs, jeden jungen Schöß-
ling, der nach so einem unfruchtbaren Schlinggewächs aussah,
mit Stumpf und Stiel ausrottete. Nichts konnte ihn wüthender
machen, als wenn ich ein Stück Kreide oder Bleistift verkritzelte.
Er brachte es sogar dahin, daß ich von der Zeichenstunde in
der Bürgerschule, die ich besuchte, dispensirt wurde, und was
irgend von Geschichten= und Märchenbüchern ihm in den Wurf
kam, flog ohne Gnade aus dem Fenster oder in den Ofen.
Denn das Lesen der verdammten Dichterschnurren und Alfanzereien,
behauptete er, habe dem Schwiegervater das Conzept verrückt
und ihn aus einem zünftigen Meister seines ehrlichen Gewerbes
zu einem Hansnarren gemacht, der lauter Dinge sehe, die gar
nicht vorhanden seien, und diesen seinen Fratzenspuk vernünftigen
Leuten für baares Geld aufhängen wolle.

Dergleichen hörte ich ihn vielfach äußern, ohne es recht zu
begreifen oder viel darüber nachzudenken. Mir selbst, obwohl
ich die romantische Galerie des Großvaters mit Interesse zu
studiren pflegte, wäre doch der Wunsch nie gekommen, dergleichen
auch machen zu lernen, und daß ich nicht in die Zeichenstunde
durfte, that mir durchaus nicht leid. Was ich an Bildern auf
Leinwand oder Papier jemals gesehen, war nicht den hundertsten
Theil so schön, wie die Bilder, die ich mir selber ausdachte, sobald
ich mit mir allein war.

Denn aller Vorsicht zum Trotz, und obwohl gedruckte Fa-
beleien unerbittlich aus dem Hause verbannt blieben, hatte ich

mich von den frühesten Knabenjahren an mit buntem Märchen-
kram so vollgestopft, daß mir die Bücher nicht mehr viel zu sagen
gehabt hätten. Meine alte Wärterin fing damit an; dann, da
ich ihr entwachsen war, machte ich die Bekanntschaft eines curiosen
Kauzes, eines Forstgehülfen, dem Niemand ansah, was für ein
feiner und abenteuerlicher Geist hinter der struppigen Stirn
rumorte. Ich will Sie nicht damit langweilen, verehrter Herr
Justizrath, daß ich Ihnen diesen meinen Jugendgefährten zu schildern versuchte, oder Ihnen gar eine Liste machte von den zahllosen
Sagen und Geschichten, mit denen er nur zu freigebig meine
arme Seele speis'te. Genug, durch einen unglückseligen Zufall
wurden die Erziehungskünste meines Vaters so vollständig hinter-
gangen und vereitelt, daß sein einziger Sohn, aus dem er sich
so recht einen aufgeweckten, weltläufigen, betriebsamen Geschäfts-
nachfolger zu ziehen hoffte, noch mit sechzehn Jahren, als er endlich
in den väterlichen Laden eintrat, ein heilloser Hans der Träumer war.

Sehen Sie, es will mir so vorkommen, als ob es das
Unglück meines Lebens gewesen wäre, daß ich nie gewußt habe,
was Langeweile ist. Diese nämlich, wie ich sie von Andern habe
schildern hören, muß etwas Aehnliches für den Geist sein, wie
der Hunger für unsern leiblichen Theil. Wer seine gehörigen
Portionen solider Arbeit zu sich nimmt, der muß, wenn die
Ruhezeit verstrichen, neuen Appetit nach geistiger Nahrung empfinden, gerade wie der Magen, sobald er verdaut hat, sich einer
gewissen Leere bewußt wird, die man, so lange sie noch nicht
wehe thut, Appetit nennt. So entsteht ein sehr zweckmäßiger
und gesunder Wechsel von Bedürfniß und Befriedigung, und
man kann sagen: wer nie rechten Hunger hat, der weiß auch
nicht, was satt werden heißt; wer sich nie langweilt, der arbeitet
auch nie. Daß aber auch die geistesstärksten Menschen, die sich
eigentlich immer etwas denken könnten, um leere Stunden zu
füllen, der Langenweile verfallen, erkläre ich mir so, daß sie
meist zu verwöhnt, zu sehr Feinschmecker sind, um nicht lieber
zu hungern als mit schalen Bissen vorlieb zu nehmen, wie man
sie in abgeschmackter Gesellschaft zu genießen kriegt.

Aber dies nur beiläufig, und nur um zu sagen: ich habe
nie erfahren, was geistiger Hunger ist, weil ich beständig meinen

Appetit mit kleiner Naschwaare gestillt habe. Den besten Magen muß es verderben, wenn man ihm immer Zuckerwerk zu verarbeiten giebt. Und so geschah es mir. Wo ich ging und stand, naschte ich allerlei Phantastereien, statt mich zu festgesetzten Stunden redlich zu nähren und dazwischen lieber einmal zu hungern d. h. mich nach Herzenslust zu langweilen.

Mein eigentliches Tagewerk war freilich so strohern und bot dem Geist so wenig Nahrung, daß ich vor mir selbst und auch wohl vor Ihnen, Herr Justizrath, eine Entschuldigung habe, wenn ich es mir mit meiner heimlichen Näscherei versüßte. Hinterm Ladentisch stehen, Kunden ein paar Ellen Leinwand abschneiden, ein Stückchen Seife einwickeln, ein Zahnbürstchen anpreisen und über all diese wichtigen Ereignisse Buch führen — Sie können mir's nicht verdenken, daß ich diese Wirklichkeiten über die Achsel ansah und daneben die Welt meiner Träume als die bessere Welt beharrlich in meinem Kopfe ausbaute und mit den schönsten Figuren bevölkerte.

Ich hatte es in der Kunst, mich an Hirngespinsten zu ergötzen, mit der Zeit so unglaublich weit gebracht, daß ich mich jetzt selbst verwundere, wenn ich an diese Märchen hinter dem Ladentisch zurückdenke. Natürlich spielte immer eine schöne Frau, eine Prinzessin oder zum Mindesten Gräfin die Hauptrolle darin (von Feen und Nixen, Melusinen und sonstigen schönen Unmenschen war ich zurückgekommen, seit ich mir einen Schnurrbart stehen ließ). Diese heimliche Gönnerin, die nur mir sichtbar war, besuchte mich stundenlang, während ich scheinbar meine Geschäfte besorgte, und machte, daß mir die angenehmsten Blicke der einkaufenden Honoratiorentöchter, die niedlichsten Stumpfnäschen und rothen Mäulchen sehr ordinär vorkamen. Auch die Unterhaltungen mit den leibhaftigen Be- und Versucherinnen behandelte ich kühl und obenhin. Was mir meine schöne Geheimnißvolle zu sagen hatte, war bei Weitem geistreicher, und ich selbst hatte immer die sublimsten Redensarten in Bereitschaft, die ich mich aber wohl hütete an meine Kundinnen zu verschwenden.

Daher kam es, daß ich in der Stadt nicht eben für den Gescheidtesten galt, woraus ich mir blutwenig machte. Ich entzog mich auch, so viel ich nur konnte, allen realen Lustbarkeiten,

Singe-, Lese- und Tanzkränzchen, und war nicht froher, als
wenn ich in Feierstunden durch das benachbarte Wäldchen
schlendern konnte, wo ich stundenlang die romantischsten Abenteuer
erlebte. Manchmal habe ich da auch mit einem Buche ganze
halbe Sonntage verträumt, das heißt, ich las nur ein paar
Seiten und spann mir dann die Geschichte mehr nach meinem
Gusto weiter aus, wobei mir die malerische Kraft meiner Einbildung sehr zu Hülfe kam. Denn sofort sah ich Alles in stattlichen und ganz genauen Gestalten um mich und neben mir,
und zwar ohne sonderliche eigene Bemühung, förmlich wie ich's
von Visionären habe erzählen hören. Wenn ich nur etwas mehr Bildung gehabt hätte und dies
innerliche Dichten und Trachten mir nicht als eine strafbare
Versündigung an meinen Pflichten und Lebenszwecken vorgestellt
worden wäre: vielleicht hätte ich so was wie einen Poeten ab-
gegeben und mit der Zeit gelernt, aus der Noth, die meine arme
Seele durch dies Ueberwuchern der Phantasie erlitt, eine Tugend
zu machen. Ich stelle mir vor, daß die großen Dichter auch so
etwas Aehnliches erleben; ihre Träumereien drängen sich ihnen
auch so im Wachen auf; aber sie lassen sich dies spukhafte Gesindel nicht über den Kopf wachsen, sondern greifen aus der
Menge von Gestalten ein paar heraus, die ihnen am lebendigsten
vorkommen, und die bannen sie dann aufs Papier, und die
übrigen bleiben draußen. Das giebt dann auch wieder eine
ganz gesunde Beschäftigung, da sich der Verstand einmischen
muß und es einer gewiß nicht leichten Arbeit bedarf, bis so
ein Phantasiegebilde auch nüchternen Menschenkindern greifbar
und entweder rührend oder belustigend erscheint. Ich kam selbst auf den Gedanken, meine Geister auf diese
Art zu beschwören. Aber Sie wissen, Herr Justizrath: ein
Geisterbanner muß das Wort wissen, und das hatte ich eben
nicht gelernt. Meine Schreibversuche auf der Schule waren
nicht sehr weit gediehen; in der Kladde und dem Cassabuch
meines Vaters war auch nicht viel guter Stil zu lernen. Wenn
ich daher anfing, so etwas wie eine romantische Geschichte zu
schreiben, gerieth ich bald ins Stocken; die Feder hinkte kläglich
meinen Erfindungen nach, und ich fand das ganze Geschäft so

beschwerlich, daß ich es ruhig wieder aufsteckte und mich damit begnügte, auf freie Faust wie bisher fortzuphantasiren.

Sie werden sich vielleicht wundern, daß mir dies kindische Thun, als welches es Ihnen erscheinen muß, nicht endlich doch entleidete, daß ich immer neuen Stoff fand für meine einsamen Gesellschaftsspiele. Aber es fehlte nicht an neuen Anregungen. Ich wurde vielfach in Geschäften auf Reisen geschickt, und Nichts hilft so sehr der Einbildungskraft auf, als fremde Räume und neue Gesichter. Kam ich in einen Gasthof, so war ich wie in einem Märchenschloß, wo mich aus allen Winkeln seltsame Figuren ansahen. Mit meinen Collegen, denen ich natürlich überall begegnete, und die mich für verrückt hielten, weil ich weder bei der Flasche noch bei Frauenzimmern es ihnen gleichthat, gab ich mich so wenig als möglich ab, ließ mir des Abends mein Fläschchen Wein früh auf mein Zimmer bringen und ergötzte mich daran, durch die Thür alle die Gestalten hereinkommen zu lassen, die jemals hier übernachtet hatten. Ich erlebte da die verschollensten Heimlichkeiten, die lieblichsten und abenteuerlichsten Komödien und ging endlich so aufgeregt zu Bette, als ob ich aus dem Theater gekommen wäre. Desgleichen besuchte ich die Kirchen und Rathhäuser, und wo etwa noch Festungswälle, Thürmchen und Mauerpförtchen bestanden, konnte ich stundenlang dazwischen herumspuken und meine Phantasie auf die Weide schicken.

Schöne Weiber und Jungfrauen hatten natürlich bei alledem mitzusprechen. So zum Beispiel war es ein fast regelmäßiger Kunstgriff, daß ich mir, sobald ich in ein neues Zimmer kam, vorstellte, wie wohl die allerschönste Frau ausgesehen haben mochte, die jemals in diesen vier Wänden herumgewandelt, auf diesem Sopha gesessen, in jenem Bette geschlafen habe. Ich war durch lange Uebung ein solcher Tausendkünstler geworden, daß richtig immer eine Andere sich mir vorstellte, ganz pünktlich und unfehlbar, melancholische Brünetten mit stolzen Gliedern und in schönen Atlasgewändern, frohäugige Blondinen, die meist leichter bekleidet waren — Gott weiß, aus welchem Grunde — und ausgelassen lachten und viel rothen Wein tranken; gepuderte Dämchen mit Schönheitspflästerchen und herzförmigen Mündchen; dann einmal wieder, obwohl ich auf etwas Vornehmes gefaßt

war, trat plötzlich eine prachtvolle reiche Bäuerin herein, sehr
rund und gesund, im Stil der Rubens'schen schönen Nieder=
länderinnen, und schüttete eine volle Geldkatze auf den Tisch,
da sie eben eine Schafherde verkauft hatte. Und so nahm die
Prozession von längst begrabenen schönen Weibern kein Ende.

Danach wird es Ihnen scheinen, als ob ich ein sehr heiß=
blütiger, sinnlicher Geselle wäre, mit einer rechten Türkenphantasie,
die mir nun, da ich ein armer Teufel von einem guten Christen
war und kein Harem halten konnte, Alles, was gut und theuer
war, wenigstens aus dem Geisterreich heraufbeschwor. Hieran
ist wohl auch etwas Wahres. Gerade weil ich in der Wirklich=
keit ein so züchtiger und unverdorbener Jüngling war und von
keinem Weibe Etwas wußte, flüchtete sich die unterdrückte Natur
in mein fabelndes Gehirn und ließ mich da allerlei Naschwerk
kosten, das mich, so zu sagen, über den Hunger wegbrachte.
Ich war zwanzig Jahre alt und hatte noch kein Mädchen an=
gerührt, keinen Mund geküßt, keinen schlanken Hals umspannt.

Es war nicht eine besondere Tugendhaftigkeit, daß ich mich
so kasteite. Vielmehr, wenn mir Eine wirklich eingeleuchtet hätte,
wäre ich nicht blöde gewesen. Aber was ich so rund um mich
her von artigen Frauen und Jungfräuleins kennen gelernt,
schien mir aus viel zu grobem Stoff, zu wenig appetitlich für
einen Feinschmecker meines Schlages, der das Rarste und Aus=
gesuchteste, so oft er nur wollte, sich in der Phantasie auftischen
konnte.

Meinem Vater war diese meine Sprödigkeit gerade recht.
Ich sollte nicht zu früh aus dem Geschäft wegheirathen, oder
ihm eine Familie ins Haus bringen. Meine Mutter machte
sich oft Sorge darüber; sie ahnte, daß es nicht ganz richtig mit
mir war. Wie schlimm es stand, wußte sie freilich nicht, denn
ich hatte mich wohl gehütet, irgend einen Menschen in mein
heimliches Wesen einzuweihen, am wenigsten die gute Frau, die
mich für besessen gehalten haben würde, — und freilich hätte
sie damit so ziemlich die Wahrheit getroffen.

Daß ich nicht gerade viel kaufmännisches Genie offenbarte,
war meinem Vater nicht entgangen. Er meinte aber, daran
seien mehr die kleinen Verhältnisse Schuld; in einem größeren

Handlungshause, in der Residenz, werde mein etwas linkisches und zerstreutes Betragen sich schon bessern. So that er mich zu einem angesehenen Geschäftsfreunde in der Hauptstadt in Condition, und ich verließ die Heimath ohne alles Herzweh. Denn leider muß ich bekennen, daß diese übermäßige Cultivirung der Einbildungskraft auf Kosten meines besseren Theils geschehen war, daß meine Gemüthsart etwas Kühles und Unherzliches bekommen hatte und ich keinen wirklichen Menschen so recht leibhaftig liebte, wie ein richtig conditionirtes Gemüth in jungen Jahren doch zu thun pflegt.

Mein neuer Prinzipal in der großen Stadt, der Herr Schneidewin Söhne u. Compagnie, merkte denn auch bald, wie er mit dem neuen Commis daran war. Er hätte mich, da ich in dem viel complicirteren Geschäft mich wegen meiner Traumpinselei total unbrauchbar zeigte, auch sogleich wieder entlassen, mochte aber meinem Papa den Kummer und die Schande nicht anthun und verwendete mich als eine Art Factotum zu allen unregelmäßigen Diensten, zu denen man nur Ehrlichkeit und guten Willen, aber keine kaufmännischen Kenntnisse noch sonderliche Accuratesse bedurfte. Daß ich weder trank, noch spielte, noch Liebschaften hatte und immer recht treuherzig aus den Augen sah, empfahl mich ihm je länger je mehr, und ich selbst machte keine Ansprüche auf Avancement oder höheres Salär, da ich nicht den mindesten Ehrgeiz fühlte, auf der Leiter der Comptoir-Würden nach und nach die obersten Sprossen zu erklimmen. Ich setzte mein altes Leben, das ich wohl füglich dem stillen Trunk, oder einem heimlichen Opium-Essen vergleichen kann, auch in der großen Stadt fort, da für einen Gewohnheits-Phantasten meines Schlages die Coulissen überhaupt gleichgültig sind und er in einer prosaischen Miethkaserne so gut sein Puppenspiel betreiben kann, wie in einer bemoos'ten Ruine oder einer alten Buschmühle im wilden Walde.

Dazu kam, daß die große Stadt — und vielleicht auch die heranreifenden Jahre — mir allerlei neue Anregungen brachten, neue Quellen, die aus der Wirklichkeit hervorbrachen und den nach und nach eindorrenden Acker meiner Phantasie erfrischten und neu befruchteten.

9*

Ich sah hier doch auch zuweilen wirklich märchenhafte Figuren voll Glanz und Schönheit, träumte mich in die vorbeirollende Equipage einer realen Gräfin hinein und stieg eine unzweifelhaft greifbar existirende Marmortreppe hinauf, um eine Bestellung meines Principals bei einer in Fleisch und Blut athmenden, von wirklichem Atlas umknisterten Schönheit auszurichten. So kam es, daß mir die Schätze, über die ich durch die Wunderlampe meiner Phantasie gebot, etwas entwerthet wurden, daß die Wirklichkeit anfing mir begehrenswürdiger zu dünken, daß die Sinne das bisherige Naschwerk geschmacklos fanden und sich nach nahrhafterer Kost zu sehnen begannen.

Es sollte ihnen aber ein wunderlicher Streich gespielt werden, zur Strafe für ihre bisherige übersinnliche Aufführung.

Es war etwa zwei Jahre, nachdem ich meiner Heimath Valet gesagt hatte, da starben mir meine guten Eltern, beide in der nämlichen Woche. Gott verzeih' mir die Sünde, — ich selbst habe sie mir nie verzeihen können —: meine Trauer war sehr mäßig. Daß sie gelebt hatten und nun nicht mehr lebten, war etwas Thatsächliches, womit ich, nach der ersten Befremdung darüber, nicht viel anzufangen wußte. Mein erster Gedanke war: nun brauchst du nicht mehr hinter den Ladentisch zu kriechen, Niemand fragt, wie du deine Zeit todt schlägst oder dein Geld los wirst, die guten Leute, denen du Sorge gemacht hast, sind diese und jede andere Erdensorge los, und so ist allen Theilen geholfen.

Ich berichte Ihnen das, Herr Justizrath, damit Sie an diesem Beispiel sehen, wie sehr meine Krankheit sich schon der edelsten Theile bemächtigt hatte.

Uebrigens verheimlichte ich sie noch vor den Augen der Welt, besorgte ein recht anständiges Begräbniß, vermiethete Haus und Laden vortheilhaft und kehrte mit einem breiten Flor um den Hut in meine Condition zu Schneidewin Söhne u. Comp. zurück, weil ich noch nicht recht wußte, was ich nun mit mir anfangen sollte.

Ich wollte reisen, so viel stand fest, aber das Wohin machte mir noch zu schaffen. Die Japanesen hätte ich gern kennen gelernt; ich hatte Manches über Japan gelesen, was mich sehr

reizte. Dann war mir auch Mexico seit lange interessant gewesen, Schweden und Norwegen nicht minder, und für Aegypten
hatte ich schon auf der Schule geschwärmt. Ich las nun beständig Reisebeschreibungen, konnte mich aber nicht fest für Eine
Himmelsgegend entscheiden, und so war mir ähnlich zu Muthe
wie einem armen Sünder im Mittelalter, der von vier Pferden
zerrissen werden soll.

In dieser nicht eben behaglichen Gemüthsstimmung ging
ich eines Sonntags spazieren und gerieth auf ein einsames, von
der Stadt ziemlich abgelegenes Dörfchen, wo ich mir in der
Laube des menschenleeren Wirthsgartens ein Glas Milch geben
ließ. Die halbe oder Dreiviertels-Bevölkerung dieser stroh- und
schindelgedeckten Häuschen war zur Kirchweih in ein Nachbar-
dorf ausgewandert. Das war mir eben recht; je einsamer
je besser.

Wie ich nun meine Augen so verloren über die Dorfgasse
hinüber wandern lasse, sehe ich am oberen Fenster eines geringen
Hauses ein Mädchen, dessen einsame Lage und die Art, wie es
sich die Weile vertrieb, einen ganz märchenhaften Eindruck auf
mich machte.

Es war ein sauberes Dirnchen, nicht viel über achtzehn
Jahr, mit frischen, bräunlichen Wangen, zu denen die hellblauen
Augen und das lichtblonde Haar sich recht idyllisch und frühlings-
mäßig ausnahmen. Ihr Anzug war der einfachste von der
Welt, da sie außer Hemd und Röckchen der warmen Witterung
wegen Nichts auf dem Leibe trug. Aber da sie bei sich zu
Hause sich keinen Zwang anzuthun brauchte, und keine Ursache hatte,
sich ihrer blanken Schultern und runden Arme zu schämen, nahm
sich das Alles sehr gut aus. Zumal wie sie mit den Armen
aus dem Fensterchen langte, daß ihr die gelben Zöpfe über die
Achseln fielen; und dabei lachte sie und zeigte ihre weißen Zähne.

Es war nämlich an dem Hause dicht unter ihrem Fenster ein
kleines Schild angebracht, auf welchem stand: „Katharina Schlüsselblum, Korbflechterin." Auf dem oberen Rande dieser hölzernen
Tafel spazierte ein großer Rabe mit nachdrücklichem Ernst, wie
es diese Vögel an sich haben, hin und her und ließ sich von dem
Mädchen mittelst eines zinnernen Löffels sein Futter in den

Schnabel stecken. Während er daran schluckte, klopfte sie ihm mit dem Löffel auf den Kopf, oder strich ihm über den glänzend schwarzen Rücken, was ihm ganz angenehm zu sein schien. Dabei sang sie mit einer scharfen, hohen Stimme folgendes Liedchen:

Im Hochsommer ist gut weiden,
Armer Lump, schlag ein!
Muß mir einen Pfaffen verschreiben —
Holder Buhl', ei ja, o du
Bist mein, und ich bin dein.
Armer Lump, schlag ein!

Herr Pfaff', ich bleib' nicht ledig,
Armer Lump, schlag ein!
Halt't ein' Dreibatzenpredigt —
Holder Buhl' u. s. w.

„Wo sind die Hochzeitleute?"
Armer Lump, schlag ein!
— Das sind die Gräser und Kräuter — -

„Wo ist denn Orgel und Küster?" —
Armer Lump, schlag ein!
— Die Vöglein ziehn die Register —

„Wo soll das Bettlein stehen?"
Armer Lump, schlag ein!
— Im Hag, wohl unter den Schlehen —

Wie sie so weit gekommen war, schien sie plötzlich den stillen Zuhörer in der Laube drüben zu bemerken, that einen kleinen Schrei und hörte auf zu singen, fuhr aber in ihrer Fütterung fort und schob nur das Hemdchen über der Brust ein wenig zusammen.

Ich hatte, wie ihr Blick mich traf, meinen Hut gezogen und ihr einen Gruß zugerufen, den sie jedoch überhörte. Auf einmal ließ sie den Löffel fallen, that wieder einen kleinen Schrei und bog sich aus dem Fenster, um zu sehen, wo er lag.

Ich hatte wohl gemerkt, daß der Löffel nicht so ganz von selbst ihr aus der Hand geglitten war. Aber diese kleine dörf= liche Koketterie mißfiel mir gar nicht, da ich sie natürlich auf mich gemünzt ansah. Ich konnte einer solchen Avance nicht wie ein

Stockfisch zusehen, sprang also auf und lief über die Straße, wo ich hurtig den Löffel aus dem Staube aufhob. Ich sah zu ihr hinauf, die noch immer im Fenster lag und nur ein bischen roth geworden war. In diesem Augenblick fielen mir alle Märchen von Prinzessinnen, die in Gänsemädchen verwandelt wurden, wieder ein, und ich glaubte unter der Haut dieses Mägdleins das richtige blaue Märchenblut schimmern zu sehen. Eine ungeheure Verliebtheit bemächtigte sich meiner, in wenigen Sätzen war ich das wacklige Treppchen hinauf und trat in die Stube, wo mein Märchen zu Hause war.

Sie that richtig wieder einen kleinen Schrei und wies dabei auf ein altes Weibchen, das im Winkel saß und an einem Korbe flocht. Es war ihre Mutter, und erst wie ich eine höfliche Anrede und Bitte um Entschuldigung an die Alte richtete, merkte ich, daß sie stockblind war. Sie machte wenig Worte und ließ mich ruhig mit ihrer Tochter plaudern, die barfuß am Fenster stand, ein bischen verschämt, wegen ihrer Armuth, dazwischen aber wieder so spitzbübisch lustig und übermüthig, daß mir das Herz im Leibe immer stärker klopfte, und keine Stunde verging, so fragte ich sie, ob sie mich heirathen wolle.

Sie lachte wieder; das hatten ihr schon Viele gesagt, aber so barfuß und im Hemd, wie sie war, konnte sie es nicht für Ernst nehmen. Auch war es noch Keinem Ernst gewesen; mir aber desto mehr. Als ich nun gar erst einmal ihre gelben Zöpfe zwischen meinen Händen gehabt und sie auf den lachenden Mund geküßt hatte — Frau Katharina Schlüsselblum flocht dabei ruhig ihren Korb weiter —, da war kein Halten mehr, und ich verlobte mich ihr mit einem feierlichen Eidschwur, wobei sie wieder nur lachte.

Sie glaubte noch immer nicht recht daran, ließ sich aber alles Liebkosen gefallen, auf welches ein richtiger Bräutigam ein gutes Recht hat.

Sie begleitete mich gegen Abend noch eine Strecke den Waldsaum entlang, der Rabe trippelte uns nach, es war so fabelhaft, wie die Sonne dazu unterging und das Haar meines Schätzchens vergoldete, — ich meinte, ich wäre ein rechtes Sonntagskind, daß mir so etwas ausbündig Angenehmes passirt

sei. Am liebsten hätte ich sie gleich mit mir genommen, das
wäre so recht im Märchenstil gewesen. Aber wie wir auf die
Landstraße kamen, war ihre Toilette denn doch zu lückenhaft,
um sie präsentiren zu können. So entschlüpfte sie mir hurtig,
der Rabe kehrte auch mit um, und ich hörte, wie sie zwischen
den Fichtenstämmen das Lied von vorhin zu Ende sang:

> „Drei Batzen ist mir zu billig“,
> Armer Lump, schlag ein!
> „Einen halben Gulden will ich“ —
> Holder Buhl' u. s. w.

> — Thut Ihr's nicht um drei Batzen,
> Armer Lump, schlag ein!
> Wir frei'n uns wie die Spatzen —
> Holder Buhl', ei ja, o du
> Bist mein, und ich bein.
> Armer Lump, schlag ein!

Sie werden den Kopf schütteln, Herr Justizrath, und mich
für complett wahnsinnig erklären, daß ich, obwohl ich eine ganze
Nacht Zeit hatte, mir die Sache zu beschlafen, dennoch am
andern Morgen steif und fest entschlossen war, aus dieser Narrens-
posse Ernst zu machen und das Kind, das so anzügliche Lieder
sang, zu ehelichen. Werden Sie's glauben, daß noch eine andere
Kinderei mich darin bestärkte? Sie hieß nämlich Katharine
Lisette, und ich heiße Fritz. Da dachte ich, es sei eine wahre
himmlische Fügung, indem ich mich an das Märchen vom Frieder
und dem Katherlieschen erinnerte, das Sie bei Grimm nachlesen
können. Ich erzählte es auch meinem Schätzchen, und die
nachdenkliche Geschichte hätte mich warnen sollen, noch mehr
aber, daß sie gar keinen Sinn für solche Geschichten hatte. Ich
aber meinte: just weil sie selbst ein Märchenkind ist, macht sie
sich nichts daraus. Und so ging das Unglück seinen Gang.

Wie ich meinem Prinzipal die vollzogene Vermählung an-
zeigte, machte Schneidewin Söhne u. Co. ein langes Gesicht.
Aber ich war volljährig und besaß außer meinem Salär die
kleine Rente von meinem väterlichen Hause. Auch ist geschehenen
Dingen nicht mehr zu rathen.

Ich hatte eine Wohnung vorm Thor genommen und sie recht niedlich möblirt; meine junge Frau brachte mir Nichts zu, als den Raben, indessen sie gefiel mir wie sie ging und stand; obwohl sie in ordentlichen Kleidern und mit Schuh und Strümpfen lange nicht so hübsch war, wie draußen in ihrer Freiheit. Auch war sie bald nicht mehr so lustig; statt des Lachens gewöhnte sie sich das Gähnen an, da sie in der Gotteswelt nichts gelernt hatte, als auch ein bischen Korbflechten; nicht einmal mit dem Lesen, das ich ihr nachträglich beibringen wollte, um ihr die einsamen Stunden zu vertreiben, kam sie vom Fleck. Sie konnte aber halbe Tage lang am Fenster sitzen und auf die Straße gaffen. Auch fand sich eine und die andere Nachbarin, mit ihr zu schwatzen, so daß mein wunderliches Hauswesen mit diesem thörichten und ganz ungelehrigen jungen Weibe bald in aller Leute Mäulern war. Ich hatte immer für einen Sonderling gegolten; so ging's in Einem hin, so lange der erste süße Most des jungen Eheglücks in meinem Becher schäumte.

Aber als er vergohren war und nun der Trunk herbe wurde, — lieber Herr Justizrath, es war eine Zeit, von der ich lieber nicht reden will. Sie sind ein Menschenkenner, schon von Amtswegen; Sie können sich's ungefähr ausmalen, wie die Sachen endigen mußten, die so angefangen hatten.

Jetzt wäre mir besser gewesen, ich hätte das richtige Katherlieschen aus dem Märchen zur Frau gehabt. So wäre ich um Hab' und Gut gekommen, aber doch nicht um die Ehre.

Mehrmals schon hatte uns ein sogenannter Vetter meines Käthchens besucht, ein junger Bauer aus ihrem Dorf, der allerlei Geschäfte in der Stadt hatte und seinem Mühmchen immer ein ländliches Präsent in die Küche mitbrachte. Letzteres war mir minder unlieb, als die Person des milden Stifters. Und da ich merkte, daß er sich seiner Vetternrechte allzu frei bediente, ersuchte ich ihn einmal in aller Freundschaft, mein Haus fernerhin nicht mehr zu beehren. Er blieb auch weg, ohne mir das übel zu nehmen; nur mein Weibchen schmollte. In ihren langen Mußestunden sei ihr eine solche Unterhaltung wohl zu gönnen, meinte sie, da ich ja Vor- und Nachmittags im Comptoir säße. Und so kam es denn, daß sie hinter meinem Rücken —

Kurz, ich mußte zuerst den Vetter eigenhändig aus dem Hause jagen, und dann sein Mühmchen hinterdrein. So nahm die Märchenherrlichkeit ein Ende mit Schrecken. Ich hatte Nichts davon, als Spott und Schande, einen baaren Verlust von fast tausend Thalern, bis ich von meinem Katherlieschen in aller Form geschieden war, und den Raben, der bei mir in der Stadt blieb, da er mein gutes Gemüth mehr zu schätzen wußte, als seine falsche und herzlose Herrin.

Aber das hohe Lehrgeld wäre noch zu verschmerzen gewesen, wenn ich nur wirklich etwas dabei gelernt hätte. Leider ver= rannte ich mich aus Beschämung über das Erlebte, das nicht einmal so unerhört war und in einer großen Stadt so oder so sich täglich ereignet, nur noch tiefer in meine unsinnige Welt= abgeschiedenheit, wo ich halbe Tage lang hinsitzen, Grillen fangen, Träume spinnen und Seifenblasen der Phantasie in die blaue Luft hinauswirbeln konnte. Hätt' ich statt dessen versucht, mich im Leben umzusehen und mir die Wirklichkeit, so gut es gehen wollte, zu Nutze zu machen, so wäre mir wahrscheinlich die zweite bittere Erfahrung mit dem weiblichen Geschlecht erspart worden.

Eines Sonntags=Nachmittags — es war nun Winter ge= worden, ich saß immer noch in der Wohnung, die mein kurzes Glück und meine lange Reue gesehen, im kalten Zimmer, da meine Köchin den Ofen hatte ausgehen lassen; der Rabe hockte mir gegenüber auf der Kommode und träumte von Regen= würmern und ähnlichen Sommervergnügungen, ich aber simulirte eben wieder über Reiseplänen, sah mich auf einen Rennthier= schlitten gepackt über das Schneefeld hinsausen und hauchte dabei in meine klammen Fäuste, — auf einmal klingelt es sehr energisch, und wie ich öffne, tritt eine große, schlanke Dame ins Zimmer, nicht mehr in den ersten Zwanzigen, aber recht wohl conservirt, mit dem sinnigen Lächeln und dem sogenannten seelenvollen Blick, die für die entschwundenen Reize der ersten Jugend entschädigen.

Sie bat für ihre Dreistigkeit, mich aufzusuchen, sehr liebens= würdig um Entschuldigung und nannte ihren Namen, den ich hier verschweige, weil sie noch lebt und, obwohl sie unter ihrem Dichternamen bekannter ist, doch auch die Nennung ihres bürger=

lichen nicht wünschen würde. Denn sie war eine Dichterin, Herr Justizrath, und nicht Anderes hatte mir die Ehre ihres Besuchs verschafft, als „das Poetische meines Schicksals", wie sie sich ausdrückte, der „gescheiterte Versuch, die Natur in die Gasluft der Cultur zu verpflanzen, hoffnungslos, wie all solche Versuche, aber immer schön und ergreifend, wie alles Tragische". Sie habe den Mann kennen zu lernen gewünscht, der eine edle freie Regung so schwer habe büßen müssen. Sie fühle den ganzen Schmerz einer solchen Enttäuschung mit mir. Auch sie — wenn auch in anderer Weise —

Hier brach sie ab, da der Rabe plötzlich ihre Aufmerksamkeit fesselte. Sie gerieth nun vollends in eine Ekstase, die mir höchst sonderbar vorkam, und declamirte eine Menge Verse aus einem amerikanischen Gedicht, in welchem ein Rabe die Hauptrolle spielt und eine gewisse Leonore, und jede Strophe mit „Nimmermehr!" endigt.

Als ich ihr zu verstehen gab, daß ich an diesem lang-athmigen Rabenpoem wenig Gefallen fände, erklärte sie mir, das wundere sie gar nicht. Ich sei eben selber ein poetischer Mensch, der in der Naivetät seines unbewußten dichterischen Charakters für fremde Poesie keinen Sinn zu haben brauche. Desto interessanter sei ich ihr selbst, und sie werde sich erlauben, mich von nun an öfter zu besuchen. Es erfrische ihre Phantasie und ihr Seelenleben, einer so merkwürdigen Psyche, wie der meinigen, zu begegnen.

Mit diesen und ähnlichen vortrefflichen Redensarten ver-blüffte sie mich dergestalt, daß ich nicht im Stande war, sie mir gleich Anfangs vom Halse zu halten. Ich merkte freilich, daß ich für sie ungefähr eben so interessant war, wie mein treu-loses Käthchen für mich gewesen: als Stoff gewissermaßen, aus dem sich etwas machen, dichten, heraus- und hineinphantasiren ließ. Und dies schien mir etwas ehrenrührig. Aber wenn Sie Dichterinnen kennen, Herr Justizrath, so werden Sie wissen, wie schwer man sie sich vom Leibe hält, wenn sie einmal ein Auge auf einen geworfen haben oder irgend einen Zweck mit einer Sache oder Person verfolgen. Männer werden durch die Schreibfeder oft um ihre Thatkraft gebracht; das Weib aber,

daß sich das Schreiben angewöhnt, scheint sich durch diese Feder-
kraft ordentlich über die Gebrechen ihres Geschlechtes hinauszu-
schwingen und unternehmend, selbständig und unwiderstehlich
zu werden.

Ich gestehe meine Schwäche: ich widerstand dieser meiner
neuen Freundin nicht, sondern ließ mich Schritt für Schritt
von ihr einfangen. Um es kurz zu sagen: nach vierzehn Tagen
wohnte sie bei mir, schlief in dem Bette meines weggejagten
Naturkindes, trank aus Katherlieschens zurückgebliebenem Glase,
aß mit seinem Löffel und war eifrig bemüht, wie sie vorgab,
den Vereinsamten über seinen Verlust zu trösten.

Sie hatte mich, ehe sie förmlich von mir und allem Meinigen
Besitz nahm, ernsthaft gefragt, ob es mir vielleicht unlieb sei,
wenn sie mich compromittire. Uebrigens traue sie es einem
Phantasiemenschen meines Schlages nicht zu, daß er ein solcher
Philister sein und die handgreifliche öffentliche Meinung irgend
respectiren würde. Ich hatte erwidert, es sei mir Alles gleichgültig, und in gewisser Weise müsse ich ihr beistimmen;

Wenn er seinen Ruf verliert,
Lebt der Mensch erst ungenirt —

dieses lose Sprüchlein habe mir schon vielfach Trost gewährt;
es werde mir auch diesmal durchhelfen.

Uebrigens hätte ich es lieber gesehen, wenn sie etwas
philiströser gedacht hätte. Sie war nicht so übel bei näherer Bekanntschaft; aber ein bischen arg aufgeregt und über jede Lumperei
in Entzücken. Auch merkte ich bald, daß ihr Phantasiespiel in einer
bloßen Geschicklichkeit bestand, wohlklingende Worte an einander zu
reihen, bei denen sie wenig dachte und nie das Geringste leibhaftig
anschaute, wie es mir doch wenigstens gegeben war. Aber freilich
kam es ihr vor Allem darauf an, daß zuletzt Etwas auf dem
Papiere stand, während ich nie dieses Verlangen fühlte. Ich
mußte sie aber darum beneiden, denn ich sah, daß sie bei dieser
Praxis viel besser fuhr. Erstens gewannen ihre Phantastereien
niemals Macht über sie, lockten sie nie von der Heerstraße der
Weltklugheit, des Erwerbes und eines behaglichen Lebens in guter
Gesundheit ab. Sie hätte nie einen dummen Streich begangen,
indem sie Märchen und Wirklichkeit verwechselte, wie es mir be-

ständig erging, sondern auch ihre genialen Seitensprünge waren ganz zweckmäßig angeordnet. Daß sie zum Beispiel mir über den Hals kam, brachte ihr erstens einen sicheren Unterstand in einer Zeit, wo es ihr dürftig ging, und dann konnte sie mich Modell sitzen lassen und mich als „Stoff" verarbeiten, wie ich später denn auch richtig, von einem Dritten darauf aufmerksam gemacht, in einem ihrer Romane meiner Wenigkeit wieder begegnet bin, nicht gerade geschmeichelt, aber doch mit einem gewissen mitleidigen Wohlwollen dargestellt. Und freilich war sie mir Manches schuldig geworden und hatte im Grunde kein böses Herz.

Daß sie aber ihren Ruf aufs Spiel setzte, war nicht mehr besonders unklug; ich war, wie ich später hörte, der Erste nicht, den sie compromittirte.

* * *

Ich habe Ihnen gesagt, Herr Justizrath, daß ich nicht wisse, was Langeweile sei. Ich muß das doch berichtigen. In dem Winter, den ich mit dieser meiner geistreichen und phantasievollen Freundin verlebte, habe ich mich manchmal so schauderhaft gelangweilt, daß ich damit gleichsam alle sonst noch nicht erlittene Langeweile in concentrirter Form nachgeholt habe.

Sie las mir nämlich zuweilen, wenn sie besonders gut aufgelegt war, ihre Dichtungen, Novellen, Capriccio's, Reiseeindrücke, und wie das Zeug sonst noch hieß, vor. Lieber Herr Justizrath, hoffentlich hat Sie der gütige Himmel davor bewahrt, etwas Aehnliches zu erleben. Wenn Sie aber auch diese Sorte von geistigen Genüssen kennen gelernt haben, so haben Sie doch schwerlich einen Begriff, wie gerade mir dabei zu Muthe sein mußte.

Die meisten Menschen, die dergleichen sogenannte schöne Literatur zu Gesicht oder zu Gehör bekommen, langweilen sich freilich auch wie die Möpse bei diesen Gedichten, die den tausendmal aufgewärmten Gefühlsbrei wieder einmal umrühren, oder diesen Geschichten, in denen Menschen Dinge erleben, von denen man im Leben nur unter guten Bekannten ein Wesens macht, und sich dabei in einer Sprache äußern, die nirgend gesprochen wird. Aber so unersprießlich und armselig das Alles ist, ließ't

es der gewöhnliche Leser doch mit einer Spannung, weil er
beständig glaubt, es müsse doch endlich Etwas kommen, was
der Mühe lohne, irgend ein Einfall oder eine Wendung, die
den Verfasser allerdings berechtigen konnte, die Geduld des
Publikums eine gute Weile zu mißbrauchen.

Wenn die Sache dann aus ist und Nichts, aber auch gar
Nichts derart sich eingefunden hat, — nun, so ist auch die
Lectüre des betreffenden Opus vorbei und wenigstens **das** ein
Gewinn.

Und dann, Herr Justizrath: die Langeweile der meisten
Menschen ist so groß, daß sie schon zufrieden sind, wenn ihnen
dieselbe durch eine n o ch langweiligere Sache für ein paar Stunden
vertrieben wird, was man den Teufel durch Beelzebub austreiben
nennt.

Ich aber, der ich mich, wie gesagt, früher nie gelangweilt
hatte und überdies, als ein Virtuose im Phantasiren, diese jämmer-
lichen Pfuschereien von vorn herein in ihrer ganzen rettungslosen
Schnödigkeit erkannte, — ich wurde durch meine phantastische
Freundin geradezu vernichtet, platt gedrückt, innerlich zu Brei
verwandelt und in die helle Desperation getrieben.

Hatte ich all die Jahre unter meiner eigenen krankhaft
überspannten Phantasie zu leiden gehabt, so war ich jetzt noch
übler daran, als der Märtyrer einer f r e m d e n Einbildungskraft,
die mehr Einbildung, als Kraft war.

Der Klügste von uns Dreien, die wir in meiner geschiedenen
Junggesellenwohnung dies seltsame Familienleben führten, war
der Rabe. Er hatte mit gesenktem Kopf, den Schnabel tief unter
den linken Flügel gesteckt, die Sonettenkränze, dreistrophigen Lieder
der Nacht und das Prosaische über sich ergehen lassen. Als
im März die erste wärmliche Sonne schien, benutzte er ein offen-
stehendes Fenster und kehrte aus der Bildung in die Natur
zurück.

Ich beneidete ihn um seine unverfrorene Thatkraft. Ich
hätte es ihm so gerne nachgemacht. Aber die sinnige Freundin
wußte mich so einzuspinnen, daß nur ein Herkules — der ja
auch bei der Omphale nicht die größte moralische Kraft bewiesen
hat —

Kurz, ich kam nicht los von ihr.

Aber der Zustand, in welchen mich der winterlange Verkehr mit dieser Person versetzte, wurde endlich so erbärmlich, daß es Allen auffiel, nur nicht der Anstifterin selbst. Das wenigstens hatte sie mit wahren und natürlichen Phantasiemenschen gemein, daß die Wirklichkeit um sie her sie nicht im Mindesten interessirte.

Eines Tages rief mich mein Principal in sein Privatcomptoir und sagte ganz freundlich aber ernst: Das geht nicht so fort, mein Bester. Sie müssen heraus aus Ihren ungesunden Verhältnissen. Ich will die Sache gar nicht vom sittlichen Gesichtspunkt betrachten; für mich existirt solcher Schnack nicht. Sittlich ist Alles, was nicht mehr kostet, als es werth ist. Ich weiß nun nicht, welchen Werth Sie auf diesen intimen Umgang legen; jedenfalls aber wird Ihr Leben Ihnen doch zu theuer sein, und das setzen Sie dabei zu, in jeder Weise; Sie ruiniren sich, mein Freund; ich bin es Ihrem sel. Vater schuldig u. s. w. Also wissen Sie was? In Kairo habe ich meinen brustkranken Schwiegersohn sitzen, der jetzt so weit ist, daß er wieder nach Hause darf. Ich möchte ihm aber auf alle Fälle einen zuverlässigen Reisegefährten geben, und dazu habe ich Sie ausersehen, mein Lieber. Wollen Sie die Reise machen, so können Sie morgen schon abdampfen. Ueberlegen Sie sich's. Es ist zu Ihrem Besten. Inzwischen findet sich etwas Anderes. Und somit, ohne Anlaß zu Mehrerem —

Ich konnte Schneidewin Söhne und Co. nur meinen Dank und meine Hochachtung ausdrücken. Dies war in der That ein Durchhauen des Netzes, in welchem ich zappelte, wie ich es mir umsonst erfleht hatte. Und dann — ich sollte den Orient sehen — Tausend und Eine Nacht stieg vor mir auf — ich war ganz wirblig vor Wonne.

Seltsamerweise kostete es mich auch „zu Hause" keinen besonderen Kampf. Die ahnungsvolle Seele meiner Dichterin schien auf eine Trennung aus diesem oder einem anderen Grunde gefaßt zu sein, und da sie mit der Verarbeitung meiner Person für ihre literarischen Zwecke im Stillen fertig geworden war, auch das Honorar für mich, ich meine, für den Roman, in welchen ich mitspielte, ihr eine Weile zu leben gab, hatte sie nichts dagegen einzuwenden, daß wir unsere Trennung mit eben so viel Gemüthsruhe bewerkstelligten, wie vor sechs Monaten unsere Vereinigung.

Das Abschiedsgedicht freilich, das sie mir nach Triest nach= schickte, war so herzzerreißend, das jeder Dritte geglaubt hätte, sie habe sich bei dem gewaltsamen Schnitt durch ihr tiefstes Leben, als ich sie verließ, beinah verblutet.

* * *

Aber ich merke, Herr Justizrath, es kann in diesem Stil nicht fortgehen; Sie haben bessere Dinge zu thun, als sich mit meinen Privatangelegenheiten so ausführlich zu befassen, und wenn es mir, da ich jetzt ja ganz geschäftslos bin, fast eine Art Vergnügen macht, die Geschichte meiner Verkehrtheiten niederzuschreiben, so sind die abgeschmackten Einzelheiten, wie sie mir nachträglich alle wieder einfallen, doch weder ergötzlich, noch für die Hauptsache, um die es mir Ihnen gegenüber zu thun ist, von Wichtigkeit. Erlauben Sie mir nur noch mit ein paar Worten anzudeuten, wie es mir nun in dem Lande meiner Träume erging, und dann zum Ende!

Das Sonderbare war nämlich, daß ich eine ungeheure Täuschung da drüben erfuhr. Ich weiß nicht, ob Sie je im Orient waren. Jedenfalls können Sie sich ungefähr einen Begriff machen, wie einem Menschen, der alle Schätze aus der Höhle Xaxa und alle Gülnares und Fatimes beständig gratis zur Disposition gehabt hatte, in dem lauten, staubigen, grellen und kostspieligen Gewimmel eines wirklichen Bazars zu Muthe sein mußte, während seine Neugier um undurchdringliche Harems= Mauern herumschnoberte und seine Abenteuerbegierde durch allerlei schaurige Histörchen niedergeschlagen wurde.

Ein junger Maler, der mit mir reis'te, fand Alles wunder= voll. Er griff immer gleich zu, wo ihm ein farbiger Fetzen Wirklichkeit vor die Augen kam, und füllte seine Skizzenbücher. Ich aber fand alles Einzelne weit unter meiner Erwartung, und nur die Wüste, wo eigentlich Nichts zu holen war, wo ich aber wieder mich selbst empfand und die Gaukeleien meiner

Einbildung spielen lassen konnte, erregte mir ein unsäglich wonniges Gefühl und ein Heimweh heute noch, wenn ich nur ihren Namen ausspreche.

Eigentlich hätte ich froh sein sollen, daß ich durch diese Reise von einer Illusion geheilt worden war. Da ich nun wußte, daß die berühmte Fata Morgana, von nah besehen, ein blauer Dunst ist und zu meinem Glück durchaus nicht beitragen konnte, lag es nahe, mich nun endlich — alt genug war ich dazu — aller blauen Dünste überhaupt zu entschlagen und mein Glück einmal im herzhaften und herzlichen Angreifen der wirklichen Welt zu suchen, statt immer in allerlei unpraktischen Luftschlössern zu hausen und darüber den Boden unter den Füßen zu verlieren.

Sie sehen, verehrter Herr, ich kannte sehr gut den Sitz meines Uebels. Aber was wollen Sie? Ein Säufer weiß auch, daß sein Durst aus der Leber kommt, und daß ihm Wasser zuträglicher wäre, als Rum; aber kranke Menschen haben auch einen kranken Willen.

Wie ich wieder zu Hause war, hatte ich Nichts gewonnen, nur Etwas verloren. Doch nein: ich gewann so viel, daß mich mehrere Jahre die alte Reiselust ganz in Ruhe ließ. In den kahlsten und ödesten Gegenden meiner sehr gemäßigten Zone kam mir wieder das alte Behagen an mir selbst und meinem inneren Bilderkram. Ja, auch die Gülnaren und Fatimen, die mir unten in Aegypten niemals begegnet waren, stellten sich jetzt wieder ein, und ich sprach ein gebrochenes Arabisch mit ihnen, so gut ich's in den sechs Wochen da unten gelernt hatte.

Auf die Länge aber konnte dieses Treiben unmöglich fort-gehen, ohne sich auch leiblich an mir zu rächen. Ich fiel in der That in eine Nervenkrankheit; meine Bekannten sagten, es sei ein latenter Sonnenstich, den ich in der Wüste bekommen hätte; einen Stich hätte ich ohnehin schon immer gehabt, nun sei der noch dazugekommen.

Ich weiß nicht, ob ich wirklich übergeschnappt war; aber daß ich hauptsächlich durch zweckmäßige Behandlung mit Sturz-bädern wieder curirt wurde und in der Heilanstalt ein paar Kameraden fand, die sich ebenfalls einer etwas absonderlichen Gemüthsart erfreuten, das weiß ich gewiß.

Nach einigen Monaten, als ich entlassen werden konnte, nahm mich der Arzt beiseite und empfahl mir außer einigen heilgymnastischen Exercitien ernstlich, daß ich einen eigenen Hausstand gründen möchte. Als Hagestolz würde ich in Kurzem wieder genau da halten, wo ich mich befunden, als ich in seine Hände kam.

Ich nahm mir das zu Herzen, und wirklich fand sich sehr bald eine Partie, die wie für mich geschaffen schien.

Es war das ein nicht mehr blutjunges, aber gar nicht übles Mädchen, die Tochter einer Wittwe, nicht reich und nicht arm. In der langen Pflege eines kranken und grilligen alten Vaters hatte das Kind Geduld und Entsagung und alle Tugenden gelernt, die ein selbstsüchtiger Mann, wie ja alle mehr oder minder, am meisten aber die Phantasten sind, an seiner Ehefrau nur wünschen kann. Als ich sie etwas näher kennen gelernt hatte, muß ich mir's zur Ehre nachsagen, daß sie mich dauerte. Ich sagte es ihr geradezu, es sei Schade um sie, wenn sie mich nähme. Aber das edle, großherzige Geschöpf wollte nun erst recht nicht von mir lassen, und so thaten wir, was uns Beide reuen sollte, und wurden Mann und Frau.

Nun kommt die Zeit meines Lebens, Herr Justizrath, an die ich nur mit stillem Grauen zurückdenken kann. Ich Narr, ich Frevler, ich Mörder! Statt Gott zu danken, daß er mich meine Thorenstreiche bisher nicht schwerer hatte büßen lassen, sondern mir ein Weib beschert hatte, mit der selbst ein viel Besserer, als ich, von Herzen hätte glücklich werden können, statt dessen fing ich schon in den Flitterwochen an, das gute Wesen mit meinen wahnsinnigen Phantasiesprüngen zu quälen. Was sie hatte und besaß, that und vermochte, — das Alles galt mir nichts. Ich stellte mir gleich daneben, wie sie eigentlich beschaffen sein könnte und sollte, in der rasendsten Verblendung darüber, daß auch das mich nicht zur Ruhe kommen lassen, sondern nur zum Ausklügeln neuer Möglichkeiten anstacheln würde. Was ich in der schönsten und liebevollsten Wirklichkeit in der Hand hielt, war mir werthlos gegen meine üblichen Einbildungen; ich Rasender, ich hatte die Taube in der Hand und haschte nach Spatzen auf den Dächern!

Gott weiß, woher sie so viel geduldige Liebe nahm, um mich trotzdem nicht aus ihrem Herzen auszustoßen. Erst als die Kinder geboren waren — ein Junge und ein Mädchen — und ich auch die nicht einfach hinnahm, wie sie nun einmal waren, da merkte ich, daß ihr Mutterstolz sich aufbäumte; da sagte sie mir die ersten bitteren Worte. Aber das warnte mich noch nicht.

Und freilich, alles Gewarntwerden wäre an mir so verloren gewesen, wie an einem Schieferdecker, der eben vom Thurm fällt. Vor dem Hinaufsteigen hätte davon die Rede sein können.

Ich hätte mir sagen sollen, daß ich nicht zum Gatten und Vater tauge. Die Frauen, Herr Justizrath, gerade die g u t e n Frauen — Alles können sie vertragen, nur nicht, daß man es mit ihnen nicht e r n s t nimmt, die Welt, in der sie sich herumdrehen, nicht als eine Wirklichkeit, die man bald lieben, bald hassen müsse, gelten läßt, sondern noch daneben, dahinter, darüber und darunter etwas Anderes kennt, wovon sie Nichts wissen oder nichts wissen wollen. Frauen sind die größten Realisten, man mag sie noch so himmlisch, ätherisch, übersinnlich finden, im Ernst oder aus Galanterie. Eine Frau, die Phantasie hat oder das Phantastische wenigstens versteht, ist so selten wie das Einhorn oder der Vogel Phönix.

Das macht, sie sind so viel mehr, als wir, an die Natur gebunden. Wenn sie einmal darüber hinausstreben und ihr Element verlassen, das ein rüstiges Angreifen und Bezwingen von lauter ganz positiven Aufgaben ist, sieht das so ängstlich unnatürlich aus, wie wenn ein Fisch auf dem Trocknen zappelt.

Sie werden sich vielleicht wundern, Verehrtester, daß ich das Alles so klar einsehe und mich doch nicht klüger aufgeführt habe. Aber zum Theil ist mir's erst hernach aufgegangen, als das Uebel schon geschehen war; zum Theil sagte ich mir's noch beizeiten, war aber dennoch zu fest in meinen schlechten Gewohnheiten verrannt, um sie noch abschütteln zu können.

Das gute Wesen litt nicht wenig unter meiner Unfähigkeit, ganz selbstverständlich und naiv Alles zu nehmen, wie der Tag es mit sich brachte. Sie konnte mit dem besten Willen nicht fassen, warum ich, wie sie es nannte, für Nichts ein rechtes

Herz hatte, mich weder ärgerte noch grämte, weder haßte noch —
und das war freilich das Schlimmste — liebte, wie sie es verstand,
sondern das Leben in der Ehe nur wie ein Bilderbuch mehr ansah,
in welchem ich blätterte. Ich erzählte ihr von meinen jüngeren
Jahren, und wie hernach Alles gekommen war. Ich setzte ihr
auseinander, meine Krankheit bestehe in nichts Anderem, als
was sie selbst an sich erlebe, wenn sie träume, wo sie doch auch
mit sonderbarer Gleichgültigkeit allerlei Verbrechen oder Wagnisse
begehe, von Einem zum Andern abspringe und, außer einem
gewissen beklommenen Grauen, das sich manchmal aus körperlichen Ursachen einmische, kaum eine recht feste und ernstliche
Empfindung habe.

Diese Erklärung trug nur dazu bei, mich ihr noch un-
verständlicher und unheimlicher zu machen. Ihr graute davor,
daß sie selbst und ihre Kinder und das Häuschen, wo wir
wohnten, und der gute Kuchen, den sie an Festtagen zu backen
pflegte, und die Tasse, die zerbrochen wurde, — daß dies Alles
in meinen Augen keinen höheren Werth haben sollte, als ein
Schattenspiel, wie man es vorbeijagen sieht, wenn man die Augen
geschlossen hat und vom Bewußtsein nur noch eine Dämmerung
in einem fortglimmt.

Eine Tasse, die zerbrochen wird — wenn es nichts Werth-
volleres gäbe! Aber nun ein Kind, das einem wegstirbt, und
der Vater steht dabei und es ist ihm nur etwas „beklommen“
dabei zu Muth, der Alp lastet nur etwas bänger auf seiner
Brust, als im Traum, aber der eigentliche scharfe Stachel des
Jammers, der die Brust der Mutter zerreißt und die Quelle
endloser Thränen aufritzt, — der ist ihm stumpf geworden;
er streichelt das nasse Gesicht seiner Frau, aber seine Hand ist
weder heiß noch eisig; er vergeht sich so weit, daß er, noch ehe
das geknickte Blümchen aus den Augen ist, die unglückliche
Mutter sogar zu trösten versucht! Lieber Herr Justizrath,
das vergiebt und vergißt keine Mutter. — —

Seitdem lebte die Aermste nur für ihr anderes Kind, den
Knaben, der zum Glück seinem Vater sehr unähnlich war. Alle
Liebe, die sie einmal für mich und dann noch für das todte
Mädchen gefühlt hatte, übertrug sie jetzt auf diesen Einzigen,

mit einer förmlich krankhaften Leidenschaftlichkeit. Zuerst mischte sich etwas wie Trotz und Herausforderung gegen mich mit ein; sie wollte mir gleichsam zeigen, wie man lieben könne und müsse: vielleicht auch hoffte sie noch im Stillen, eine Art Eifersucht in mir zu erwecken. Als dies nicht gelang, ich vielmehr ihrer unsinnigen Vergötterung des Kindes allen Vorschub leistete, weil ich fühlte, ich selbst konnte ihr Nichts sein, da verwandelte sich ihre Entfremdung von mir in einen förmlichen Abscheu, etwa wie wenn ein warmblütiges Geschöpf sich mit einem Amphibium gepaart findet und bis ins Mark zusammenschaudert, so oft es zufällig seine kühle Haut anrührt.

Mir that das leid genug. Ich schätzte und liebte diese Frau sehr, so viel es mir überhaupt möglich war. Aber eben darum war ich's zufrieden, daß sie nun wenigstens an dem Knaben ihre Wonne und ihren Stolz hatte, und sorgte dafür, ihr möglichst wenig meine verhaßte Person aufzudrängen, so daß ich nun wieder ganz wie in ledigen Tagen mein einsam phantasirendes Wesen trieb und die Meinigen oft eine ganze Woche lang nur so im Vorübergehn zu sehen bekam.

Der Junge war zwölf Jahre alt geworden, ein prächtiger Bursch; ich war sehr stolz darauf, daß er mein war, und es kränkte mich, wie wenig er sich aus mir machte. Aber aus Rücksicht auf die Mutter, die ohnehin unglücklich genug war, unterließ ich Alles, was ich hätte thun können, mir den Knaben zutraulicher zu machen. Ich dachte, später werde sich das von selbst ergeben. Wenn ich jetzt einsam herumstrich, über Feld oder auf kleinen Geschäftsreisen, — immer hatte ich den Jungen in Gedanken neben mir und benahm mich recht väterlich zu ihm, unterrichtete ihn oder amüsirte ihn, je nachdem. Es war mir oft wehmüthig und dabei fast spaßhaft, daß er selbst nicht ahnte, wie gern ich ihn hatte, und durch die Brille der Mutter mich für einen gemüthlosen Menschen, einen wahren Rabenvater hielt.

Eines Sonntags so gegen Abend hatte ich gerade ein besonderes Verlangen, den lieben Jungen wiederzusehen; oder war's eine Ahnung, was mich früher als gewöhnlich von meiner Landläuferei nach Hause trieb? Ich wunderte mich, daß ich auf der Straße allerlei Leute stehen und nach unsern Fenstern hinaufschauen sah, aber es fiel mir doch nicht ein, Jemand zu fragen, und von selbst mochte mir Keiner etwas sagen, da ich eben ganz fröhlich heimkam. Ich steige also die Treppe hinauf und merke noch immer Nichts, auch wie ich oben alle Thüren offen stehen sehe. Ich trete in die Wohnstube, — da wußte ich auf Einen Blick Alles.

Der Knabe lag in seinem Turnanzug auf dem Sopha, die Mutter kniete vor ihm auf dem Teppich; Beide rührten sich nicht. Er war todt; ihre Seele war bei ihm.

Er hatte ein Turnfest mitgemacht und bei einem Sprung einen Fall auf den Kopf gethan; es war gleich aus mit ihm gewesen.

So hatten sie ihn der armen Frau nach Hause gebracht, Aerzte waren gekommen und mit Achselzucken wieder gegangen, das Gewimmel der Neugierigen und Theilnehmenden hatte sich wieder verlaufen, da ja auch Sonntag war und Jeder für den Abend noch irgend eine Lustbarkeit vorhatte, überdieß die Frau Alles abwehrte und stumpf und steinern, selbst ohne eine Thräne, vor ihrem Liebling kniete.

Sie überhörte sogar mein Hereintreten. Ich stand wohl eine halbe Stunde hinter ihr und stierte in das blasse Knabenangesicht, das ich den ganzen Nachmittag rothwangig und mit seinen klugen, feurigen Blicken neben mir gesehen hatte, das mich in der Wirklichkeit immer so scheu und befremdet anblickte, und das nun nie mehr lächeln und seinem Vater auch einmal liebevoll zunicken sollte. Dieser grausige Wechsel des Geschickes übermannte mich dermaßen, daß ich fürchtete, ich würde wieder verrückt werden. Ich hatte die größte Mühe, das aus einander zu halten, was Wahrheit und Einbildung war, mich zu überzeugen, daß ich in diesem Augenblick nicht etwa träumte, sondern dies unerhörte Schreckniß in der That erlebte. Der Angstschweiß trat mir auf die Stirn, ich war einer Ohnmacht nahe, so furchtbar überreizte mein erbarmungswürdiges Grübeln meine armen fünf Sinne, mechanisch griff ich nach einer Wasserflasche, die auf dem Tische stand, um mir ein Glas einzuschenken.

Das Klirren der Karaffe weckte die Frau aus ihrer Erstarrung. Wie sie sich umwandte, sah sie mich trinken. Sie ahnte nicht, wie mir zu Muthe war, sie sah bloß, daß ich, wie wenn ich einer kleinen Erfrischung bedürfte, das Glas an die Lippen setzte.

Ungeheuer! rief sie mit einem Ton, der mir durch Mark und Bein drang. Unmensch! Geh hinaus! Hinaus aus diesem Zimmer, aus der Nähe dieses — Sie brachte den Satz nicht zu Ende. Sie war in die Höhe gesprungen und auf mich zugestürzt wie eine Wahnsinnige. Sie wollte mich offenbar mit Gewalt hinaustreiben, damit meine kaltsinnige Gegenwart ihre Todtenfeier nicht entweihte. Aber die Kräfte verließen sie. Mit einem Stöhnen, wie wenn sie selbst den letzten Odem aushauchte, brach sie zusammen und verlor das Bewußtsein.

Ich bemühte mich wohl eine Stunde lang umsonst, sie ins Leben zurückzurufen. Eine alte Frau aus der Nachbarschaft kam mir endlich zu Hülfe. Sobald die Aermste sich wieder auf sich besann und mich an ihrer Seite sah, verzerrte sich ihr Gesicht zu einer Geberde des tiefsten Entsetzens, ihr verfärbter Mund wollte etwas stammeln, sie brachte aber keinen Ton heraus, sondern winkte nur hastig und wie eine tödtlich Geängstigte, daß ich sie verlassen sollte.

Ich mußte ihr wohl gehorchen, ich sah, daß ihr Zustand sich nicht besserte, so lang ich blieb, die Nachbarin versprach mir, ihr beizustehen. Ich warf noch einen verzweifelten Blick auf den Knaben, dann floh ich in meine Schlafkammer.

Nach einer Stunde brachte die Alte mir Botschaft. Es habe sich gebessert mit der Frau, sie habe zu Bett verlangt, geweint habe sie noch immer nicht, aber es sei das natürlich, und morgen werde sich Alles finden.

Ich beschwor die Frau, in der Wohnung zu bleiben und während der Nacht ab und zu nachzusehen; ich selbst getraute mich nicht wieder hinein. Ich schloß freilich kein Auge. Aber auch ich hatte keine Thränen; das Unheil war zu märchenhaft, um mir schon zu Herzen zu bringen.

Alles blieb still. Ein paarmal vor Mitternacht hörte ich die Alte, die sich in der Küche gebettet hatte, über den Gang schleichen und hineingehen. Dann mochte der Schlaf sie übermannt haben.

Ich hörte die Stunden der Nacht schlagen — zwei — drei — vier. Ich widerstand nur schwer der schauerlichen Sehnsucht, aufzustehen und das Gesicht meines Knaben zu betrachten. Aber ich fürchtete, den Schlaf der Mutter zu stören. Fünf hörte ich nicht mehr schlagen. Aber um sechs Uhr riß mich aus dem kurzen Schlummer die Stimme der alten Nachbarin auf: ich sollte rasch kommen, die Thür drüben sei von innen versperrt, auf alles Klopfen und Rufen bleibe es still; wenn nur nicht die Frau —

Ich war im Nu an der Thür, aber sie widerstand auch meinem Rütteln und Hämmern. Die Alte lief nach einem Schlosser. Bis er kam, stand ich wie ein Narr vor der Schwelle, hinter der wieder ein Räthsel meines Lebens seine schauerliche Lösung gefunden hatte.

Ich weiß es noch wie heut, wie mir zu Muth war, als der Geselle eine Weile gelärmt hatte, um das feste Schloß abzubrechen, das von innen verriegelt war, und auf einmal, da die letzte Schraube abfiel, ging die Thür ganz lautlos auf, und nun galt es hineinzutreten. Das Grauen hätte mich entseelt, wenn mir nicht immer eine Stimme zugeraunt hätte: dies ist ja Alles nur ein Traum; wie kann so etwas Unmenschliches, heimtückisch Böses und Finsteres am hellerlichten Tage sich zutragen!

Und so trat ich hinein und sah —

Aber Sie erlassen mir wohl das Weitere.

Ich habe es ohnehin immer vor Augen. Meiner unseligen Phantasie ist dieses Bild so unauslöschlich eingegraben, daß es sich zwischen alle lebenden Gestalten drängt und mir am Mittag die Sonne verfinstert und meine Nächte taghell macht.

Zum Glück verließ mich nun auch die Besinnung. Wer die Unglückliche von dem Fenster, um dessen Griff Sie den Knoten geschlungen, abgenommen, wer die Aerzte herbeigeholt und alles Uebrige gethan, was ganz umsonst war — ich weiß es nicht. Als ich wieder zu mir kam, war es schon entschieden, daß keine Rettung mehr sei.

Ich wankte in das Zimmer, wo man sie Beide neben einander aufgebahrt hatte. Der Knabe lag mit einem friedlichen

Gesicht, wie ein Schlummernder. In den Zügen der Mutter glaubte ich etwas wie eine wilde Schadenfreude zu lesen, oder wie eine trotzige Genugthuung, daß sie mir nun entkommen sei, oder die boshafte Frage: Nun, du Fischblut? Was empfindest du jetzt? Ist dir dies auch nur ein Gaukelspiel der Phantasie, eins der wechselnden Schein = und Schattenbilder dieser Welt, die dir nicht mehr Kummer schaffen, als ein schlechter Traum?

Ich gestehe Ihnen, Herr Justizrath: es war mir in allem Elend lieb, daß ich die Antwort schuldig bleiben durfte. Denn mitten durch das bitterwehe Gefühl, diese beiden Leben seien nun unwiederbringlich verloren, ich würde von dem Knaben nie ein herzliches Wort vernehmen, niemals die Augen dieser Frau mit einem milderen Ausdruck, versöhnt und theilnahmvoll wie einst, auf mir ruhen fühlen, — mitten in der dumpfen Betäubung über einen so jähen Doppelstreich des Schicksals verwandelte sich mir, was ich mit Augen sah, zum Bilde, in welchem ich selbst einen Platz einnahm; es lös'te sich von mir ab, als ob es nicht mein Geschick wäre, sondern es würde in irgend einem Theater ein solcher letzter Akt eines schauderhaften Trauerspiels vorge= stellt, und ich hätte mein Billet bezahlt, um mich davon erschüttern zu lassen.

Sie werden mich verdammen, verabscheuen, für einen ent= menschten Wilden halten, nach diesem Geständniß: ich weiß nicht, was ich war und bin, nur daß mir kläglicher dabei zu Muthe war, als wenn der Schmerz mich wie ein gewappneter Mann überfallen und mir Ströme von blutigen Thränen aus den Augen gepreßt hätte.

* * *
*

Es ist nun gleich zu Ende, Herr Justizrath. Was nun folgt, steht ja auch großentheils in dem ersten Protocoll, das bei den Akten liegt.

Ich bin nämlich eine ganze Woche nach dem Begräbniß nicht aus dem Hause gegangen; die Leute, dacht' ich, zeigten alle mit Fingern auf mich: da geht der Mörder! So was ist nicht auszuhalten, selbst wenn einem die Hände vom Blute rein sind.

Zu Hause war's freilich auch nicht schön. In eine gewisse

Ede durft' ich nun gar nicht blicken; aber auch wenn ich in meiner Schlaftammer blieb, — ich sah doch, was ich nicht sehen wollte.

Und dabei nicht einmal weinen können! Ich wollte so gern mich selber rühren, indem ich mir alles Gute vorstellte, was in dieser Frau verborgen war, und alle Hoffnungen, die mit dem Knaben hingestorben waren. Aber gerade wenn ich die Thränen kommen fühlte, stieg auch wieder das Spukbild vor mir auf, der Knabe kalt und starr auf dem Sopha, und daneben, am Fensterriegel, mit ihrem eigenen Strumpfband —

Oh, Herr Justizrath, das ist schauderhaft, wenn man vor Grauen und Zähneklappern sich nicht einmal grämen kann!

Nun, ich dachte, es müsse endlich auch mit mir zu Ende gehen, wenn ich in diesem Zustand bliebe. Aber mein Principal kam eines Morgens zu mir und redete mir ins Gewissen. Schämen Sie sich, sagte er; ein Mann in Ihren Jahren — und was können Sie dafür? Die Frau war schwermüthig, das kommt von dickem Blut, und dickes Blut kommt vom Stillsitzen. Sie haben auch wieder zu lange still gesessen. Wissen Sie was? In Dresden bei Feigenhorst's sel. Wittib und Compagnie habe ich was für Sie zu thun, Sie machen sich augenblicklich auf und reisen. Es ist ein Auftrag, wozu man weder viel Verstand, — denn den haben Sie gerade nicht in diesem Augenblick — noch besondere Munterkeit braucht; nur Treu' und Redlichkeit bis an das kühle Grab.

Und nun sagte er mir, um was sich's handelte. Zehntausend Thaler in holländischen Ducaten waren abzuholen; wie es kam, daß eine solche Summe in Gold durch die Hände von Schneidewin Söhne und Compagnie ging, wird Ihnen so gleichgültig sein wie mir selbst.

Also nach Dresden, noch denselbigen Tag.

Es hatte gar keine Schwierigkeiten, daß mir Feigenhorst's sel. Wittib das Geld auslieferte. Man kannte mich als den Vertrauensmann von Schneidewin Söhne und Compagnie, und so bekam ich das viele Gold und mußte noch ein Glas Wein mit dem ersten Buchhalter trinken, und er fragte nach meinen Familienverhältnissen.

Ich erzählte ihm davon, was ich für gut fand. Aber
unterm Erzählen stieg mir das Haar zu Berge. Jetzt wieder
in die Wohnung zurück, wo diese Gespenster herumspukten —!
Ich brachte es nicht übers Herz. Und warum auch? Was
hatte ich dort zu suchen? Was überhaupt in der Welt zu suchen,
das nicht jeder Andere — Und dann, mein Kopf fing schon
wieder an so seltsame Risse zu kriegen, wie damals, ehe sie mir
die Douchen applicirten. Ich merkte, daß ich manchmal lachte,
wo nicht gerade was zu lachen war. Dann sagte ich mir das
große Einmaleins her, darauf wurde es besser. Aber so recht
konnte ich dem Frieden doch nicht trauen.

Und nun Abends im Gasthof, wie ich die Masse Gold
in meinen Handkoffer packte — Ich bin gewiß nie habgierig
gewesen, Herr Justizrath. Aufs Erwerben war ich so wenig
erpicht, wie aufs Zusammenhalten. Ich hatte ja alle Schätze
der Welt sobald ich mir's nur vorstellte. Aber wie ich da so
im Golde wühlte und mir dachte: du wärst jetzt ein ganz freier
Mann, wenn du das hättest, du brauchtest nicht zu den Gespenstern
zurück, bis Mexico könntest du oder bis nach Californien und
da noch einmal so viel aus der Erde graben oder aus dem
Fluß waschen —

Herr Justizrath, Sie halten mich nicht für einen Schuft;
so wahr ein Gott im Himmel lebt: ich dachte nicht daran, daß
es Unrecht sei, mit dem Golde das Weite zu suchen. Zum
Ueberfluß hatte ich ja mein väterliches Haus. Noch an demselben
Abend setzte ich mich hin und schrieb an Schneidewin Söhne
und Co., daß ich dieses mein Haus ihm als Pfand ließe, oder
wenn er lieber wolle, könne er es auch gleich zu Gelde machen,
übrigens würde ich ihm von San Francisco aus das ganze
Capital sammt Zinsen — und so weiter —

Und andern Morgens reis'te ich richtig ab. Mein Principal erwartete mich erst in acht Tagen; ich hatte mich ein bischen
zerstreuen und noch allerlei Bagatellgeschäfte nebenher abwickeln
sollen. Ich hätte also die schönste Zeit gehabt, mich bis ans
Ende der Welt zu retiriren. Statt dessen fuhr mir eine alte
Schnake durch den Kopf; ich wollte den Umweg nicht scheuen,
um in Blaubeuern den berühmten Blautopf zu sehen, von

welchem ich eine so schöne Geschichte gelesen hatte, von der Nixe Lau und anderen curiosen Abenteuern.

Also nahm ich meinen Weg nach Süden, statt etwa nach Hamburg oder Bremen und dann directe nach dem Goldland. Der Blautopf lag mir Tag und Nacht im Sinn, und nur wenn ich an ihn dachte, sah ich meine Spukgestalten nicht und fand einigen Schlaf, der mir sonst mehr und mehr abhanden kam.

Ich weiß nicht, ob Sie Blaubeuern kennen, Herr Justizrath. Es ist nicht eben Viel daran zu sehen, ein kleines schwäbisches Nest, wie es viele giebt; aber der Blautopf ist nicht zum zweiten Mal auf der Welt, und die berühmte italienische blaue Grotte — Uebrigens ist das Geschmackssache. Die Grotte sah ich am hellen Mittag in Gesellschaft von Franzosen und Engländern, den Blautopf ganz allein, von Abends bis Mitternacht.

Das war nämlich am ersten Tag, als ich kaum im Gasthof abgestiegen war und meinen Handkoffer mit dem vielen Gold verschlossen hatte. Am folgenden Morgen war ich gleich mit Tagesanbruch wieder an Ort und Stelle, und nur zum Essen ging ich auf eine Stunde in die Stadt zurück. Die Leute hielten mich für einen verrückten Engländer, während ich doch gerade darum so hartnäckig auf meinem Posten saß, um nicht verrückt zu werden.

Denn es ist höchst seltsam, Herr Justizrath: so lange ich in den klaren Spiegel dieses kleinen Weihers blickte, die Perlen beobachtete, die sich an dem Holzwerk und den Steinen im Grunde ansetzten, und wie der Schatten der Bäume ringsum die milchblaue, krystallhelle Farbe nicht zu verdunkeln vermochte, auch Gewölk oder Sonnenschein den Spiegel nicht veränderte, — da wurde mir so wohl, wie nie in meinem Leben. Ich weiß es selbst nicht zu erklären, aber alle Angst und Unruhe ließ von mir ab, die schrecklichen Bilder meiner Lieben wagten sich nicht in diesen Bezirk, es war mir dort wie dem Muttermörder Orest in dem heiligen Hain, wohin ihn seine Quälgeister nicht verfolgen durften.

Manchmal auch war mir zu Muth, als säße ich da vor dem Eingang zu einer Welt, in der ich eigentlich weit mehr zu Hause wäre, als droben. Ich müsse nur geduldig warten, aber es könne nicht fehlen, die Frau Lau werde eines Tages heraustauchen und mich dann mitnehmen in dieses geheimnißvolle Reich, — und was solcher Träume mehr waren, mit denen ich Ihre kostbare Zeit nicht verderben will.

Es wurde mir leider nicht sehr lange vergönnt, mein Standquartier am Blautopf zu behaupten. Eines Tages kamen zwei Herren, die mich unter Vorzeigung eines Verhaftsbefehls nebst Steckbrief ersuchten, ihnen zu folgen. Meinem alten Principal war die Zeit endlich doch zu lang geworden.

Ich begriff erst nicht, warum er die Sache so übelnahm. Mein Brief wegen des Hauses — aber richtig, da saß ja der faule Fleck. Wie hatte ich mir herausnehmen können, dieses Verkaufsgeschäft so einseitig abzumachen, ohne nur einmal anzufragen, ob es der andere Theil auch zufrieden sei. Und überdies hörte ich hernach, daß mein Haus längst mit Hypothekenschulden belastet und kaum den zehnten Theil der Summe mehr werth sei, die ich in Dresden erhoben hatte. Was man dabei zu meinen Gunsten vorbringen kann, um wenigstens die absichtliche Unterschlagung von mir abzuwälzen, das haben Sie selbst bei Ihrer Vertheidigung so schön gesagt, daß mir's in der Seele wohlgethan hat.

So also, Herr Justizrath, ist das gekommen. Ich bitte nur um Entschuldigung, daß ich es Ihnen so umständlich erzählt habe. Ich gestehe Ihnen, wie ich schon Eingangs dieser langen Schreiberei gesagt: es war mir sehr gleichgültig, was man mit mir anfangen würde. Wenn auch weise und gütige Männer, wie Sie, theuerster Herr, mich mehr beklagen als verdammen, — meine Ehre ist einmal angefressen — es thut mir zwar nicht sehr weh, und den Menschen gehe ich ohnehin lieber aus dem Wege — aber Schneidewin Söhne und Co. werden die Narren nicht sein, einen so ausgemachten Narren im Geschäft zu behalten. Und so werde ich als ein bettelhafter Mensch meine übrigen Tage — Gott weiß wie viele noch — hinfristen, und dann" — —

*   *   *

Hier brach die Schrift plötzlich ab; auf die leere Rückseite des letzten Blattes war von anderer Hand die Notiz hinzugefügt:

Fritz W. war am 6. April 185. von den Geschworenen des Verbrechens der Unterschlagung anvertrauter Gelder nicht schuldig erklärt und sofort frei entlassen worden. Mein Vater, der seine Vertheidigung geführt hatte und sich immer mit dem Vorsatz trug, dieses Actenstück einmal in einer Zeitschrift zu veröffentlichen, hat uns erzählt, daß sein Client gleich nach der Freisprechung aus der Stadt verschwunden und nicht wieder aufzufinden gewesen sei. Sechs Wochen hernach habe im schwäbischen Mercur gestanden, daß man die Leiche eines Mannes, in welchem alle Augenzeugen den räthselhaften Fremden von damals wieder erkannt, aus dem Blautopf gezogen habe. Er müsse heimlich bei Nacht angekommen sein und die That mit allem Vorbedacht vollbracht haben. Seine Taschen waren mit Steinen beschwert. Die Geldsumme, die er durch den Verkauf seines Hauses gelöst, habe sich noch vollständig bei ihm vorgefunden.

Nerina.

(1874.)

—

Sempre i codardi e l'alme
Ingenerose, abbietta
Ebbi in despregio.
                    Leopardi.

Lieb war mir immer dieser kahle Hügel
Und diese Hecke, die dem Blick so viel
Vom fernsten Horizont zu schau'n verwehrt.
Und wenn ich sitz' und um mich blicke, träum' ich,
Endlose Weiten, übermenschlich Schweigen
Und allertiefste Ruhe herrsche dort
Jenseits der niedren Schranke, und das Herz
Erschauert mir vor Grau'n. Und hör' ich dann
Den Wind erbrausen im Gezweig, vergleich' ich
Die grenzenlose Stille dort, und hier
Die laute Stimme; und des Ew'gen denk' ich,
Der todten Zeiten und der gegenwärt'gen
Lebend'gen, und wie ihre Stimme klingt.
Im uferlosen All versinkt mein Geist,
Und süß ist mir's, in diesem Meer zu scheitern!

Er hatte diese Verse in ein kleines Taschenbuch geschrieben, das auf seinen Knieen lag, in Einem Zuge ohne ein Wort auszustreichen, wie er es sonst fast in jeder Zeile pflegte. Denn nie that er sich genug, so verwöhnt war sein Ohr, so empfindlich sein innerer Sinn gegen jede Fälschung seines Gedankens durch haftig aufgegriffene Worte. Wie er aber jetzt das Geschriebene sich laut wieder vorlas, schien es ihm Alles zu sagen, was er fühlte. Das Büchlein glitt ihm aus der Hand. Er lehnte sich gegen den Hügel zurück, legte die Arme unter den Kopf und richtete die Augen gegen den stahlblauen, wolkenlosen Himmel. Das Rauschen in den Bäumen über ihm wurde still, Nichts erklang mehr in der weiten Runde, als das scharfe, schrillende Lied der Grillen und dann und wann ein Rascheln durch bröckelndes Gestein und dürres Gras, wenn eine der zahllosen Eidechsen, die hier in der Oede wohnen, sich nah heranwagte, um den Fremdling mit ihren blanken Augen neugierig zu betrachten.

Er war der Neugier wohl werth, auch in den Augen weiserer Geschöpfe. War er jung oder alt? häßlich oder schön? schlaftrunken oder wach? War die Helle dieser großen, ruhigen blauen Augen ein Wiederschein des Aethers oder eines wolkenlosen Herzens?

Kein Lächeln glitt über das blasse Gesicht und den wie dürstend halb geöffneten Mund. Die Augen lagen tief unter den feinen Bogen. Darüber wölbte sich eine mächtige Stirn, von keiner Falte gefurcht, der Spur mühseligen Denkens; als sei in diesem edlen Hause des Geistes nie Streit gewesen über das, was Geringere nur mit Kampf und Sorgen ins Klare bringen. Nur die eingesunkenen Wangen und ein leises Zucken der Augenlider verrieth die beständige Gegenwart großer Leiden.

E il naufragar m'è dolce in questo mare! sagte er leise vor sich hin, und jetzt ging ein schwermüthiges Lächeln über die bleichen Lippen, und ein Seufzer hob seine Brust. Er genoß die Wonne, die es immer gewährt, wenn man die Fülle der Empfindungen, die ein augenblicklicher Zustand erregt, in ein ewiges Wort zu fassen vermocht hat.

Glockenton drang aus der Ferne zu ihm herüber. Er schloß die Augen, wie um abzuwarten, ob diese Klänge, die ihm aus der Kindheit vertraut waren, sein waches Bewußtsein einlullen würden. Die Sage fiel ihm ein von dem Schiffer, der nah am Strande versunken ist und nun unten bei der Meerfrau wohnt und wenn Sonntags die Kirchenglocken läuten, fühlt er

ein Heimweh nach seiner armen Oberwelt, deren Erinnerung
ihm alle unsterblichen Freuden der Tiefe nicht auslöschen können.
Ein bitterer Zug strafte dieses Märchen Lügen. Ihn zog
Nichts dahin zurück, wo die Glocken das Ave Maria einläuteten;
kein Heimweh nach der Heimath; kein Verlangen, seine kühle
Tiefe wieder mit den Wohnungen der Menschen zu vertauschen.

Das Geläute war verstummt. Der Schatten, den die
niedrige Hecke warf, reckte sich länger und länger und wuchs
ihm schon über die Kniee hinauf. Eine kühlere Luft fing an
durch die Büsche und um die nackten Klippen dieser Höhe zu
wehen, und die Glieder des Ruhenden überlief ein leichtes Frösteln.
Langsam stand er auf, drückte den Hut in die Stirn und kletterte
den steinigen Abhang hinunter, wobei er oft stehen blieb, als
werde jeder Schritt ihm sauer, oder als koste es ihn immer
neue Ueberwindung, den Heimweg einzuschlagen.

Man konnte nun sehen, wie stiefmütterlich die Natur diesen
ihren Sohn, der sich so innig an ihre Brust drängte, mit
leiblichen Gaben ausgestattet hatte. Seine Gestalt war klein
und verbildet, der Rücken verkrümmt, der große Kopf erschien
zu schwer für den dürftigen Körper. Wie er matt und mühsam hinwankte, manchmal den Schweiß von der hohen Stirn
wischend, zuweilen auf einem Steine rastend, hätte man ihn
für einen eben von schwerer Krankheit Genesenen gehalten,
der den ersten Ausgang gewagt und seine Kräfte noch über-
schätzt habe. Als er die Straße erreicht hatte, die auf der Höhe des
Gebirges hinläuft, breit genug, daß Ochsengespanne die beladenen
Wagen nach der Stadt ziehen können, ging er noch langsamer,
obwohl ihm der ebene Weg minder beschwerlich sein mußte.
Vor sich, etwa noch eine halbe Stunde entfernt, sah er die
weißen Häuser und grauen Dächer seiner Geburtsstadt Recanati
herüberwinken, ein Anblick, der ihm jedesmal das Herz zusammen-
schnürte. Denn obwohl dort seine Eltern und die Geschwister
wohnten, an denen er mit lebhafter Zärtlichkeit hing, sah er
diese Stadt dennoch als die Quelle all seiner Leiden an, ihre
feuchte, scharfe Luft als die Ursache aller unmenschlichen und
empörenden Eigenschaften, die ihn die Menschenwelt hassen und

schon den Knaben die Gesellschaft der Bücher suchen gelehrt hatten.

Er hemmte unwillkürlich den Schritt, als er das alte Bergnest drüben in der Abendsonne liegen sah. Wieder in den Kerker zurück! schien der düstere Ausdruck seines Auges zu sagen. Drüben, zu seiner Linken, leuchtete das ferne Meer mit einem dunkelblauen Streif herauf; die hohe Kette des Appennin streckte sich vor ihm aus gegen Süden; hier in der herrlichen Höhe — wie war es nur möglich, daß so viel kleiner, engherziger Sinn, so dumpfe Beschränktheit, so allem Ewigen abgekehrte Armseligkeit wuchern und mit tausend zähen Ranken eine freigeborne Brust umstricken konnten, daß ihr die Luft zum Athmen verging.

Schon mehr als Einmal hatte er sich loszuwinden gesucht. Sobald er den scheuen, trotzigen Knabenjahren entwachsen war, in denen er lieber das Unerträgliche duldete, als daß er den Vater, der sein Wesen verkannte, mit einer Bitte anging, hatte er sich aufgemacht in die Welt, die er bisher nur im Duft der Abend- und Morgenröthe von dem einsamen Fenster aus mit seiner Sehnsucht durchschweift hatte. Nach Rom war er gegangen. So jung er war, klang doch sein Name den besten Männern seines Landes nicht mehr fremd. Man wußte, daß Wenige so tief wie er in den Schacht hellenischer und römischer Bildung hinabgestiegen waren, daß in einem Alter, wo Andere auf der Schulbank widerwillig Silben stammeln und Sätze zusammenstoppeln, dieser einsame Knabe Räthsel der Wissenschaft gelöst hatte, die den Meistern zu rathen aufgegeben. Ohne Lehrer hatte er außer den alten Sprachen Französisch, Englisch, Spanisch gelernt und mit den Juden in Ancona hebräische Gespräche geführt. Freilich war die Bibliothek seines Vaters, der sich selbst für einen Gelehrten hielt, die reichste in der Provinz, und der alte Graf Leopardi öffnete sie für Jedermann; aber Niemand betrat sie je, außer dem Sohne, der sich mit ihren Schätzen gegen den Andrang aller Jugendsehnsucht, aller versagten Lebensfreuden verschanzte. Denn früh schon hatte eine geheime Stimme ihm zugeraunt: das Schicksal, das du fromm und vertrauend anflehst, giebt dir statt des Brodes einen Stein, statt des Glückes Weisheit, und auch diese ist hart und bitter.

Er dachte, nur der Ort sei daran Schuld. Er sollte in
Rom lernen, daß er sein Schicksal überall mit sich trug. Was
war ihm der Ruhm, dessen Glanz ihn zu trösten versprach?
Eine Fackel, die nur ihn und seine Leiden Anderen sichtbar
machte, sein Herz aber nicht wärmte, seinen Geist nicht erleuchtete.
Er wandte sich enttäuscht hinweg und flüchtete unter das väter-
liche Dach zurück, wo er wenigstens nichts Liebliches sah, das
ihm seinen elenden Körper zwiefach mitleidswürdig erscheinen
ließ, wo er in der Abgeschiedenheit sich für einen Gestorbenen
halten durfte, der mit den Schatten großer Todten auf der
Asphodeloswiese Zwiesprach halten und das trügerische Glück
Derer, die im Lichte wandeln, verwünschen konnte.

Und doch war er noch allzu jung, um für immer in seiner
lebendigen Gruft auszudauern. Auch scheuchten ihn die rauhen
Winter aus dem Gebirge wieder in die mildere Luft von Florenz
und Pisa hinab, wo seine beklommene Brust leichter athmete
und ein feineres Geschlecht auf Stunden und Tage seinen Geist
für die Entsagung entschädigte, in welcher sein Herz und seine
Sinne schmachten mußten. Eine feurigere Seele, ein heißeres
Bedürfniß nach Schönheit, ein heftigeres Verlangen nach er-
wiederter Leidenschaft war nie in eine athmende Brust gesenkt
worden. Und nun begegnete dies suchende Auge überall, wo
es auf einer reizenden Gestalt ruhte, einem unverhohlenen Be-
fremden, in hundert Fällen dem offenbaren Hohn, denn gesunde
Jugend pflegt grausam zu sein, im besten Fall einem Mitleiden,
das weher that, als der Hohn, da es aus einer liebenswürdigeren
Seele stammte.

Er hätte auch das ertragen und zuletzt sich gewöhnt, Athmen
und Denken für eine Gunst des Himmels zu halten, die noch
immer der Mühe werth sei. Aber auch diese karge Wohlthat
ward ihm beschränkt durch die Unfreiheit, sich den Ort zu
wählen, wo er am schmerzlosesten hätte athmen und denken
können.

Sein Vater, der Graf Monaldo Leopardi, war ein Land-
edelmann in herabgekommenen Verhältnissen, die gerade nur
ausreichten, den Schein eines standesmäßigen Behagens zu retten,
wenn die fünf zum Theil schon erwachsenen Kinder fortfuhren,

11 *

die Füße unter den Tisch des Hauses zu strecken, und sich begnügten, nur in dem armseligen Recanati die Vornehmen zu spielen.

Aber seine Söhne in die Welt zu schicken, auch wenn sie, wie der älteste Giacomo, durchaus nicht den Ehrgeiz hatten, an den Höfen zu glänzen, sondern nur mit Gelehrten und Dichtern Verkehr zu pflegen, dazu war Graf Leopardi zu arm; und mußten nicht auch für die Mitgift der Tochter Paolina die Mittel zusammengehalten werden?

Gleichwohl liebte er von seinen Kindern keines so sehr, wie diesen Giacomo, auf keines war er so stolz, wenn ihm auch das innere Leben von keinem der übrigen so fremd war, wie das Gemüth dieses unglücklichen Knaben. Er fehlte ihm, sobald er den Fuß aus dem Vaterhause gesetzt hatte. Mit Ungeduld erwartete er seine Briefe und beklagte sich lebhaft, wenn sie nicht von Versicherungen ehrfurchtsvoller Zärtlichkeit überflossen, über die Kälte des Sohnes. Er hatte nur selten Grund dazu; denn auch der Sohn liebte diesen Vater, dem er so wenig glich, der ihn in ewiger Unmündigkeit an seiner Seite halten wollte, damit er ihm Alles verdanken, ihn um Alles, was er brauchte und wünschte, bitten sollte. Nie bat ihn der Sohn um etwas Anderes, als um Bücher. Und nur die bitterste Noth konnte ihn einmal dahin bringen, von Florenz aus an den Vater zu schreiben:

„Ich weiß nicht, ob die Verhältnisse der Familie Ihnen gestatten werden, mir eine kleine monatliche Rente von zwölf Scudi zu gewähren. Mit zwölf Scudi kann man nicht einmal in Florenz, wo man billiger lebt als irgendwo, wie ein Mensch leben. Aber ich verlange auch gar nicht, wie ein Mensch zu leben. Lieber wäre mir freilich der Tod; aber den Tod muß man von Gott erwarten."

Der Vater gewährte die Bitte. Was noch dazu fehlte, um, wenn auch nicht „wie ein Mensch", doch ohne zu erröthen das theure Leben hinzuschleppen, mußte der karge Ertrag von Arbeiten bringen, deren Werth nur die vornehmsten Geister der Nation zu würdigen vermochten. Und doch ertrug er dies mühselige und beladene Dasein in der Ferne leichter, als in der unwirthlichen Luft der Heimath, in die er immer wieder zurückmußte, getrieben vom Gefühl der Pflicht gegen die alten Eltern und von der brüderlichsten Neigung zu den Geschwistern, die Alles thaten, was sie konnten, ihm sein Loos minder hart zu machen.

Auch im Jahre 1825 war er wieder nach Hause gekommen, ein wenig erfrischt und gehoben durch den Beifall, den seine ersten zehn Canzonen überall in Italien gefunden hatten. Sie waren im Jahre vorher in Bologna erschienen. Die wichtigsten Stimmen hatten den siebenundzwanzigjährigen Poeten beglückwünscht. Er fing an, eine Zukunft zu hoffen, die ihm wenigstens seine äußerlichen Sorgen erleichtern würde. Durch alle Leiden hindurch folgte ihm das Bewußtsein, daß er nicht umsonst gelitten habe, daß er seinem Lande, an dem er mit leidenschaftlicher Liebe hing, ans Herz wachsen sollte, wie nur die Größten und Besten der alten Zeit. Eine Art Waffenstillstand seines kämpfenden Lebens war eingetreten; er kam zu den Seinigen, um sie diese seltene Ruhezeit seines Unglücks mitgenießen zu lassen.

Wie anders fand er es, als er geträumt!

Von den vier Exemplaren seiner Canzonen, die den Weg nach Recanati gefunden hatten, waren zwei in die Hände der Geistlichkeit gerathen, die in diesen Blättern einen Geist der Auflehnung gegen alle kirchliche Autorität, eine bittere Verachtung ihres Trostes, eine Ansicht der Welt und ihres Schöpfers witterte, die zu den Wiegenliedern von einer gütigen Vorsehung in grellem Widerspruche stand. Der alte Graf, anfangs arglos, da er die heidnische Gesinnung des Sohnes für nichts Schlimmeres hielt, als einen dichterischen Nachklang seiner klassischen Studien, hatte sich den Vorstellungen seines Seelsorgers nicht verschließen können und es für seine Pflicht gehalten, den Heimkehrenden ins Gebet zu nehmen. Mit aller Schonung, wie sie dem von Vorurtheilen eingeengten Vater gegenüber geboten war, hatte der Sohn seine Sache geführt. Es war wieder zu einem leiblichen Einverständniß gekommen. Aber in der reizbaren Seele des Kranken war eine Wunde mehr zurückgeblieben, die alle Liebkosungen der Schwester, alle muntere Wärme des Bruders nicht zu heilen vermochten. Mehr als je fühlte er, daß er unter den Seinigen ein Fremdling war. Unter dem Vorwande, das Sprechen werde ihm schwer, zog er sich meist in sein Zimmer oder auf die einsame Berghöhe zurück und zählte die Tage, bis er diese Stätte wieder verlassen und allein mit seinem Genius verkehren durfte.

So war er auch heute in die Einöde geflohen. Stundenlang hatte er an seinem Lieblingsplatz geruht und sich in den Abgrund der Betrachtung versenkt, wo er die Welt, die ihm verhaßt, und sein eigenes Herz, das sein grausamster Feind war, vergessen konnte. Nun rief ihn die Abendglocke nach Hause. Der Vater hielt darauf, daß keiner der Hausgenossen bei den gemeinsamen Mahlzeiten fehlte.

Noch einen letzten Blick warf er auf das Meer, das so grenzenlos im Duft des Abends mit dem Himmel zu verfließen schien; dann raffte er sich auf und folgte der Fahrstraße. Er war aber keine zwanzig Schritte gegangen, als er hinter sich eine helle Stimme hörte, die seinen Namen rief.

Er blieb stehen und wandte sich um.

Eine schlanke Mädchengestalt kam eilig, aber nicht laufend, sondern mit den zierlichen Schritten eines jungen Vogels die Straße daher und hielt Etwas über ihrem Haupt, welches mit einem verblichenen, abgegriffenen Strohhütchen gegen die Sonne geschützt war. Als er stillstand, blieb sie gleichfalls einen Augenblick stehen, wie um Athem zu schöpfen. Nun sah er, daß sie sein Taschenbuch, in welches er auf dem Hügel die Verse geschrieben, in der erhobenen Hand hielt; zugleich betrachtete er genauer das anmuthige Figürchen, das ihm nicht ganz unbekannt schien, obwohl er nicht sogleich wußte, wo er es schon gesehen haben mochte. Das Mädchen trug die Tracht der geringeren Bürgerstöchter von Recanati, aber die wilden Blumen, die es auf seinem Strohhut befestigt hatte, schmückten es sehr, und wie es jetzt gegen den leuchtenden Abendhimmel auf der freien Höhe stand, daß Alles dunkel erschien außer dem Weiß der Augen und den blitzenden kleinen Zähnen, hätte es das verwöhnteste Malerauge entzückt.

Dies ist Euer Buch, Graf Giacomo! sagte sie jetzt und machte noch die paar Schritte zu ihm hin. Ich hab' es oben an dem Hügel gefunden. Nicht wahr, es gehört Euch?

Ja, sagte er. Es ist mein. Ich danke dir, daß du es aufgehoben hast. Aber wie mußtest du, daß es mir gehört?

O, lachte sie, wem sollt' es sonst gehören? Niemand kommt dahin, außer Beppo, der Ziegenhirt, und der trägt keine Büchlein bei sich.

Er nahm es ihr aus der Hand, die klein war und bleich, wie auch ihr junges Gesicht nicht gebräunt erschien, sondern von einem gleichmäßigen sanften Blaß, das die schwarzen Augen nur glänzender machte und oft eine flüchtige Röthe durchschimmern ließ. Sie mochte nicht über siebzehn Jahre sein; das Gesicht aber, so weich und kindlich die Züge waren, trug doch schon eine Spur von nachdenklichem Ernst, sobald sie die Lippen schloß. Eine große Last tiefschwarzer Flechten lag ihr im Nacken; die kleinen Ohren glänzten wie aus reinem Elfenbein gemeißelt daraus hervor.

Wenn Niemand außer mir zu jenem Hügel kommt, sagte er nach einigem Schweigen, was hat dich denn dahin geführt? Es giebt doch schönere Stellen im Gebirge, wo man weit ins Land hinausblickt. Auch die Blumen auf deinem Hut sind nicht an den Klippen dort gewachsen.

Ich? ich bin in der Irre gelaufen, erwiederte sie und erröthete bis in die Schläfen. Ich hatte einen Gang zu machen in die Nachbarschaft; da hielt mich eine Tante meiner Mutter auf, und wie ich fort wollte, merkt' ich erst, wie spät es war, und aus Furcht, ich möchte zu Hause gescholten werden, verfehlte ich noch obendrein den Weg. An dem Hügel da fand ich mich erst wieder zurecht. Da sah ich das Büchlein liegen und nahm es und dachte, ich wollte es Euch ins Haus zurückbringen, in Casa Leopardi. Nun treff' ich Euch noch unterwegs.

Aber warum dachtest du, daß nur ich es verloren haben könnte?

Weil — weil ich Euch schon einmal dort habe sitzen sehen; — ich habe mich wohl gehütet, Euch zu stören. Und dann — wie ich es aufhob, ging es von selber auf; da sah ich, daß Verse darin standen. Ich habe sie nicht gelesen, wahrhaftig nicht, so große Lust ich dazu hatte. Wer weiß, für wen sie sind, dacht' ich.

Und woher weißt du, daß ich Verse mache?

O, sagte sie und strich sich mit der Hand über die Stirn, da ihr die Haare über die Augen fallen wollten, Ihr seid ja ein Dichter, Graf Giacomo, das weiß ein Jeder. Und ich habe auch Eure Gedichte gelesen. Aber nicht wahr, Ihr sagt es nicht weiter — es ist mir selbst so entschlüpft. Die Sofia, die bei Eurer Mutter, der Frau Gräfin, dient, — Ihr müßt mir aber versprechen, daß Ihr sie nicht darum schelten wollt —

Ich versprech' es dir. Was ist auch Böses dabei?

Sie hat mir Eure Gedichte einmal zu lesen gegeben, ganz heimlich, nur auf eine einzige Nacht; die Frau Gräfin durft' es nicht merken. Ich habe die Nacht kein Auge zugethan, sondern immer wieder von vorn angefangen, sobald ich zu Ende war. Am Morgen steck' ich das Buch der Sofia wieder zu. Ich hatte es ganz sauber gehalten, in ein seidenes Tüchlein gewickelt. Nicht wahr, Ihr werdet mich nicht verrathen?

Sie sah ihn so treuherzig und dabei mit einem leichten Zuge von Schalkhaftigkeit an, daß er einen Augenblick ganz in die Betrachtung des reizenden Gesichts versunken war und die Antwort schuldig blieb.

Wie heißest du, liebes Kind? fragte er endlich.

Sie lachte hell auf.

Kennt Ihr mich denn wirklich nicht mehr? Ihr seid freilich ein paar Jahre fortgewesen, und indessen — die Leute sagen, ich sei sehr gewachsen in der letzten Zeit, und damals war ich noch ein halbes Kind. Aber Ihr habt doch manchmal mit mir gesprochen und mir sogar einmal ein Papier mit kleinen Kuchen ins Fenster hineingeworfen, von Eurem Balcon aus, und jetzt —

Nerina! fiel er ihr ins Wort. Wo hatt' ich denn nur meine Augen? Du bist es! Aber freilich, du bist eine ganz Andere geworden. Nimmermehr hätt' ich gedacht, daß du so schön werden könntest. Gieb mir deine Hand, Nerinà, meine kleine Nachbarin.

Sie reichte ihm ihre Hand ohne jede Verlegenheit, ohne über das Lob, das er ihrer jungen Schönheit gezollt, zu erröthen. Sie wußte selbst, daß sie schön geworden war; es war ihr das so natürlich, wie daß sie heute zwei Jahre älter war, als damals.

Es freut mich, Graf Giacomo, daß Ihr Euch meiner noch erinnert, sagte sie und nickte ihm freundlich zu. Freilich, es ist kein Wunder, daß Ihr draußen in der Fremde nicht an mich gedacht habt. Ihr hattet Besseres zu thun. Bleibt Ihr nun ein wenig hier? Und wie geht es Euch sonst? Aber das ist eine dumme Frage. Ich weiß ja, wie es Euch geht. Ihr habt es ja in den Gedichten gesagt. Ich bedaure Euch so, Graf Giacomo! Und gerade Ihr solltet so glücklich sein!

Glücklich? Und warum ich gerade mehr als Andere?

Weil — weil Ihr so unglücklich seid — nein, verbesserte sie sich rasch, weil Ihr so gut seid und so gescheidt und ein Dichter. Aber ich muß nach Hause. Wollt Ihr mit mir gehn?

Er antwortete nicht sogleich, aber da sie sich wieder zum Gehen anschickte, ging auch er. Er sah wohl, daß sie ihre flinken Schritte mäßigte, damit er neben ihr bleiben konnte.

Du bist noch so jung, Nerina, sagte er. Wenn du älter wirst und mehr weißt von Glück und Unglück, wirst du es ganz in der Ordnung finden, daß gerade Der am unglücklichsten sein muß, der, wie du sagtest, gut ist und gescheidt und ein Dichter. Denn wenn er das Alles wirklich ist, so fühlt er mehr als Andere, daß die Natur ihre Kinder nicht zum Glück geschaffen hat, und seine Klugheit lehrt ihn, daß es immer so war und immer so sein wird, und wenn er ein Dichter ist, kann er es aussprechen, mit Worten, vor denen er dann selbst erschrickt. Oder glaubst du, daß ein Uebel dadurch erträglicher werde, wenn man es sich in klaren Worten eingesteht? Glaubst du, daß ich meine Krankheit und diesen gebrechlichen Körper minder fühle, wenn ich in den Spiegel blicke?

Ich weiß nicht, erwiederte sie nach einem kleinen Besinnen. Und doch — seht Ihr im Spiegel nicht auch Eure Augen? Muß es Euch nicht trösten und auf Besserung hoffen lassen, wenn Ihr seht, wie hell sie sind und welch ein Geist darin lebt? Und so ist es, mein' ich, auch mit den Gedichten. Ich bin ein ungelehrtes Mädchen, und Ihr werdet lachen über mein Geschwätz: aber es kommt mir vor, als sähe da auch ein Geist heraus, anders als aus anderen Schriften, die man sonst lies't, und wer so schöne Verse schreibt, wenn sie auch traurig klingen, der müßte einen mächtigen Trost daran finden, wie an dem Bilde seiner Augen im Spiegel. Verzeiht, daß ich so in den Tag hinein schwatze, was mir durch den Kopf geht. Ich bin immer so allein, da lehrt mich Niemand, wie man denken soll.

Theures Kind, rief er und faßte ihre Hand, danke Gott, daß nicht fremde Gedanken deine eigenen ersticken, wie ich dir danke, daß du mir diese lieblichen Dinge sagst, die aus deinem eigenen Herzen stammen. Nur wundert es mich, daß du an den Gedichten, die alle so traurig sind und von klugen Leuten eintönig gescholten werden, Gefallen finden konntest. Oder sagst du es nur, weil du gehört hast, daß Dichter sich gerne loben lassen?

Gewiß nicht, Herr, betheuerte sie nachdrücklich. Es ist Alles, wie ich Euch sagte. Und um ehrlich zu sein: ich habe auch gar nicht Alles verstanden. Aber selbst das, was ich nicht begriff, und die fremden Namen und schweren Worte, Alles hab' ich immer wieder lesen müssen, nicht mit den Augen bloß, versteht Ihr, sondern laut mit der Stimme. Und Manches hab' ich auch behalten, daß ich's nachsagen könnte wie das Vaterunser. Es ist wohl Alles traurig, wie Ihr sagt, aber süß, viel süßer als die Lieder, die ich früher gehört und gesungen habe. Ich selbst — ich bin auch nicht mehr so lustig wie sonst, — ich weiß nicht, warum. Noch vor einem Jahre — wer weiß, ob Eure Gedichte mir da so gefallen hätten. Da wußte ich mir noch nichts Lieberes, als zu tanzen und am Feiertag über Feld zu gehen und Blumen zu pflücken. Jetzt —

Sie verstummte und bückte sich nach dem Rande des Weges, wo sie eine kleine Blume brach.

Wie alt bist du denn? fragte er.

Noch drei Wochen und drei Tage, so werde ich siebzehn. Ich bin schon sehr alt, nicht wahr? Zwar zum Tanzen noch nicht zu alt. Die Nenna und Maria sind älter und doch viel lustiger, als ich. Freilich, sie sind auch größer und stärker, und ich — wenn ich jetzt so recht aus voller Brust singen oder lachen will und tanzen, bis die Welt mit mir im Kreise geht, plötzlich fühl' ich einen

kleinen Stich am Herzen, — hier —, daß ich auf einmal still
stehn und mich besinnen muß. Herr Matteo, der Chirurg, der
ein Vetter meines Vaters ist, meint, das werde vergehen, das
liege so in den Jahren, und wenn ich erst —

Sie stockte wieder. Sie waren Beide stehn geblieben, an
einer Wendung des Wegs, wo sich das Meer wieder zeigte, in
das der dunkelrothe Sonnenball eben versank. Er betrachtete
ihr junges Gesicht und sah jetzt, wie bleich ihr Mündchen war
und wie dunkel der Glanz ihrer Augen.

Kind, sagte er, die Luft hier oben ist auch dir nicht heilsam.
Nun entsinn' ich mich, daß ich dich früher habe tanzen sehen,
da warst du die Wildeste von Allen. Ich sehe noch, wie die
Zöpfe dir losgegangen waren und dem Knaben, mit dem du
tanztest, um den Kopf schlugen, daß er meinte, du wolltest ihn
verhöhnen, du aber lachtest immer toller, und das Gesicht brannte
dir vor Lust und Leben. Und jetzt bist du stiller geworden und
blasser. Du solltest die Mutter bitten, dich den Winter nach
Ancona zu schicken. Habt ihr nicht Verwandte dort?

O ja, sagte sie, und ich war auch einmal dort, und es
war mir wohler da, und ich wäre gern geblieben. Und doch —
sie erröthete wieder — zuletzt war ich froh, daß ich nach Hause
zurück durfte. Die Leute dort, unsre Verwandten, sind reich,
und wir sind arm. Es war mir so fremd zu Muth in dem
blanken Hause — so gut sie zu mir waren. Konnt' ich hinaus,
am liebsten ganz allein mich wegstehlen und ans Meerufer mich
hinsetzen eine Stunde lang, da fiel es mir immer wie ein Berg
von der Brust. Kennt Ihr das Meer, Herr? Aber natürlich,
Ihr seid ja viel weiter gereis't als ich. Seht, ich weiß mir
nichts Lieberes, als am Strande auf und ab zu gehen, oder
gar zu liegen, und zu horchen, wie die Wellen kommen und
wieder zurückmüssen und w i e d e r heranbrausen, und das Land
stößt sie wieder von sich, und so in alle Ewigkeit. Es ist a u c h
nicht lustig und immer derselbe Klang, gerade wie in Euren
Gedichten, aber ich werde es nie satt zu hören, ich vergesse all
mein eigenes Leid darüber und daß ich älter werde und nicht
weiß, ob das Glück je kommen wird oder gar schon vorbeigegangen ist, und ich habe es nicht einmal geahnt. Und wenn

ich dann aufstand und wieder zu den Menschen kam, fühlte ich
eine Kraft in mir und eine Ruhe, als könne mich nun gar
Nichts mehr erschüttern oder niederwerfen, da Alles, was von
Menschen komme, doch geringer sei als das furchtbare Meer und
der Wille Gottes, der es regiert.

O Nerina, rief er, hingerissen von dem Zauber ihrer seelen=
vollen Stimme und dieser schwermüthigen Bekenntnisse, weißt
du wohl, daß du eine Dichterin bist, daß du Alles, was du
mir eben gesagt, nur aufzuschreiben brauchtest, um gerade so viel
oder so wenig Trost und Wonne daraus zu schöpfen, wie aus
dem Büchlein, das die Sofia dir zu lesen gegeben?

Sie schüttelte mit einem Seufzer den Kopf.

Ich kann nicht schreiben, sagte sie. Und wenn ich es auch
könnte, — ich habe nicht die Zeit. Ich bin keine Gräfin, daß
ich thun und lassen dürfte, was mir beliebt. Spinnen muß ich
und nähen, sticken und im Hause schaffen. Auch scherzet Ihr
bloß. Woher sollte ich es haben, da ich nie Künste und Wissen=
schaften gelernt habe und nichts gelesen, außer ein Büchlein von
dem großen Petrarca und ein paar alte Geschichten mit Bildern
und dann Eure Gedichte? Nein, das sind Possen, und Ihr
wißt recht gut, daß Nerina nur ein kindisches Ding ist und
doch zu verständig, um sich was in den Kopf setzen zu lassen.
Da seht, da verschwindet eben der letzte rothe Streif der Sonne.
Nun wird auf einmal Alles grau. Ich muß eilen, daß ich
nach Hause komme.

Sie ging hastig vorwärts; es schien so, als liege ihr nicht
mehr daran, daß er mit ihr Schritt halten möchte. Ein paar
Männer aus Recanati, die auf dem Wege nach der Stadt zurück
an ihnen vorbeikamen und den jungen Grafen ehrerbietig grüßten,
hatten mit verwunderten Blicken das Mädchen an seiner Seite
betrachtet. Das war ihr nicht entgangen.

Aber er beschleunigte gleichfalls seinen Schritt, um dicht
neben ihr zu bleiben.

Sie hatte, sobald die Sonne herunter war, das Stroh=
hütchen abgenommen, als wäre es ihr zu heiß darunter geworden.
Der feine Kopf, ganz in die dicken, dunklen Haare gehüllt, war
jetzt noch reizender, der Umriß des Gesichtchens so zart und

ebel, die schlanke Gestalt, wie sie mit in einander gelegten bloßen Armen hinwandelte, hielt seine Augen beständig gefangen.

So jung! sagte er halb für sich hin, und warum schon so reif? — Sein Herz zog ihn zu dem holden Geschöpf, wie nie ein weibliches Wesen ihn gerührt hatte. War es Liebe, Trauer, Mitgefühl oder nur der Reiz des Wundersamen, was aus dieser einsam aufgeblühten Seele ihm entgegenduftete?

Jetzt trat der Mond in hellem Golde aus dem erblassenden Abendhimmel hervor.

Siehst du ihn wohl, Nerina? sagte ihr Begleiter, nachdem sie eine Zeitlang stumm neben einander hingegangen waren. So sieht das Leben aus, wenn die Jugend verschwunden ist; es ist Alles bleich und still, keine belebende Flamme mehr, nur so viel Licht, daß man zur Noth seinen Weg findet — bis dahin, wo man schlafen geht. So ist mein Leben, Nerina. Dir aber scheint noch die schöne Sonne; du bist noch jung, und Jugend ist das einzige Glück, das uns armen Menschen gegönnt ist. Du mußt es dir nicht selbst zerstören, Liebste, nicht die Läden zuschließen am hellen Tag und im Dunkeln deine Gedanken spinnen, bis du dich vor deinem eigenen Herzen zu fürchten anfängst und dich krank dichtest, wie eine Pflanze erbleicht, die ohne Sonne aufwächs't. Versprich mir, Nerina, daß du dich solcher Träumereien entschlagen und wieder lachen und singen willst und auch tanzen, nicht bis zum Schwindligwerden, wie sonst, aber so, daß das Blut in deinen Adern es spürt, wie jung und warm es noch ist. Willst du mir das zu Liebe thun, meine kleine Freundin!

Sie nickte ernsthaft, ohne ihn anzusehen.

Ich will es versuchen, wenn Ihr es wünscht. Es ist aber schwer, wenn es nicht von selber kommt. Wollt Ihr aber nicht auch wieder an die Sonne zurückkehren? Ihr seid doch noch nicht alt, und ich meine, es müßte mir selbst leichter werden, wieder lustig zu sein, wenn ich Euch einmal lachen hörte.

Ich! ein unseliger Mensch, den Niemand liebt, Niemand entbehrt! Du wirst noch einmal verstehen, Nerina, wie unmöglich das ist, was du von mir verlangst, wenn du selbst das Glück kostest, das mir auf immer versagt ist, wenn dir die Flamme aus den Augen schlägt, die deine Brust durchglüht, und das Herz dir im Leibe lacht, weil du schön und jung und lieblich und geliebt bist. Dann wirst du wissen, warum ein Mensch, der mir gleicht, nicht lachen kann, ohne daß es schlimmer klingt, als weinen. Aber das muß dich nicht kümmern, Liebe. Ich beklage mich auch nicht; ich weiß, ich theile das Schicksal aller sterblichen Geschöpfe, die alle, die einen früher, die andern später, die Nichtigkeit dieses irdischen Traumes erkennen. Nur warum gerade mir das Loos fiel, daß ich nie jung sein, niemals mich an dem süßen Wahn berauschen durfte, auch ich sei zum Glück geschaffen, — doch nein — auch ich war ja einmal jung und thöricht, und darum wünsch' ich dir, daß du es lange bleiben und die vorwitzige, traurige Weisheit vergessen mögest, die du aus meinen Gedichten gelernt hast!

Er blieb stehen. Das hastige Reden hatte ihn erschöpft. Auch sie stand einen Augenblick still, den Kopf auf die Brust gesenkt, die lebhaft athmete.

Plötzlich richtete sie sich auf und sagte: Ich will voran gehen, Graf Giacomo. Es giebt so viel müßige Leute in der Stadt, die gleich davon reden, wenn Etwas geschieht, was sie nicht alle Tage sehen. Wenn man mich neben Euch durch die Straße gehen sähe, — Niemand würde glauben, wie traurig das Alles war, was Ihr mir gesagt habt. Gute Nacht!

Gute Nacht, Nerina! Gehe nur! Du hast Recht. Ich danke dir, daß du mir begegnet bist; daß du auf der Welt bist und so lieb und schön, daß es Wohlthat ist, dich zu sehen und deine Stimme zu hören. Sei glücklich, meine kleine Freundin, und lebe wohl!

Sie hörte die letzten Worte nur aus der Ferne, so rasch hatte sie sich von ihm abgewandt, und schon war sie auf der dämmerigen Straße eine gute Strecke vorausgeeilt, als auch er sich mit einem tiefen Seufzer aufraffte, um sich langsam hin= schleppend die Stadt zu erreichen.

*   *   *

Er fand die Seinigen schon um den Tisch versammelt, auf dem das einfache Nachtessen aufgetragen war. Heiterer als

sonst begrüßte er die Eltern, küßte die Schwester auf die Stirn
und reichte den Brüdern die Hand. Aber er sprach noch weniger,
als seine Gewohnheit war, und berührte die Speisen kaum.
Nur dem rothen Landwein sprach er begierig zu und antwortete
auf die Frage der Mutter, wie es ihm gehe: ihm sei wohl;
nur habe der weite Gang ihn ermüdet, er freue sich auf den
Schlaf.

Als er sich dann in sein Zimmer zurückgezogen hatte,
öffnete er sogleich die Thür des Balcons und ließ die breite
Welle des Mondlichts hereinströmen. Das kleine Haus gegenüber, das Nerina's Eltern gehörte, stand im Schatten. Aus
keinem Fenster drang ein Lichtschein. Er lehnte am Geländer
des Balcons und sah in die Straße hinab, wo die Leute vor
den Hausthüren saßen, die Männer rauchend und ihren behaglichen Discurs führend, die Frauen die halbnackten, schlafenden
Kinder im Schooß, während die größeren Mädchen, sich an den
Händen haltend, langsam auf und ab gingen und mit einander
flüsterten. War Nerina unter ihnen? Er strengte seine Augen
vergebens an, ihre zarte Gestalt, deren Umriß er aus hunderten
herausgefunden hätte, unter den wandelnden Schatten drunten
zu erkennen. Von fern hörte man allerlei Gesang, vom Nachtwind durcheinandergewirrt, herübertönen und verwehte Guitarren-
accorde, die eine Serenade begleiteten. Dem Einsamen droben
auf dem Balcon schwoll das Herz, eine süße Unruhe erregte ihm
das Blut, er öffnete die Lippen, wie wenn er den berauschenden
Hauch der Mondnacht einsaugen und darin Vergessenheit all
seiner Leiden trinken wollte. Gerade über ihm stand das
Siebengestirn. Er blickte unverwandt hinauf, bis ihm die Augen
zu schmerzen anfingen. Vaghe stelle dell' Orsa! murmelte
er. Seine Seele war voll bis zum Ueberfließen. Er trat ins
Zimmer zurück, zündete eine Kerze an und schrieb wie im Fieber
phantasirend die folgenden Verse:

> Ihr schönen Siebensterne, nimmer glaub' ich,
> Daß ich euch wieder so begrüßen würde,
> Hoch über meines Vaters Garten funkelnd,
> Und Zwiesprach mit euch halten aus den Fenstern
> Des Hauses, drin ich schon als Kind gewohnt
> Und meiner Freuden frühes Ende sah.

Wie viele Bilder einst, wie viele Märchen
Schuf mir im stillen Innern euer Anblick
Und eurer leuchtenden Gefährten, damals,
Als wortlos ich auf grüner Scholle sitzend
Die halben Nächte zu verbringen pflegte
Gen Himmel blickend und dem fernen Ruf
Der Frösche lauschend draußen in der Ebne.
Und an den Hecken, auf den Fluren hin
Schweifte der Glühwurm, säuselten im Nachtwind
Die duft'gen Laubengäng' und die Cypressen
Im Walde dort, und aus dem Vaterhaus
Erklangen Wechselreden und der Diener
Gelaff'nes Treiben. Wie unendliche
Gedanken, wie viel süße Träume hauchte
Das ferne Meer mir zu, die blauen Berge,
Die hier mein Blick erreicht und die ich einst
Zu überschreiten hoffte, neue Welten,
Ein neues Glück verheißend meinem Dasein.
Nicht kannt' ich mein Geschick und wußte nicht,
Wie oft ich dies mein leidvoll ödes Leben
Gern würde tauschen mögen mit dem Tod!

Weissagte doch mein Herz mir nicht, ich sei
Verdammt, die grüne Jugend hinzuzehren
Hier in der wilden Heimath, unter Menschen,
Die roh und niedrig, denen Wissenschaft
Und Weisheit fremde Namen, oft ein Anlaß
Zu Spott und Lachen, die mich fliehn und hassen,
Doch nicht aus Neid, da sie nicht höher mich
Erachten, als sich selbst: nur weil sie meinen,
Ich dünk' es selbst mir ins Geheim, obwohl ich
Nach außen mir's vor Niemand merken ließ'.
Hier bring' ich meine Jahre hin, verlassen,
Verborgen, fern von Lieb' und Leben, muß
Im Schwarm Mißwollender zuletzt verhärten,
Mich aller Mild' und Tugenden entwöhnen
Und zum Verächter noch der Menschen werden
Durch diese Horde! Und indeß enteilt
Die theure Jugendzeit, die theurer ist,
Als Ruhm und Lorbeer, theurer als das Licht
Des Tages und des Athems Hauch; so nutzlos,
Ohn' irgend eine Lust verlier' ich dich
An diesem Ort unmenschlich öder Qual,
O du, des dürren Lebens einz'ge Blüte!

Er lehnte sich einen Augenblick auf das Ruhebett zurück
und schloß die Augen. Draußen vom Thurme der Hauptkirche

hörte er den Stundenschlag; es war zehn Uhr. Die Stimmen und der Gesang verstummten allgemach. Auch im Hause hörte er die Thüren gehen zu den Schlafzimmern seiner Geschwister, und Alles versank in tiefe Stille. Nun richtete er sich wieder auf und schrieb weiter:

Der Wind trägt mir den Klang der Stunde zu
Vom Glockenthurm des Städtchens. Wohl gedenk' ich,
Wie dieser Klang mir Trost war in den Nächten,
Wenn ich als Knab' in meinem dunklen Zimmer,
Umlagert rings von Schrecken, wachend lag
Und nach dem Morgen seufzte. Alles rings,
Was ich nur seh' und höre, bringt ein Bild mir
Zurück und weckt ein süß Erinnern auf,
Süß in sich selbst; doch mischt sich schmerzlich ein
Der Gegenwart Gefühl, vergebne Sehnsucht
Nach alter Zeit und der Gedank': ich war! —
Dort der Altan, der nach den letzten Strahlen
Der Sonne blickt, — hier die bemalten Wände,
Die Heerdenbilder und der Sonnenaufgang
Ueber dem öden Feld: in meiner Muße
Wie freuten sie mich tausendfach, da noch
Mein übermächt'ger Wahn mir schmeichelnd nah war,
Wo ich nur weilte. Diese alten Säle,
Wenn hell der Schnee hereinschien und der Wind
Um ihre weiten Fenster pfeifend schnob,
Erdröhnten vom Gelächter und Gelärm
Des Knaben, zu der Zeit, da noch das herbe,
Arglist'ge Weltgeheimniß uns so süß
Entgegenblickt, da noch der Jüngling, wie
Ein unerfahren Liebender, sein Leben
Gleich einer ersten Liebe hätscheln mag,
Von selbst erträumter Himmelsschöne trunken.

O all ihr Hoffnungen, du holder Trug
Der Jugendtage! Immer kehrt die Seele
Zu euch zurück. Denn wie die Zeit auch eilt,
Wie sich Gedanken und Gefühle wandeln,
Niemals vergeß' ich euch! Trugbilder, weiß ich,
Sind Ruhm und Ehre; Glück und Wonne nur
Ein eitler Wunsch; das unfruchtbare Leben
Ein nutzlos Elend. Dennoch, ob auch leer
All meine Jahre, dunkel und veröbet
Mein sterblich Dasein, raubt das Glück — wohl seh' ich
Es ein — mir wenig nur. Doch ach, so oft ich

An euch, ihr Jugendhoffnungen, gedenke,
An das, was einst so hold mir vorgeschwebt,
Und dann mein jammervoll armselig Leben
Erwäg', und daß von so viel schöner Hoffnung
Der Tod allein mir heut noch übrig bleibt:
Krampft sich mein Herz zusammen, und mir ist,
Als gäb' es keinen Trost für solch ein Schicksal.
Und wenn nun dieser oft erflehte Tod
Mir nahe tritt und ich am letzten Ziel
All meines Unglücks stehe, wenn die Erde
Ein fremdes Thal mir wird und meinem Blick
Die Zukunft schwindet: euer dann gewiß
Werd' ich gedenken, euer Bild wird mich
Den letzten Seufzer kosten, bitter mahnend,
Daß ich umsonst gelebt, und in die Süße
Des schicksalvollen Tags mir Wermuth träufeln.

O, schon im ersten stürmischen Jugenddrang
Der Freuden, Aengsten und Begierden rief ich
Den Tod so manches Mal und konnte lang'
Drauß an der Quelle sitzend drüber brüten,
Ob ich nicht besser thäte, Schmerz und Hoffnungen
In ihrer Flut zu stillen. Dann, durch schleichend
Siechthum gerissen an den Rand des Grabes,
Weint' ich um meine schöne Jugend, um
Der armen Tage Flor, der schon so früh
Hinwelkt'; und manchen Abend, wenn ich traurig
Auf meinem Bette, dem vertrauten, saß
Und bei dem trüben Lämpchen dichtete,
Klagt' ich im Einklang mit der nächt'gen Stille
Um meinen flücht'gen Geist und sang mir selbst,
Als schwänd' ich scheidend hin, das Todtenlied! —

Wer kann an euch gedenken ohne Seufzen,
O erster Jugendaufgang, o ihr schönen,
Ihr unaussprechlich holden Tage, wenn
Dem sel'gen Sterblichen ein Mädchenlächeln
Zuerst entgegenglänzt! Rings in die Wette
Lacht ihn dann Alles an; es schweigt der Neid,
Noch schlummernd, oder schonend; und die Welt —
O seltnes Wunder! — scheint dem Unerfahrnen
Die Hand zu seiner Hülfe darzubieten,
Entschuldigt sein Verirren, feiert Feste
Dem neuen Lebensantritt und empfängt ihn
Und schmeichelt täuschend ihm als ihrem Herrn.
Die flücht'gen Tage! Wie ein Wetterleuchten

Sind sie verweht. Und welcher Sterbliche
Weiß noch vom Unglück nichts, dem schon die holde
Jahrszeit entschwunden, seine gute Zeit,
Dem schon die Jugend, ach, die Jugend auslosch!

Da fing draußen plötzlich eine zarte Mädchenstimme an zu singen, ganz leise und heimlich, wie manchmal die Vögel in sehr klaren Nächten, wenn sie aufwachen und nicht gleich wissen, ob es schon wieder tagen will.

Es war eine jener zahllosen Strophen, wie sie dort im Süden von Mund zu Mund gehen, von Jedem, der sie singt, umgedichtet, ein Schatz, der Allen gehört, weil Alle ihn hüten und mehren. Die Weise, halb schwermüthig, halb gedankenlos, klang wie das Rauschen von Wind und Wellen.

Ich sah ein Rößlein gehn mit muntern Sprüngen,
Auf einer Wiese sah ich's angebunden.
Es kreis't und kreis't, der Strick muß sich verschlingen.
Und dennoch kreis'ts rundum zu allen Stunden.
So macht's der Mensch, wenn er ein Lieb gefunden:
Er glaubt noch frei zu sein, und ist gebunden.
So macht's der Mensch, der Liebesleid erfuhr:
Er knüpft die Schlinge fest und fester nur.

Leopardi war aufgesprungen und auf den Balcon hinausgetreten. Die Stimme, wie er wohl wußte, kam aus dem kleinen Fenster gegenüber, das ein wenig tiefer lag, als die seinigen. Jetzt brannte ein Licht drüben, ein schwaches, rothes Flämmchen in einer irdenen Lampe. Aber es leuchtete genug, daß er seine junge Nachbarin sehen konnte, die vor einem handgroßen Spiegelchen ihre schwarzen Zöpfe flocht. Sie war ihm halb abgekehrt, noch in ihren Kleidern; von dem schmalen Bett war nur das Fußende zu sehen, neben dem Fenster der Spinnrocken und ein Nelkentopf mit einer Menge dunkelrother Blüten.

Nerina! rief er mit gedämpfter Stimme hinüber.

Die kleine Evastochter that, als höre sie ihn nicht. Sie fuhr ruhig fort, sich zu strählen und das Haar wieder aufzustecken. Dabei sang sie von Neuem:

Mein Liebster singt am Haus im Mondenscheine,
Und ich muß lauschend hier im Bette liegen.
Weg von der Mutter wend' ich mich und weine;
Blut sind die Thränen, die mir nicht versiegen.
Den breiten Strom am Bett hab' ich geweint,
Weiß nicht vor Thränen, ob der Morgen scheint;
Den breiten Strom am Bett weint' ich vor Sehnen,
Blind haben mich gemacht die blut'gen Thränen.

Nerina! rief er nun lauter und so vernehmlich, daß man
es nicht wohl überhören konnte. Das Mädchen wandte sich
alsbald um, steckte rasch die letzten Nadeln ins Haar und kam
ans Fenster.

Seid Ihr noch wach, Herr Giacomo?

Ich bin eine Nachteule, Nerina. Ich schlafe selten vor
Mitternacht. Aber du, gehst du so spät zu Bette? Bist du
noch spazieren gegangen mit einer Freundin oder einem Schatz?

Ich habe keinen Schatz, und die Mutter erlaubt auch nicht,
daß ich Nachts mich auf der Gasse herumtreibe. Aber ich bin
so lustig heute, ich konnte noch nicht an Schlaf denken. Ich
saß lange am Herde und blies in die Kohlen und freute mich,
wie die Funken tanzten. Endlich schickte mich die Mutter in
meine Kammer. Aber Gott weiß, wann ich einschlafen werde.
Der Mond scheint so hell, da fallen mir alle Lieder ein, die
ich jemals gehört, lustige und traurige; aber auch die traurigen machen mich nicht betrübt. Geht es Euch auch so, Herr
Giacomo?

Liebe Nerina, sagte er, mich haben auch die Mondstrahlen
nicht schlafen lassen. Ich glaube fast, ich habe auf dich gewartet,
dir noch einmal gute Nacht zu sagen. Leider habe ich heute
Nichts, was ich dir ins Fenster werfen könnte, keine süßen
Früchte oder kleine Kuchen, wie sonst.

Danach verlangt mich auch jetzt nicht mehr, lachte sie.
Aber Ihr hättet wohl etwas Anderes — das würd' Euch freilich zu kostbar sein für so ein dummes Ding.

Was meinst du?

Wenn Ihr mir die Verse hersagen wolltet, die Ihr heut
an dem Hügel draußen in Euer Büchlein geschrieben habt.
Scheint es Euch sehr unverschämt, daß ich um so etwas bitte?

O Kind! rief er lächelnd, du könntest ein großstädtisches Fräulein sein, so gut weißt du, was man von Unsereinem bitten muß, um sicher keine Fehlbitte zu thun. Bist du nicht auch mein einziges Publicum hier auf zwanzig Meilen in der Runde? Warte, ich hole dir die Verse!

Er verschwand rasch im Zimmer, zog sein Büchlein hervor, nahm dann einen reinen Bogen Papier und schrieb das Gedicht mit großen, deutlichen Zügen darauf ab. Dann kehrte er auf den Balcon zurück. Sie hatte sich nicht von der Stelle gerührt. Während er jetzt die Verse recitirte, langsam, mit seiner tiefen, etwas umschleierten Stimme, sah er, wie sie die Augen schloß und das Gesicht wie in seliger Verklärung gegen den Mond= himmel richtete.

„Und süß ist mir's, in diesem Meer zu scheitern!" hörte er sie ganz leise wiederholen, als er geendigt hatte.

Nun? fragte er scherzend. Und die Kritik? Mein kleines Publicum muß mir nun auch sagen, ob es versteht, was ich meine, ob es mich ehrlich loben kann, oder etwas zu tadeln findet.

Sie schwieg noch eine Weile. Dann sagte sie plötzlich:

Herr Giacomo, wollt Ihr mir das Blatt schenken? Ich will es gewiß gut aufheben. Aber ich möchte es immer wieder lesen und dabei an Euch denken und an alles Freundliche und Gute, was Ihr mir gesagt habt.

Gern! erwiederte er. Ich hab' es schon für dich abge= schrieben. Nun will ich es nur noch zusammenfalten.

Er suchte auf seinem Tisch nach einem Umschlage. Dabei fiel ihm ein Exemplar seiner Gedichte in die Hand. Darein legte er das beschriebene Blatt, machte eine kleine Rolle aus dem Ganzen und band eine Schnur darum.

Kannst du fangen? rief er, als er wieder an die Brüstung trat.

Sie streckte die Arme über das Gesims hinaus; die Rolle hatte keinen weiten Weg zu machen, und die schlanken Händchen empfingen sie geschickt. Wartet ein wenig! rief sie, indem sie statt des Dankes nur mit dem Kopf nickte. Ihr sollt auch nicht ganz leer ausgehen.

Hastig pflückte sie alle Blumen von ihrem Nelkentopf und griff dann nach einer Scheere, die auf dem Fenstergesims

lag. Im Nu hatte sie eine lange, feine Strähne ihres schwarzen
Haares abgeschnitten, die band sie um den Strauß und warf
ihn so muthwillig hinüber, daß er ihm gegen das Gesicht flog.
Gute Nacht, gute Nacht! hörte er sie noch rufen. Als er
aber das Sträußchen vom Boden aufhob und ihr einen Dank
hinüberschicken wollte, war die Kammer drüben dunkel, das kleine
Fenster geschlossen.

*　*　*

Er schlief wenig diese Nacht. Mehr als der Mondschein auf
dem Estrich seines Zimmers hielt der Glanz der schwarzen
Augen ihn wach, die er immer über seinem Bette sah, und die
helle, leise Stimme, deren Lachen und Gesang ihn beständig um-
schwirrten.

So macht's der Mensch, wenn er ein Lieb gefunden
Er glaubt noch frei zu sein und ist gebunden —

Immer wieder mußte er diese Worte vor sich hin sagen.
Dann stand er wieder auf, die Decke seines Bettes schien ihm
so schwer wie der Deckel eines Sarges; er riß die Balconthür
weit auf und badete seine schwüle Brust in dem scharfen
Mitternachtswinde. Ein Gefühl von Kraft und Frische, wie es
ihm lange fremd gewesen, drang ihm durch die Glieder. Warum
könnte es denn nicht sein? sagte er vor sich hin, die Augen
durch die Geländerlücken des Altans auf das kleine dunkle Fenster
geheftet. Muß es denn für ewig mit mir aus und vorbei sein?
Kann nicht ein Wunder geschehen und etwas Liebliches sich auch
einmal dem Unglücklichen zuneigen? Ihr Götter, wenn es so
wäre! — wenn ihr euch den großmüthigen Plan ausgedacht
hättet, euren Verächter zu beschämen, meine bittere Weisheit
Lügen zu strafen! Wenn ein Tropfen Wonne meine heißen
Lippen kühlen sollte, — mehr als ein Tropfen: ein langer,
begieriger Zug aus dem vollen Becher! — — Und warum
wäre es unmöglich? H i e r freilich! — Aber ist mir hier nicht
ohnehin der Tod gewiß, ein früher, unfruchtbarer Tod, ehe ich
noch gelebt habe? Statt dessen — draußen an irgend einem
stillen Ort, unter milderem Himmel, mit einer Seele, die mich

versteht, mich liebt, nicht bloß aus Mitleid — Und wenn ich arm bin und immer bleiben werde — ist sie nicht Armuth gewöhnt? Muß ich nicht dem Schicksal danken, das mir keine Schätze beschert hat, da ich nun frei bin, mich zu Meinesgleichen zu gesellen? Wer kann mir zumuthen, eines kahlen Titels wegen meine einzige Lebenshoffnung zu verscherzen? Fahre hin, Grafenthum, du verschämter Bettlerstand, wenn ich mein Menschenthum dafür eintausche und in aller Armuth reich bin am Busen der Natur und meines Weibes! —

Er warf sich wieder auf sein Lager, das Blut pochte ihm in den Schläfen, ihm schwindelte vor den kühnen Glücksträumen, die an seiner Seele vorüberzogen. Nerina! rief er leidenschaftlich und streckte die Arme aus, als stünde sie neben ihm und er könnte sie an seine Brust ziehen. Dann plötzlich wurde seine Traumwonne getrübt.

Rasender! rief er und stützte sich in den Kissen auf. Dieses arglose holde Geschöpf, das deine schönen Worte bethört haben, willst du an deine Seite locken? ihre blühende Jugend mit deinem siechen Elend verkuppeln? Und wenn sie dir Kinder bringt, die dir gleichen, die den Fluch ihres Vaters fortpflanzen durch Geschlechter hindurch, — wenn du diese glänzenden Augen nur noch in Thränen siehst und dir sagen mußt: die fließen um deine eigensüchtige Thorheit! — wärst du dann nicht tausendmal elender, als in aller Entsagung und stolzen Einsamkeit? Was bleibt dir, verstoßener Sohn des Glücks, als das Bewußtsein, daß du schuldlos leidest? Wie könntest du den Tag herankommen sehen, an dem du die Augen nicht mehr zum Himmel aufschlagen dürftest und fragen: was hab' ich dir gethan, daß du mich mißhandelst? — —

Noch eine Stunde lag er und sann. Dann wurde es still in ihm und immer stiller. Die früh geübte Kunst, sich alles Selbstbetrugs zu erwehren, kam ihm zu Statten. Als er endlich einschlief, war der Entschluß in ihm gereift, jeder neuen Begegnung mit dem lieblichen Wesen auszuweichen und ein Zimmer des Hauses zu beziehen, wo der Klang ihrer Stimme ihn nicht erreichen könnte.

*   *   *

Er erwachte spät nach unruhigen Träumen, mit dem Gefühl aller seiner Leiden. Die Morgenstunden waren von je seine qualvollsten gewesen. Als er sich mühsam erhoben und in die Kleider geworfen hatte und nun im Lehnstuhl liegend darüber nachdachte, durch welche Arbeit er am besten seinen Geist von der trübseligen Genossenschaft des Leibes abtrennen könne, pochte es an der Thür, und Pietro, sein alter Diener, trat herein. Er meldete, daß ein Mann aus der Stadt den jungen Grafen Giacomo zu sprechen verlange; er rede von einem Bilde, das er ihm zu zeigen wünsche; es sei nicht recht klug daraus zu werden, der Herr Graf würde schon sehen, was an der Sache sei.

Ein Mann aus der Stadt? Ob er ihn kenne.

Er werde ihn ohne Zweifel kennen, es sei Niemand anders als der Luigi, der Hutmacher, dem das Haus gegenüber gehöre.

Leopardi war aufgesprungen, das Herz klopfte ihm heftig; nur mit einer Geberde konnte er dem Diener bedeuten, daß er den Mann hereinlassen möge.

Ein schlichter, anständig gekleideter Bürger trat ein, verneigte sich ehrerbietig, aber mit einer treuherzigen Miene, wie wenn er sagen wollte: wir kennen uns ja schon lange! — und trat dann näher auf den jungen Grafen zu, indem er ihm seine derbe, gebräunte Hand entgegenstreckte.

Signor Contino, sagte er, oder Excellenz Herr Graf, wie es sich jetzt besser schickt, ich bitte um Verzeihung für meine Zudringlichkeit, aber Noth bricht Eisen, und da ich den jungen Herrn Grafen noch im Kinderröckchen gesehen habe — und wegen der nahen Nachbarschaft — und weil ein Sohn Adam's dem andern helfen soll — so will es unsere heilige Religion — nehmt es daher nicht für ungut, daß ich mich mit einem Vorwand hier eingeschlichen, lieber junger Herr Graf. Denn warum? Ich konnte doch dem Pietro, der es gleich der Sofia und der Martina wieder erzählt hätte, nicht sagen, daß es nur um mein armes Ding von Tochter ist, daß ich dem jungen Herrn Grafen seinen Beistand in Anspruch nehme. Und darum sagte ich das von dem Bilde, und das Bild besitz' ich wirklich, Signor Giacomo, und wenn der Herr Graf mir meine Bitte gewährt, kann ich es ihm zeigen. Obwohl ich gar nicht glaube — wie ich's dem Pietro weisgemacht habe — es sei eine sonderliche Rarität mit der alten Schwarte, und wenn ein Kenner es zu sehen bekäme, hundert oder zweihundert Scudi und mehr könnt' ich dafür kriegen, — sondern nur, damit ich gleich einen Vorwand wüßte, weßhalb der junge Herr Graf mir die Ehre anthun könnte, in mein Haus zu kommen und meinem dummen Ding von Mädel den Kopf zurecht zu setzen, wenn Ew. Gnaden sich so weit herablassen wollten zu einem armen Nachbarn und Hausvater, der seine liebe Noth mit diesem einzigen Kinde hat.

Was fehlt Eurer Nerina? Und was könnte ich dabei thun? stammelte Leopardi.

Sehen Sie, lieber Herr, fuhr der Biedermann eifrig fort, den Stuhl, den der junge Mann ihm bot, mit dem Rücken der Hand wegschiebend, Sie müssen wissen, es ist das beste Kind von der Welt, ein wahres Kleinod von einer wohlgerathenen Creatur, und bis vor wenigen Monaten hat es uns nie eine böse Stunde gemacht, vielmehr es war der Kuchen auf unserm armen Tisch und die Blume an unserm Fenster. Wir sind zurückgekommen, seit wir den Prozeß verloren haben — Ew. Gnaden werden sich entsinnen — böse Menschen haben mich da ins Verderben gelockt — seitdem geht es nicht mehr vorwärts mit meinem Geschäft und sonst mit Nichts, was ich angreife. Nun hab' ich einen Vetter in Ancona, einen sehr wohlhabenden Kaufmann, und der hat einen Sohn Antonio, einen jungen Menschen, schön wie gemalt und von guten Sitten und so recht einer fürs Haus und das Geschäft, daß Alle sagen, er werde noch zehnmal reicher werden, als sein Papa. Nun, unsrer Verwandtschaft wegen und vielleicht auch, weil er von unserm Mädel hatte reden hören — eines Tages — es ist nun bald ein Jahr — kommt dieser Antonio nach Recanati herauf, und unsere Nerina sehen und sich sterblich in sie verlieben, war Eins. Wir — was konnte uns Glücklicheres beschert werden, als das Kind so herrlich versorgt zu wissen? Und auch sie schien der Sache nicht abgeneigt, obwohl von so erschrecklicher Verliebtheit, wie bei dem Jüngling, nichts bei ihr zu verspüren war. Damals war sie erst sechzehn; ein Jahr macht viel bei den Weibern, und jedenfalls, da sie nicht die Stärkste auf der Brust ist, sollte sie noch ein Jahr bei uns im Hause bleiben, wozu der Antonio, ein verliebter Orlando wie er war, ein saures Gesicht schnitt. Endlich mußte er doch nachgeben, und wir versprachen, in diesem Frühjahr die Braut zu seinen Eltern auf Besuch zu bringen, hinunter nach Ancona. O lieber Herr Graf, von da fing unser Unglück an! Seitdem haben wir uns mit Sorgen ins Bett gelegt und sind mit Seufzen wieder aufgestanden.

Was ist geschehen in Ancona? Sind etwa die Eltern ihr nicht freundlich begegnet?

O, nicht doch, Signor Conte! Auf Händen hat man sie getragen, Alle und Jeder, und die Alten haben's womöglich noch närrischer mit ihr getrieben, als der Sohn. Aber Alles hat nichts bei ihr verfangen. Von den ersten Stunden, wo sie ihren Verlobten wiedergesehen, hat sie der Mutter erklärt, man möge sie nur gleich wieder wegführen, Den könne sie nicht lieben, und seine Frau zu werden, mache ihr Grauen. — Was sie denn gegen ihn einzuwenden hätte? — O Nichts; aber er sei ihr wie jeder Andere, und sie werde ihn niemals lieber haben, als den Ersten Besten, nur vielleicht hassen und fürchten, bloß weil sie ihm gehören solle. Stellen Sie sich vor, Signor Giacomo, ein siebzehnjähriges albernes Ding, das bis in den Himmel vergnügt sein sollte, eine Partie zu machen, um die alle reichen und angesehenen Bürgertöchter in der Mark Ancona sich die Augen aus dem Kopfe und die Seele aus dem Leibe beten würden, daß die Madonna ihnen das Glück bescherte, und unser dummes Kind sagt: ich mag nicht, und damit basta! — Wie uns zu Muthe war, und wie wir endlich, nachdem Alles umsonst gewesen, wieder abzogen und in unsere kümmerliche Hütte zurück — nun, der Himmel schickt eben Jedem seine Prüfung. Und dabei konnten wir dem Kinde nie recht von Herzen böse sein; es ist eine zu süße Creatur. Wenn ich manchmal mir vorgenommen, ich wollte recht derb ihr ins Gewissen reden, was sie an sich und uns für ein Unrecht thut, die einfältige Gans, die sie ist, — sie braucht mich nur ganz stillschweigend anzublicken und nicht mit einem Wörtlein sich zu vertheidigen, gleich werde ich wie umgewandelt, daß ich mich in Acht nehmen muß, sie nicht noch am Ende um Verzeihung zu bitten, weil

die beſte Heirath, die ſich nur auf hundert Meilen blicken ließ,
uns gerade gut genug war für das eigenſinnige, garſtige Mädel.
O Herr Graf, wenn Sie ſie kennten, wie wir! Es iſt eine
harte Sache, große Kinder zu haben, die Vater und Mutter
am Bändel führen, ſtatt ſich von ihnen regieren zu laſſen.

Ich beklage Euch aufrichtig, guter Freund. Aber noch
immer ſeh' ich nicht ab, warum Ihr bei m i r Hülfe in Eurer
Noth ſucht.

Der wackere Mann ſah ihm zutraulich ins Geſicht. Er
zögerte aber dennoch, mit ſeinem eigentlichen Anſinnen heraus-
zurücken.

Es iſt zu viel verlangt, ich weiß es, ſagte er kopfſchüttelnd.
Ihr ſeid ein Gelehrter, ein großer Profeſſor, und kennt alle
alten Schriften und habt keine Zeit, Euch um ſolche Kindereien zu
kümmern. Und doch, wie mein Mädel geſtern nach Hauſe kam
und erzählte, daß ſie Euch draußen angetroffen habe, und wie
freundlich Ihr Euch mit ihr eingelaſſen, und daß ſie vor keinem
lebendigen Menſchen größern Reſpect hätte, als vor Euch, und
was Ihr zu ihr ſagtet, das ſei ihr wie Gottes Wort, geradezu
ein Evangelium, — und dann war ſie den ganzen Abend ſo
aufgeräumt und geſprächſam, wie ſeit Ancona nicht mehr, ja
wir haben ſie ſogar ganz ſpät noch ſingen hören. Mann, ſagte
mein Weib noch geſtern Abend zu mir, wenn du am Ende zu
dem jungen Grafen gingeſt, daß Der mit unſerer Nerina redete
und ſie zur Vernunft brächte! Denn wenn es noch Einer zu
Wege bringt, kann D e r es — der Signor Contino; — haſt
du nicht geſehen, wie ihr die Augen leuchteten, als ſie von
ſeinem Genie und ſeiner großen Gelehrtheit ſprach? — Und
ſo — ſehen Ew. Gnaden — ſo ſprach mein Weib, und heute
früh ſing ſie gleich daſſelbe Lied wieder an, und darum habe
ich mir ein Herz gefaßt, lieber Herr Graf, Euch zu beſuchen
und zu bitten, ob Ihr nicht einmal herüberkommen möchtet
und bei unſerm Kind, unſerm Augapfel, nach dem Rechten ſehen.

Leopardi war in den Lehnſtuhl zurückgeſunken; er hatte
die Augen geſchloſſen und glich mehr einem Schlafenden, als
einem Menſchen, in deſſen Bruſt heftige Gefühle mit einander
ſtreiten. Auch als der bekümmerte Vater ſeinen Spruch geendigt

hatte, blieb er noch unbeweglich, und schon glaubte der wackere Mann, er habe einen vergebenen Gang gemacht; dieser junge Graf, den seine Tochter so hoch gerühmt, dünke sich zu gut, um einen armen Nachbarn nur anzuhören, und stelle sich schlafend, um ihn wieder los zu werden: als der jüngere Bruder, Carlo, der Liebling Giacomo's, ins Zimmer trat und mit einem heiteren „Guten Morgen!" die bange Stille verscheuchte.

Der Dichter stand langsam auf, reichte dem verdutzten Biedermann die Hand und sagte: Es bleibt also dabei, Herr Luigi. Heute Nachmittag komm' ich zu Euch hinüber und sehe mir das berühmte Bild an, und der Himmel gebe, daß es ein Werk des großen Rafael selber sein und Euch funfzigtausend Scudi ins Haus bringen möge. Gehabt Euch wohl, und grüßt mir Eure gute Frau, und dankt ihr einstweilen in meinem Namen, daß sie eine so gute Meinung von meinem Kunstverständniß gefaßt hat.

*　　*　　*

Die Stunden der Siesta waren kaum vorbei, als der Dichter aus dem Portal der Casa Leopardi trat und auf die niedrige Thür des Nachbarhauses zuschritt. Hinter einem viereckigen Schiebfenster neben dem Eingang kündigten ein paar Hüte in der Form, wie sie die Gebirgsbewohner tragen, den Laden des Hutmachers an, und auf einem schwarzen Schilde mit weißen Buchstaben über dem Thürsims stand der Name. Der Meister selbst aber schien den Tag, an welchem seinem niedern Dache die Ehre dieses Besuchs widerfahren sollte, als einen Feiertag anzusehen; er saß in vollem Anzuge auf dem Steinbänkchen neben der Thür, stand sofort höflichermaßen auf und geleitete seinen vornehmen jungen Gönner mit vielen Kratzfüßen ins Haus.

Wir haben dem Kinde gar nichts davon gesagt, raunte er Leopardi zu, als sie im finstern Hausflur die steile Treppe hinaufstiegen. Sie ist so curios, am Ende wäre sie uns weggelaufen, und die Mühe, die Ew. Gnaden sich geben, wäre umsonst gewesen. Hier, rechts hinein, wenn Ihr die Gnade haben wollt. Ihr müßt vorlieb nehmen mit unserer schlechten

Einrichtung. Geringe Leute, lieber Herr Graf, geringe Leute, und wir haben bessere Tage gesehen, und sie könnten wiederkommen, wenn Alles ginge, wie es gehen sollte.

In dem großen, aber niedrigen und kahlen Zimmer, dessen Steinboden nur mit einer ellenbreiten Strohmatte bedeckt war, trat Nerina's Mutter ihnen entgegen und begrüßte den Besucher mit anständiger Freundlichkeit. Sie war offenbar von besserer Herkunft und feinerem Blut, als ihr Mann; oder war es nur, daß die Züge des stillen blassen Gesichts und die kohlschwarzen, aber erloschenen Augen an ihre Tochter erinnerten, jedenfalls hätte ihr Betragen keinem vornehmen Hause Unehre gemacht. Auch war ihre einfache Kleidung sauber und stand der noch immer nicht verfallenen Gestalt mit einer gewissen Zierlichkeit an.

Das Bild, das den Vorwand zu diesem Besuch hergegeben, hing im schlechtesten Lichte zwischen den beiden Fenstern, die auf die Straße gingen. Gleichwohl fand Leopardi auf den ersten Blick, daß es der Mühe nicht lohnte, es herabzunehmen und am Fenster sorgfältiger zu untersuchen. Es war eine Schülercopie nach einer bekannten Madonna des Guido, die auf einem Hausaltar ihren Platz ganz wohl ausfüllte, sonst aber sich über ihre ruhmlose Verbannung in das Haus eines kleinen Bürgers von Recanati nicht beklagen durfte.

Er habe es wohl gedacht! sagte der Besitzer achselzuckend, indem er mit einem Tüchlein den verstäubten Rahmen ein wenig blank putzte. Etwas Gutes verirre sich nicht zu ihm; er sei einer von Denen, die nie den Löffel hätten, wenn es Brei regne; wenn seinetwegen ein Wunder geschähe, so wäre das das größte Mirakel von allen; übrigens würde er darum nicht klagen, wenn nur sonst —

Er verstummte, da eben die Thür sich aufthat und das Mädchen hereintrat. Sie hatte in der That nicht erfahren, wer kommen sollte, denn sie zeigte sich ganz, wie sie immer im Hause herumging, in einem ausgewachsenen Röckchen, das nur eben bis an die schlanken Knöchel reichte, über dem Mieder ein leichtes Tuch kreuzweis um Hals und Busen geschlagen, die Arme darunter bloß. Auch erröthete sie und that einen leisen Schrei, als sie Leopardi bei den Eltern stehen sah. Aber sie besann sich sogleich, strich nur einmal mit der Hand über die Haare und trat dann unverlegen näher. Er fand sie noch reizender in ihrer Haustracht; auch schien ihm das Gesichtchen heute voller und alle Farben frischer, da er es mit den gealterten Zügen der Mutter verglich. Und wie hell und schalkhaft klang ihr Lachen, als ihr der Vater das Märchen von dem Bilde vortrug, das er für was Apartes gehalten, und nun habe der Herr Graf ihm gesagt, es sei nicht eben viel Aufhebens werth.

Habt Ihr nicht in Ancona die Bilder gesehen im Dom, Babbo? sagte das Mädchen. Da konnte man doch sehen, was schöne Meisterstücke sind. Mir aber ist unser Bild dennoch lieb. Ich habe es schon immer betrachtet, wie mich die Mutter noch auf dem Arm trug. Und später, wenn mir etwas weh that, ist mir immer wohler geworden, wenn ich die Augen recht still darauf richtete. Nicht wahr, Mutter, wir geben es nicht her um viel Geld? Und zum Glück will es ja auch Niemand haben.

Die Mutter, die nicht ein Wort gesprochen, aber das Kind mit einem langen Blick kummervoller Liebe angesehen hatte, ging jetzt hinaus. Nach fünf Minuten öffnete sie wieder die Thür und rief ihrem Manne, er möchte doch einen Augenblick hinunterkommen, es sei Jemand da, der eine Bestellung zu machen habe.

Der Meister entschuldigte sich bei seinem Gast und verließ das Gemach. Leopardi war mit dem Mädchen allein.

Er hatte sich in den Stunden über Tag mit nichts Anderem beschäftigt, als wie er die Rolle eines Beichtigers, die ihm aufgedrängt worden, auf die unmerklichste Art durchführen solle. Nun verließ ihn, diesen arglosen Augen gegenüber, all seine künstliche Ueberlegung.

Nerina, sagte er und faßte ihre Hand, hast du ein wenig Zutrauen zu mir?

O, viel! erwiederte sie und sah ihm mit einem Blick reinster Hingebung in die Augen.

Ich weiß es, meine kleine Freundin, fuhr er fort. Und darum bin ich herübergekommen, um Etwas mit dir zu besprechen, was mir Sorge macht. Du hast so gute Eltern, Nerina. Liebst du sie nicht?

Sie nickte nur, aber recht ernstlich und lebhaft, und legte dabei die Hand aufs Herz.

Wenn du sie aber liebst, wie sie es verdienen, warum betrübst du sie denn? Dein Vater hat mir erzählt, daß du verlobt gewesen seiest mit einem sehr braven jungen Menschen, und daß diese Heirath ein Glück für euch Alle wäre. Warum hast du nun plötzlich Alles umgestoßen und willst nichts mehr von diesem Bräutigam wissen und sagst nicht einmal der Mutter einen ordentlichen Grund, warum du plötzlich deinen Sinn geändert hast?

Bei den ersten Worten, die ihre Verlobung berührten, hatte sie sich abgewendet und den Kopf auf die Brust sinken lassen. Er sah, wie es sie heftig angriff, daß er auf diese Sache zu sprechen kam. Hat mich der Vater verklagt? brachte sie endlich mit stockender Stimme hervor.

Er liebt dich, Nerina, und möchte dich gern glücklich sehen, und betrübt sich, weil du nichts von dem Glück wissen willst, das er dir ausersehen hat.

Ein Glück für mich! — und sie kehrte ihm das über und über glühende Gesicht wieder zu. O wenn Ihr wüßtet, Signor Giacomo! — Aber wozu davon reden? Ihr könnt die Dinge doch nicht anders machen, als sie sind. — Und doch — Ihr allein — von Euch allein hab' ich's ja, daß das kein Glück wäre — keins für mich — wenn es auch dem babbo und der mamma so scheinen mag — denn Keiner ist ja dem Andern gleich, und Jeder will doch nur sein Glück — ist es nicht so, Signor Giacomo?

Du hast Recht, Kind, und ich, wahrlich, ich werde dir nicht Unrecht geben. Auch mir muthet man zu, glücklich zu sein mit dem, was vielleicht Andere trösten könnte. Aber wo hätte ich dich das gelehrt? Wann haben wir je von Liebessachen gesprochen?

Sie schüttelte den Kopf. Gesprochen nicht! Aber doch weiß ich es nur von Euch, was Liebe ist. O, Herr Giacomo, Ihr werdet mich verachten, daß ich mir das erst von einem Dichter hab' müssen sagen lassen. Aber seht, wie der Antonio zuerst nach Recanati kam, war ich noch so viel jünger und

kindischer, und weil er mir Bänder und Tüchlein und eine
Kette von Korallen schenkte und selbst so hübsch gekleidet war,
auch singen und tanzen konnte, besser als die andern jungen
Leute hier oben, da glaubte ich, ich könnte recht von Glück sagen,
wenn ich seine Frau würde, und ich hätte ihn lieb. Obschon —
auch damals gleich merkt' ich, daß er mir gar nie fehlte, wenn
er nicht da war, und daß mir die Zeit nur länger war, bis
er wieder ging. Aber ich dachte, das sei nur, weil ich mich
vor ihm scheute und schämte; ich sei eben noch ein zu kindisches
Ding, um eine Liebschaft zu haben, wie die größeren Mädchen.
Aber dann, wie er schon lange wieder fort war und schrieb mir
die schönsten Liebesbriefe, die wenigstens der Mutter ausnehmend
wohlgefielen, da war's, vor drei Monaten, daß die Sofia mir
Eure Gedichte lieh, und da —

Sie stockte einen Augenblick. Dann aber, die Augen fest
auf das Bild geheftet, fing sie an, während eine liebliche Glut
ihre Wangen färbte, die Verse herzusagen:

Ich weiß den Tag, da ich zum ersten Mal
    Den Kampf der Liebe stritt und zu mir sprach:
    Ist das die Liebe, weh, wie schafft sie Qual!

Am Boden haftete der Blick, doch ach,
    Ich sah nur Sie, die mit unschuld'gem Triebe
    Zuerst sich Bahn zu diesem Herzen brach.

Wie schlimm mißhandelt hast du mich, o Liebe!
    Warum nur stürzt uns diese süße Lust
    In solcher Schmerzen sehnliches Getriebe!

Nicht sanft, nicht freudig ward ich mir bewußt
    Der neuen Macht. Sie kam mit Weh' und Klagen
    Und schnürte mir mit dunkler Angst die Brust . . .

Wie leibhaft stand die reizende Gestalt
    Im Finstern da, und ob ich auch die Lider
    Zudrückte, sie erblick' ich tausendfalt.

Wie floß mit süßem Grau'n durch meine Glieder
    Verworr'ne Glut, wie wogten ohne Stocken
    Gedanken durch den Sinn mir auf und nieder . . .

Und dann die Stelle, wissen Sie:

Wach lag ich noch in frühen Morgenstunden,
Da stampfend schon an unsres Hauses Thor
Die Räuber meines Glücks, die Rosse, stunden.

Und ich, verzagt und stumm, ein blöder Thor,
Hielt zum Balcon hin in den Finsternissen
Umsonst mein Aug' und mein begierig Ohr,

Ob ich noch einmal, eh' sie würd' entrissen,
Die Stimme hörte, die geliebte, traute,
Die Stimme nur! Mehr sollt' ich ewig missen.

Wie oft verletzten widrig rohe Laute
Mein zweifelnd Ohr; ein Frösteln fiel mich an,
Daß kaum das Herz zu klopfen sich getraute.

Und als die theure Stimme endlich dann
Mir an die Seele drang und von den Rossen
Und Rädern schlug der Lärm zu mir hinan,

Da, wie verwais't, die Augen fest geschlossen,
Krümmt' ich mich zuckend auf der Lagerstatt,
Die Hand aufs Herz gepreßt, in Gram zerflossen.

Dann schlepp' ich mich auf schwanken Knieen, matt,
Stumpfsinnig durch das schweigende Gemach
Und frug: was ist's, das dich erschüttert hat?

Und bitterlich ward die Erinnrung wach
In meiner Brust, für jedes Bild verschlossen,
Für jede Stimme, die zum Herzen sprach.

Ein öder Schmerz war über mich ergossen,
Wie wenn der Regen weit und breit ins Land
Herniederrieselt, traurig und verdrossen.

Noch hatt' ich dich, o Liebe, nicht gekannt,
Und achtzehn Sommer lebt' ich bis zum Tage,
Wo ich mit Thränen deine Macht empfand! — —

Aber Sie werden mich für eine Närrin halten, unterbrach
sie sich plötzlich. Ich wiederhole Ihnen da Ihre eigenen Verse
und noch dazu so ungeschickt, wie ich bin, denn ich weiß gar
nicht, wie man so schöne Worte hersagen muß; man sollte sie
nur immer singen, wie die Rispetti, nicht wahr? nur mit einer
viel, viel schöneren Melodie. O, Herr Giacomo, wie ich dies
Gedicht von der ersten Liebe zuerst las, da wurde mir zugleich
so froh und so traurig wie nie zuvor. Ich mußte auf einmal,
daß ich Antonio nie geliebt hatte und nie lieben würde, und

das ängstigte mich, denn es that mir leid um ihn und um mich.
Zugleich aber fühlte ich auch, was für eine Paradieseswonne man
erleben müßte, wenn man w i r k l i ch liebte; denn schon im bloßen
Denken daran und wenn ich wieder und wieder las, wie Euch
zu Muth war, als Ihr diese bitteren Wonnen zuerst erlebt, —
nein, es war eine Seligkeit über alle irdischen Freuden, und
was sie mir sonst als ein Glück vorgestellt, das mir Antonio
bereiten würde, wenn ich seine Frau wäre, — nicht den Finger
hätte ich danach ausstrecken mögen, geschweige meine beiden
Arme!

Sie sah mit erhobenen Augen durch das Fenster gegen
den Himmel, von dem ein kleines Stück über das Dach herein-
blaute. Ihn selbst, zu dem sie Alles sagte, trafen ihre Blicke
nicht; es war, als spräche sie nur mit sich allein und seinem
Genius, der ihr aus den Versen wieder nahe getreten, aber kein
Zuhörer in Fleisch und Blut stände neben ihr. Und er war
zu tief bewegt, um sie an seine Gegenwart zu erinnern. Nie
waren seine eigenen Worte ihm so schön erschienen, wie auf ihren
Lippen, von einem so dunklen Ton getragen, als kehrten sie aus
weiter Ferne, von einem zarten Echo wiederholt, zu seinem
Herzen zurück.

Und so kam es! fuhr sie mit einem stillwehmüthigen Kopfnicken fort. So hab' ich ihn mit Zittern wiedergesehen, und
Nichts hat sich in mir geregt, als die namenlose Angst, daß
ich ihn niemals lieben würde. Einen Grund hätt' ich der
Mutter sagen sollen? Ich h a t t e keinen andern, und den sagt'
ich ihr, aber sie wußte nicht, was ich meinte. Sie ist so gut,
und holte mir die Sterne vom Himmel, wenn sie könnte, aber
doch will sie mir ein Glück schaffen, das mich zu Grunde richten
würde. Ich hab' es ihr zu erklären gesucht; darauf hat sie zu
dem Gevatter geschickt, dem Chirurgen, der hat gesagt, sie sollten
mich noch eine Weile in Ruhe lassen, es würde sich von selber
geben. Ich glaubte es gleich damals nicht — und jetzt — jetzt
weniger als je!

Sie trat von ihm weg an das Fenster und bog sich hinaus;
die Wangen brannten ihr, und sie fächelte sich Kühlung zu mit
dem Zipfel ihres Busentuchs. Indessen hatte er Zeit gehabt,

sich zu fassen und das zu überlegen, was er ihr zu sagen für seine Pflicht hielt.

Liebste Nerina, fing er zögernd an, es thut mir leid, daß ich dies Unheil mit verschuldet habe durch die unseligen Verse. Aber sieh, Kind, ich bin damals in einem andern Fall gewesen, als du; ich wurde nicht geliebt, wie du, da wächs't dann die Glut zu so heftiger Flamme an, daß sie hernach auch ganz Fremde mit ansteckt. Wenn aber die Liebe erwidert wird, bleibt sie eine sanfte Glut, die das Herz erwärmt und belebt und das Haus und den Herd traulich macht und von Jahr zu Jahr wohler thut, und nur weh in der letzten Stunde, wenn Eins früher als das Andere aus der Welt gehen muß. Du solltest deinem Schutzengel danken, Nerina, daß er dich vor einem so wilden Brande bewahren möchte, wie er aus diesen Versen lodert. Sieh mich an, und frage dich, ob dir ein Glück be-neidenswerth scheint, das den, der es besitzt, so verzehrt und er-schöpft, sein Gesicht ausgedorrt und seine Glieder entkräftet hat. Und es ist noch gütig von der Natur, daß sie nur Wenigen dies Loos zutheilt, so leidenschaftlich sich verzehren zu müssen. Viele Tausende erfahren es nie, was in der Brust eines unglück-seligen Poeten für süße Qualen sich regen, und wenn sie den feuerspeienden Vesuv von ferne donnern hören und die Glut aus ihm hervorbrechen sehen, mögen sie an ihrem stillen Herde sich segnen, daß ein wohlthätiges Feuer darauf brennt, das ihnen und den Ihrigen Wärme und Nahrung spendet, ohne ihre Hütte zu verwüsten. Sieh, mein theures Kind, so wird es auch dir ergehen, wenn du nicht diesen gefährlichen Träumen nachhängst, sondern annimmst, was das Leben dir Gutes bietet. Wer weiß, ob du nicht, wenn du es verschmähst, alt und grau wirst und immer einsam bleibst, und immer wartest, ob dich nicht eine Leidenschaft ergreifen möchte, und niemals kommt Der, der sie in dir erwecken könnte, und statt dessen kommt der Tod, und du hast dein Leben versäumt!

Er hatte ihre Schulter berührt und sie sacht vom Fenster zurückgezogen. Plötzlich wandte sie sich nach ihm um und stürzte ihm an den Hals, in Thränen ausbrechend und das glühende Gesicht an seiner Schulter verbergend.

Er erschrak heftig. Einen Augenblick drohten ihm die Sinne zu vergehen.

Er hielt die heftig zuckende Gestalt an seine Brust gedrückt, sein Mund ruhte auf ihrem weichen Haar, das Herz wollte ihm springen vor Weh und Wonne.

Dann kehrte ihm die Besinnung zurück, zugleich mit einem Gefühl schneidenden Schmerzes, das ihn eisig durchschauerte.

Nerina, flüsterte er, mit Heldenstärke sich aufrichtend, mein armes, armes Herz, was thust du? Zu mir flüchtest du dich in deinem Kummer? Ich — ich Armseliger — ich vom Glücke Gemiedener — ein ruheloser Flüchtling von einem Ort der Qual zum andern! — Komm! Komm zu dir! Sei stark, meine kleine Freundin! nimm dein Herz in deine Hände, eh' es dir ausbricht aus der zarten Brust! Nie werde ich vergessen, was mir diese bittere Stunde an Seligkeit beschert hat, nie werde ich dein Bild aus dem tiefsten Herzen verlieren, Nerina, und doch — es muß sein! wir müssen scheiden, heute noch, und für immer!

Sie ließ ihn plötzlich mit einem krampfhaften Schauder, wie wenn sie sich an eine Leiche geklammert hätte, aus ihren Armen. Ihr Gesicht, das er ganz dicht vor sich sah, war völlig entfärbt, ihre Lippen geöffnet, aber die weißen Zähne auf einander gepreßt, als ob sie einen Schrei zurückzuhalten hätten.

Ich muß fort, wiederholte er langsamer. Die Worte kosteten ihm eine unsägliche Mühe. — Ja wohl, Liebste, mein Verhängniß will es so. Wir werden uns nie wiedersehen. Aber damit ich nicht in alle Zukunft dein Angedenken mit mir trage wie eine mahnende Stimme der Schuld und Reue, versprich mir Eins, Nerina.

Sie sah ihn unverwandt an, und nur ein fast unmerkliches Bewegen der schwarzen Wimpern sagte ihm, daß sie hörte, was er sprach.

Versprich mir, wenn ich nun fort bin, daß du dir Mühe geben willst, dich in das Leben zu finden, wie es Tausende thun. Ich muthe dir nicht zu, deinem Herzen Gewalt anzuthun. Aber du bist jung, Nerina, und das Leben verwandelt uns wundersam, und wenn wir die Tage nur machen lassen und uns nicht selbst gegen ihre Macht verstocken, — es werden Dinge möglich, die

wir vor Jahr und Tag nicht zu b e n k e n vermocht haben, und
Manches beglückt uns einst, was wir erst mit Abscheu von uns
gewiesen haben. Nur daß du der Zeit Zeit lassen willst, nicht
eigensinnig dich in deine Träume einspinnen, daß du bedenken
willst, wie elend du m i ch machen würdest, wenn ich dich einst
nicht glücklich denken dürfte, nur das versprich mir, meine geliebte Schwester. Willst du das, Nerina?

Er hielt ihr die Hand entgegen; sie berührte sie aber nicht.
Eine Weile schien sie nachzudenken, dann erschütterte ein tiefer
Seufzer die schlanke Gestalt, und sie sagte mit einer Stimme,
die ihm durch die Seele ging:

Ich will es versuchen — um Euretwillen! — Lebt wohl!

Dann schritt sie langsam an ihm vorbei, ohne sich noch
einmal nach ihm umzusehen, und verließ das Zimmer.

      *   *   *

Der Vater kam wieder herein, die Mutter folgte ihm.
Sie fanden Leopardi am Fenster stehend, so tief versunken, daß
er sie lange nicht bemerkte.

Als er sich endlich besann, wo er war, und den umflorten
Blick aufhob und die Gesichter der guten Leute erkannte, die
mit ehrerbietiger Zurückhaltung abwarteten, was er ihnen mitzutheilen hätte, zwang er sich mit äußerster Mühe, freundlich
und gelassen zu erscheinen, sagte ihnen, daß sie die Hoffnung
nicht aufgeben sollten, es werde sich noch Alles zum Guten
wenden; nur gedulden sollten sie sich, das Mädchen nicht
drängen und ängstigen; es sei ein wundersames Kind, es werde
immer das Rechte und Rechtschaffene thun, wenn man es gewähren lasse, — es habe ein Herz von Gold und einen Geist
so rein wie die Himmelsluft.

Und nun gab er Beiden die Hand; der Mutter standen
die Thränen in den Augen. Der Vater geleitete ihn mit vielen
Betheuerungen seines Dankes bis zum Portal des gräflichen
Hauses zurück; als Leopardi sich von ihm verabschiedete, warf
er einen Blick auf das Fensterchen oben, an welchem der Nelken-
stock blühte. Es war fest geschlossen.

Es öffnete sich auch nicht am Abend und nicht in der

Nacht. Nur als am frühen Morgen der Wagen vorfuhr, der den jungen Grafen hinunterführen sollte, erschien ein blasses Gesicht oben hinter den Scheiben. Der Scheidende, nachdem er sich aus den Umarmungen der Seinigen gerissen hatte, bog sich im Fortfahren noch einmal aus dem Wagen und sah nach dem kleinen Fenster zurück. Als er die Hände erblickte, die ihm nicht nachwinkten, sondern still in einander gelegt auf dem Fenstersims ruhten, schnitt der Schmerz dieses Abschieds auf Nimmerwiedersehen ihm wie mit Messern durchs Herz. Er warf sich in den Wagen zurück und verbarg die überquellenden Augen in seine Hände.

Es hatte ihn keine geringe Mühe gekostet, Vorwände zu ersinnen, die seine übereilte Abreise vor den Eltern rechtfertigten. Nur das Versprechen, daß er zurückkehren würde, sobald die bringenden Geschäfte, die ihn nach Florenz riefen, abgethan seien, hatte ihm endlich Urlaub erwirkt.

Er konnte sein Versprechen nicht halten. — Eine schwere Krankheit erbarmte sich seiner und umhüllte ihm wochenlang das Bewußtsein. Als er endlich zum Gefühl seines Unglückes wieder genas, brach ein früher Winter herein, und es war nicht daran zu denken, daß er in die rauhe Höhe seiner Heimath zurückkehrte. Er schleppte sich nach Pisa und verbrachte dort die Jahreszeit, die ihm immer am feindlichsten war, unter trefflichen Menschen, die ihn zu schätzen wußten und Alles thaten, seine Leiden zu lindern. Er lächelte wehmüthig zu diesen Bemühungen. Wußte er doch, daß Alles, was zu gewinnen war, nur eine neue Ruhepause seiner körperlichen Anfälle sei, in welcher seine Seele um so ungestörter ihrem Gram um das ewig Versagte nachhängen konnte.

Er schrieb fleißig an die Seinigen. Oft in den Briefen an Paolina wollte ihm die Frage aus der Feder, was Nerina mache. Doch immer wieder hielt er an sich. War · es die Scheu, sein Geheimniß preiszugeben? oder die Furcht vor der Antwort, die, wie sie auch lauten mochte, seine Wunde von Neuem aufreißen mußte?

Gegen das Frühjahr endlich faßte er sich doch ein Herz, und in einer langen Liste von kleinen Erkundigungen nach aller=

lei Bekannten von Recanati ließ er auch die Frage mit ein-
fließen, ob ihre kleine Nachbarin noch so hübsche Lieder singe,
oder ob sie etwa nach Ancona übergesiedelt und glücklich unter
die Haube gekommen sei.

Schwester Paolina schrieb zurück, alle Anderen seien wohlauf und ließen ihn aufs Schönste grüßen und hofften, er werde
bald in Person den Beweis führen, daß auch berühmte Leute
die Luft von Recanati ertragen könnten. Was die kleine
Sängerin im Nachbarhause betreffe, so sei ihre Stimme seit
dem Sommer schon verstummt, und in den ersten Frühlings-
tagen habe man das arme Kind hinausgetragen an die Stätte
des ewigen Schweigens. Ihre Brust sei zu schwach gewesen
für die hellen Töne, die sie gern angestimmt. Es sei eine große
Trauer um sie gewesen in der ganzen Stadt; Jedem scheine
sie nun zu fehlen, obwohl Keiner vorher viel von ihr gewußt
habe. Aber sie nur zu sehen, habe Jedem wohlgethan, und
nun sei wieder eine Gestalt weniger vorhanden, die dem
alten, häßlichen Häuserhaufen (auch Paolina verabscheute ihren
Geburtsort) für Menschen, die das Schöne lieben, zum Schmuck
gereicht habe.

Als Leopardi diese Botschaft empfangen, schloß er sich
mehrere Tage selbst gegen seine Vertrautesten ab. Niemand
ahnte den Grund. Niemand als der Schwester hat er je sein
Herz über dieses Schicksal geöffnet.

Und auch diese Wohlthat, sich ihrer mitempfindenden Seele
zu vertrauen, genoß er erst im folgenden Jahre. Er fühlte in
sich nicht früher die Kraft, den Ort wiederzusehen, der ihm jetzt
mehr als je das Grab all seiner Jugendhoffnungen war.

Als er sein Zimmer in Recanati zuerst wieder betrat,
war er zu feige, die Thür des Balcons zu öffnen und nach
dem Fenster hinüberzublicken. Er verbrachte die Nacht in dumpfer
Trauer. Am Morgen, nachdem ihn kaum ein kurzer Schlaf ein
wenig gekräftigt hatte, klopfte es wieder wie damals an seine
Thür, und wieder trat der Nachbar Luigi bei ihm ein; doch
sah er aus, als ob zehn Jahre zwischen dem Heute und Damals
lägen. Das ehrliche Gesicht war tief gefurcht, die struppigen
Haare ergraut, der Anzug vernachlässigt.

Er entschuldigte sich, mit einer Stimme, die barsch und müde klang, daß er den Herrn Grafen noch einmal belästige. Doch habe er einen Auftrag an ihn, der es ihm zur Pflicht mache. Sein Kind — der Herr Graf werde sich wohl noch entsinnen, er habe ja selbst eine so gute Meinung von der Nerina gehabt — nun, der Herrgott habe wohl auch eingesehen, daß sie zu gut für diese Welt sei, und habe sie in sein ewiges Paradies eingehen lassen. Alle menschliche Mühe und Pflege sei umsonst gewesen, auch eine Krankheit habe man nicht eigentlich an ihr bemerkt, sie sei so hingeschmolzen und vergangen an den ersten Strahlen des April, wie der weiße Schnee auf dem Felde. Ganz so rein sei sie auch gewesen, nur nicht so kalt; denn je näher ihr Ende gekommen, je mehr habe sie sich Mühe ge= geben, ihrer Mutter und ihm alles Liebe und Gute anzuthun. Zuletzt sei es übermenschlich gewesen, welch ein Herzweh sie um das liebe Kind ausgestanden hätten, das immer sanfter und heiterer geworden. In der letzten Nacht habe sie die Mutter an ihr Bett gerufen und sie gebeten, wenn sie nun todt sei und der Graf Giacomo komme einmal wieder herauf in die Stadt, so möchte sie ihm dies Täschchen geben und ihn von der Nerina grüßen. Die Mutter habe ihr das heilig angeloben müssen; sie wüßten ja auch, wie viel Respect und Zutrauen das Kind immer für den Herrn Grafen gehabt habe. Auch habe man auf ihr Bitten das kleine Büchlein mit seinen Can= zonen ihr unter das Kissen legen müssen, auf dem sie nun den letzten Schlaf bis zur Auferstehung schlafe. Und hier sei das Täschchen; sein armes Weib habe sich nicht getraut, es dem Herrn Grafen selbst zu überbringen. Es greife sie noch immer so hart an, von dem Kinde zu reden.

Er wickelte aus einem leinenen Tuch, das er in der Brust= tasche bei sich trug, ein kleines, viereckiges Täschchen heraus, das er dem Tieferschütterten übergab. Es war kunstreich aus schwarzen Seidenläppchen zusammengenäht, die Ränder mit goldenen Schnürchen eingefaßt, auf der einen Seite ein Kranz von kleinen Lorbeerblättern aus grüner Seide gestickt, ein L aus Goldfäden in der Mitte. Drinnen aber steckte, sorgfältig zusammengelegt und ganz rein gehalten, das Blatt, auf welchem

Leopardi an jenem Abend ihr die Strophe aufgeschrieben, die er am Hügel gedichtet. Die letzte Zeile war mit einem feinen Bleistift dreimal unterstrichen, als ob sie ihn hätte wissen lassen wollen, wie oft sie die Worte nachgesprochen:

„Und süß ist mir's, in diesem Meer zu scheitern!"

* * *

Als der Abend kam und das Siebengestirn wieder über der schlafenden Stadt leuchtete, saß Leopardi auf dem Balcon, die Mappe auf den Knieen, in der er — mit welchen Schauern der Erinnerung! — erst heute jenen langen Herzenserguß wiedergefunden hatte, den Zeugen der glücklichen Nacht, da er noch einmal an seine Jugend glaubte. Das Nelkensträußchen lag dabei, die Blumen waren dürr und gebräunt, die Schnur aus den schwarzen Haaren glänzte noch an dem Licht der Lampe, als er sie aufhob und betrachtete. Das Alles hatte er damals zurückgelassen, als er so eilig floh. Nun verschärfte es seine Schmerzen.

Wie es Mitternacht schlug, kam eine Stille über ihn. Er nahm das Blatt und schrieb unter die lange Beichte seiner „Erinnerungen" noch die folgenden Verse:

Und du, Nerina! Reden denn nicht auch
Von dir all diese Stätten? Wie? Du wärst
Mir aus dem Sinn geschwunden? Wohin gingst du,
Daß ich hier einzig nur dein Angedenken
Noch finde, Süßeste? Ach, deine Heimath
Erblickt dich nimmer; jenes Fenster dort,
Wo du mit mir geplaudert, drinnen jetzt
Sich nur so trüb der Strahl der Sterne spiegelt,
Ist leer. Wo bist du, daß ich deine Stimme
Nicht tönen höre, wie in jener Zeit,
Wo jeder ferne Laut von deinen Lippen,
Der zu mir drang, das Blut mir aus der Wange
Zum Herzen trieb? Vorbei! Vergangen ist
Dein Dasein, süßes Lieb; vergangen bist du.
Nun kommt's an Andre, durch die Welt zu wandeln
Und diese duft'gen Hügel zu bewohnen.
O, rasch vergingst du, und dein Leben war
Nur wie ein Traum! Als du dort tanztest, glänzte
Die Lust dir an der Stirn, glänzt' in den Augen

Die ahnungsvolle Zuversicht, das Licht
Der Jugend, — da verlöscht' es das Geschick,
Und stille lagst du. Ach, Nerina, immer
Herrscht noch in mir die alte Liebe. Oft
Bei Festen, in Gesellschaft sprech' ich heimlich
Zu mir: O nicht zu Tanz und Festen mehr,
Nerina, schmückst du und gesellst du dich! —
Und wenn der Mai kommt, grüne Zweig' und Lieder
Verliebte Knaben ihren Mädchen bringen,
Sag' ich: Nerina, nimmer kehrt für dich
Der Frühling wieder, nie die Liebe wieder!
An jedem heitern Tag, bei jeder Flur
Voll Blumen, jeder Freude, die ich fühle,
Sag' ich mir: Ach, Nerina freut sich nimmer,
Sieht Erd' und Himmel nicht! — Du gingst dahin,
Mein ew'ger Seufzer, gingst dahin! und mir
Bleibt treu gesellt bei allen lieblichen
Gefühlen, allem Süßen, Trüben, Theuren,
Was mich bewegt, ein herbes Angedenken!

Das Seeweib.

(1875.)

In den schattigen Laubgängen des Gartens, dicht am See, der im Glanz der Abendsonne durch die Büsche funkelte, ergingen sich langsam Arm in Arm zwei stattliche Frauen, die beide schon über die Mitte des Lebens hinaus waren. Von Zeit zu Zeit blieben sie stehen, um etwa eine schön blühende Blume zu betrachten, oder einen Blick nach dem Landhause zu werfen, das auf der Höhe des sanft ansteigenden Ufers stand, von prachtvollen alten Bäumen überwölbt, alle Fenster und Balconthüren geöffnet, um die Abendkühle hereinzulassen. Tiefer ins Land hinein sah man weiße Bauernhäuser und zerstreute Fischerhütten aus dichtem Nadelholz hervorblicken; die rothen Stämme der Föhren und Tannen standen wie glühende Säulen zwischen den schwarzen Tiefen des Waldes, ein leichter silbergrauer Rauch wallte hie und da über die Wipfel hin, in der Ferne donnerte es leise von abziehenden Gewittern.

Die Luft hat sich abgekühlt, sagte die Eine der beiden Wandelnden, aber es ist seltsam: der Druck, der diesen ganzen Tag auf meiner Stimmung lag, will nicht weichen. Ich kenne diese wunderliche Beklommenheit nur zu gut an mir. Selten war mir so zu Muth, ohne daß ein Unglück oder wenigstens ein Verdruß darauf gefolgt wäre.

Du haſt immer an Ahnungen geglaubt, verſetzte die Andere
lächelnd. Weißt du nicht mehr, H e r m i n e, wie oft wir im
Inſtitut dich mit deinem prophetiſchen Gemüth genedt haben?
Und wenn du ehrlich ſein willſt: ſind deine Kaſſandra-
Stimmungen nicht viel öfter ohne Beſtätigung geblieben, als
daß ſie ſich bewährt hätten? Du ſollteſt dich entſchließen, Buch
zu führen über deine Ahnungen, und am Ende des Jahres die
Summe ziehen, wie viele eingetroffen ſind und wie viele nur
etwa von der Migräne herrührten.

Es iſt wahr, C o r n e l i e, erwiederte die ältere Freundin,
gerade ich ſollte dieſen Aberglauben längſt abgeſchworen haben.
Das Schwerſte, was ich je erlebt, der Tod meines geliebten
Mannes, hat mich ganz ahnungslos, im heiterſten Genuß des
Lebens getroffen. Du weißt, er wollte mir auf den Ball nachkommen: er hatte erſt noch eine wichtige Arbeit zu vollenden.
Statt ſeiner kam die entſetzliche Botſchaft, daß er am Schreibtiſch
umgeſunken war. So verlor ich auch meine Mutter wenige
Jahre darauf, ohne jedes Vorgefühl. Und doch — es iſt etwas
daran. Vielleicht iſt mein zweites Geſicht weitſichtig: die mir
am nächſten ſtehen, werden nicht davon erreicht. Aber es iſt
thöricht, ſich den herrlichen Abend mit ſo dunklen Dingen zu
verderben. Höre, wie die Kinder vergnügt ſind!

Sie waren zu einer Stelle des Ufers gekommen, wo hinter
den Flieder- und Jasminbüſchen ein Badehüttchen ſtand. Muth-
williges Geplätſcher und helles Lachen von einigen Mädchen-
ſtimmen erklang hinter den hölzernen Wänden.

Mein Wildfang ſcheint wieder die Ausgelaſſenſte zu ſein,
ſagte Frau Cornelie. Sie hat ein Lachen in der Kehle, das ſo
anſtedend wirkt, wie bei Anderen das Gähnen. Selbſt mein Herr
Gemahl, der manchmal den rauhen Krieger recht täuſchend zu
ſpielen weiß, ein ſo milder Kern in der ſtachligen Schale ſtedt, —
wenn dieſes gottloſe Geſchöpf ſeinen Kopf darauf ſetzt, ihn aufgeräumt zu machen, kann er nicht zehn Minuten ſein Dienſt-
geſicht, ſeine Oberſtenmiene, wie wir's nennen, beibehalten. Auch
deine L i l l i, die ich viel ernſter und in ſich gekehrter gefunden
habe, als das letzte Mal vor zwei Jahren, iſt ſeit den paar Tagen

in Louison's Gesellschaft fast wieder zum spiel- und tanz-
lustigen Backfisch geworden.

Wollte Gott, daß es vorhielte! sagte die Mutter mit einem
Seufzer. Du hast ganz recht gesehen, Cornelie. Du hast das
Kind nicht so wiedergefunden, wie du es damals verließest.
Es sind nicht die zwei Jahre allein, die freilich gerade in dieser
Jugend die Natur im Innersten zu verwandeln vermögen. Auch
eine Erfahrung, die sie inzwischen gemacht, an ihrem eigenen
Herzen — ich mochte dir, so wenig ich sonst Geheimnisse vor dir
habe, nichts davon schreiben, da es eben nicht mein Geheimniß
war. Aber ich sehe nicht ein, warum du es jetzt nicht wissen
sollst; sie hat eine Neigung zu einem jungen Mann gefaßt,
ernster, wie ich fürchte, als sonst erste Neigungen zu sein pflegen.
Das geht ihr noch im Stillen nach, und scheu und stolz, wie
sie ist, hat sie nicht einmal ihre Mutter zur Vertrauten gemacht,
so daß Alles um so tiefer nach innen drang.

Eine unglückliche Liebe? Du erschreckst mich; denn so reizend
wie sie sich entwickelt hat, kann ich nur an eine Passion für
einen verheiratheten oder doch verlobten Mann denken. Jeder,
der deiner Lilli begegnete und noch frei wäre —

Nein, Liebste; ganz so schlimm ist es zum Glücke nicht, und
doch, wer weiß, ob völlige Hoffnungslosigkeit nicht besser für sie
wäre. Laß dir sagen. Im vorigen Sommer, als ich ins
Seebad mußte, — ich reis'te allein, nur mit meiner alten
Christel, — Lilli blieb hier zurück, um als Hausmütterchen für
Max zu sorgen, der gerade in seinem Staatsexamen steckte; und
da sie selbst viel aufgeregter und ängstlicher dabei war, als ihr
Leichtfuß von Bruder, und, bis Alles überstanden, ihm nicht von
der Seite wollte, mußte ich mich darein ergeben, daß mir die
Kinder erst ein paar Wochen später nachkommen sollten. Auch
that mir die völlige Einsamkeit, das tagelange Schweigen so wohl,
wir hatten im Winter ein wenig viel Trouble um uns gehabt
mit Bällen, Maskeraden und Komödiespiel im Hause, daß ich
auch in Scheveningen jeder neuen Bekanntschaft und vor Allem
jeder älteren sorgfältig auswich. So machte sich's, da ich immer
die einsamsten Wege suchte, daß ich öfter einem jungen Mann
begegnete, der gleich mir aus dem eleganten Strandgewimmel

in die Abgeschiedenheit flüchtete. Nachdem wir uns einige Male
stumm gegrüßt hatten, redete er mich an; es dauerte nicht
lange, so begleitete er mich täglich auf meinen Spaziergängen.
Er gefiel mir sehr, seine stille Art, sein bescheidenes und doch
männlich festes Betragen, sein sicheres Urtheil, so jung er noch
war, nicht über sechsundzwanzig, wie er mir sagte. Ich verglich
ihn im Stillen mit Max, dem ich bei all seinen guten Eigenschaften etwas mehr Besonnenheit und Mäßigung wünschte, und
empfand ordentlich ein mütterliches Gefühl für diesen einsamen
jungen Menschen. Irgend ein Kummer schien ihm nachzugehen.
Aber so viel wahrhaft herzliche Hingebung er mir auch bewies, —
über seine persönlichen Stimmungen und Schicksale sprach er
mit keiner Silbe. Ich erfuhr bloß, daß er ganz allein und
unabhängig, ohne Amt oder eigentlichen Beruf in der Welt stehe
und seit vier Jahren sich beständig auf Reisen befunden habe,
bis in den Orient, Egypten, Tunis und dann durch Spanien
und Frankreich zurück. Er hatte eine sehr hübsche Gabe, von
Allem, was er gesehen, zu erzählen, mit der größten Anschaulich-
keit und den lebendigsten Details, aber immer so, als ob er
an Allem keinen tieferen Antheil genommen, diese Scenen nur
erlebt hätte, wie man ein illustrirtes Reisewerk durchblättert.
Auch nach meinen Verhältnissen fragte er nie, ja ich glaube,
es vergingen vierzehn Tage, ohne daß er meinen Namen wußte.
Es war ein so eigener Reiz in diesem anonymen und doch
sympathischen Verkehr, daß auch ich diese Bekanntschaft gleichsam
mit der Halbmaske vor dem Gesicht gern fortgesetzt hätte, wenn
meine neugierige Christine, die mich ein paar Mal mit meinem
jungen Verehrer hatte nach Haus kommen sehen, nicht den Namen
ausgekundschaftet hätte. Da erfuhr ich, daß er nicht bloß ein
näherer Landsmann von mir war, was ich kaum seiner Sprache
nach vermuthet hätte, sondern aus einer Familie unserer Stadt,
die ich oft genug hatte nennen hören. Da wir aber die letzten
sechs Jahre vor dem Tode meines Mannes in L. gelebt haben,
wußte ich nichts Näheres von allen Stadtgeschichten, und der
Name Frank konnte mir über die melancholische Gemüthsart
meines jungen Freundes keinen Aufschluß geben.
Ich hütete mich auch wohl, es ihn merken zu lassen, daß

ich als junges Mädchen seine Mutter oft gesehen hatte, bei mancher Française ihr Vis-à-vis gewesen war. Eine deutliche Ahnung — lache nur nicht wieder! — ließ mich fürchten, daß er sich dann von mir zurückziehen würde. Und ich hatte mich schon so an ihn gewöhnt, daß mir seine Gesellschaft in der That gefehlt haben würde.

Auch das war seltsam an ihm, daß er schon länger als ich in Scheveningen war und noch nicht ein einziges Bad genommen hatte. Ich konnte es nicht lassen, als das erste Mal die Rede darauf kam, einen Scherz darüber zu machen: ob es sich dabei um eine Wette handle, wie bei jenem Engländer, der ein halbes Jahr in Rom gelebt, ohne je die Peterskirche zu betreten? Er wurde blutroth im Gesicht, stammelte eine verworrene Antwort und war schwer wieder in seine unbefangene Stimmung zurückzubringen. Er liebe das Meer nicht, warf er hin — und verstummte dann. Und doch hatte ich ihn an manchem späten Abend von meinem Fenster aus am Strande sitzen und wie verzaubert in die Brandung starren sehen.

Seltsam! Eine Krankheit vielleicht — ein Herzfehler, bei dem das Baden verboten ist —?

Nichts dergleichen. Ich selbst nahm mir die mütterliche Freiheit, ihn darum zu befragen. Er sei völlig gesund, versetzte er mit einem trübsinnigen Lächeln; und das sei gerade das Schlimme. Sein Herz sei aus so dauerhaftem Stoff, daß es die stärksten Stöße und Erschütterungen aushalte und er alle Aussicht habe, achtzig Jahre alt zu werden, — nicht die angenehmste Perspective für einen Menschen, der nicht eben gern lebe.

Das Warum? lag mir auf der Zunge. Schon aber war er wieder in seinem Erzählen von den Zigeunern in Sevilla oder sonst etwas Südlichem, und ich mußte alle weiteren Fragen hinunterschlucken.

Endlich war es so weit, daß ich die Kinder erwarten durfte. Max hatte es nöthig, von seinen Prüfungsstrapazen sich zu erholen, und seine treue Schwester von der sehr überflüssig ausgestandenen Angst. Ich hütete mich wohl, meinem jungen Freunde etwas davon zu sagen. Ich hatte ihn geflissentlich jeder jungen

Dame ausweichen sehen, und wenn er den reizendsten Französinnen und jungen Misses einmal wider Willen nahe kam, ging er so steif und fast feindselig an ihnen vorüber, wie an einer Dornenhecke; da fürchtete ich, er möchte mich gleich im Stich lassen, sobald unser Unter=vier=Augen gestört würde.

Und wirklich, als wir uns den Tag nach der Ankunft der Kinder auf dem gewohnten Wege trafen, ich nun mit meiner jungen Escorte, sah ich ihn eine Bewegung machen, als ob er etwas verloren hätte und eilig umkehren müßte, es zu suchen. Dann aber schämte er sich doch, vor unseren Augen die Flucht zu ergreifen, faßte sich ein Herz und kam möglichst unbefangen auf uns zu.

Er gefiel auch gleich meinen Kindern, und sie ihrerseits schienen auf ihn den besten Eindruck zu machen, so daß es nach der ersten Viertelstunde war, als wären wir nie anders als so zu Vieren dort herumgeschlendert. Ich hatte meinem nicht gerade diplomatischen Herrn Sohn einen Wink gegeben, daß er seine ungestüme, warmherzige Art, fremde Menschen, wenn sie ihm zusagten, gleich allzu vertraut zu behandeln, diesem Sonderling gegenüber im Zaum halten möchte. Er versprach es feierlich, hielt es auch eine ganze Stunde lang, fiel dann aber gleich wieder in seinen eigenthümlichen Ton zurück, und ich sah mit Erstaunen, daß seine cordiale Unverfrorenheit ihm in den Augen des jungen Menschenfeindes durchaus nicht schadete. In der ersten Stunde schon kam zur Sprache, was ich vierzehn Tage lang nie berührt hatte, daß wir aus derselben Stadt waren, daß er — Frank — Militär gewesen und als Lieutenant seinen Abschied genommen, daß er noch ein paar Jahre zu reisen vorhabe, um für ein volkswirthschaftliches Werk Material zu sammeln, — kurz, eine Menge persönlicher Notizen, an die sich allerlei allgemeine, recht interessante Debatten knüpften.

Meine Lilli, der ich nie nöthig gehabt habe über Tact und Discretion gute Lehren zu geben, betrug sich bei diesem ersten Spaziergange auffallend und fast über Gebühr zurückhaltend, so daß ich sie zu Hause befragte, ob ihr nicht wohl gewesen sei, oder ob Frank ihr einen abstoßenden Eindruck gemacht habe. Sie erwiederte ruhig, sie habe beständig in seiner

Nähe mit einem schmerzlichen Gefühl zu kämpfen gehabt, wie neben einem unheilbar Kranken, an dessen Seite man sich's fast übel nehme, gesund und glücklich zu sein. Es sei ihr das um so trauriger gewesen, da sie alles Gute, was ich über ihn geschrieben, bestätigt gefunden habe. Sie könne aber nicht ohne eine unerklärliche Bangigkeit in sein Gesicht sehen.

Was soll ich dir weiter sagen? Wir blieben noch drei Wochen zusammen, und unser räthselhafter Freund war un= zertrennlich von uns. Nur wenn wir nicht allein waren, was sich auf die Länge doch nicht immer vermeiden ließ, erschien er in sichtbar verstörter Laune, sprach nur das Nöthigste und zog sich nach einer Viertelstunde wieder zurück.

Max kam ihm auf die Länge nicht näher, als schon in der ersten Stunde geschehen war. Ihre Naturen hatten zu wenig Verwandtes. Aber meinem mütterlichen Blick konnte es nicht entgehen, daß er sich immer entschiedener zu Lilli hinge= zogen fühlte, und daß in ihrem Herzen die Bangigkeit, mit der sie anfangs sein Gesicht betrachtet hatte, einem viel lebhafteren Langen und Bangen wich, wenn sie zu der gewohnten Zeit einmal n i c h t in sein Gesicht sehen konnte.

Sollte ich mich darüber freuen oder ängstigen?

Ich wußte es nicht; diesmal ließen mich meine Ahnungen ganz im Stich. Aber daß ich mir, trotz aller dunklen Punkte, keinen lieberen Schwiegersohn gewünscht hätte, kann ich dir ja wohl im Vertrauen gestehen.

Es schien auch wirklich, als ob es zu einer raschen und glücklichen Entscheidung kommen würde. Aber eines Abends, als wir eben im muntersten Gespräch mit Frank das gesellige Leben unserer Stadt, auf das er nicht gut zu sprechen war, in Schutz nahmen, kam es, daß Lilli zum ersten Mal unseres Landhauses hier am See erwähnte. Max fügte scherzend hin= zu, es sei zwar auf dem Lande bei uns nicht viel zu haben, als ein Bad, ein Gericht Fische, das man selbst angele, Winters etwa ein Hase, den man selbst schießen könne; aber wenn er's mit mir und Lilli nicht verderben wolle, müsse er uns hier draußen jedenfalls besuchen und über das Haus und die Aus= sicht und jeden Grashalm entzückt sein.

Schon während er noch sprach, hatte ich mit Schrecken bemerkt, daß Frank's Gesicht plötzlich von einer Todtenblässe überzogen worden war. Eh' ich ihn fragen konnte, was er habe, stand er auf, machte ein paar Schritte durch das Zimmer, nahm dann rasch seinen Hut und verabschiedete sich in der selt= samsten Hast unter dem Vorwand, den er halblaut hervor= stotterte: er habe sich plötzlich an einen wichtigen Brief erinnert, der heute durchaus noch geschrieben werden müsse.

Du kannst dir vorstellen, Liebe, in welcher Befremdung wir ihm nachsahen. Aber was sollten wir erst denken und sagen, als am andern Morgen in aller Frühe ein Billet von ihm kam, in welchem er mit sehr herzlichen Worten Abschied nahm, sein gestriges Davonstürmen zu entschuldigen und ihm ein freundliches Andenken zu bewahren bat, auch wenn es ihm nicht gegeben gewesen sei, sich so vieler Güte werth zu zeigen. Er tauge eben nicht zu glücklichen Menschen.

Das klingt ja nach einem Eugen Aram! rief Frau Cornelie. Arme Lilli! Ich kann mir denken, wie dem guten Kinde zu Muth war, als es sich sagen mußte, dieser Gegen= stand ihres heimlichen Interesses habe, wenn auch nicht gerade einen Mord, doch sonst irgend eine Schuld auf dem Herzen, die ihn so unstät durch die Welt jage.

Sie ist ein eigenes Mädchen, versetzte die Mutter. Nicht ein Wort hat sie zu mir über dieses plötzliche Aufwachen aus einem Traum geäußert, der ihr nur leider schon zu tief im Herzen saß. Aber ihr Wesen war so rührend ernst und still, daß selbst Max, der seine Schwester leidenschaftlich liebt, obwohl er beständig mit ihr auf dem Kriegsfuße lebt, seinen Ton gegen sie völlig änderte und sie mit der ausgesuchtesten Aufmerksam= keit behandelte, als fühlte er die Pflicht, sie für ein verlorenes Glück zu entschädigen.

Du wirst begreifen, daß wir nun auch nicht mehr viel Vergnügen an der See fanden. Kaum waren wir aber wieder zu Hause, so erkundigte ich mich nach Frank's Familie und seinen eigenen Schicksalen, die ihm so unheilvoll nachgingen. Ich erfuhr, daß sein elterliches Haus schon seit fünf Jahren

veröbet und fest zugeschlossen sei. Bis dahin habe es der alte
Frank mit diesem Sohn und einer einzigen liebenswürdigen
Tochter bewohnt, sehr zurückgezogen; aber die wenigen Freunde,
die bei ihnen aus- und eingingen, hatten darin übereingestimmt,
nie eine glücklichere, einträchtigere Familie gesehen zu haben.
Die Mutter sei früh gestorben. Da habe der um einige Jahre
ältere Sohn seine kleine Schwester völlig wie eine Bonne ge-
pflegt und behütet, da der Papa von der Gicht gelähmt die
meiste Zeit in seinem Lehnstuhl zubringen mußte. Auch wie
sie heranwuchs und er zum Militär ging, hörte dieses Verhältniß nicht auf, und man hatte das Mädchen kaum anders
als am Arm des Bruders ausgehen sehen.

Und nun denke dir das Entsetzliche, die beiden Geschwister,
die auch sonst in allen körperlichen Uebungen, im Reiten,
Schwimmen, Scheibenschießen mit einander wetteiferten, fuhren
eines Tages mitten im Winter hier an den See hinaus, wo
gerade eine prachtvolle Eisbahn war, um sich recht nach Herzenslust mit ihren Schlittschuhen zu vergnügen. Am Abend er-
hält der alte Vater die Nachricht, seine Tochter sei verunglückt, in
eine offene Stelle gerathen, bis jetzt nicht wieder aufgefunden,
der Bruder irre wie ein Verzweifelter am Ufer umher, und man
fürchte ernstlich, daß sein Kopf aus den Fugen gehen werde.

Welch ein schauerliches Unglück! rief Frau Cornelie. Nun
erinnere ich mich, in einer Zeitung davon gelesen zu haben, ohne
die Namen. Kein Wunder, daß der unglückliche Bruder ein
Grauen davor hat, diese Gegend je wieder zu betreten! —

Er hatte sich endlich losreißen müssen, die Eisdecke hielt
den Leichnam zu fest verwahrt, und den Verstand darüber zu
verlieren verbot ihm eine sehr ernste Pflicht. Den Vater hatte
bei der Nachricht von diesem Jammerschicksale der Schlag getroffen; er lebte aber noch viele Monate und bedurfte den Sohn,
und dieser sah und hörte täglich in den erloschenen Augen des
Vaters und den gebrochenen Klagelauten das Gespenst jenes
grauenhaften Unglücks. Wie der Alte dann endlich starb, ging der
Sohn von seinem frischen Grabe weg in die weite Welt und
hat nirgend Ruhe gefunden.

Armer, armer Mensch! und die arme Lilli —

Sie weiß Alles. Obwohl ich mir sagen mußte, daß es nur dazu beitragen würde, ihr das Bild des Unglücklichen, da er so schuldlos leidet, tiefer ins Herz zu drücken. Aber ich hatte ihn schon zu lieb gewonnen, um es zu ertragen, daß ein Schatten auf seinem Bilde blieb, der Verdacht, eine Schuld trenne ihn von den Menschen. Laß dir's gestehen, Cornelie: sogar die Hoffnung sprach leise mit, die Zeit möchte diese schauerlichen Gespenster von ihm wegbannen, und man könnte mithelfen, ihn wieder dem Leben zurückzugewinnen. Auch scheint er selbst ernstlich bemüht, sich nicht verloren zu geben. Er ist seit acht Tagen, wie Max uns schrieb, wieder in der Stadt aufgetaucht, hat auch diesmal wieder, da er meinem Sohn auf der Straße begegnete, unwillkürlich ihm auszuweichen versucht; dann aber, wie mit einem plötzlichen Entschluß, sei er gerade auf ihn zu gegangen, habe ihm herzlich die Hand geschüttelt, sich nach uns erkundigt und sogar geäußert, seine Zeit sei zwar sehr beschränkt, er werde aber doch, wenn es irgend möglich sei, uns hier draußen aufsuchen.

Um Gotteswillen! Er wird doch nicht —! Wenn nun hier die ganze unglückselige Erinnerung ihn gewaltsam wieder überfällt —

Auch ich würde es fürchten, sagte Frau Hermine, und darum ließ ich ihn durch Max fragen, ob er uns nicht lieber in der Stadt wiedersehen möchte. Daß wir jetzt Alles wissen, hatte mein Sohn ihm nicht verhehlt. Er wollte aber nichts davon hören. Wenn irgend Etwas ihm die unheimlichen Stätten wieder gleichsam reinigen könnte von allem Grauen, so sei es die Nähe zweier Menschen, die er so verehre wie mich und meine Tochter. Und so leben wir seit einigen Tagen beständig in der Erwartung dieses auf alle Fälle aufregenden Wiedersehens. Lilli's Munterkeit ist zum Theil die Folge ihrer steten Bemühung, Niemand merken zu lassen, wie bange ihr Herz zwischen Furcht und Freude hin und her schwankt. Und ich —

Mein Gott! unterbrach sie sich plötzlich — da ist er selbst!

*   *   *

Aus dem Schatten der Bäume oben neben dem Landhause traten eben zwei junge Männer ins Helle heraus, und der eine ließ einen fröhlichen Jodelruf erschallen, während er lebhaft seinen Strohhut schwenkte. Auch der andere grüßte zu den beiden Frauen hinunter, folgte aber mit etwas langsameren Schritten seinem Begleiter, der munter den Gartenweg hinabeilte.

Da bring' ich ihn! rief Max schon von Weitem der Mutter entgegen. Haben wir uns nicht einen schönen Tag ausgesucht, — ein kleines Miniaturgewitter, Abendroth, Vollmond, Alles was man nur wünschen kann? Auch sind wir von der letzten Station an zu Fuß gegangen, so daß wir euch den richtigen Landappetit mitbringen. Hoffentlich, liebste Mama, kannst du uns noch satt machen. Aber wo steckt denn mein Lilliput? Und Fräulein Louison?

Die Mutter hörte nichts von Allem, was ihr übermüthiger Sohn nach seiner Gewohnheit in den Tag hinein plauderte, ohne es übelzunehmen, daß man ihm die Antwort schuldig blieb. Ihre ganze Sorge war davon in Anspruch genommen, welchen Eindruck dies Begegnen hier an dem verhängnißvollen Ufer auf Frank machen würde. Zu ihrer großen Beruhigung schien die Freude, seine mütterliche Freundin wiederzusehen, jede andere Regung in ihm niederzuhalten. Er küßte Frau Herminen mit inniger Ehrerbietung die Hand, fragte nach ihrem Befinden und ließ es sich wenigstens nicht anmerken, daß es ihm unlieb sei, ein fremdes Gesicht hier zu treffen. Es schien ihm eher erwünscht, sich hier in größerer Gesellschaft zu befinden, und er sprach so lebendig und heiter von einer Menge interessanter Dinge, daß Frau Cornelie Mühe hatte, in diesem angenehmen Gesellschafter den düsteren, menschenscheuen Träumer zu erkennen, von dem die Freundin ihr erzählt hatte.

Freilich, nur so lange er sprach. Sobald er schwieg, schienen die Züge seines geistreichen Gesichts gleichsam zu erstarren; die Augen allein leuchteten von unheimlich ängstlichem Leben, und ein nervöses Zucken der Augenbrauen verrieth ein geheimes Leiden. Dann aber brauchte nur die edle Frau, der sein Besuch galt, das Wort an ihn zu richten, um sofort eine stille, wehmüthige Heiterkeit über seine Züge zu verbreiten, die

Jedem, der seine Geschichte kannte, den herzlichsten Antheil abgewinnen mußte.

Er war ganz schwarz gekleidet, von hoher Gestalt, das Haar trotz seiner Jugend schon hie und da mit grauen Flocken gemischt. Wenn er lächelt, flüsterte Frau Cornelie der Freundin zu, machen ihn seine schönen Zähne ordentlich hübsch.

Auch er fragte endlich nach Fräulein Lilli; in demselben Augenblick sah er das Mädchen mit ihrer Freundin aus dem Ufergebüsch hervortauchen und ihrem Bruder entgegenfliegen, der nach der Badehütte hinabgegangen war. Er schien ihr zu sagen, wen er mitgebracht, denn sofort machte sie sich von ihm los, strich sich die aufgelös'ten braunen Haare aus dem Gesicht, um die Röthe zu verbergen, die ihr bis über die Stirne gestiegen war, und eilte dann dem Gast mit unbefangener Herzlichkeit entgegen.

Wie schön, daß Sie Wort halten! sagte sie, ihm die Hand reichend. Es schien der Mutter gar zu unnatürlich, Sie in der Stadt zu wissen und Sie nicht zu sehen. Wir wären Ihnen gern entgegengekommen, aber es ist besser so. Das Jahr, seit wir uns nicht gesehen, hat Ihnen gut gethan, Sie haben viel mehr Farbe als damals. Aber nun muß ich Sie vor Allem mit meiner Freundin Louison bekannt machen.

Er erwiederte ein paar höfliche Worte, verneigte sich vor dem fremden Fräulein, schien dann aber nur Augen und Ohren für Lilli zu haben, die an seiner Seite blieb und ihn über seine letzten Reisen befragte. Es ist Alles wieder wie in Scheveningen, sagte sie lächelnd, nicht wahr? Sogar die flatternden Haare, die in der Luft vollends trocknen sollen. Und nicht einmal mein Herr Bruder ist inzwischen um zwölf Monate gesetzter und verständiger geworden.

Sie hatte eine liebliche, etwas tiefe Stimme, die dem Unbedeutendsten, was sie sagen mochte, einen eigenen seelenvollen Reiz verlieh. Auf den ersten Blick fand man die blonde Louison schöner, zumal sie es sehr gut verstand, ihre natürlichen Vorzüge mit allen kleinen Künsten einer Evastochter ins beste Licht zu stellen. Auch war Max offenbar wehrlos gegen ihre muthwilligen Blicke und die ausgesucht schlechte Behandlung, die sie ihm zu Theil werden ließ. Doch ein ernsthafterer Mensch, wie Frank, konnte nicht lange darüber in Zweifel sein, welche von den beiden Freundinnen den echteren Reiz besaß. Für ihn schien die Blonde gar nicht auf der Welt zu sein. Und gerade das stachelte den Uebermuth Louison's zu immer tolleren Raketenfeuern der Koketterie, so daß Max nicht aus dem Lachen kam und nur in den kurzen Pausen des Athemschöpfens einen verstohlenen Seufzer vernehmen ließ, da er, selbst neben dem unempfindlichen Fremden, mit seiner ritterlichen Huldigung nur schlechten Dank von dem muthwilligen jungen Fräulein erntete.

So waren die drei Paare lange durch den Garten gewandelt, und die Mutter erinnerte endlich daran, daß die Stunde des Nachtessens gekommen sei. In einem Zimmer des Erdgeschosses brannte die Lampe auf dem gedeckten Tisch, von Nachtschmetterlingen umschwirrt; die alte Christel, die Frank wie einen Hausfreund mit großer Zutraulichkeit begrüßte, trug die Speisen auf, man setzte sich und genoß behaglich nach dem schwülen Tage die Wohlthat, in dem luftigen Gemach sich an Speise und Trank zu erquicken.

Das Gespräch ward allgemeiner; Max, der neben Louison saß, gerieth endlich durch den Aerger über die geflissentliche Art, wie seine blonde Flamme ihr Interesse an Frank ihn merken ließ, in einen Humor der Verzweiflung, der ihm die witzigsten Einfälle eingab, so daß selbst seine ernste Mutter von der Heiterkeit der Anderen angesteckt wurde, während sie es ihrem Sohn im Stillen Dank wußte, daß er jene ahnungsvolle Beklommenheit so glücklich zu zerstreuen verstand.

Frank erkundigte sich, ob Lilli noch fleißig gesungen habe.

Sie soll Ihnen gleich ihre neuesten Lieder zum Besten geben, sagte die Mutter. Es sind gar schöne darunter, und unser Flügel ist auch hörenswerther, als das alte Scheveninger Klavier, dem die Seeluft einen so hartnäckigen Katarrh zugezogen hatte.

Man stand vom Tische auf und begab sich in den anstoßenden Salon, dessen Fenster und mittlere Flügelthür nach dem Garten hinausgingen. Ueber den sanft sich hinabsenkenden großen Rasenplatz sah man die Büsche unten am Seeufer und dahinter die weite Wasserfläche, auf der jetzt ein ruhiger Glanz des Mondes lag. Das Gemach war einfach und ländlich möblirt, ein chinesischer Mattenteppich deckte den Fußboden, einige schöne Stiche nach Claude le Lorrain'schen Landschaften hingen an den Wänden, in der Fensternische stand Lilli's Näh= tisch, ein großer Flügel von dunklem Holz nahm die eine Wand ein und ein langes Sopha die andere. Die Hängelampe mitten im Saal wurde angezündet, die Mutter öffnete das Instrument und begann erst wie präludirend zu spielen, bis sich jenes geheimnißvoll rührende Rondo von Philipp Emanuel Bach daraus entwickelte, das Frank sich schon vorm Jahr immer von Neuem hatte vorspielen lassen. Der Gast hatte sich in Lilli's Stuhl vor das kleine Tischchen gesetzt und lauschte, das Gesicht in die Hand gestützt, während seine Augen gegen den hellen Nachthimmel gerichtet waren.

Er sprach kein Wort, als das Spiel zu Ende war. Louison, die von Allen allein nicht wußte, wer er war und welcher dunkle Schatten über seinem Leben lag, flüsterte Lilli, die neben ihr auf dem Sopha saß, ins Ohr: Der sonderbare Musikfreund scheint eingeschlafen zu sein!

Wenn Musik ihm zum Schlaf verhelfen könnte, wollte ich ihm die ganze Nacht vorsingen! erwiderte Lilli und stand auf, um aus einem Schrank in der Ecke ihre Noten zu holen. Max zündete die Kerzen am Flügel an und trat dann auf die Terrasse vor dem Gartensalon hinaus, wo man ihn rauchend im Mondschein hin und her wandeln sah, während seine Schwester sang.

Sie begann mit einigen Liedern, die Frank schon in Scheveningen gefallen hatten. Sie kannte seine Eigenheit, daß es ihm unmöglich war, nach einem Gesang, der ihm an die Seele gegangen war, mit einem Zeichen des Beifalls die nach= klingende Stimmung zu stören. Und doch war das tiefe Schweigen ihres Gastes heut für die Sängerin wie für die Mutter, die sie begleitete, peinlich, da sie gern gewußt hätten, ob die Musik ihm wohl oder weh that.

Soll ich weitersingen? fragte Lilli endlich schüchtern.

Wenn Sie wüßten, Fräulein, wie durstig ich nach solcher Musik war, — wie eine halbverdorrte Pflanze nach einem warmen Regen! — Aber Sie halten mir schon meine Unart zu Gut, daß ich hier im Winkel sitze und alles Herrliche, was Sie mich genießen lassen, hinnehme, als müßte es so sein.

Sie nickte nur, aber mit einem frohen Gesicht, und zog dann ein neues Heft hervor, das sie vor ihre Mutter auf das Notenpult hinstellte. Dann sang sie die folgenden Strophen:

Es kommen Blätter, es kommen Blüten,
Doch keinen Frühling erlebt mein Herz.
Ich sitze trauernd ein Grab zu hüten,
Und um Cypressen schweift mein Schmerz.

— Die sanften Lüfte, fühl, wie sie kosen!
Die hohen Sterne, sieh, wie sie glühn!
Der neue Sommer bringt neue Rosen,
Und nur für Einen soll keine blühn? —

Für mich wird nimmer ein Kranz gewunden,
An meinem Herzen sind all' verdorrt.
Es wächs't ein Kräutlein, das heilt die Wunden,
Das Kraut Vergessen — wer kennt den Ort?

— Wer darf vergessen, der je besessen,
Was tief im Herzen so theuer war?]
Doch giebt's ein Gärtchen, da stehn Cypressen,
Die tragen Rosen im dunklen Haar! —

Sie hatte die letzten Töne vor verhaltener Bewegung kaum noch aus der Kehle gebracht. Ich muß wirklich aufhören, sagte sie, ich werde plötzlich so heiser, daß kein Ton mehr rein klingt.

Die Mutter stand auf. Warum hast du gerade d a s gesungen? sagte sie leise, indem sie den Flügel schloß.

Ich hab' es einmal wagen wollen, versetzte die Tochter. Es ist so unnatürlich, immer zu thun, als wäre Alles, wie es sein sollte.

Frau Cornelie trat jetzt zu ihnen heran und sagte, das Lied erinnere sie an einen Friedhof am Genfer See in der Nähe von Montreux, wo sie einen alten Cypressenbaum gefunden, den die Ranken eines Rosenstocks so durchwachsen hätten, daß er wie ein schwarzer Baum mit rothen Blüten ausgesehen habe.

Wahrscheinlich sei dem Dichter durch ein ähnliches Naturspiel der Gedanke zu seinem Liede gekommen.

Frau Hermine und Lilli erwiederten nichts. Louison saß auf dem Sopha, ein wenig verwundert über die sonderbare Stimmung, in die man heut Abend gerathen war, verdrießlich über Max, der seine Cigarre der Pflicht, ihr den Hof zu machen, vorzog, und vor Allem mehr und mehr ungehalten über den fremden Gast, um den sich Alles so sichtbar bemühte, da er ihr doch nichts weniger als liebenswürdig vorkam. In der Pause, die nach dem Gesange eintrat, griff sie mechanisch nach einem Büchlein, das auf dem Tisch vor dem Sopha lag, und beschloß auch ihrerseits einmal möglichst unartig zu sein, da dies heute Abend die Losung zu sein schien, und mitten in der Gesellschaft zu lesen, als ob sie ganz allein wäre.

Es waren Gottfried Keller's „neuere Gedichte", die sie noch nie in der Hand gehabt hatte. Sie blätterte ein wenig, las hie und da, und da man ihr in der Pension wegen ihrer schönen Declamation immer großes Lob gespendet hatte, kam ihr plötzlich der Einfall, sich hören zu lassen, um auch ihrerseits dem Fremden, der sie so wenig beachtete, interessant zu werden. Ueberdies hatte sie ein Gedicht gefunden, dessen schauerliche Schönheit selbst auf ihre nicht sonderlich tiefe Natur einen wundersamen Eindruck machte.

Wollt ihr einmal zuhören? rief sie. Da ist ein Gedicht, das ist wie lauter Musik und dabei so recht für unsere heutige Gesellschaft, wo man nur von melancholischen Dingen hören will. Ihr müßt nur vorlieb nehmen mit meinem schlechten Lesen.

Dann las sie:

> Nicht ein Flügelschlag ging durch die Welt,
> Still und blendend lag der weiße Schnee,
> Nicht ein Wölkchen hing am Sternenzelt,
> Keine Welle schlug im starren See.
>
> Aus der Tiefe stieg der Seebaum auf,
> Bis sein Wipfel in dem Eis gefror;
> An den Aesten klomm die Nix' herauf,
> Schaute durch das grüne Eis empor;

Auf dem dünnen Glase stand ich da,
Das die schwarze Tiefe von mir schied;
Dicht ich unter meinen Füßen sah
Ihre weiße Schönheit Glied für Glied.

Mit ersticktem Jammer tastet' sie
An der harten Decke her und hin.
Ich vergeß' das dunkle Antlitz nie,
Immer, immer liegt es mir im Sinn!

Kaum hatte sie geendigt, so erhob sich Frank. Er war todtenblaß geworden, seine Augen irrten am Boden, wie tastend streckte er die Hände vor sich hin, um die Thüre zu finden, die ins Freie führte. Wenn die Mutter und Lilli nicht selbst vom Schrecken über das Gedicht, das so schneidend in die alte Wunde drang, wie gelähmt gewesen wären, hätten sie hinzueilen und dem Wankenden die Hand bieten müssen. So aber starrten sie ihn in rathloser Verstörung an, wie er jetzt an der Schwelle sich umwandte und mit mühsamer Stimme sagte: Es ist mir auf einmal — ich bitte, sich ja nicht stören zu lassen, — es wird sogleich im Freien besser werden — bitte, bitte, meine Gnädige! — und indem er fast gebieterisch mit der Hand abwehrte, daß Niemand ihm folgen sollte, schritt er auch an Max, der ihn anrief, mit ablehnender Geberde vorbei und verschwand im Dunkel der Bäume.

*　　*　　*

Zehn Minuten später ging die Mutter ihm nach. Sie fand ihn auf einer Bank, die im dichtesten Schatten stand, er hatte das Gesicht in die beiden Hände gedrückt und den Kopf auf die hölzerne Lehne sinken lassen. So überhörte er eine Weile ihre Annäherung, und erst als sie ihm die Hand leise auf das Haupt legte und ihn mit mütterlichem Ton beim Namen rief, fuhr er in die Höhe, und sie sah sein von zerdrückten Thränen nasses Gesicht und seine zuckenden Lippen.

Lieber Freund, sagte sie, verdenken Sie mir's, daß ich Sie in Ihrer tiefen Verdüsterung nicht sich selbst überlassen kann? Ich müßte Sie nicht so liebgewonnen haben, fast wie einen eigenen Sohn, wenn ich Ihnen nicht Alles nachfühlen sollte, was dieser unglückselige Zufall in Ihnen aufgeregt hat. Darf ich mich hier zu Ihnen setzen, und wollen Sie mir Ihre Hand überlassen? Meine Kinder behaupten, wenn sie krank sind und ich sitze neben ihrem Bett und halte ihre Hand, so werde ihnen besser.

O meine theure, gütige Freundin, rief er, meine zweite Mutter, ziehen Sie Ihre Hand von mir ab, es bringt Ihnen nur Unheil, daß Sie so viel Liebe und Erbarmen an mich elenden Menschen verschwenden! Ich hätte es wissen sollen, daß es zu kühn war, zu glauben, in Ihrer Nähe würden keine Gespenster sich an mich wagen; sie haben die Herausforderung übelgenommen und mir nun gezeigt, wie viel Macht sie noch über mich haben und ewig behalten werden. Mir war vorhin so wohl! Sie wiederzusehen, Ihre Kinder, die seelenvolle Stimme ihrer Tochter zu hören — ich glaubte wahrhaftig einen Augenblick, es sei nun Alles gewonnen, ich sollte noch einmal leben wie andere Menschen. Aber die Krankheit sitzt schon zu tief in meinem Blut. Nur ein winziger Tropfen vom Gift der Erinnerung — und gleich ras't es wieder wie eine Hölle durch alle Fasern meines Daseins. Nein! — und er sprang auf und suchte seine Hand aus der ihrigen zu lösen — es ist besser, ich fliehe wieder, so weit meine Füße mich tragen, als daß ich gute Menschen, die besten, gütigsten Freundesseelen anstecke mit meinem Unglück, und so hoffnungslos wie ich bin —

Sie lästern die Vorsehung, Frank! sagte die Frau mit Nachdruck. Es ist nicht wahr, daß Sie alle Heilmittel erschöpft haben. Darf ich ganz offen mit Ihnen sein? Sehen Sie, lieber Freund, in einem so unstäten, unthätigen Leben, wie Sie es geführt, wird man nicht Meister über einen Gram, der so berechtigt ist. Aber wenn Sie bedenken wollten, daß Niemand ohne Wunden, ohne bittere Erinnerungen sein Erdenschicksal vollbringt und Jeder dennoch die Pflicht zu üben hat, für Andere zu sorgen und zu wirken, — Sie schütteln den Kopf, lieber Frank, Sie wollen sagen, daß Sie für Niemand dazusein haben. Aber sind nicht auch wir für Sie da? Da wir nun einmal Sie kennen und lieb haben, sind Sie nicht auch uns etwas schuldig? Wollen Sie uns den Kummer machen, ganz

ohnmächtig zu Ihrer Rettung gewesen zu sein, trotz unsres herzlichsten guten Willens? Gönnen Sie uns nicht lieber die
Freude, Sie ins Leben wieder zurückgeführt zu haben?

O liebste Mutter, rief er, nun ihre beiden Hände ergreifend,
wenn ich Sie so reden höre — wenn ich Sie immer und immer
nur Sie reden hören könnte! — Aber es ist unmöglich. Sie
wissen nicht — wissen nicht Alles —

Alles weiß ich, lieber Sohn, und dennoch sage ich: vertrauen Sie auf die Macht der Liebe und den Segen der Zeit!
Glauben Sie nur ein bischen an Wunder! Ist es nicht schon
eines, daß wir uns gefunden haben, unter den tausend Menschen,
die seit vier Jahren an Ihnen vorbeigegangen, endlich die
rechten und Ihnen nothwendigen, die Ihnen eine neue Familie
sein sollen und Nichts dafür verlangen, als daß Sie sich nicht
gewaltsam und eigensinnig von ihnen abwenden? Gewiß, kaum
Sie selbst können so heftig von dem, was eben vorgefallen, erschüttert worden sein, wie wir. Aber vielleicht war es gut,
daß es einmal zu einem starken, Gott gebe letzten Anfall
Ihres Leidens kam, damit wir uns aussprechen konnten. Ich
wäre sonst vielleicht noch lange zu feige gewesen. Nun aber
sage ich Ihnen, daß ich Ihre Hand fasse und nicht eher wieder
loslasse, bis Sie mir versprochen haben, ein Mann sein zu
wollen, Ihr Leben als eine Aufgabe, nicht als eine Last zu
betrachten und Alles zu thun, was ein redlicher Wille vermag,
um ein schweres Schicksal zu besiegen.

Er drückte ihre Hand wieder und wieder, schwieg aber,
und sie wußte nicht, ob er zustimmte, oder ihre Worte nur
nicht bestritt, um sie nicht zu betrüben. Es dünkte ihr aber
schon viel gewonnen, daß er ruhiger geworden war und offenbar
sich ihrer mütterlichen Einwirkung gern überließ. So drängte
sie ihn auch nicht, irgend welche Versprechungen zu machen und
Entschlüsse zu fassen, sondern sprach noch eine Weile gütige
und eindringliche Worte, indem sie von eigenen gewaltsam-
traurigen Erlebnissen erzählte und wie sie gerungen habe, auch
die bittersten Schmerzen mit fester Resignation zu überwinden.
Er hielt ihre Hand dabei in den seinen und streichelte sie leise
und sagte nur, als sie endlich schwieg: Ich danke Ihnen; ich

danke Ihnen tausendmal! Ich wollte, ich könnt's Ihnen je vergelten.

Darüber war es spät geworden; sie hörten vom Dorfkirchthurm die zehnte Stunde schlagen. Gehen wir jetzt hinein, sagte Frau Hermine; morgen ist auch ein Tag, und hoffentlich haben wir noch viele, um von dem zu reden, was man nie zu Ende spricht.

Im Gartensaal fanden sie Niemand mehr als Max. Die Anderen ließen durch ihn gute Nacht wünschen, Lilli habe ein wenig Kopfweh gehabt, sie fürchte, sich im Bade erkältet zu haben. — So wurde des Vorfalls mit keiner Silbe mehr erwähnt; das Buch, in welchem das unselige Gedicht stand, war beiseite geschafft worden, auf dem Sopha ein Bett aufgeschlagen.

Sie werden nebenan in Max' Zimmer die Nacht zubringen, lieber Frank, sagte die Mutter. Unser eigentliches Fremdenstübchen ist von meiner Freundin und ihrer Tochter in Beschlag genommen.

Und Max? fragte der Gast.

Ich campire hier im Salon. Das alte Schlafsopha, kann ich Sie versichern, ist nicht zu verachten.

Wenn Sie mich nicht aus dem Hause treiben wollen, lieber Freund, so bleiben Sie ruhig in Ihrem gewohnten Zimmer und überlassen mir dieses Lager. Ich versichere Sie, daß ich in Ihrem Bett kein Auge zuthun würde. Helfen Sie mir, liebe Mama, ihn zu überzeugen, daß es so am besten ist.

Die Mutter wechselte einen Blick mit Max, und es geschah nach dem Wunsch des Gastes. Nur bat dieser, eh' er sich von seiner Wirthin trennte, die ganze Nacht die Lampe brennen lassen zu dürfen, die von der Mitte des Saales aus alle Winkel erleuchtete. Dann schieden sie mit einem Händedruck, und alle Drei gingen zur Ruhe.

*   *   *

Doch währte es noch lange, bis die Mutter zur Ruhe kam. Ihr Schlafzimmer lag im obersten Stock des Hauses, gerade über dem Gartensalon. Daneben war Lilli's Stübchen. Sie fand die Tochter noch angekleidet am Fenster sitzen, sagte ihr, was sie mit Frank gesprochen und daß sie fest vertraue, er werde sich nun zurecht finden.

O Mutter, rief das Mädchen, sich an ihren Hals werfend, es ist so furchtbar traurig! Du sagst, was du nicht glaubst, um mich zu beruhigen. Auch ich, wie ich das Lied sang, wollte mich damit beschwichtigen, aber mittendrin fühlte ich, es ist umsonst. Hat er nicht gesagt, du wüßtest noch nicht Alles? Was kann er meinen? Ach, ich wußte es wohl, ihr Tod allein, so sehr er sie auch geliebt haben mag, — wie kann ihm der bloße Verlust eines noch so theuren Menschen sein ganzes Leben so völlig zerstören, da Männer sich sonst über das Schwerste hinweghelfen mit Arbeiten, Plänen und Ehrgeiz? O Mutter, wer doch Alles wüßte, wer doch helfen könnte!

Sie hatte sich endlich mit ihren Thränen und Klagen ein wenig das Herz erleichtert; es war das erste Mal, daß die Mutter so in ihr Inneres blicken durfte. So ließ sie es sich endlich gefallen, wie ein Kind ausgekleidet und zu Bett gebracht zu werden, und drang nun auch in die Mutter, sich niederzulegen.

Aber die bekümmerte Frau, obwohl sie sich in ihr Zimmer zurückzog und sogar zu Bette ging, fand so bald noch keinen Schlaf. Sie hörte deutlich, wie ihr Gast unten im Saale ruhelos auf und ab wanderte; einmal öffnete er sogar die Glasthür und schien ins Freie zu treten. Dann hörte sie die Thür schließen, aber die Schritte wieder hin und her gehen. Endlich wurde es still, und ihre heimliche Angst, daß es ihn nach dem See hinunterlocken möchte, war für diesmal beruhigt. Sie hatte zwar Max eingeschärft, auf jedes Geräusch nebenan zu horchen, um gleich bei der Hand zu sein. Der aber hatte einen so gesunden Schlaf. Er mochte nicht einmal gehört haben, daß die Glasthür klirrte und dann behutsam wieder zugemacht wurde.

Die Mitternacht kam sacht herbei, die schweren Lider der Frau hatten sich seit einer halben Stunde geschlossen, da weckte sie ein seltsamer Ton, der aus dem Saal unten heraufdrang. Sie fuhr im Augenblick in die Höhe, ein kalter Schweiß trat ihr auf die Stirn, und sie horchte im Bette aufgestützt durch den Fußboden hinab in den unteren Raum. Wieder klang es, abgeriſſene Laute, bald ſchwächer, bald ſtärker, wie tiefes Stöhnen eines Schwerverwundeten, oder das todesbange Aechzen eines Menſchen, dem die Kehle zugeſchnürt wird. Der Mond drang nur in unſicheren Strahlen durch die Ritzen der feſtgeſchloſſenen Läden. Ohne erſt Licht zu machen, kleidete ſie ſich mit fliegender Haſt wieder an, war aber noch nicht damit zu Ende, als ein halb-erſtickter Schrei von unten heraufbrang, dann ein dumpfer Ton, wie der Fall eines ſchweren Körpers, dann tiefe Stille.

Einen Augenblick ſank die Frau auf das Bett zurück, ihre Knie wollten ihr den Dienſt verſagen. Dann nahm ſie ihr Herz feſt in die Hände und ſchlich, an der Wand ſich forttaſtend, zur Thür hinaus. Daß ihre Tochter nebenan ruhig fortſchlief, ſtärkte ihr den Muth.

Sie wankte die Treppe hinab, ſchritt durch den Speiſeſaal, der geſtern ſo viel fröhliches Lachen vernommen hatte, und ſtand dann horchend an der Thür des Gartenzimmers. Nichts regte ſich, nichts konnte ſie durchs Schlüſſelloch ſehen, als daß die Lampe nicht mehr brannte, der Mond aber hell zu drei Fenſtern hereinſah. Da ermannte ſie ſich vollends, öffnete geräuſchlos die Thür und trat ein.

Alles ſchien in tiefem Frieden. Aber das Bett auf dem Sopha war leer. Auf dem Boden daneben lag in ſeinen Kleidern, nur den Rock hatte er abgeſtreift, den Kopf mit geſchloſſenen Augen weit zurückgebogen, die geballten Fäuſte vor die Augen gedrückt, der Unglückliche, deſſen Stöhnen ſie geweckt. Er ſchien aber jetzt zu ſchlafen; nur ein Wimmern brach aus ſeinem Munde, ſeine Glieder rührten ſich nicht.

Nun fühlte er eine weiche Hand auf ſeiner Stirn, eine andere, die ihm ſanft die Hände von den Augen nahm. Gleich darauf kam er vollends zur Beſinnung, richtete ſich mühſam auf und ſah der edlen Frau, die neben ihm auf dem Binſenteppich kniete, mit einem ängſtlichen Blick ins Geſicht.

Sind Sie es! rief er. Was hat Sie hergeführt! O mein Gott — haben Sie es miterlebt? — haben Sie ſie auch geſehen? — und — ſind ſie denn auch wirklich fort?

Von wem ſprechen Sie, lieber Freund? fragte die Mutter, während ſie mit heimlichem Grauen den Blicken folgte, die er suchend in allen Winkeln des mondhellen Raumes herumgehen ließ. Wer soll denn dagewesen sein? Die Thür ist geschlossen, das Zimmer ist leer, — Sie haben geträumt.

Meinen Sie? sagte er mit einem bittern Lächeln. Ich hab' es sonst wohl auch gemeint — aber heut — aber hier! — Wie bin ich nur hier auf den Fußboden gekommen? O meine theure Freundin, wie gütig von Ihnen — aber lassen Sie es jetzt genug sein — Sie sehen ja, es ist umsonst —

Er versuchte bei diesen gestammelten Worten aufzustehen, aber eine übermächtige Erschöpfung schien ihn zu lähmen, er sank wieder auf das Bett und verbarg einen Augenblick sein Ge= sicht im Kissen.

Die Mutter hatte sich erhoben, sie trat ganz nah zu ihm hin und streichelte ihm sanft das Haar. Lieber Frank, sagte sie, ich will Alles wissen. Sie sollen sehen, wenn Sie es mir nur anvertraut haben, wird es viel von seinen Schrecken verlieren. Was ist Ihnen begegnet? Wen oder was haben Sie hier zu sehen geglaubt?

Geglaubt? O meine beste Freundin — ich habe so gute Augen, das ist ja eben das Unglück, ich sehe, was andere Menschen nicht sehen, und nur die Blinden sind glücklich! Zu= mal in der Nacht, da bin ich so klarsichtig wie ein Uhu. Darum wollt' ich die Lampe brennen lassen, — der Mondschein dazu — es war so taghell, daß ich glaubte, sie wagten sich nicht herein.

Wer, lieber Freund?

Ja wer! Ich weiß es nicht, wer sie sind. Auch kommen immer Andere. Aber sie waren in der letzten Zeit seltener ge= kommen, ich dachte, sie seien es endlich müde, mich zu ängstigen, diese furchtbaren Spukgesichter. Und heute — heute war's gewiß mehr als Traum, glauben Sie mir's nur — ich sah's, wie ich Sie jetzt sehe, und hatte die Augen grade so weit offen, — und fühlte — o was ich fühlte!

Aber ich fand Sie doch schlafend!

O nein! das war kein Schlaf, das war Ohnmacht, so hatten sie mich um alle Sinne geängstigt. Denn hören Sie nur: wie ich endlich — es mochte gegen Mitternacht sein — wie ich eine Müdigkeit spürte und dachte, jetzt würde mich's schlafen lassen —

Sie sind aber auch nicht ordentlich zu Bett gegangen. So in den Kleidern —

Doch! Ich schlafe immer so. Ich entkleide mich nie. Mir ist, als sei ich dann weniger wehrlos. Und heute schlief ich auch ganz fest ein und fühlte die Erquickung, zu ruhen, unter Ihrem Dache, in Ihrem Schutz, meine theure Mutter. Da, auf einmal — ich weiß nicht, wie lange ich so geschlummert hatte, ganz ruhig und traumlos — da hör' ich ein Geräusch, wie wenn die Glasthür vorsichtig aufgemacht würde, und der Wind konnte es doch nicht sein, ich hatte sie selbst sorgfältig ge= schlossen. Und so richte ich mich auf, immer noch ganz arglos und sehe — wie gesagt, so deutlich, wie Sie da vor mir sitzen — obwohl die Lampe ausgegangen war — der Mond aber schien kreideweiß herein, und im Mondschein sah ich ein Weib, das hereinkam, ein wildes, garstiges Weib, die Haut glänzend wie eine Fischhaut, die Haare hingen ihr triefend über den Rücken, ein Kind trug sie an der Brust, ein anderes hielt sich mit beiden Händen an ihren schwarzen Flechten fest und zottelte so hinter= drein — nun sah ich sie deutlich: es war das Seeweib!

Sie schütteln den Kopf, aber hören Sie nur weiter, Sie werden selbst nicht länger zweifeln können. Wenn Sie sie nur gesehen hätten! Sie ging watschelnd auf zwei dicken Füßen wie eine Ente, und als sie jetzt das Gesicht nach dem Fenster kehrte, sah ich ihre glasigen grünen Augen und den großen Karpfenmund mit Zähnen wie Fischgräten. Aber es war seltsam, mir graute gar nicht vor ihr, und sie selbst schien ganz gut gelaunt. Sie lachte sogar über das ganze Gesicht, wie sie sich plötzlich in dem schönen blanken Zimmer fand, als hätte sie eine besondere Freude, endlich einmal ihre Neugier zu befriedigen, wie es wohl in einer Menschenwohnung aussehen möchte. So tappte sie mit leisem, unheimlichem Schmatzen und Kichern rings herum, die Kinder immer an ihr hängend, aber keines der Kleinen gab einen Laut, auch ihr Lachen hörte man nicht. Wie sie nun zu dem Flügel kam, betastete sie ihn erst von allen Seiten und schien sich sehr zu verwundern, was es wohl für ein Ding wäre und wozu es dienen möchte. Als das größere Kind seinen breiten, zottigen Kopf daran stieß, da klirrten innen die Saiten, und nun lachte sie wieder.

Und Gott weiß, wie sie dahinter kam, das Instrument zu öffnen — plötzlich hatte sie sich auf dem Stuhl davor hingekauert und wischte mit der Hand über die Tasten, und das Kind glitt ihr vom Schoß und kugelte unbeholfen über den Boden hin, sein Bruder hinterdrein, und so wälzten sie sich wie zwei Fische im Sande, während die Mutter mit Fäusten und Ellbogen auf die Tasten stampfte, daß Alles zu springen drohte. Haben Sie denn gar nichts davon gehört? Ich wenigstens, obwohl ich noch immer kein Grauen spürte, — beständig dacht' ich, wie es S i e wohl erschrecken möchte! Aber ich war unfähig mich aufzurichten und das eingedrungene Gesindel zu verjagen; wie Blei lag mir's in allen Gliedern, nur mit den Augen konnt' ich ihr drohen, aber sie bemerkte es gar nicht, sie schien nicht einmal zu ahnen, daß ein Mensch im Zimmer sei.

Das dauerte — ich weiß nicht, wie lange. Sie schien den entsetzlichen Lärm nicht satt zu bekommen. Ich sah sie so genau, daß ich sie hätte zeichnen können, ihre Haut schimmerte wie von Schuppen, silbergrau, aber sie hatte doch keine Schuppen, und ihre Lippen waren fleischfarben, statt roth, ihre Nase ganz stumpf, der Ausdruck wie von einem Raubfisch, lauernd und böse, außer wenn sie lachte über ihre Musik und die ungeschickten Tanzversuche der Kleinen. Die aber schienen noch Schuppen zu haben und kleine Flossen am Rücken, während die Mutter ganz wie ein Weib gebildet war, aber keine Spur von schöner Nixengestalt, wie man sie wohl auf Bildern sieht, — ein Scheuel und Gräuel!

Und eben überlege ich, ob ich mir nicht doch ein Herz fassen und die Brut hinausjagen soll, da seh' ich n o c h Etwas draußen auf die Thür zukommen, und es nähert sich der Schwelle — und jetzt klirrt die Thür — und jetzt — o liebe Frau! d i e s e s Gesicht! O wenn Sie sie gekannt hätten — wie sie schon im Leben, mit ihrer unschuldigsten Miene, mit einem Lächeln oder einem ganz gelassenen Blick einem das Herz rühren konnte! — und nun — nun so! Meine arme, arme Marie!

Auch sie schien sich erst gar nicht darum zu kümmern, daß ich da war. Sie ging auf das Seeweib zu und deutete und

drohte — Alles ganz lautlos, aber es überlief mich ein Schauder
bis in die Fußspitzen, wie ich sie mit dem Halbgeschöpf wie mit
ihresgleichen sich unterhalten sah, und das Seeweib sie frech
angrins'te mit den offenen Lippen und nun die Jungen zu ihr
hinkrochen und an ihr hinaufklettern wollten. Sie schüttelte sie
aber ruhig ab und trat dann mitten ins Zimmer, — und
jetzt richtete sie ihre Augen zum ersten Mal auf mich. Schwester! wollte ich rufen, aber ich brachte keinen Laut aus der
Kehle. Ich sah sie nur immer an. Sie war völlig wie damals, hatte aber die Haare lose um die Schultern hängen und
so etwas wie eine grüne Binsenmatte um den Leib. Dabei sah
ich, wie sie fror, und hörte ihre kleinen Zähne aufeinander klappern.
Und dann warf sie einen Blick durch das ganze Zimmer und
besonders nach der Fensternische mit dem Nähtisch, und ich hörte
sie laut aufseufzen. Das Seeweib klirrte noch immer auf den
Tasten, fast war ich nun froh darüber, denn ich fürchtete mich,
die Stimme wieder zu hören, die mir damals so kläglich zugerufen
hatte, ich sollte ihr zu Hülfe kommen, und ich — ich Elender —

Er vergrub wieder das Gesicht in den Händen, ein
Krampf schien seine ganze Gestalt zu schütteln, dann faßte er
sich gewaltsam und sah wieder in die Höhe.

Wobei war ich doch? fragte er. Ja so, wie sie mich ansah. Ich machte eine Bewegung, aufzustehen, aber eh' ich mich's
versah, saß sie neben mir hier auf dem Bette. Warum willst
du fort? hörte ich sie jetzt sagen. Es hilft dir doch nichts, du
entgehst mir nicht, du kommst doch noch zu mir. Wenn du
wüßtest, wie einsam es mir ist, wie es mich friert da unten, —
fühl' nur meine Hände! — und dabei drückte sie mir ihre weißen
Finger gegen die Schläfen, daß es mich eisig durchschauerte.
Ja, ja! sagte sie und lachte schadenfroh, als sie sah, wie ich zu-
sammenfuhr, du bist es besser gewöhnt; die Sonne hier oben
ist warm, und selbst der Mond und die Augen des schönen
Mädchens, das du liebst, sind sanfter, als die da — und sie
deutete mit dem Kopf nach dem Seeweib. Aber bilde dir nicht
ein, daß du das Alles genießen wirst, während ich frieren muß
in meinem nassen Abgrund. Du möchtest dich wohl in einem
warmen Bette ausstrecken und das schöne Leben ans Herz drücken;

verſuch' es nicht! Ich komme und lege mich mit hinein, und
weh über das arme junge Ding und dreimal weh über dich!

Habe doch Erbarmen! konnt' ich endlich ſtöhnen. Siehſt
du nicht, wie jammervoll ich lebe? Soll es nie gebüßt ſein?
Soll ich ganz zu Grunde gehn?

Zu Grunde, ja wohl! ſagte ſie und fing dabei an mit
der gleichgültigſten Miene ihr Haar auszudrücken, daß ich die
Tropfen auf die Matte fallen hörte. Erbarmen? Haſt du dich
denn meiner erbarmt? Und ſind wir nicht Bruder und Schweſter
und haben uns ſo lieb gehabt? Soll denn das nie aufhören,
weil ich unglücklich bin und du —

Und dabei immer das wahnſinnige Klirren und Dröhnen
der geſchlagenen Saiten.

Der Todesſchweiß trat mir auf die Stirn, ich fühlte, wie
mir das Blut in Händen und Füßen ſtockte und die Kälte mehr
und mehr nach dem Herzen drang. Nur zu! dachte ich. Nur
noch ein paar Zoll höher hinauf, ſo iſt mit Einem Schlage Alles
aus, und ſie hat ihren Willen, ſie hält einen Leichnam in ihren
Armen. Da ſehe ich, wie das ältere von den kleinen Un=
geheuern ſich an das Bett ſchleicht, und plötzlich kriecht es über
die Decke zu mir hinauf und tappt mit ſeinen feuchtkalten Händen
nach meiner Bruſt, nach meinem Halſe, und fängt an mich zu
drücken und zu kneipen, und ſieht mich ſo mordluſtig mit den
kleinen geſchlitzten Fiſchaugen an, daß ich ächzend um mich ſchlage,
mich ſeiner zu erwehren, und dazwiſchen, um Hülfe flehend,
ſuchen meine Augen die Blicke meiner Schweſter, — die aber
ſtarren mich kalt und erbarmungslos an, und immer feſter
krampfen ſich die Hände der kleinen Kröte um meinen Hals,
ich ſtöhne immer verzweifelter, ſchon will mich die Beſinnung
verlaſſen, da ermanne ich mich mit letzter Kraft, ſtoße die
mörderiſchen Krallen von mir weg und fahre mit einem Schrei
in die Höhe. In demſelben Augenblick wird der Flügel zuge=
ſchlagen, das Seeweib ſchnellt vom Stuhl auf, reißt die Kinder
an ſich, ſtürmt durch die Glasthür in die Nacht hinaus und
auch die Geſtalt an meinem Bett war verſchwunden. — —

*   *   *

Er hatte das Letzte so laut herausgeschrieen, daß der Schläfer im Nebenzimmer davon erwachen mußte. In höchster Bestürzung sprang Max aus dem Bette, warf nur den Schlafrock um und öffnete hastig die Thür. Er sah den Freund auf seinem Lager ausgestreckt liegen, das Gesicht wieder ins Kissen vergraben, die Mutter an seiner Seite sitzend. Sie winkte dem Sohn mit einer ernsten Geberde, daß er sich wieder zurückziehen und sie nicht stören solle. Dann, als Jener die Thür geräuschlos wieder geschlossen hatte, neigte die Frau sich zu dem Unglücklichen hinab und drückte ihm einen Kuß auf sein Haar.

Armer, armer Freund! sagte sie leise. Was haben Sie gelitten! Was müssen Sie noch immer leiden! Aber sagen Sie selbst, kann denn das Ihre Schwester gewesen sein, die jene furchtbaren Worte gesprochen hat: es giebt kein Erbarmen? Der Geist einer Schwester, wenn er den Weg zu Ihnen fände, würde er nicht Alles thun, was in seiner Macht stände, Ihre verstörten Sinne, Ihre kranke Phantasie zur Ruhe zu bringen? Warum sollen Sie denn büßen, was Sie nicht verschuldet haben, was ein höherer Wille verhängt hat?

Er richtete sich langsam auf und ergriff ihre Hand. Und wenn ich es nun doch verschuldet hätte? fragte er mit tonloser Stimme. Und ich habe es verschuldet! Ich hätte sie retten können, vielleicht, und ich war feige und habe mich selbst gerettet! Begreifen Sie es nun? Ich hatte sie freilich gewarnt, das Eis sei nicht mehr dicht genug, ich hielt ihre Hand fest und wollte sie wegziehen, nach dem Lande zu, aber muthig und muthwillig wie sie war, lachte sie über meine Sorge, und plötzlich war sie mir entschlüpft und fuhr in einem schönen kühnen Bogen gerade auf die gefährliche Stelle zu, und da — ehe ich nur noch einmal sie anrufen konnte — da sank sie ein, ihr Hütchen mit dem blauen Schleier glitt pfeilschnell über die glatte Fläche hin — Bruder! zu Hülfe! war das Letzte, was ich von ihr vernahm — dann sah ich nur noch ihre beiden kleinen Hände an den Rand des Eises angeklammert, das schon von den Wellen überspült war — und sah's und stand — und hätte vielleicht mit einem raschen Wagniß sie noch erreichen, ihre Hände fassen, uns mit Schwimmen wieder emporarbeiten können, oder wenn das nicht gelingen konnte — o ich elender Feigling! — warum habe ich nicht lieber m i t ihr den Tod gefunden, als auf der festen Scholle die Hände ringend sie langsam versinken sehen! — —

Ein langes, dumpfes Schweigen folgte auf dieses Bekenntniß.

Er hatte den Kopf auf das Kissen zurückgelegt und starrte mit unverwandtem Blick gegen die Decke des Saales. Die Frau lag im Sessel neben seinem Bett, die Augen auf den See hinausgerichtet. Ihre Hand hing über die Lehne herab, ganz nah bei der seinen. Aber sie berührte sie nicht mehr.

Und doch siegte endlich das mütterliche Gefühl.

Wollen Sie mich ruhig anhören, lieber Frank? sagte sie.

Er schüttelte langsam den Kopf.

Nein, meine theure Freundin, sprechen Sie nichts mehr darüber. Was hätten Sie mir zu sagen, wenn Sie Ihr eigenes Herz nicht betrügen wollen, als daß Sie mich beklagen und doch heimlich verachten? Ja, verachten, wie Sie es thun würden, wenn Sie hörten, ich hätte vor einer Schlacht mich schnöde weggeschlichen und sei infam cassirt worden, da meine Kameraden nicht mehr mit mir dienen wollten.

Das, was ich Ihnen da gebeichtet, weiß sonst keine lebende Seele. Aber ich selbst — ich selbst vergesse es nie, und darum habe ich mich s e l b s t cassirt, und darum ist meines Bleibens nirgend, wo arglose Menschen leben, die sich verleiten lassen, mich lieb zu gewinnen, ohne zu ahnen — Oder wollten Sie mir zu jener ersten Schmach noch die neue zutrauen, den Frevel, die Ruchlosigkeit, zu einem Mädchen zu sagen: ich bin ein etwas trüber Geselle, ich habe eine geliebte Schwester verloren und einen guten Vater, das hat mir eine gewisse Schwermuth zugezogen, aber wenn du darüber hinwegsehen, mich lieben und die Meine sein willst, hoff' ich wieder ein recht vergnügter Mensch zu werden? Könnten Sie mir zureden, eine solche Ehrlosigkeit zu begehen? Nun sehen Sie, und wenn ich ehrenhaft handle, wenn ich ihr Alles sage, was ich Ihnen jetzt gesagt, wird sie einem so selbstisch feigen, so unritterlichen Manne ihr Leben anvertrauen? Kennen Sie Eine, die nicht mit derselben Verachtung sich abwenden würde wie — wie ihre Mutter?

Die Mutter näherte ihr Gesicht dem seinigen. Und wenn ich Eine kennte? sagte sie leise; Eine, die gleich mir fragen wird, wer einen so schwer Getroffenen mit andern Augen ansehen könnte, als mit denen des tiefsten Mitgefühls? O mein theurer Sohn, hätten Sie doch schon früher Ihr Herz ausgeschüttet! Diese überreizte Vorstellung, die Sie sich von einer vermeintlichen Schuld gebildet und so hartnäckig tiefer und tiefer ins Herz gedrückt haben — gewiß, lieber Freund, Sie wären längst davon zurückgekommen. Jedes unbefangene Ehrengericht würde Sie freigesprochen haben, gerade weil Sie selbst sich so hart anklagen. Sagen Sie doch nur: ein Bruder, der seine Schwester so innig liebt, dessen ganzes Glück an ihr hängt und der sonst ein edler und tapferer Mensch ist und keinen Flecken je auf seiner Ehre geduldet hat, — der sollte feige gewesen sein, wo es sein Theuerstes galt, wenn es nicht die bare Unmöglichkeit war, zu helfen, wenn nicht eine physische Erstarrung, gegen die alle Seelenkraft ohnmächtig, seine ganze Natur gelähmt hätte? Es ist unmöglich, lieber Sohn, und darum tragen Sie das Entsetzliche als ein Schicksal, nicht als eine Schuld!

Sie legte ihre Hand wieder auf die seine. Er ergriff sie aber nicht. Ich danke Ihnen, sagte er. Sie meinen es gut und sprechen klug und tröstlich, wie nur ein Engelsmund sprechen könnte. Nichts läßt sich dagegen einwenden, ich bin durch langes Nachsinnen auch schon darauf gekommen, am Ende möchte es sich so verhalten; aber sehen Sie, alle Advocaten= künste der Welt können es nicht ändern: daß sie todt ist und ich noch lebe. Lassen sie es auf sich beruhen, beste Frau. An der ewigen Nothwendigkeit des Weltlaufs ändern wir ja doch nichts. Es wird seine guten Gründe haben, daß die heroische Ader mir fehlt, die Alles an Alles setzt auf Tod und Leben. Viele Menschen, die große Mehrzahl sogar behilft sich ganz vortrefflich ohne das; warum will ich mehr von mir verlangen? Und so — und in dieser bescheidenen Schätzung meiner selbst kann ich vielleicht noch alt werden, ein nützliches Glied der menschlichen Gesellschaft, nur freilich muß ich mich nicht zu der Elite verirren, da werde ich gleich unsanft daran erinnert, was mir fehlt. Und darum wollen wir morgen freundschaft=

lich von einander Abschied nehmen, für immer. Sie versichern mich noch einmal Ihrer Achtung, und ich —

Thränen drangen ihm unwillkürlich in die Augen, er wandte das Gesicht ab und schwieg. Sie saß wohl noch eine Stunde neben ihm, alle guten Worte aufbietend, die das Herz ihr nur eingab, um ihn mit sich selber auszusöhnen. Er schien auch wirklich ruhiger zu werden, er bestritt nicht mehr, was sie sagte, er gab sogar Hoffnung auf eine Heilung durch die Jahre. Nur daß er morgen von hier fortmüsse, wiederholte er entschieden. Er hatte ihr unter Anderm gesagt, daß er nie daran gedacht habe, seinem traurigen Dasein ein Ende zu machen; sie bat sich sein Ehrenwort aus, daß er auch in Zukunft das Leben ertragen wolle. Schon weil es mich freut, daß Sie auf mein Ehrenwort etwas geben, will ich es Ihnen versprechen, sagte er und lächelte bitter. Darüber war es drei Uhr geworden. Sie verließ ihn endlich, da er erklärte, er hoffe noch etwas schlafen zu können.

*
  *   *

Wirklich war es schon hoher Morgen, als er aus einem tiefen todähnlichen Schlaf erwachte. Sofort aber stand mit völliger Klarheit Alles vor ihm, was sich in der Nacht ereignet hatte. Er überlegte nicht lange; er sah ein, daß es für alle Theile eine Wohlthat sein würde, wenn er sich ohne Abschied wegschliche und von der Stadt aus ein paar Zeilen an die Mutter richtete. In fieberhafter Eile machte er seine Morgentoilette, hing sich die kleine Wandertasche um und beschloß, durch die Schatten der Bäume dicht neben dem Hause sich ins Freie zu stehlen, an dem Gartenzaun entlang, bis er weit genug vom Hause wäre, um ihn unbemerkt zu überklettern. Er spähte durch die Glasthür, — der Rasen und die Büsche unten am See lagen in der Morgensonne still und verödet. So öffnete er behutsam die Thür und trat hinaus. Doch als er bereits glücklich die Anlagen erreicht hatte, die sich auf der Höhe des Gartens hinzogen, stand er plötzlich, um eine Ecke des Laubgangs biegend, vor Lilli.

Er erröthete wie ein ertappter Dieb und stammelte mit niedergeschlagenen Augen einen Gruß.

Sie wollen fort? hörte er sie sagen. Weiß es denn die Mutter? Und — müssen Sie fort?

Ich muß! kam es aus seiner gepreßten Brust. Wenn ich fort bin, wird die Mutter Ihnen Alles sagen, was mich fort= treibt. Sie werden dann begreifen —

Sie hat es mir schon gesagt — Alles! — und gerade darum begreife ich nicht, daß Sie fort wollen, vor Denen fliehen wollen, die Sie kennen — wie wir — wie ich —

Wie Sie, Lilli? O mein Gott — Sie kennen mich und — treiben mich nicht fort aus Ihrer Nähe?

So wenig, — daß ich Sie halten möchte — für immer! hauchte sie. Die Thränen stürzten ihr aus den Augen, sie wankte einen Schritt ihm entgegen und lag an seiner Brust.

Als die erste übermächtige Erschütterung sich ausgestürmt hatte, führte er sie zu einer Bank, die in der Tiefe des kleinen Parks unter den Fichten stand; da setzte er sich neben sie und hörte ihr zu, während sie beständig in aufgeregter Freude, Angst und Innigkeit ihm erzählte, wie seit dem ersten Tage, wo er ihr begegnet, ihr Herz sich mit ihm beschäftigt hatte. Er schwieg und lächelte zuweilen und hielt immer nur ihre Hand, und nur von Zeit zu Zeit, wie zu sich selbst, sagte er: Ist es denn auch möglich! — Aber wenn sie ihn schalt, daß er an ihr zweifeln könne, zog er ihre Hand an seine Lippen, wie um sich selbst damit den Mund zu schließen.

Sie erinnerten sich endlich, daß sie nicht allein von ihrem Glück wissen durften, und suchten die Mutter auf. Sie kam mit Max ihnen entgegen, ihr edles, gütiges Gesicht leuchtete vor Rührung und liebevoller Freude, kein Schatten trüber Ahnung lag auf ihrer Stirn. Sie umarmte Frank und wollte ihn gar nicht wieder aus ihren Armen lassen; auch Max drückte ihn mit brüderlichster Wärme an sich. Frau Cornelie und Louison hatten einen Ausflug gemacht, von dem sie · erst am nächsten Tage zurückkehren wollten. Als sie dann kamen, wie es schien, nicht sonderlich überrascht, ein verlobtes Paar zu finden, konnte ihre Gegenwart die glückliche Stimmung des Hauses nicht stören. Frank schien ein neuer Mensch geworden, ruhig, gleichmäßig, auch gegen die fremden Damen der auf=

merkſamſte Cavalier, und aus Lilli's Augen ſchwand mehr und
mehr die letzte Sorge, mit der ſie den geretteten, dem Leben
wiedergewonnenen Geliebten am erſten Tage noch zuweilen betrachtet hatte.

Die Mutter hatte ihn gefragt, ob ſie nicht lieber gleich
in die Stadt überſiedeln wollten. Warum? hatte er zur
Antwort gegeben. Wo du biſt und Lilli, iſt mir wohl. Er
theilte Nachts das Zimmer mit Max, und dieſer verſicherte,
daß er vollkommen ruhig ſchlafe. Nur die Fahrten auf dem
See, mit denen ſie ſich ſonſt ergötzt hatten, waren ſtillſchweigend
eingeſtellt worden.

Eine Woche mochte ſo vergangen ſein. Die Verlobungs-
karten, die das frohe Ereigniß Frau Herminens ganzer Bekannt-
ſchaft mittheilen ſollten, waren eben aus der Stadt gekommen,
und die Braut hatte ein Schreibzeug in den Salon gebracht,
um die hundert Adreſſen mit Frank's Hülfe heute noch zu
ſchreiben. Als er das erſte Kärtchen in die Hand nahm, das
ihm die beiden Namen in zierlichem Drucke beiſammen zeigte,
wurde er auf einmal ſtill. Sie ſcherzte, ob er nicht finde, daß
die Namen ſich gut zuſammen ausnähmen, oder ob es ihm gar
bange mache, daß er es der ganzen Welt ſchriftlich geben wolle,
was er bisher nur ihr mit Hand und Mund vertraut hatte.
Er antwortete nicht, lächelte nur zerſtreut und ſagte nach einer
Weile: Ich bitte dich, Herz, ſchreibe du die Adreſſen allein,
ich — mir iſt der Kopf heut ein wenig benommen, — ich
glaube, ich thäte gut, ein Bad zu nehmen.

Im See? fragte ſie erſchrocken.

Wo denn ſonſt, Liebſte? Ich weiß, es wird mir die
Schwüle aus dem Blut vertreiben. Ich habe hier ſo lange
ſtillgeſeſſen, mein Pferd iſt in der Stadt, ein bischen Schwimmen
wird mich wohlthätig ermüden.

Sie wagte Nichts einzuwenden; aber eine wunderliche
Bangigkeit hatte ſie überkommen, als er das erſte Wort vom
Bade geſagt. Sie mußte es indeſſen ſo einzurichten, daß Max,
obwohl er ſchon am frühen Morgen im See geweſen war,
ſich erbot, zur Geſellſchaft noch einmal mitzubaden. Frank
äußerte ſich ſehr erfreut darüber, küßte ſeine Braut und ſcherzte,

da er sie verließ, sie werde nun absichtlich so langsam mit ihrem Geschäft vorangehen, daß er hernach noch genug zu thun fände. Aber auch er werde sich nicht übereilen.

Dann sah sie ihnen nach, wie sie heiter plaudernd Arm in Arm den Abhang nach dem See hinuntergingen. Als sie endlich zu ihrem Schreibtisch zurückkehrte, war sie so zerstreut, daß mehr als eine Adresse verunglückte und zerrissen werden mußte. Immer lag ihr im Sinn, daß sie ihn nicht hätte gehen lassen sollen. Die Mutter kam dazu, fand sie in dieser Bekümmer= niß und schalt, daß sie sich trübe Gedanken mache. Sie wisse ja, wie glücklich er sei; was solle ihm begegnen? Und sei nicht auch Max —

Indem sie noch den Namen aussprach, stürzte der Sohn zur Thür herein, nur halb angekleidet, die nassen Haare wirr um den Kopf. Er fuhr zurück, als er die Frauen sah, offenbar hatte er ihnen ausweichen wollen, — nun hielten sie ihn fest, er aber beschwor sie, ihn fort zu lassen, er müsse fort, die Christel solle zum Nachbar laufen, dem Fischer, er selbst wolle die Andern aufbieten — Frank sei plötzlich untergesunken und nicht wieder auf die Oberfläche zurückgekommen.

Und so blieb er versunken. Die vereinte Mühe aller Anwohner dieses Ufers brachte ihn nicht wieder herauf. Als es entschieden war, die Nacht über dem Suchen hereinbrach und Niemand zweifeln konnte, Alles sei umsonst, erst da konnte Max, der bis dahin nur zur Rettung mitgewirkt und die Frauen sofort wieder verlassen hatte, seine Gedanken so weit sammeln, daß er zu berichten vermochte, wie es sich zugetragen. Sie seien unter muntern Scherzen hinausgeschwommen weit in den See hinaus; Frank in der heitersten Laune habe dem Schwager vor= geschlagen, mit ihm in die Wette zu schwimmen. Anfangs sei Max ihm vorausgewesen, dann aber habe Frank alle Kraft auf= geboten und ihn eingeholt. Die Flasche Champagner, die es gilt, fängt schon an dich zu stärken! habe Max lachend ihm zugerufen. Und Frank: Bah! eine Flasche Schaumwein! Es giebt theurere Preise! — Doch indem er dies gesagt, habe er plötzlich zu rudern aufgehört und im Wasser stehend weit vor sich hin gestarrt. Entdeckst du dort eine Zauberinsel? —

habe Max rufen wollen, aber den Satz nicht zu Ende gebracht; denn der Ausdruck im Gesicht des Freundes habe ihm die Zunge gelähmt. Wird dir unwohl? habe er nur rufen können. Und Frank, immer auf dieselbe Stelle starrend: Still! Siehst du die beiden kleinen Hände dort heraustauchen? Sieh nur hin — sie rühren sich nicht — sie bitten ganz stumm — und jetzt — sie sinken ein — jetzt nur noch die Finger — die Fingerspitzen — allmächtiger Gott — hinunter, hinunter, hinunter!

Wie mit zusammengeschnürter Kehle habe er das Letzte gerufen, dann noch einen Laut wie Hülfe! — dann sei er verschwunden, wie von einem Strudel hinabgerissen. Im Augenblick war Max an der Stelle, wo er versank; er tauchte dem Verschwundenen nach, immer von Neuem durchfuhr er die krystallhellen Gründe des Sees, bis in eine große Tiefe hinab. Keine Spur war von dem Unglücklichen zu finden, und bis auf den heutigen Tag soll der entseelte Körper nicht ans Ufer gespült worden sein. Die Fischer sagen: das Seeweib hat ihn behalten.

Die Frau Marchesa.

(1876.)

An der schönen östlichen Küste des ligurischen Meeres, ziemlich genau in der Mitte zwischen Genua und La Spezzia, tritt ein steiles Vorgebirge, von herrlichen Pinien überschattet, in die blaue Seeflut hinaus, das Niemand, der vor Zeiten diese Straße zog, unbesucht ließ. Denn in dem Städtchen, das auf der Landzunge zwischen den tiefen Buchten und weiter in das Thal hinein sich ausgebreitet hat, von Schiffern und kleinen Leuten bewohnt, hielten regelmäßig die Vetturine an, die von Süden oder Norden kamen, sei es nur um ihren Passagieren und Pferden eine Mittagsruhe zu gönnen, oder um hier für die Nacht Station zu machen. Dann stieg der Reisende die gepflasterten Gäßchen zu der Villa des Marchese Piuma hinan und wandelte durch die langen Gartenwege nach der Pinien=höhe, um dort unter wildem Gesträuch, Aloe= und Tamarisken=gestrüpp des unsäglich schönen Ausblicks auf das Meer zu genießen und dann an dem ehemaligen Castell und dem Friedhof mit den schwarz und weiß gestreiften Mauern vorbei den Niedersteig nach der anderen Seite zu suchen, wo vom Bergabhang drüben das alte Kapuzinerkloster zwischen Cypressen und Oelbäumen traulich herabsieht, unten die wunderliche veröbte Kirche am Strande steht und die roth bemalte Wand des Hospitals und die weiß=

getünchten Häuser von Sestri sich in den ruhigen Wellen spiegeln.

Seitdem ein Schienenweg längs dieser berühmten Riviera di Levante hinführt, mit zahllosen Tunneln, zwischen denen man nur auf kurze Strecken einen fast traumhaften Blick auf die vielzerklüfteten Ufer mit weißen Städtchen und grauen Schlössern zu werfen vermag, ist das Vorgebirge von Sestri veröbet und verschollen. Die hastigen neuen Menschen, die „Italien in fünfzig Tagen" kennen zu lernen wünschen, haben kaum für Das Zeit, was sie die Hauptpunkte nennen. Nur Solche, die noch aus den guten alten Tagen der Vetturine ein stilles Pinien- heimweh nach dieser Küste gerettet haben, überschlagen hier etwa einen Zug, um die unvergeßlichen Bilder auf einem Rundgang über die sonnigen Höhen wieder aufzufrischen. Es sind aber nicht so Viele, daß der Wirth des Albergo d'Europa dicht an der flachen, kieselschimmernden Meerküste seine Rechnung dabei fände. Ueber Haus und Hof und Garten breitet das Gespenst des unausbleiblichen Ruins seine grauen Schleier, dem nur die beiden großen Orangenbäume im Hof neben dem Eingangsthor in ihrer lachenden Ueberfülle an Blüten und Früchten zu trotzen wagen.

Mich hatte, außer meinen Jugenderinnerungen, gerade die tiefe Einsamkeit dieser Stätten gelockt, da ich vor Jahr und Tag als ein ruhebedürftiger Mensch mich in den Süden flüchtete. Und doch hatte ich Mühe, ein beklommenes Gefühl zu über- winden, als ich den Hof der alten Herberge betrat, der jetzt nicht mehr vom Stampfen und Wiehern schellenbehangener Kärrnerpferde und dem Gewimmel von Vetturinen und Kellnern erscholl. Die Frau Wirthin saß, Artischocken putzend, in Hemd und geflicktem Unterrock auf den Steinstufen der Thür, der Wirth im schwarzen Tuchrock, einen Cylinderhut auf dem Kopf, die Hände in den Hosentaschen, ging finster schwatzend und gesticulirend mit einem hageren Geistlichen im Schatten der Mauer auf und ab, ein hembärmeliger Bursche, in welchem ich den Herrn Oberkellner, Hausknecht und Küfer nicht sogleich er- kannte, lag auf dem Bauch mitten in der Sonne und ließ die beiden halbnackten Kinder der Wirthin über seinen Rücken hin-

weg Purzelbäume schlagen, und hinter dem Eisengitter einer rauch=
geschwärzten Höhle des Erdgeschosses, welche die Küche vorstellte,
lehnte eine dicke Figur in vormals weißer Jacke und Kochmütze
und schlief trotz der zahllosen Fliegen, die das breite, weinrothe
Gesicht umschwärmten.

Als ich meine Absicht kund that, hier ein paar Tage zu
verweilen, wurde ich von den sämmtlichen Mitspielern in dieser
Mittagsidylle mit großen Augen angeglotzt, als eine Art Meer=
wunder, das eben hier von der See ans Land gespült worden
war. Der Wirth erwies mir in eigner Person die Ehre, mich
durch die unteren und oberen Räume seines Hauses zu führen,
überall die dichtverschlossenen Läden zu öffnen, von Motten und
Staub umwölkt, und mir unter bitteren Verwünschungen der
neuen Zeit, die über Sestri hinweg zur Tagesordnung fort=
gedampft sei, die Wahl zwischen den dreißig leeren Gastzimmern
beider Stockwerke zu überlassen.

Ich wählte ein luftiges Eckzimmer, das auf das Meer
hinausging und durch eine Glasthüre, die freilich unverschließbar,
sich nach der Galerie und dem Hof mit den Orangenbäumen
öffnete. Hier verbrachte ich im tiefsten Frieden acht volle Tage.
Die Hausleute waren so gutartige Wesen, wie man sie durch
ganz Italien findet, wenn man ein harmloses Interesse an den
Freuden und Leiden der Einwohner nimmt. Mit dem Wirth
besprach ich mehrfach ausführlich sein großes Project, das Albergo
d'Europa zu einer großen Pension für badende, fischende und
aquarellirende Engländer auszubauen. Agostino, der Ober=
kellner, eröffnete mir seine Pläne, in Genua oder Mailand einen
seinen Talenten angemesseneren Wirkungskreis zu suchen, wozu
er sich durch das Studium einer französischen Grammatik vom
Jahre 1796 im Stillen vorbereitete. Auch der Koch war mein
Freund geworden, seit ich sein Fritto misto als eine unüber=
treffliche Leistung gelobt hatte. War dann die heißeste Zeit des
Tages vorbei, so ging ich den Strand entlang an den rüstig
arbeitenden Seilern und netzestrickenden Weibern vorbei in die
Hauptstraße, dort in dem einzigen, unbeschreiblich armseligen
Café die Opinione zu lesen, und stieg dann nach dem Kapuziner=
kloster hinauf, wo ich mich trotz des mönchischen Geruchs von

Schnupftabak und Zwiebeln stundenlang mit einigen der lang-
bärtigen alten Gesellen unterhielt, die, dort von der Regierung des
einigen Italiens auf den Aussterbe-Etat gesetzt, kümmerlich genug
ihr bescheidenes Dasein fristen, während die Haupträume ihres
Klosters zu einer Schule verwandt worden sind und nichts geschieht, um die zerbröckelnden Zellenmauern wohnlicher zu machen.
Kam ich dann Abends wieder an die Küste hinab, so saß ich,
während der rothgoldene Mond fast drohend-feierlich über dem
Horizont aufbrannte, auf einer Bank am Felsen und sah, wie
die Schuljugend ihre linnenen Höschen und Hemdchen über die
Klippen hinwarf und wie eine Schaar blanker Frösche in die
schwarzblaue Flut hinabschoß, die Größern die Kleinen im
Schwimmen und Tauchen unterweisend. Die Fledermäuse
schwirrten ihnen dabei über die Köpfe, fern im Meer schwamm
ein stilles Segel vorüber, ein scharfer Duft von Seetang, Theer
und Fischen zog sich an der Küste hin und wurde, wie der
kühlere Nachtwind sich aufmachte, verweht, daß nur noch eine
erquickende Frische über alle Sinne hereindrang.

Schön war's an diesen Abenden, schön und still. Ob es
so bleiben wird, wenn der letzte der biederen Kapuziner in
dem Kreuzgang neben den Cypressen schläft, die Betten im Albergo d'Europa nicht mehr aus Schilfgras mühsam aufgeschüttelte
Matratzen bergen und der neue Agostino, statt in Hemdärmeln,
in einem schwarzen Frack das fritto misto auf den Tisch stellt?

* * *

Am letzten jener acht unvergeßlichen Abende hatte mich
ein träumerisches Ungefähr, statt nach der Meerbucht unter dem
Kloster, durch die ganze Stadt bis in die Ebene hinausgeführt,
durch welche eine staubige, schnurgerade Chaussee nach den nahen
Bergen hinläuft. In diese Gegend, wo der Sonnenbrand nicht
mehr vom Hauch des Meeres gelindert wurde, hatte ich mich
bisher nur ein einziges Mal verirrt, um nach kurzer Wanderung
an den schattenlosen Gartenmauern entlang eilig wieder umzukehren. Heute war die Junisonne schon hinter dem Wellen-
horizont versunken, der Himmel aber noch von so leuchtender
Helle, wie weißgeglühter Stahl, daß man in den kleinen Land-

häusern auf halbe Stunden weit die Menschen erkennen konnte, die auf die Altane und flachen Dächer traten, um endlich in der Abendfrische aufzuathmen.

Rechts und links neben der Straße steht hie und da unter den ärmeren Gebäuden eine Villa, deren buntbemalte oder mit Säulchen und zierlichen Balconen geschmückte Façade auf größeren Wohlstand der Besitzer schließen läßt. Gerade um diese Häuschen aber war es an jenem Abend fast überall tobtenstill, keine Jalousie dem kühlen Zwielicht geöffnet, die Gartenthore fest verwahrt. Denn sie gehören zum großen Theile genuesischen Familien, welche sie jetzt, da das Reisen leichter geworden, nur selten mehr während der heißen Zeit besuchen und nur etwa im Herbst, der Meerbäder wegen, einen Monat hier zubringen, das übrige Jahr ihr Landgut der Sorge eines Pächters überlassend, der an Wein und Pfirsichen und Orangen seinen Gewinn heraus- schlägt, Haus und Blumengarten aber verwahrlosen läßt. Auch wäre wohl alle Sorge und Pflege verschwendet, da von der vielbefahrenen Landstraße aus die schweren Staubwolken unaufhaltsam über die Mauern steigen, um unter einer finger- dicken heißen gelben Decke Alles, was sprießt und grünt, zu er- sticken. Das Auge, das sich von der eintönigen Dürre erholen will, muß zu den fernen Hügeln flüchten, wo aus den Oel- wäldern weiße Häuschen hervorschimmern, hie und da eine dünne Rauchwolke in die Höhe zieht und einzelne schwarze Cypressen aus dem bleichen Laub der Olivenwälder aufragen.

Was dennoch, trotz der unerquicklichen Umgebung, mich weiter und weiter von der Küste weg ins Land zog, wüßte ich wahrlich nicht zu sagen. Auf einmal aber, vor einem eisernen Gitterthor, dessen einer Flügel offen stand, machte ich un- willkürlich Halt, mit einem Ausruf freudigen Erstaunens, wie wohl ein Wanderer im Wüstensand eine Quelle unter einem Palmenwäldchen begrüßt.

Die Villa, die ich, etwa dreißig Schritt vom Eingang ent- fernt, mitten im Garten liegen sah, unterschied sich freilich nicht sonderlich von manchen anderen der herrschaftlichen Landhäuser, an denen ich vorbeigekommen war. Die Außenwände des ein- stöckigen Baues waren dunkelroth getüncht und auf dem Grund allerlei Muschel- und Fruchtgehänge gemalt, dazwischen über jeden der gebrochenen Fenstergiebel ein kleiner Amor mit verblichenen rosenfarbenen Flügelchen. Aber alle oberen Fenster und auch die Thür, die auf den mittleren Balcon ging, standen offen, und innen brannte hie und da ein Licht, so daß ich in wohnlich eingerichtete Zimmer mit weißgewaschenen Vorhängen, die sich im Abendwind bewegten, blicken konnte. Was aber mehr als dies freundlich gelüftete Haus mich überrascht und zum Stillstehen bewogen hatte, war die üppige Frische des Gärtchens, dessen Pflanzen wie durch eine unsichtbare Mauer gegen allen Andrang von Staub und Glut geschützt schienen. Auf den Myrthen- und Lorbeerhecken, zwischen denen herrliche gelbe und purpurne Rosen und brennend rothe Granaten blühten, schimmerte ein feuchter Glanz, wie nach starkem Thau, und selbst die beiden jungen Cypressen, die als Wächter dicht neben dem Haus den Eingang hüteten, trugen ihr feines Laub ohne jeden grauen Anflug, als ob sie eben aus einem Treibhause dorthin gepflanzt wären.

Ich hatte kaum Zeit, dem Räthsel nachzusinnen, als mir schon die Lösung entgegenkam in Gestalt eines langen, seltsamen Gesellen, der über der Schulter an einer schwanken Trage zwei gewaltige Gießkannen herbeischleppte und, ohne mich eines Blickes unter den gesenkten, buschigen Brauen zu würdigen, sein Geschäft des Wassersprühens fortsetzte. Er gebrauchte dabei nur den linken Arm. Der rechte, der ihm dicht überm Ellenbogen abgenommen war, hing als ein derber Stumpf lose an der Seite herunter, und er bediente sich desselben nur, um mit einer raschen Bewegung, die sich grotesk genug ausnahm, dann und wann den Schweiß von der Stirn zu wischen, wobei sein riesenhafter Hut aus grobem Maisstroh sich wunderlich bald in den Nacken verschob, bald wieder fast bis über die Augen hereinfiel.

Ich wollte eben, trotz seiner unwirschen Miene, die Frage an ihn richten, wem dieses Haus und das kleine Gartenparadies gehöre, als eine Stimme, die von der dunklen Schwelle unter dem Balcon zu mir herdrang, mir das Wort vor dem Munde wegnahm.

16*

Treten Sie nur in Gottes Namen näher, mein Herr, wenn
es Ihnen Vergnügen macht! Sie können sich dreist den Garten
besehen; einen solchen finden Sie weit und breit nicht wieder,
freilich auch keinen Gärtner, wie unser Giannicco, der die
Pflanzen tränkt, wie eine Mutter ihr Neugeborenes. Und heute
kommt die Herrschaft, auf die wir warten, doch wohl nicht
mehr; der letzte Zug ist schon vorüber, es könnte freilich sein,
daß meine Frau Tochter, die Frau Marchesa, lieber im Wagen
hätte fahren wollen; aber es ist doch schon spät, und sie hätte
mich's wissen lassen, wenn sie bei Nacht ankommen wollte. Und
selbst wenn sie käme, lieber Herr, eine große Dame ist nie verlegen, Fremde zu empfangen, und würde nicht böse werden, Sie
hier zu treffen, da Sie ein Galantuomo zu sein scheinen und
wissen, was schön ist, und unserm Garten die Ehre anthun, die
ihm gebührt.

Diese ziemlich lange Rede hatte ein kleines altes Weibchen
mir entgegengesprudelt, das dabei unbeweglich auf der Treppenstufe der Villa saß und beide Hände auf einem runden Klumpen
ruhen ließ, den sie im Schooße hielt. Ich war auf die zu-
trauliche Einladung ohne Zögern eingetreten und an dem einarmigen Gärtner vorbei auf das Haus zugeschritten. Nun erst
konnte ich die alte Haushüterin genauer betrachten. Sie mochte
über sechzig Jahre alt sein, und ihr sehr zusammengeschwundenes,
ehemals gewiß anmuthiges Gesichtchen trug den Typus der
Frauen geringen Standes, wie ich sie vor den Häusern der
Schiffer von Sestri hatte sitzen sehen. Ihre Tracht aber war
um Einiges sorgfältiger und dazu völlig schwarz, bis auf die
saubere weiße Schürze, in welcher der runde Klumpen lag, den
ihre alten dürren Hände beständig streichelten. Ich sah jetzt,
daß es nicht etwa ein Schooßhündchen oder eine Katze war,
sondern eine dunkelbraune Schildkröte, die bei meinem Herankommen nur den Kopf ein wenig aus der Halsberge vorschob,
um nach mir zu blinzeln, im Uebrigen aber sich im Schooß
der Alten vollkommen sicher wußte.

Sie wundern sich über meine Kameradin da, fing die
Frau wieder an. Aber die wahren Freunde erkennt man in
der Noth. Ich habe immer heiße Hände, lieber Herr, so alt

ich bin; der Doctor sagt, es käme von meiner Unruhe, weil ich beständig schaffen möchte und weiß nicht, für wen, und das mache mir ein Fieber. Lieber Gott, eine Wittwe! und nun schon seit vierzig Jahren! Aber gegen die heißen Hände bei alten Leuten hilft nichts besser, als sie auf ein Lebendiges legen, das kaltes Blut hat, und sehen Sie, lieber Herr, da ist keines so geduldig, wie diese meine Freundin, die hab' ich nun schon drei Jahr. Nachts kriecht sie im Garten in ein feuchtes Loch neben dem Brunnen, und zu füttern braucht sie Niemand. Aber nun will ich nicht mehr vor Ihnen sitzen bleiben, wie ein Bauernweib, das nicht weiß, was sich schickt einem Herrn gegen- über. Geh', Miranda, geh', mein braves Thierchen, und such' dir dein Abendessen, und felice notte, meine Alte! Morgen sehen wir uns wieder.

Sie hatte mit diesen Worten das Thier aus ihrer Schürze gehoben und behutsam auf den sauber geharkten Kiesweg gesetzt, worauf die vier kurzen Füße sich zu regen begannen und das runde Panzerklümpchen träge nach der Myrthenhecke kroch. Dann stand die kleine alte Frau behende auf, strich sich das Haar zurecht, das in grauen Strähnen um ihren Kopf geschlungen war und sagte:

Wollen Sie sich nun den Garten ansehen, lieber Herr? Ich will mit Ihnen gehen und Ihnen ein Sträußchen abschneiden. Die schönsten Blumen hab' ich freilich für das Haus gebraucht, daß überall was blüht, wenn die Herrin wieder den Fuß hinein setzt. Lieber Gott, eine junge Wittwe, wenn sie sich auch nicht die Augen aus dem Kopf geweint hat, — die Bahre und die Fackeln und in der Kirche die schwarzen Paramente, darauf thut was Grünes gut, und ich wollte nur, wir hätten sie erst hier draußen, das arme Herzchen, hier wo sie immer so gerne war, lieber als in ihrem großen, finsteren Haus in Genua, wo einem zu Muth war, wie in einem Sarge, und das Meer, das man hier vom Dach ganz gut sehen kann, ist dort nur ein schmutziges Wasser mit tausend Schiffen, und sie war so daran gewöhnt, von Klein auf, wo sie noch mit bloßen Füßen wie eine Möve über die Klippen sprang, wenn sie hinaufging zur Beichte ins Kloster, zu dem guten Padre Francesco! Miseri- cordia! Was muß ein Menschenkind Alles entbehren lernen!

Von wem redet Ihr denn, gute Frau? fragt' ich, während ich neben der Alten, die ganz zusammengebückt mit unhörbaren Tritten hintrippelte, an den Lorbeerbüschen vorbeiging.

Sie blieb plötzlich stehen und sah mich groß an. Von wem ich rede? Nun, das ist curios. Wißt Ihr denn nicht, daß dieser Garten meiner Frau Tochter, der Frau Marchesa, gehört? Das weiß ja jedes Kind in Sestri. Aber freilich, Ihr seid ein Fremder, lieber Herr, und ich sehe Euch das erste Mal in meinem Leben, so alt ich auch schon bin und so ein gutes Gedächtniß ich habe. Und daß ich einmal jung gewesen bin, sieht man mir freilich nicht mehr an, aber jeder schöne Schuh wird einmal eine garstige Schlappe, und die Männer sind so alt wie sie sich fühlen, die Frauen aber so alt, wie sie aussehen. Aber wenn Ihr lieber ein schönes Gesicht seht, als eine alte Hexe, wie mich, so wartet bis meine Frau Tochter kommt. Die ist nun auch schon vierunddreißig, aber kein Mensch sieht es ihr an. Ihre Jugend ist ihr stehen ge= blieben, wie eine Uhr, die man nicht mehr aufgezogen hat. Nun geht sie auf einmal weiter, und die Zeit dazwischen ist wie ausgestrichen. Armes Ding! Es ist ihr wohl zu gönnen, denn wir leben alle nur Einmal hier auf Erden, und die himmlischen Freuden sind wohl eine schöne Sache, aber da droben wird nicht gefreit und nicht gelacht, und dann ist auch noch erst das Fege= feuer, lieber Herr! Heilige Mutter Gottes, bitt' für uns!

Ihre Worte verloren sich in ein unverständliches Murmeln, während sie wieder weiterhuschte, hier und dort ein blühendes Zweiglein abbrechend zu dem Strauß, den sie mir versprochen hatte.

Ich sagte ihr nun, daß ich aus reinem Zufall bis an diesen Garten gekommen sei und mit keiner Seele in der Stadt über die Herrin des Hauses gesprochen hätte. Wenn es nicht indiscret sei — denn ich fing an, die Alte, die eine Frau Marchesa zur Tochter hatte, mit einiger Förmlichkeit wie eine Art Dame zu behandeln, — so möchte sie mir etwas deutlicher Bescheid geben. Wie es denn komme, daß ihre Frau Tochter keine Jugend gehabt habe, da sie doch so lustig über die Felsen gesprungen und dann an einen vornehmen Herrn in Genua verheirathet worden sei? Und wie lange sie nun schon Wittwe sei, und ob sie etwa keine glückliche Ehe geführt habe?

Sie sah sich, ehe sie antwortete, mit einem schüchternen Blick nach dem einarmigen Gärtner um, der immer noch seine Gießkanne an dem Ziehbrunnen füllte und, wenn er sie an uns vorbeitrug, mit dem Armstumpf den Hut tiefer in die Stirne rückte, als ob ihm mein Anblick widerwärtig wäre.

Erst da sie sich versichert hatte, daß der mürrische Gesell sie nicht hören konnte, sagte sie:

Warum soll ich Ihnen das nicht erzählen, was man auf der ganzen Riviera, in Sestri, Chiávari, Nervi bis Genua weiß? Aber vor dem Giannicco mag ich Nichts davon hören lassen. Der arme Tropf! Von dem heißt es auch: „Neue Liebe kommt und geht, alte Liebe fest besteht,“ und jetzt, da der Herr Marchese gestorben ist, bildet er sich wahrhaftig im Stillen ein, der arme Esel, nun käme doch noch die Reihe an ihn, und Jeder, der nur den Namen meiner Frau Tochter in den Mund nehme, der stehle ihm was, das ihm zugehöre. Kommen Sie aber hier an den Magnolien vorbei, da will ich Sie ins Haus führen; unterdessen können Sie mich fragen, was Sie wollen. Sie scheinen ein braver Herr zu sein; ich sah es gleich, wie Sie so mitleidig den Giannicco betrachteten, von wegen seines Arms. Sehen Sie, er war auch einmal ein ganz frischer, gesunder Bursch, nur ein bischen wild und zu allen Teufeleien aufgelegt, und hatte ein Auge auf die Lisa geworfen, meine Tochter, die damals eben erst herangewachsen war. Wie sie dann den Herrn Marchese nahm, was ihr Niemand verdachte, da er ein so guter Herr war, obwohl schon über die Fünfzig — nun, Sie wissen, was das Sprüchwort von den Fünfzigern sagt, — da ist er in der Hochzeitnacht auf und davon mit einer Piraten= bande, die gerade im Hafen draußen ihr Schiff ausgeflickt hatte, und wir haben wohl an zehn Jahre Nichts mehr von ihm gesehen und gehört. Bis er eines schönen Tages wieder= kam als ein trauriger Krüppel und ohne einen blanken Heller, und da er überdies an einem schweren Fieber litt, erbarmte mich der arme Hund, der die Ohren so jämmerlich hängen ließ, und ich nahm ihn hier ins Haus und pflegte und fütterte ihn

zurecht. Hernach fragte ich bei meiner Frau Tochter an, ob
ich ihn als Knecht behalten dürfte, und da er doch eigentlich
um s i e das Alles ausgestanden und seine arme Seele dem
Bösen verschrieben hatte, schickte sie mir ihre Erlaubniß, und
der Giannicco, der niemals lacht, wurde feuerroth, wie ich ihm
den Brief vorlas. Seitdem hat er sich hier so nützlich gemacht
und einen so frommen Wandel geführt, daß er sich einen Ablaß für all seine Piratensünden damit verdient hat. Wenn dann
meine Frau Tochter im September auf ein paar Wochen kam
und ihm nur zunickte: Ihr haltet den Garten schön in Ordnung,
Giannicco, das muß man sagen! — wie eine Kohle wurde das
verwetterte Gesicht des armen Teufels, und keine Silbe brachte
er heraus vor Satisfaction, und man konnte deutlich sehen,
daß es noch immer beim Alten mit ihm war, wie man zu
sagen pflegt: wenn ein Licht ausgeht, wird eine Fackel angezündet.
Die Stürme und Unwetter auf der See mögen ihm die alte
Verliebtheit ausgeblasen haben; aber kaum wieder auf dem
festen Lande, brennt die Fackel lichterloh. Nun, er wird sich
darein ergeben müssen, daß man eines Tages ihm drei Schaufeln
Erde drüberschüttet und gute Nacht! Nicht Jeder bekommt, was
er möchte, aber dem geschorenen Schaf schickt der liebe Gott
einen gelinderen Wind. Amen! Gott sei allen armen Sündern
gnädig! —

Indessen hatten wir uns dem Hause wieder genähert, und
meine Führerin ging mir voran durch den kühlen, mit Fliesen
belegten Flur eine schmale Steintreppe hinauf, um mir die
oberen Räume zu zeigen. Es waren sechs oder sieben mäßig
große Zimmer, an deren stuckverzierten Plafonds ich erkennen
konnte, daß das Haus vor etwa hundert Jahren erbaut sein
mußte. Die Möbel stammten aus der Napoleonischen Zeit,
waren aber sämmtlich vor kurzem erst frisch auflackirt und die
Vergoldung an den steilen Rücklehnen der Stühle ·und den
Tischfüßen und Spiegelrahmen erneuert. Dazu standen hie
und da in Alabastervasen prachtvolle Blumensträuße auf den
Kaminsimsen und Schränken und in jedem zweiten Zimmer
ein brennender Armleuchter auf dem Pfeilertischchen vorm Spiegel,
so daß es sich feierlich und festlich ausnahm, als werde auf

die Nacht eine große Gesellschaft erwartet, welche die Sommernacht zu durchtanzen beschlossen habe.

Das Schlafzimmer war gleichfalls gelüftet, das große vier-
eckige Ehebett aber mit einer alten seidenen Decke zugedeckt.
Wenn meine Frau Tochter kommt, sagte die Alte, indem sie
mit ihrer welken Hand über die Decke hinstrich, soll sie bei mir
unten schlafen. Am Ende sähe sie hier in dieser Stube ein
Gespenst. Denn wenn sie um den Herrn Marchese auch mehr
wie um einen Vater trauert, als wie um einen Gatten, so
heißt's doch auch nicht von ihr:

> Vier Thränchen, vier Kerzchen,
> Ums Eckchen,
> Ein Streckchen,
> Kein Schmerz mehr im Herzchen.

Denn er war ein braver Herr, mein Herr Schwiegersohn, ein
rechter Galantuomo — seine Seele sei im Paradiese! — und
nicht einen bösen Tag hat er seiner lieben Frau gemacht, mit
seinem Willen, versteht sich; denn freilich die funfzig Jahre,
und dann endlich gar die Achtundsechzig, und die Gicht dazu
und die langen, schlaflosen Nächte: — wer, als er nun endlich
die Augen zugemacht hatte, wer könnt' es der Wittwe verdenken,
wenn sie ihr bischen übrig gebliebene Jugend nicht mit zu
vielem Weinen verderben möchte, sondern noch retten was zu
retten ist? Und meine Lisa! — die als Kind immer so gern
lachte, daß ich oft sagte: Lache nur, Tochter, sagt' ich; ein
frohes Herz macht ein glattes Gesicht, und wer lustig ist, dem
hilft Gott! Nun, er hat denn auch geholfen, ihr und uns
Allen. Denn wie ich zum ersten Male den Herrn Marchese
in mein armes Haus treten sah, war er mir recht wie ein Engel
vom Himmel in meiner größten Noth.

Sie müssen nämlich wissen, lieber Herr, ich bin eine
Schiffersfrau, hier im Ort geboren, hatte einen guten und
fleißigen Mann, der große Seefahrten machte, erst als Steuer-
mann und dann mit seinem eigenen Schiff, bis nach Amerika
und Indien. Und so lang' er lebte, wenn er auch oft ein oder
zwei Jahre ausblieb, wünscht' ich mir nichts Besseres, und wir
hatten zu leben, ich mit meinen drei Töchtern, Marietta,

Cesira und Lisa. Ich selbst heiße wie meine zweite Tochter, und meine Enkelin, die junge Marchesina, heißt wiederum Cesira, wie ich und ihre Tante. Anders hätt' es meine Lisa nicht ge= than. Und wie dies mein jüngstes und bestes Kind eben acht Jahr alt war, ist mein Mann wieder fort, und nach sechs Monaten schreibt er aus Lima einen ganz vergnügten Brief, und daß er über sechs andere Monate wiederkommen und jeder von unsern Mädchen etwas Schönes mitbringen würde. Die Marietta war damals siebzehn, die Cesira funfzehn, und sie galten für die schönsten Creaturen in ganz Sestri, und ich er= zog sie so gut ich konnte, daß sie tugendhafte und rechtschaffene Weiber werden sollten.

Aber wenn wir glauben, wir sitzen zu Pferde, liegen wir auf der Erde. Die sechs Monate vergingen, und dann wieder sechs und noch einmal sechs, und von meinem armen Mann — Gott hab' ihn selig! — kein Sterbenswort. Und wie das dritte Jahr herankam, seit er nach Lima gefahren war — und sein Schiff trug obenein noch den schönen Namen La Speranza — da sagte meine Marietta: Mutter, sagte sie, der Vater ist todt, und wir Andern sind schlimmer dran, als wenn wir auch todt und begraben wären, sagte sie. Ich habe mit einer Signora gesprochen, die in Genua ein Haus hat, zu der soll ich in Dienst gehen, und wenn ich erst dort bin und einen guten Platz für die Cesira finde, muß sie nachkommen. Dann kannst du dich mit der Lisa allein besser durchschlagen, sagte sie. Tochter, sagt' ich, gehe mit Gott; denn wenn auch das Brod in fremdem Hause sieben Krusten hat, es ist doch nicht so hart wie der Hunger, und was sollst du hier sitzen und dein bischen Jugend und Schönheit ist wie vermauert, da hier alle Nachbarn wissen, daß du eine Waise bist und einem Mann Nichts mitbringst als das Hemd auf dem Leib? Wer eine Hand in die andere legt, dem springt der Teufel in die Schürze, — sagt' ich arme Närrin, die ich war, und wußte nicht, daß es eben der Teufel war, der mein Kind nach Genua haben wollte, wo kein Auge einer Mutter sich nach ihr umsah. — —

Wir standen, während die Alte mir das Alles erzählte, am offenen Fenster in einem kleinen Salon, in welchem offen=

bar die Herrin des Hauses sich am liebsten aufhielt; denn hier befanden sich die zierlichsten Möbel, auch einige ganz moderne zwischen den steiflehnigen, und Bilder und Photographieen hingen an der Wand, über einem Schreibtischchen aber eine kleine Handzeichnung in prächtigem Rahmen, ein schöner, sehr jugendlicher Mädchenkopf, das sanfteste Oval, und eine feine kleine Nase zwischen ganz unwahrscheinlich großen, dichtumschatteten Augen, und ein strenges oder vielmehr schüchternes Mündchen, dazu die prachtvollsten Haare in einen dicken Knoten am Nacken zusammengebunden. Es war eine ziemlich geschickte Hand, die diese wenigen Bleistiftlinien aufs Papier geworfen; ein leichter Farbenton war auf die Wangen, Lippen und das dunkle Haar gelegt, aber eine kleine Verzeichnung am Ansatz des schlanken Hälschens ließ doch den Dilettanten erkennen.

Ist das Eure Marietta, gute Frau? fragte ich.

Sie that einen tiefen Seufzer und tastete an dem Eisenstab der Jalousie herum, augenscheinlich um ihre Hände zu kühlen, denn die Erzählung schien ihr seltsames Fieber vermehrt zu haben.

Das Bild da an der Wand? Nein, lieber Herr, das ist ja meine Frau Tochter, die Frau Marchesa, und das hat ihr Herr Gemahl selbst gezeichnet — der nun im Paradiese sein mag! Aber häßlicher war auch die Marietta nicht, und Sie wissen, wie es heißt: Chi nasce bella, nasce maritata. Aber nicht allemal trifft es ein. Zwar hörten wir allerlei Schönes von dem Mädchen, und nach einem halben Jahr ließ sie an die Cesira schreiben, sie möchte nur auch kommen, sie habe einen herrlichen Platz für sie ausgekundschaftet, bei einem Grafen, und versprach ihr Meere und Berge, wenn sie sich gleich aufmachte. Nun, sagt' ich, so gehe, Kind, geh' nach dem stolzen Genua, und grüße unsre Marietta, und bleibe brav und denk ein wenig an deine alte Mutter, und daß du dem babbo, wenn er noch leben sollte, keine Schande machst.

Und so ging auch Die, und ich war nun mit meiner Kleinen, meiner Einzigen, allein. Wir hörten die erste Zeit manchmal von unsern Großen; sie ließen uns die allerschönsten Briefe schreiben, und daß es ihnen herrlich ginge, schickten auch etwas Geld und Bänder und Schuhe für die Lisa, die sie aber nicht tragen konnte, weil sie zu fein waren für ihre übrige Armseligkeit. Auch ließen sie mich wissen, daß sie sich wahrscheinlich verheirathen würden, und ich konnte mich nicht lassen vor Glück und Zufriedenheit und dachte: jetzt nur noch der Mann von der Reise zurück, so tausch' ich mit keiner Prinzessin! dacht' ich.

Aber dann, eines Abends, da kam der Pater Francesco, zu dem meine Mädchen immer beichten gegangen waren, der hatte in Genua ein Geschäft gehabt für sein Kloster, und ich hatte ihn gebeten, sich einmal nach den Kindern umzusehen, und das hatte er gethan und kam nun mir Bescheid zu bringen. Jesumaria! ich weiß noch wie heut, wie ich nichts thun konnte, als die Hände überm Kopf zusammenschlagen und auf mein Bette hinfallen, als hätte man mir mit einem Hammer das Herz zerschmettert! Sie verstehen wohl, was ich meine, lieber Herr. Es kommt einer Mutter zu hart an, von der Schande ihrer Kinder zu sprechen, auch wenn zwanzig Jahre und mehr seitdem vergangen sind. Die Lisa war bei mir, als ich das Unglück erfuhr. Mutter, sagte sie hernach, da der gute Pater wieder fort war, was hat er denn gemeint? Was ist denn mit den Schwestern? Hat er nicht gesagt, daß er die Cesira in einem seidnen Kleid getroffen hätte, mit goldnen Ohrringen und einer Broche, und die Marietta habe er nicht sehen können, weil sie bei einem andern Herrn Grafen auf seiner Villa sei? Warum weinst du nun doch, Mamma mia, wenn meine Schwestern ein solches Glück gemacht haben? — Und ich: O Kind, sagt' ich, weißt du nicht, daß es heißt: wer mit großen Herren geht, stirbt auf dem Stroh? sagt' ich, und mehr durft' ich ihr ja nicht erklären, der armen unschuldigen Creatur, die eben erst ihre dreizehn Jahre hatte, und in unserm Sestri, Gott sei dafür gelobt, lebt man nicht wie die Heiden, und meine Mädchen hatten weder im Hause noch auf der Straße je etwas Sündhaftes gesehn. Ich aber hörte nicht auf zu weinen, und bald dacht' ich, ich wollte nach Genua, meine Lämmer dem Wolf aus dem Rachen zu reißen, bald sagt' ich mir, es hilft doch nichts, und wenn du die Lisa mitnimmst, wird auch Die von der Pest angesteckt;

läſſeſt du ſie aber allein zu Hauſe, ſo drückt dir die Angſt das
Herz ab.

Und ſo, lieber Herr, reſolvirt' ich mich, und meine Mäd=
chen waren mir wie todt, und da ich nun auch die Nachricht
bekam, mein armer Mann liege wirklich ſchon ſeit zwei Jahren
im Meere, ſein Schiff ſei in einem Sturm kopfüber in den
Abgrund geſchoſſen, ſo ſagt' ich mir: ich habe Nichts mehr auf
der Welt als meine Liſa und meine Armuth und mein bischen
Rechtſchaffenheit, da ſoll mir Niemand mehr dran rühren. Denn
wer lebt, ißt ſein Brod, wer ſtirbt, der iſt todt, und jedes Pferd
wehrt ſich die Mücken ab mit ſeinem eigenen Schwanz.

Alſo hielt ich mein Kind ſtreng zu Hauſe, und wenn ſie
gern herumgeſprungen wäre mit anderen Kindern oder, wie ſie
älter wurde, geſchwaßt hätte mit den jungen Burſchen — und der
Giannicco hatte ſchon damals ein Auge auf ſie geworfen —, ſagt'
ich ihr nur immer den guten alten Spruch:

> Ein Mädchen, zu viel auf der Gaſſe,
> Kommt ab von der rechten Straße.

Und ein gutes Kind, wie ſie war, ließ ſie es ſich auch
geſagt ſein, ſaß den lieben langen Tag und ſpann oder ſtrickte
Netze, und nur am Sonntag ging ſie zum Kloſter hinauf, die
Meſſe zu hören oder bei dem guten Pater Francesco zu beichten,
ihre paar unſchuldigen Kinderſünden, und der Pater lobte ſie
ſehr und ſagte, daß ſie durch ihre Tugend mir Alles wieder
vergüten würde, was ich an Unglück und Unehre in meinem
kümmerlichen Leben erfahren hätte.

Sehen Sie ſich das Bild nur recht an, lieber Herr. Es
ſind jetzt über zwanzig Jahre, daß der Herr Marcheſe es
gezeichnet hat, und ſie iſt jetzt freilich kein Kind mehr, ſondern
eine ſchöne und ſtattliche Frau, aber alle Leute ſagen, es gleiche
ihr noch heute, nicht bloß der Giannicco, den ich manchmal
hier oben ertappe, daß er vor dem Geſicht wie vor einem Gnaden=
bilde ſteht und ſo darein vertieft iſt, daß er mich nicht einmal
kommen hört. Der Herr Marcheſe war eine Art Künſtler,
müſſen Sie wiſſen; er hatte ſchon damals dies Haus außer ſeinem
Palaſt in Genua, und manchen Sommer kam er hier heraus

bloß um stundenlang an den schönsten Orten in der Umgegend zu sitzen und die Berge und das Meer mit prachtvollen Farben hinzumalen in seine Mappe. Ich aber kam nie mehr aus dem Haus seit dem Unglück mit meinen Kindern; ich meinte, jede Gevatterin müsse mich deßhalb über die Achsel ansehen. Und so wußte ich nicht einmal, daß ein solcher Herr Marchese auf der Welt sei, und war des Todes erschrocken, als eines Sonntag-Vormittags sich meine Thür aufthut, wo ich eben in der Küche steh', unser bischen Polenta zu kochen, und herein fliegt mein Kind, die Lisa, ganz roth im Gesicht, und ein Herr hinter ihr, nicht mehr der Jüngste — er war schon damals hoch in den Vierzigen — und: Mamma mia, sagt das Kind, der Herr hat mich angeredet, wie ich eben aus der Messe kam, und weil es so heiß war, hatt' ich Schuh und Strümpfe ausgezogen und lief über die nassen Klippen am Strand, und da sah ich ihn plötzlich auf mich zukommen, und er fragte mich, wie ich heiße und wo ich wohne und ob er mit mir gehen könnte, er möchte ein Bild von mir machen.

Was soll ich Ihnen lang und breit erzählen, lieber Herr, wie nun Alles kam, wie ich mich erst unsrer Armuth schämte, und er mich in fünf Minuten so zutraulich gemacht hatte, daß ich ihm meine ganze Lebensgeschichte beichten mußte, so ein vornehmer Herr er auch war; aber die Vornehmsten wissen oft am besten, wo einen ehrlichen armen Tropf der Schuh drückt. Und während er das Kind abconterfeite und kein Wörtchen sprach, redete ich immer fort wie ein Wasserfall, und auch das verheimlichte ich nicht, was mit den beiden Großen sich zugetragen hatte.

Als ich dann endlich fertig war und schämte mich nun selbst, was ich Alles geschwatzt hatte, hatte auch er das Bildchen so ziemlich zu Stande gebracht und sagte, für heute sei es nun genug, ich hätte da ein braves und liebes Kind, und er interessire sich für die Lisa, und wenn es mir recht sei, wolle er sorgen, daß ich an dieser Tochter mehr Freude erlebte, als an den andern. Wie alt sie denn sei? Nun, dreizehn sei noch jung genug, was Rechtes zu lernen. Er wolle sie mit einer sicheren Begleitung nach Genf schicken, in ein sehr gutes Erziehungsinstitut, da solle sie etwa drei oder vier Jahre bleiben, und er wolle alle Kosten tragen.

Sie können sich vorstellen, lieber Herr, daß ich erst nicht wußte, ob ich dazu lachen oder weinen sollte. Mein letztes Kind hergeben! — es schien mir, als schnitte man mir das Herz aus dem Leibe und ich sollte noch tausend Dank dafür sagen. Aber wie ich den Pater Francesco um Rath fragte, und der mir zuredete und sagte, hier treffe es ein: wenn Gott einem eine Thür zumache, mache er ihm gleich daneben ein Thor auf, schluckte ich meine Mutterthränen hinunter und ließ Alles geschehen, was meinem Kinde zum Glück dienen sollte.

So hab ich's denn auch nicht zu bereuen gehabt. Wie sie mir nach drei Jahren wiedergebracht wurde, — ich dachte freilich, es seien tausend gewesen, aber mit Geduld kommt auch der Lahme über den Berg, — o lieber Herr, was war sie schön geworden und klug und hatte Manieren wie eine Herzogin, aber zu ihrer einfältigen alten Mutter war sie noch ganz wie sonst. Die Leute von Sestri aber machten große Augen, wie sie das Fräulein zum ersten Mal neben mir in die Kirche gehen sahen, natürlich zum Kloster hinauf, um sie auch dem guten Pater zu zeigen. Der lobte sie sehr, sagte aber, sie solle nur fein demüthig und tugendhaft bleiben und sich Nichts in den Kopf setzen, und so noch eine Menge erbaulicher Reden, wobei sie immer die Augen still zu Boden geschlagen hielt, das süße Geschöpf, und hernach küßte sie dem guten alten Pater die Hand, wie sie als kleines barfüßiges Ding gethan, und war Abends in ihrem schlechten Bettchen so rasch und vergnügt eingeschlafen, als ob sie es nicht inzwischen besser gehabt und die schweren Künste und Wissenschaften gelernt hätte, daß sie nun gescheidter war wie der Sindaco von Sestri selbst.

Wir wollen hier vom Fenster weggehn, lieber Herr, sagte die Alte und zog mich tiefer in das Zimmer hinein, wo sie mich nöthigte, auf einem kleinen, mit verblichener blauer Seide überzogenen Canapé Platz zu nehmen. Sie selbst blieb an dem Tischchen stehen und zupfte ein paar welke Blätter aus dem großen Strauß, der mit bunten Farben im Schein des Armleuchters glühte.

Was hat Euch denn angewandelt, gute Frau? fragt' ich. Warum wollt Ihr die schöne kühle Nachtluft nicht länger athmen?

Es ist nur wegen des Giannicco, sagte sie nachdenklich. Er geht immer noch unten an dem Fenster vorbei und hat so feine Ohren, besonders wenn er seinen Namen hört. Und ich wollt' Ihnen eben sagen, wie er dazumal, als er das Kind nur einmal wiedergesehen, in eine ganz gefährliche Verliebtheit gerathen ist, und obwohl sie ihm gar nicht süße Augen machte, wie überhaupt keinem der jungen Bursche, meinte er doch, sie denke heimlich an ihn, der arme Narr, der er war, und hielt eines Tags richtig um sie an. Aber wenn sie ihn auch gemocht hätte, — sie waren Beide arm, und wenn der Hunger zur Thür hereinkommt, geht die Liebe zum Fenster hinaus. Und dann, lieber Herr, was hätte sie mit ihren Künsten und Wissenschaften, die sie von Genf mitgebracht, als Frau eines armen Tischlergesellen, wie der Giannicco war, anfangen sollen?

Aber die Hauptsache war, sie machte sich gar nichts aus ihm. Sie machte sich freilich auch aus Anderen und Reicheren Nichts, die damals um sie warben, ja nicht einmal aus unserm Wohlthäter, dem Herrn Marchese. Wie ich ihr sagte: Kind, willst du dein Glück machen? Du sollst Frau Marchesa werden. Der gute Herr, der deiner Mutter aus ihrem Elend geholfen und dich so schöne Dinge hat lernen lassen, — und denken Sie nur, lieber Herr, auch für meine Cesira hatte er noch gesorgt, ihr eine Aussteuer gegeben und sie an einen seiner Pächter auf einem Gut bei Turin verheirathet, — nun will er dich zur Frau, sagt' ich, und du sollst in Genua in seinem schönen Palast wohnen; überlege es dir wohl, Kind: Schönheit macht nicht satt, und wer sich selbst nicht hilft, der ertrinkt, sagt' ich — da fiel sie mir um den Hals und sagte unter tausend Thränen: Mamma mia, ich will nicht fort von dir, ich will keinen alten Mann; lieber sterb' ich so wie ich geh' und stehe! sagte sie.

Arme Creatur! Ich hatte wahrlich großes Erbarmen mit ihr, denn ich liebte sie mehr als meine Augen. Aber da war auch die Dankbarkeit, und daß wir ein paar verwais'te armselige Frauenzimmer waren, und was Armuth aus einem Mädchen machen kann, hatte ich ja an meinen Großen erlebt. Und dann war noch der Pater Francesco, der sprach dem Kind, als sie ihm beichten ging, so kräftig zu, daß sie wie verwandelt vom Kloster herunterkam und zu mir sagte: Mutter, ich will es thun. Die Madonna und alle Heiligen, sagte sie, werden mir beistehen, daß ich eine tugendhafte Frau werde, und du hast es dann gut auf deine alten Tage, und, sagte sie, er ist ein so guter Herr, er wird nicht verlangen, daß ich ihn mehr lieben soll, als ich kann, aber treu will ich ihm sein und ihm all seine Gutthaten vergelten.

Nun, lieber Herr, da hatt' ich denn einen Herrn Marchese zum Schwiegersohn, und hätte nun auch die große Dame spielen können und durch die Straßen von Genua in einer Carosse fahren. Aber ich dachte, wenn das schwarze Huhn auch ein weißes Ei gelegt hat, es taugt doch nur auf seinen Misthaufen, und so blieb ich ganz still zu Hause, nur daß ich hierher in die Villa zog, die damals noch nicht so hübsch und reinlich aussah, ohne mich zu rühmen. Und hier hielt auch meine Frau Tochter ihre Wochen ab, als sie übers Jahr ein Kindlein zur Welt brachte, schön wie mit dem Pinsel gemalt und Zug um Zug das Abbild ihrer Mutter. Und daß der Herr Vater fast närrisch wurde vor Freude, können Sie sich leicht denken. Auch meine Lisa war sehr vergnügt. Nun wird es mir nicht mehr schwer werden, sagte sie, dem lieben Gott zu danken für das Glück, das er mir beschert hat, da er mir jetzt den kleinen Engel geschickt, und der Pater Francesco braucht mir nicht erst Tugend zu predigen. Ich muß meiner Tochter ein gutes Beispiel geben.

So sagte sie, armes junges Weib! Und ich wußte wohl, was sie meinte; denn sie hatte mir erzählt, daß alle jungen Herren vom Adel, die schönsten und reichsten, ihr nachstellten, und Manche geberdeten sich wie toll, um der schönen Frau Marchesa ihre Liebe zu zeigen, und Sie wissen, lieber Herr, das Stroh kann nichts dafür, daß es brennt, wenn es dem Feuer zu nahe kommt. Aber nun hatte sie ihr Kind und sah weder rechts noch links, sondern immer in die beiden kleinen unschuldigen Augen, und was die verliebten Gecken auch anstellen

mochten, war nur so viel, wie wenn Einer ein Loch ins Wasser
machen will.

Aber so leicht wurde es ihr doch nicht, wie sie sich's geträumt hatte. Denn schon ein Jahr nachdem die kleine Cesira
auf die Welt gekommen war, befiel den Herrn Marchese eine
Lähmung, daß er immer im Rollstuhl sitzen mußte, und nur
ein Glück war, daß es die linke Seite getroffen hatte, nicht die
rechte, da konnte er sich doch noch die Zeit vertreiben mit Zeichnen
und Malen; und weil er ein edles und christliches Gemüth
hatte, wurde er auch gar nicht wild und menschenfeindlich über
sein Unglück, sondern nur um so gütiger gegen seine arme junge
Frau, der er that und schenkte, was er ihr nur an den Augen
absehen konnte. Und auch sie ließ sich nicht auf melancholischen
Mienen ertappen. Man kann freilich nicht singen, wenn man
ein Kreuz trägt, aber wenn eine Mutter ihr Kind wiegt, findet
sie doch immer noch einen Ton in ihrer Kehle. Und so war
es für Alt und Jung eine Erbauung, wie meine Frau Tochter
sich in ihrem Ehestand hielt, und Pater Francesco, mit dem
ich oft darüber sprach, sagte: Sie ist eine Heilige und ihre
Tugend reicht aus, um auch ihre Schwestern aus dem Fege-
feuer loszukaufen. Ihr seid eine benedeite Mutter, Frau Cesira.

Ja, ja, lieber Herr, wenn man schon am Morgen immer
wüßte, ob am Mittag ein Gewitter kommen wird! Aber wer
am Freitag lacht, weint am Sonntag. Die kleine Cesira war
kaum sieben Jahr und ihre Frau Mutter also fünfundzwanzig,
und sechs Jahre war es schon her, seit der Herr Marchese im
Rollstuhl lag, da sitz' ich eines Tages hier ganz fröhlich im
Haus, bei meinem Spinnrocken und meinen paar Gedanken —
und der Giannicco war auch noch nicht von seiner Piratenfahrt
hier wieder gelandet — auf einmal fährt ein Wagen vor, denn
eine Eisenbahn gab es damals noch nicht, und wer steigt aus? —
mein eignes liebes Kind, die Frau Marchesa, aber so blaß und
wunderlich, daß ich zu Tode erschrak, und brachte auch die
Kleine nicht mit, wie sonst, und auf meine Fragen, was denn
vorgefallen sei, konnte ich lange Zeit nicht eine Silbe zur Antwort bekommen. Aber Mutter und Tochter — es ist wider die
Natur, lieber Herr, daß die Zwei ein Geheimniß vor einander

haben sollten. Was es aber war, jetzt kann ich es ja auch
Ihnen sagen, zumal Sie morgen wieder wegreisen, und dann,
so traurig es war: meinem Kinde hat es ja nur um so größere
Ehre gemacht. Denn das Gold erprobt man erst im Feuer
und den Heiligen auf dem Scheiterhaufen. Sehen Sie, da war
ein Maler in das Haus meines Herrn Schwiegersohns gekommen,
der ja ein gewaltiger Freund der Kunst war, so ein junger
Mann, zwei Monate noch jünger als meine Frau Tochter,
Lorenzino Sciarpa hieß er; Sie haben seinen Namen
wohl schon gehört, da er seitdem sehr berühmt geworden sein soll.
Der hatte einen Speisesaal beim Herrn Marchese mit Göttern und
Göttinnen auszumalen, und so kam er täglich ins Haus und
sah täglich das schöne junge Weib, mein armes Kind und sehen
und brennen war Eins. Am Tage, nachdem er ihr seine erste
Erklärung gemacht, da war's, wo sie plötzlich hier draußen an
der Villa vorfuhr. Und erst war Nichts aus ihr herauszu-
bringen; sie schloß sich wohl drei Stunden lang droben in ihrem
Schlafzimmer ein, sie müsse sich was überlegen, sagte sie, und
müsse allein sein, und könne keinem Menschen ins Gesicht sehen.
Ich hörte sie hin und her gehen, aber weder weinen noch beten.
Zuletzt hielt sie selber es nicht mehr aus, sondern sagte mir Alles,
daß sie diesen Lorenzino liebte, wie sie bisher gar nicht gewußt
habe, daß man einen Menschen so lieben könne, und, sagte sie,
wenn du ihn kenntest, Mutter, würdest du deine unglückliche
Tochter nicht verdammen, sondern bejammern, da die Liebe zu
diesem Menschen, wo sie einmal in einem Herzen gekeimt hat,
nur mit dem Spaten, der das Grab gräbt, herausgerissen werden
kann. Und nun erzählte sie mir von ihm mit Ausdrücken, lieber
Herr, daß ich selbst, ein so dürrer alter Zaunstecken wie ich war,
wahrhaftig fast selbst Feuer fing und um diesen Lorenzino mein
ewiges Seelenheil geopfert hätte, indem ich meinem Kinde sagte:
Man spricht von der Sünde, aber nicht vom Sünder, und
man spricht vom Rausch, aber nicht vom Durst. Kind, sagte
ich, was fragst du mich? Ich habe meine Schuldigkeit gethan,
indem ich dich fromm und tugendhaft auferzogen habe. Aber
jeder Mensch, sagt' ich, lebt sein eigenes Leben, und am jüngsten
Tag werden wir alle nackt und bloß vor unsern Richter treten.

Werden Sie's glauben, lieber Herr, daß dies stolze Kind that, als ob sie mich gar nicht verstünde? Und jetzt noch schäme ich mich, daß ich mich von meiner eigenen Creatur beschämen laſſen mußte, und daß diesmal das Ei wirklich klüger war als die Henne.

Mutter, sagte sie, ich bin gar nicht gekommen, um mir rathen zu laſſen. Was ich zu thun habe, was ich meinem Gatten und der Kleinen schuldig bin, das weiß ich schon allein. Aber in der Einsamkeit muß ich mir erst die Kraft holen, das auch zu können, was ich thun will, und darum wollt' ich eine Nacht hier mit mir allein sein. Richte mir ein wenig zu eſſen her und dann schicke Jemand, um den Pater Francesco zu bitten, daß er mich besucht. Denn es ist spät, und ich kann nicht mehr wie damals, wo ich barfuß über die Klippen sprang, beim Mondschein ins Kloster hinauf, ohne daß ein Gerede entstünde.

Eine Heilige hätte sich nicht beſſer benehmen können, das werden Sie mir zugeben, lieber Herr.

Und richtig, wie sie am andern Morgen wieder fortfuhr, hatte sie ein ganz klares, stilles Gesicht, und das behielt sie auch all die Jahre, seitdem sie ihren letzten Kampf gekämpft hatte, obwohl auf die Länge selbst ein Strohhalm drückt, ge= schweige eine so große Laſt, wie eine heimliche Paſſion zu einem schönen und braven Menschen. Denn das war er, leider, ich selbst mußte es sagen, obwohl ich ihn haßte, weil er mein armes Kind so viel leiden machte. Er wußte aber selbst nichts davon, denn sie hatte ihm scheinbar ganz kaltblütig jede Hoffnung benommen und nur um seinetwillen darauf bestanden, daß er seinen Verkehr im Hause abbrechen, ja am liebsten die Stadt Genua überhaupt meiden sollte. Die ersten Jahre konnt' er's nicht laſſen, wenigstens einmal im Jahr sich wieder einzufinden, als ob er fragen wollte: ist es denn möglich, daß Ihr mich könnt sterben laſſen? Als er aber immer die gleiche Miene und die nämliche Antwort erhielt, sogar hier draußen, wo er meine Frau Tochter einmal allein überraschte, nur mit dem Kinde, das sich von den Folgen der Masern erholen sollte, so= gar hier erreichte er nicht das Mindeste, so daß sein Leidens=

gefährte, der Giannicco, der damals schon hier gärtnerte, ihn mit der hellsten Schadenfreude wieder abziehen sah.

Mich dauerte er mehr, als ich sagen konnte und durfte. So ein schöner, braver junger Mann, sanft wie ein Lamm und feurig wie ein Löwe! Und ein Maler dazu, gegen den der Herr Marchese nur ein Schulknabe war.

Kind, sagte ich zu meiner Frau Tochter, hast du ihm denn wenigstens ein bischen Trost gegeben, daß es nicht an deinem guten Willen liegt, wenn du ihn nicht glücklich machen kannst, sondern an der Tugend und Bravheit und Dankbarkeit gegen deinen Herrn Gemahl, und hast ihm gesagt, daß es dich hart genug ankommt, ihn wegzuschicken, und daß du dich heimlich so nach ihm verzehrst, wie er nach dir?

O Mutter, sagte sie darauf, wenn ich ihm solche Dinge sagte, brächte ich ihn nimmermehr von meiner Seite, und wer weiß, ob die Heiligen mir dann beistehen möchten; denn wenn ich täglich seine traurigen Augen sehen müßte, sagte sie, schmölze mein bischen Bravheit und Standhaftigkeit hin, wie eine Kerze am Feuer; und wie sollte ich meinem guten Mann ins Gesicht sehen, der mich so liebt und ehrt und mir vertraut wie einer übermenschlichen Creatur, wenn ich einem andern Mann gesagt hätte: gedulde dich, bis der arme Kranke nicht mehr in seinem Rollstuhl sitzt, sondern von all seinen Leiden ausruht —? Nein, Mutter, sagte sie, rede mir nicht zu, denn Gott allein weiß, wie mein Herz schreit, daß ich mir beide Ohren zuhalten muß, um nicht den Kopf zu verlieren und zu thun, was mich reuen würde in alle Ewigkeit.

Armes Weib! Und doch hätten Sie sehen müssen, lieber Herr, wie sie immer noch lächeln konnte und Allen, die sie zu besuchen kamen, ein heiteres Gesicht zeigen, und zumal, wenn sie das Kind, die Cesira, ansah, die schön wie ein Engel war und von der Mutter, der sie recht eigentlich aus dem Gesicht geschnitten war, alle Gaben und Tugenden hatte, die Sanft- muth und das gute Herz, und daß sie freundlich war mit dem Geringsten. Aber Viele sagten doch, daß ihre Mamma, obwohl sie nun schon in die Dreißig ging, immer noch die Schönere sei von Beiden, und man hielte sie viel eher für Schwestern, als für

Mutter und Tochter. Das Kind war nun ihr ganzes Glück und einziger Trost, und auch den mußte sie zuletzt entbehren. Denn wie die Cesira vierzehn Jahr alt geworden war, beschloß der Herr Marchese, sie in dieselbe Pension nach Genf zu schicken, wo meine Lisa so viel schöne Dinge gelernt hatte, und meine Frau Tochter, die den Willen ihres Herrn Gemahls immer ehrte und gerecht fand, brachte das Kind selbst nach der Schule und nahm mit tausend Thränen Abschied von ihr.

Sie hat mir dann erzählt, was ihr auf der Rückreise begegnet ist, daß der arme Lorenzino in einem Ort, wo sie übernachten mußte, — Gott weiß, wie er Alles ausgekundschaftet hatte, — ihr plötzlich in den Weg getreten sei, und er habe sich vor ihre Füße hingeworfen und sehr wenig gesprochen, aber eine ganze lange Geschichte von Desperation und durchwachten Nächten habe auf seinem schönen Gesicht gestanden. Er hatte seitdem die meiste Zeit in Paris gelebt und hätte die schönsten und reichsten Mädchen freien können, aber in seinem Herzen war immer nur die Eine Liebe, wie es in dem Vers heißt:

> Wo einmal ward ein Feuer angezündet,
> Bleibt stets ein Funke noch zurück im Finstern,

und er wollte lieber als ein Junggesell leben und sterben, als seiner alten Flamme untreu werden.

Damals hat es der armen Frau mehr gekostet, als ein Mensch sich vorstellen kann, ihn hoffnungslos fortzuschicken, und sie zeigte mir hernach eine Strähne von ihrem langen schwarzen Haar, die hatte sie Nachts, da sie im Bette wach lag, zwischen die Zähne genommen und fest darauf gebissen, um nicht laut aufzuschreien. Und am anderen Morgen war diese Strähne grau, und es sieht wunderlich aus, noch heute sie damit herum= gehen zu sehen, denn sie hat sie nicht abschneiden wollen, um sich immer daran zu erinnern, was sie schon durchgemacht und wie tapfer sie sich dabei gehalten hat.

*　　*　　*

Giannicco trat herein. Er stand plötzlich auf der Schwelle, ohne daß ich ihn die Treppe hatte heraufkommen hören, warf einen schiefen, feindseligen Blick auf mich und sagte ein paar Worte im genuesischen Dialekt, die ich nicht verstand.

Es ist gut, Giannicco, erwiederte die Alte, die sich nicht einen Augenblick in ihrer Ruhe stören ließ. Ihr könnt schlafen gehn. Ich werde den Herrn selbst hinausbegleiten und das Gitter zuschließen. Gute Nacht, Giannicco!

Der Einarmige brummte Etwas vor sich hin und zog sich geräuschlos zurück, wie er gekommen war. Wir schwiegen aber, bis wir ihn unten auf dem Kiesweg hatten hinschleichen hören, mit den schweren, gleichmäßigen Schritten eines Menschen, der große Lasten zu tragen gewöhnt ist.

Mit Dem werden wir noch unsere liebe Noth haben, sagte die Alte. Wenn meine Frau Tochter wiederkommt, jetzt, da sie Wittwe ist, — ich glaube wahrhaftig, der verrückte Mensch bildet sich ein, nun sei das Feld für ihn frei, der armselige Krüppel, und wenn er nun erleben muß, daß der Herr Lorenzino hier als Herr besiehlt, — nun, dafür wird meine Frau Tochter schon sorgen, so oder so. Aber es ist curios, wie viel Narren frei herumlaufen, und das Sprichwort hat wohl Recht: wenn Narrheit weh thäte, würde man in jedem Hause stöhnen hören. Aber obwohl man sich seines Nebenmenschen erbarmen soll, ich kann doch nichts Anderes thun, als den ganzen Tag Gott loben und preisen, daß er meinem Kinde endlich die Erlösung geschickt hat und den Lohn für ihre Tugend schon hier auf Erden, und alle anderen Menschen kümmern mich nicht mehr als eine Mücke einen Elephanten. Mein Herr Schwiegersohn — Gott hab' ihn selig! — hat einen schönen, leichten Tod gehabt, er ist von seiner Siesta nicht mehr aufgewacht, ohne auch nur einen Schrei zu thun, und dann das schöne, ehrenvolle Begräbniß, wo der ganze Adel von Genua ihm die letzte Ehre erwiesen hat, und Alle haben seiner Wittwe condolirt mit großem Respect, und es sei die ganze Stadt des Lobes voll, wie schön sie sich benommen, obwohl sie nur die Tochter einer so einfachen Frau ist und nicht in einem Palast geboren und auferzogen. Nun hat sie erlebt, wie das alte Wort sagt: wer ausharrt, der siegt,

und wenn sie jetzt nach ihrer Trauerzeit ihren Lorenzino heirathet, —
lieber Gott, man ist ja noch nicht zu alt mit fünfunddreißig
Jahren, um noch glücklich zu sein, besonders wenn man ein
Gesicht hat, wie meine Lisa, und ein unschuldiges Herz, wie
sie, das sich im ganzen Leben Nichts vorzuwerfen brauchte. Denn
Reue und Schande, lieber Herr, die graben viel tiefere Runzeln
als die Jahre, und ein gutes Gewissen ist das beste Schönheits-
mittel. Ja, ja, nun soll es hier bald anders aussehen, und die
alte Mutter kriecht dann ganz vergnügt in ihren Winkel zu ihrer
alten Freundin Miranda, und wir Beide stecken den Kopf nur
aus unserer Schale, um uns zu freuen, wie die Jugend sich
gute Tage macht und ihr Leben genießt. Herr, dein Wille
geschehe! Amen.

Ich war aufgestanden und noch einmal vor das Bild getreten, das die Heldin dieser schlichten und doch seltsam er-
greifenden Geschichte in ihrer ahnungslosen Kinderschönheit darstellte. Es schien mir jetzt, als deuteten diese zarten Linien
schon alle Kraft und Sicherheit an, die das reife Weib bewähren
sollte, nur ein rührender Hauch von Scheu vor dem unbekannten
Leben schien um die frischen Lippen zu spielen.

Ihr seid wahrlich glücklich zu preisen um solche Tochter,
gute Frau, sagt' ich, da ich endlich mich zum Gehen anschickte.
Und nun wächf't Euch noch eine neue Lebensfreude heran in
Eurer Enkelin, die ja der Mutter Ebenbild sein soll. Wie
gern wartete ich, bis ich die Bekanntschaft der Frau Marchesa
und des jungen Fräuleins machen könnte. Aber ich habe einem
Freunde versprochen, morgen in La Spezzia mit ihm zusammen-
zutreffen, und weiß kaum, ob ich bei meiner Rückkehr über
drei oder vier Tage abermals in Sestri anhalten kann.

Dann würden Sie auch die Cesira vielleicht noch nicht
hier vorfinden, lieber Herr, sagte die Alte; sie hat nicht einmal
zum Begräbniß ihres Herrn Vaters nach Genua kommen können,
sie war mit der ganzen Pension abwesend auf einem Ausflug
in die hohen Berge, — die Schweiz heißt man sie —, und in
Genf wußte man nicht einmal genau, wohin die Depesche nach-
geschickt werden sollte. Nun, sie erfährt Alles noch früh genug.
Meine Frau Tochter aber wird, denk' ich, froh sein, aus dem

traurigen Haus, wo sie so viel Kummer erlebt und jetzt dem tobten alten Mann hat die Augen zudrücken müssen, sich zu ihrer treuen Mamma zu flüchten und hier ein wenig zu sich selbst zu kommen. Wenn Sie daher wieder vorbeikommen sollten, lieber Herr, — meine Lisa hat noch allen Fremden den Eintritt in den Garten erlaubt, und wenn es höfliche und gebildete Herrschaften waren, blieb ihnen auch das Haus nicht verschlossen. Da, nehmen Sie einstweilen zum Andenken diesen Strauß mit nach La Spezzia. Es ist doch zu spät geworden, um den andern im Garten noch fertig zu machen.

Sie drang mir den schönen vollen Rosen - und Granatblütenstrauß so treuherzig auf, daß ich ihn wohl annehmen mußte. Ich habe Sie lange aufgehalten, sagte sie, da ich ihr am Gitter draußen noch einmal die Hand drückte; aber wenn ich von meinem Kinde zu reden anfange, finde ich kein Ende. Gute Nacht, lieber Herr, und ich danke Ihnen, daß Sie so viel Geduld gehabt haben mit einem schwatzhaften alten Weibe. Sehen Sie nur einmal mit Augen Die, von der wir gesprochen haben, so werden Sie begreifen, daß einem jedes Wort noch viel zu gering scheint, sie zu loben, und daß man nicht eine eitle Mutter zu sein braucht, um sie für die vollkommenste Creatur unter Gottes Sonne zu halten.

*   *   *

Diese Nacht stand ich noch lange am Fenster meines Eckzimmers im Albergo d'Europa und sah nach dem Pinienvorgebirge hinüber und auf das Meer, das wie ein ungeheurer silberner Schild mit breitem dunklem Stahlrande den Mondhimmel spiegelte. Ich fragte mich, warum die einfache Geschichte mich so feierlich gestimmt hatte. Ein reines und starkes Herz, das allen Lockungen der Leidenschaft widersteht, um seiner Pflicht treu zu bleiben, und nun endlich — spät, aber nicht zu spät — den Lohn seiner Treue erntet, war das ein so seltenes Menschenschicksal, daß man ihm wie einem Märchen nachsinnen mußte? Freilich, je mehr ein Garten dem Paradiese gleicht, desto menschlicher scheint ein Sündenfall. Die Orangen im Hof brunten dufteten so schwül herauf, ich mußte daran denken, wie der

Mond so manchmal draußen im Gärtchen der Frau Marchesa die Herrin des Hauses mit ihrem Freunde durch die Myrten- und Lorbeerhecken hatte wandeln sehen, und dennoch hatte sie ihn verabschiedet mit einem gelassenen Gute Nacht! und ihn gebeten, morgen nicht wieder zu kommen. Und das im Lande des Cicisbeats und der nachsichtigen Mütter und der nachsichtigsten von allen, der Mutter Kirche. Und doch war es nicht das, was meine Gedanken immer wieder zu der Geschichte dieser voll- kommensten Creatur unter der Sonne zurücklenkte. Ich sah be- ständig die sanften, lieblichen Umrisse des jungen Gesichts vor mir, und es war als nähmen sie einen immer gespannteren, schmerzlicheren Ausdruck an, als ob sie sagen wollten: Alles ist eingetroffen, was uns damals ahnte von Schwerem und Traurigem, und wir haben das Lachen so lange nicht geübt, werden wir's überhaupt noch wieder lernen können? Und dann fragte ich mich, ob ein Mensch, der seine Jugend nicht genossen hat, überhaupt noch entschädigt werden kann durch ein ver- spätetes Glück, — eine thörichte Frage, da es Menschen giebt, die erst spät jung werden, wie solche, die es niemals sind, und andere, die es zu sein nie aufhören.

Zuletzt thaten mir die Augen weh von dem blendenden Glanz des Silberschildes, und ich vergrub alles Grübeln in das heiße Kissen meines Bettes.

Am andern Morgen fuhr ich, wie ich beabsichtigt hatte, nach La Spezzia. Aber meinen Koffer hatte ich der Obhut Agostino's anvertraut, da ich entschlossen war, auf dem Rück- wege nach Genua jedenfalls hier wieder eine Nacht zu rasten. Die Einladung der Alten, die Villa noch einmal zu besuchen, wenn erst ihre Frau Tochter darin eingetroffen sei, hatte, ohne daß ich es mir eingestand, den Hauptantheil an diesem Vor- satze, den ich freilich damit vor mir selbst bemäntelte, daß ich noch Briefe nach Sestri bestellt hatte, die bisher nicht eingetroffen waren.

Was ich in den Tagen, die ich an der schönen Bucht von La Spezzia und Portovenere mit meinem Freunde verbrachte, an denkwürdigen Dingen etwa erlebt habe, gehört nicht hieher. Auch sollte das Alles bald genug in den Hintergrund der Erinnerung gedrängt werden, als ich am Abend des dritten Tages mit dem Bahnzuge wieder vor dem niedrigen Stationsgebäude von Sestri ankam und beim Aussteigen mit dem ersten Blicke die stolzen Linien des Vorgebirgs und des Meerhorizontes begrüßte.

Ich wandte mich aber nicht sogleich nach dem einsamen Gasthof am Strande, sondern schlug den Weg durch die Hauptstraße des Städtchens ein, da der kleine Apothekerladen, der zugleich als Postbüreau diente, schon vor Nacht geschlossen zu werden pflegte. Wie ich so an den wohlbekannten Häusern vorüberging, fiel mir auf, daß heut fast nirgends, wie sonst üblich war, die Leute vor den Thüren saßen. Auch die Handwerker schienen vorzeitig Feierabend gemacht zu haben, und doch standen die Tische und Geräthe, die sie zu ihrem Gewerbe brauchten, noch auf der Gasse, und halbfertige Arbeit lag überall herum.

Ist denn ein Feiertag? fragte ich ein junges Mädchen, das eines Gebrechens wegen immer auf demselben Bänkchen vor der Hausthür saß und auch heute mit den großen grauen Augen in dem blassen Gesicht mir zunickte.

Nein, Herr. Es ist nur wegen der Beisetzung der Frau Marchesa, da sind sie Alle in die Kirche nachgegangen; sie müssen aber gleich wiederkommen, es ist schon eine Stunde her.

Der Marchesa? Welcher Marchesa? War der Marchese Piuma verheirathet und hat seine Frau verloren?

Seltsam, daß ich nur an den Besitzer der Pinienvilla dachte. Aber so ahnungslos überraschte mich die Nachricht, daß ich plötzlich wie von einem Blitze getroffen mich an die Hauswand lehnen mußte, als die Kranke mit ihrer umschleierten, tiefen Stimme erwiederte:

Nein, Herr; die Marchesa Piuma ist es nicht. Es ist ein Stadtkind aus Sestri, das nach Genua an einen Signore verheirathet war, und ihre Villa steht draußen an der Landstraße.

Und nun nannte sie zum Ueberfluß den Namen, der mir in den letzten Tagen nur zu oft wieder in den Sinn gekommen war.

Todt! stammelte ich endlich, indem ich mich zu fassen suchte. Aber das ist ja unmöglich! Sie war ja in voller

Gesundheit noch am letzten Samstag. Ihr werdet das ver=
wechseln, liebes Kind. Ihr Mann ist gestorben, der Herr
Marchese. Der wird angeordnet haben, daß für ihn eine Todten=
feier hier in Sestri gehalten werden solle. Ich hörte ja, daß
er auch dort in der Kirche sich hat trauen lassen.

Das Mädchen schüttelte ruhig den Kopf und bewegte den
Zeigefinger der rechten Hand hin und her, um ihrem Nein
Nachdruck zu geben.

Es ist doch die Frau Marchesa, Herr. Und alle sind
so davon bestürzt worden, wie Sie; denn freilich kam sie vor=
gestern noch ganz wohlauf hier an, und wir freuten uns, daß
wir sie wiedersehen sollten, denn es ist nicht zu sagen, Herr,
wie alle Leute in der Stadt sie verehrt und beinah angebetet
haben, und die Armen nicht am wenigsten. Auch ich armes
Ding — jedesmal, wenn sie hier vorbeikam, blieb sie bei mir
stehen und fragte, ob es noch nicht besser werden wolle mit
dem Husten bei Nacht und den Schmerzen bei Tage, und wenn
sie in der Villa war, schickte sie mir oft aus ihrer Küche
etwas Ausgesuchtes, oder auch ein Körbchen mit candirten
Früchten und ein andermal ein Band ins Haar oder ein paar
warme Schuhe für den Winter. Nun freute ich mich darauf,
sie bald wiederzusehen. Und es war mir schon seltsam, daß sie
gestern, als sie wirklich am Morgen hier vorüberging, mich gar
nicht ansah, als ob sie auf einmal stolz geworden wäre, was
ihr doch gar nicht ähnlich sah, und meine Mutter meinte, es
sei nur die Trauer um ihren Gemahl. Und freilich trug sie
einen dichten, schwarzen Schleier und sah weder rechts noch
links, sondern immer auf den Weg, und wenn Jemand sie
grüßte, dankte sie so mit der Hand, die sie ein wenig bewegte,
aber ohne aufzuschauen, und immer geradeaus, ganz schnell, als
ob sie etwas Eiliges abzumachen hätte. Sie stieg aber nur
ins Kloster hinauf, — so heiß es war am Vormittage, und
sie war doch schon ein wenig stark, obwohl es ihrer Schönheit
nichts schadete, — und mit demselben raschen Schritt und immer
unterm Schleier kam sie hier wieder vorbei und ging dann in ihre
Villa hinaus, und kein Mensch bekam sie mehr zu sehen. Nun denken
Sie, Herr, wie wir heute früh erschraken, als plötzlich die Nach=

richt durch die ganze Stadt lief: die Frau Marchesa sei todt in ihrem Bette gefunden worden, eine Kugel aus der alten Pistole des Gärtners Giannicco sei ihr gerade durchs Herz gegangen, kaum ein Blutstropfen habe das Leintuch gefärbt, und ganz ruhig wie eine Statue sei sie in ihrem Bette gelegen, das Gesicht wie schlafend. Der Mörder aber, der Einarmige, muß gleich in der Nacht auf einer Barke entflohen sein und sich auf irgend einem Schiff, das gerade vorbeikam, in Sicherheit gebracht haben. Denn weit und breit fand man keine Spur von ihm. Daß er es aber gethan und kein Anderer, konnte man außer der Pistole auch daran sehen, daß ein kleines Bild von der Marchesa, für die er ja immer einen trasporto gehabt hat, mit verschwunden ist. Und Einige sagen, er habe den Verstand verloren, weil er der Frau Marchesa Liebesanträge gemacht oder sie habe heirathen wollen, jetzt, da sie Wittwe geworden, und wie sie ihn abgewiesen, sei er in die Wuth gerathen. Andere meinen, er habe es auf ihren Schmuck abgesehen gehabt, und damit sie ihn nicht beim Rauben attrapiren sollte, habe er sie erst getödtet. Das aber glauben die Wenigsten, obwohl er ein Seeräuber war, und es wird sich ja auch zeigen, sagt meine Mutter, wenn das Gericht den Nachlaß versiegelt. Und vielleicht kommt die Wahrheit nie an den Tag. Denn Niemand ist dabei gewesen, und so still, wie sie in ihrem Bette lag, scheint sie auch, ganz ohne sich zu rühren, ja, ohne Etwas zu merken, aus der Welt gegangen zu sein, und den Knall der Pistole hat Niemand gehört in der Nachbarschaft, nicht einmal die alte Mutter.

Herrgott! die Mutter! — unterbrach ich sie. Das wird ihr Tod gewesen sein. Hoffentlich hat sie den Morgen, wo sie ihre Frau Tochter so finden sollte, nicht überlebt!

Das blasse Mädchen schüttelte den Zeigefinger.

Sie hat nur einen einzigen Schrei gethan, dann aber kein Wort mehr gesprochen. Die Leute glauben, daß es in ihrem alten Kopfe nicht mehr ganz richtig sei. Denn sie hat Alles geschehen lassen, als wäre sie gar nicht mehr auf der Welt, daß man der Frau Marchesa ein Todtenkleid angezogen und sie in den Sarg gelegt und vor einer Stunde in der Kirche beigesetzt hat, und auf alle Fragen, die man an sie gerichtet, ob es ihr so oder anders recht sei, hat sie nur immer mit dem Kopf ge= nickt. O, es ist ein so schauderhaftes Unglück, wie kein Mensch in Sestri je erlebt hat, und wer daran Schuld ist, der wird am jüngsten Tage durch keinen Ablaß, den er sich vielleicht mit dem geraubten Gut erkauft, aus den ewigen Flammen los= kommen; denn Sestri hat nie eine bessere und liebere Frau ge= sehen, und man wird von ihr reden, so lange die Pinien oben auf den Felsen stehen und ein Fischer sein Netz am Strande auswirft.

Das Mädchen hatte sich so durch seine eigenen Worte auf= geregt, daß es jetzt in einen Strom von Thränen ausbrach, bis ein erstickender Hustenanfall ihrem Weinen ein Ende machte. Ich stand noch wie betäubt auf derselben Stelle, als ich auf der Straße von der Kirche her einen großen Menschenschwarm sich nähern sah, lauter heftig sprechende, bekümmerte, verstörte Gesichter, darunter meinen Wirth von der Europa mit seinem hohen, schwarzen Cylinder, wieder neben einem geistlichen Herrn, und Agostino mit einem breiten Strohhut, übrigens in Hemd= ärmeln und der Küferschürze, wie ihn die Kunde von dem Leichenconduct wahrscheinlich im Keller überrascht hatte.

Ich weiß nicht, warum es mir unmöglich vorkam, mit diesen guten Bekannten, die doch vielleicht Näheres wußten, ein Wort über das entsetzliche Ereigniß zu wechseln. Unwillkürlich bog ich in eine Seitengasse ein und suchte mir einen Weg im Rücken der Stadt, erst nach der Bucht, in die das Kloster hinabsieht, dann durch allerlei Winkelgäßchen nach der Kirche zurück, die eben die Bevölkerung der ganzen Stadt in sich auf= genommen und jetzt nur noch die entseelte Hülle der edlen Frau zu bewahren hatte.

Diese Stadtkirche von Sestri ist ein ziemlich schmuckloser Bau mit zwei niederen Thürmchen neben dem Porticus und einem gewölbten Dach, Alles blendend weiß angestrichen, und doch, am Fuße des Vorgebirges errichtet, nicht eben zur Unzierde für den übrigen, so unscheinbaren Häuserhaufen, den die Landzunge trägt. Als ich die wenigen Stufen hinaufgeschritten war und mich dem Eingang zur Rechten näherte, wo nur ein paar Bettler noch an ihren Krücken kauerten, war der Sacristan eben im Begriff,

die Thüren zu schließen. Zum Glück hatte ich ihn bei einem
früheren Besuch in der Kirche durch ein freigebiges Trinkgeld
mir zum Freunde gemacht. Er warf zwar, als er meinen
Wunsch begriffen hatte, einen bedenklichen Blick auf den Platz
hinaus, wo noch einzelne Gruppen Andächtiger zurückgeblieben
waren. Als ich ihm aber wieder ein großes Silberstück in die
Hand schob, nickte er mir einverständlich zu und ließ mich eintreten, nicht ohne die Thüre hinter uns mit einem sicheren
Riegel zu verwahren.

So waren wir ganz allein in dem kühlen, dämmerigen
Raum, wo das Auge zuerst, vom Licht draußen noch verblendet,
nur undeutliche Massen unterschied. In der Mitte aber, um
den schwarzen, schmucklosen Katafalk brannten auf hohen Messing-
leuchtern zwölf dicke, hohe Kerzen.

Ich hatte dem Sacristan einen Wink gegeben, daß er sich
ein wenig beiseit halten möchte. Er mochte glauben, ich sei ein
Verwandter der Todten, der in der Stille für sie beten wolle.
Also setzte er sich im Winkel auf einen Strohsessel, und ich
konnte die schaurig feierliche Stimmung, in der ich der Todten
gegenübertrat, ungestört in mir walten lassen.

Sie lag im Sarge nicht so starr auf dem Rücken, wie
man Todte sonst zu betten pflegt, sondern ein wenig auf die
linke Seite geneigt, in einem schwarzen Seidenkleide, ich weiß
nicht, ob ganz nach der Landessitte, oder weil man sie in ihrer
frischen Wittwentrauer beigesetzt hatte. Die bleichen kleinen
Hände waren um ein Crucifix mit einem silbernen Christus
gefaltet, das Haupt und Gesicht mit einem schwarzen Schleier
zugedeckt.

Ich widerstand der Versuchung nicht, den Schleier zurück-
zustreifen. Da sah ich das schönste Todtenantlitz, das ich je
erblickt habe, und mußte an das Wort der alten Mutter denken:
ihre Jugend sei stehen geblieben. Zug für Zug glich dies wie
aus reinem Wachs gebildete Gesicht der Zeichnung, die mir
noch so deutlich in der Erinnerung stand, nur die Wangen
waren etwas voller geworden, und zwischen dem tiefschwarzen
Haar, das nur leicht um die ganz faltenlose, schmale Stirn
geordnet war, erkannte ich jenen grauen Streif, von dem ich

mußte, wie er entstanden. Und ganz wie auf dem Mädchen-
bilde ging ein Zug von Scheu und Entsagung um die Lippen,
die ein wenig geöffnet waren, daß die oberen Zähne vor-
schimmerten, und eine traurige Spannung war von den starken,
schwarzen Brauen auch im Tode nicht gewichen. Nun sah ich
auch, daß dieser jugendliche Kopf auf einem stattlichen, schon
etwas zur Fülle geneigten Leibe geruht hatte. Keine Spur von
einem letzten Ringen mit dem Tode, der die Seele in tiefster
Bewußtlosigkeit des Schlafes überfallen zu haben schien.

Ich hatte mich auf die oberste Stufe der Todtenbühne
gesetzt, auf welcher der niedrige Sarg, noch ohne Blumenschmuck,
so wie er aus der Villa hergetragen war, unter den zwölf
Kerzen stand. Alles Grauen war verschwunden. Ich hätte ein
Bildwerk, das diese Gestalt in schwarzem und weißem Marmor
verewigt hätte, nicht mit ruhigerem Staunen betrachten können.

Endlich hörte ich ein Klirren in meiner Nähe und schreckte
auf wie aus einem langen, wundersamen Traum. Der
Sacristan war herangetreten, und ich sah an seinem Gesicht,
daß er mich gern zum Aufbruch gemahnt hätte, aber in der
Meinung, ich hätte ein besonderes Recht darauf, hier zu verweilen, wagte er es nicht.

Ich stand auf.

Es ist wohl schon spät, guter Freund?

Eccellenza ist schon eine Stunde hier.

Ich sah nun, daß die übrige Kirche in tiefstem Dunkel
lag. Noch einmal wandte ich mich nach der Todten um, zog
den Schleier sacht wieder über die regungslosen Züge und stieg
langsam die Stufen des Katafalks hinab.

Der Sacristan begleitete mich bis an die Thüre, und da
ich ihm abermals ein Geldstück in die Hand drückte, entließ er
mich mit den ehrerbietigsten Verbeugungen.

Uebermorgen ist die Bestattung, sagte er; man erwartet noch
die junge Marchesina. Wenn Eccellenza morgen wiederkommen
wollen, Sie haben jederzeit zu befehlen.

Ich nickte stumm mit dem Kopf und trat in die laue
Nacht hinaus.

*　　*　　*

Ich war noch so bewegt von Allem, was in dieser stillen Stunde mir durch den Sinn gegangen war, daß ich mich unfähig fühlte, zu Menschen zu gehen, die von dem erschütternden Ereigniß wie von jedem anderen Unglücksfall zu schwatzen geneigt wären. Langsam ging ich die Straße zurück, an den wohlbekannten Häusern vorbei, vor denen jetzt, wie jeden Abend, die Weiber mit ihren Kindern saßen, während die Männer theils vor dem Café, theils auf den Steinen der kleinen Werft, die weit in den Platz an der Kirche hineinragt, beisammenhockten, rauchend und mit einander discurirend. Es kam mir vor, als gehe Alles stiller und zahmer zu, als sonst, gleichsam wie wenn die Stadt noch unter dem Eindruck des furchtbaren Erlebnisses den Athem anhielte.

So kam ich, ohne einem Bekannten zu begegnen, am anderen Ende der Straße wieder hinaus und fand mich auf der Landstraße, die zu der Villa der Todten führt. Der Himmel war mit leichtem Dunst übersponnen, durch den nur schwache Sternfunken hie und da aufblitzten, und man hörte fern das bewegte Meer branden, in großen, schweren Wellenschlägen, wie vor einem Ungewitter. Aber die feuchtere Luft, die mir um die Stirne strich, that unsäglich wohl, und ich hätte, wenn ich landkundiger gewesen wäre, am liebsten meine Wanderung die halbe Nacht hindurch fortgesetzt, nur um mir die Rückkehr zu bekannten Menschen, in das dumpfe Hotel am Strande zu ersparen.

Nicht von fern dachte ich daran, den Garten oder gar das Haus wieder zu betreten, das in der vorigen Nacht der Schauplatz jener geheimnißvollen Tragödie gewesen war. Als ich aber unvermuthet, auf der anderen Seite der Straße hinwandernd, das Gitterthor drüben erblickte und dahinter das Haus und die beiden Cypressen, die heute wie zwei Grabhüter neben dem Eingang standen, blieb ich unwillkürlich stehen und konnte die Blicke nicht davon abwenden.

Das Thor stand weit offen, ja, wie mir schien, war auch die Hausthüre unverschlossen und oben alle Fenster und Jalousieen wie gestern geöffnet, nur daß heute nirgends ein Kerzenschimmer darauf deutete, daß man noch die Rückkehr der Herrin erwarte. Auch der Ziehbrunnen streckte jetzt seinen langen Arm, der damals

kreischend auf und ab gegangen war, regungslos in den grauen
Nachthimmel hinein. Doch an dem Fenster oben, wo ich gesessen,
als mir die Mutter die lange Geschichte erzählt hatte, klapperte
und rasselte eine Jalousie, die nicht mehr gehörig befestigt war,
in der Zugluft, und durch die Bäume ging stoßweise ein Rauschen,
als ob der Ausbruch des Sturmes nahe bevorstände.

Ich konnte nicht widerstehen, ich kreuzte die Straße und
trat in den Garten. Richtig, das Haus war offen, ich hätte
ungehindert hineingehen und alle Räume durchwandern können.
Nirgends die Spur einer lebendigen Seele, nur der schwüle Athem
der Rosen und Orangenblüten, der durch die öden Gartenwege
schwebte. Ich gestehe, daß mich ein gespenstiges Grauen anwandelte.

Eben wollte ich den Rückzug antreten, als ich hinter einem
Lorbeerbusche dicht neben dem einen Thorpfeiler eine dunkle Gestalt
sitzen sah, wie es schien, auf der platten Erde, die Hände in
den Schoß gelegt, das Haupt mit einem schwarzen Tuch um-
wickelt. Ob sie mich bemerkt hatte, ob sie schlief oder wachte,
konnte ich nicht unterscheiden. Ich wußte aber im ersten Augenblick, wer da saß, und brachte es nicht übers Herz, stumm, wie
ich gekommen war, an der Aermsten wieder vorbeizugehen.

Gute Frau, sagte ich, Ihr habt Euch da kein bequemes
Quartier für die Nacht ausgesucht. Ein Gewitter wird kommen,
und dann werdet Ihr im Schlaf vom Platzregen überfallen.
Wollt Ihr nicht lieber —

Ins Haus gehen — wollte ich sagen, aber · zur rechten
Zeit fiel mir noch ein, daß man der Mutter nicht zumuthen
konnte, in jenem unheimlichen Hause zu schlafen, wo solch ein
Gräuel geschehen war.

Ich verstummte daher und stand eine Weile verlegen vor
ihr, die bei meiner Anrede ihre Haltung nicht verändert hatte,
so daß ich noch immer nicht wußte, ob sie mich sah und hörte,
oder mit offenen Augen nichts mehr um sich her vernahm.

Schon überlegte ich, ob ich nicht in einem der Nachbar-
häuser die Leute wecken und sie bitten sollte, sich der verlassenen
alten Frau anzunehmen, als plötzlich aus der dunklen Ecke hinter
dem Strauch die wohlbekannte Stimme, nur etwas heiserer und
eintöniger, mich anredete:

Ich weiß sehr gut, wer Sie sind und was Sie hier suchen, lieber Herr. Aber ich bedaure, daß Sie sich vergebens hier herausbemüht haben. Um mich machen Sie sich nur keine Sorge. Denn sehen Sie, die Jungen können sterben und die Alten müssen sterben, und der Herrgott wird wissen, warum. Es ist mir nur um meine Miranda. Wenn ich die Augen geschlossen habe, wer weiß, in welche Hände sie kommt. Nun, sie ist ein kluges Thierchen, sie wird sich wohl gut verstecken. Ja, ja, lieber Herr, so lange einer noch Zähne im Munde hat, weiß er nicht, was für Nüsse er zu knacken kriegt. Ich habe gedacht, mit mir sei's nun vorbei, da ich, Gottlob, den letzten Zahn mir vorigen Herbst ausgebissen habe an einer Pfirsich. Aber wie Gott will, wie Gott will!

Ich wunderte mich, die Alte so viel und leidlich vernünftig sprechen zu hören, nach Allem, was mir heute von ihrem Zustande gesagt worden war. Um den Faden fortzuspinnen, fragte ich, ob sie irgend etwas wünsche oder bedürfe, was ich ihr besorgen könne? Es freue mich, daß sie mich wiedererkannt habe, und sie könne zuversichtlich glauben, ich nähme wie ein alter Freund an Allem Antheil, was sie inzwischen erlebt.

Darauf antwortete sie nicht sogleich. Dann hörte ich sie nach einer Weile tief aufseufzen und mit den Nägeln auf der Schale ihrer Schildkröte klappern, wie wenn ein Fieberfrost ihre Finger convulsivisch schüttelte.

Ich danke gar schön, lieber Herr, sagte sie endlich. Ich bedarf nichts, als vier Bretter, die decken Alles zu, und mein Trost ist: wenn man nicht mehr kann, schickt Gott den Tod. Ja, ja, ja, Miranda, mein braves Thierchen, es hat nicht Jeder einen so schönen festen Panzer, wie du. Aber einmal werden wir Alle gleich, und dann thut uns kein Finger mehr weh, und dem Lamm ist es gleich, ob es der Wolf frißt, oder es muß zur Schlachtbank. Ninni nanna, mein Liebling! Schlafe du nur, es ist spät, und worauf sollen wir jetzt noch warten? Niemand kommt mehr, Nichts, was uns Freude macht, nichts Schönes, Liebes und —

Sie stockte. Ich hörte, wie ihr auf einmal die Stimme brach; aber es kam nicht, wie ich gehofft hatte, zum Weinen.

Es war, als wäre die alte Brust so ausgedörrt, daß sie eher noch Blut als Thränen hergegeben hätte.

Und auf einmal fuhr sie mit ihrer früheren Stimme fort: Haben Sie auch gehört, lieber Herr, daß die alte Cesira den Verstand verloren hat? Das haben die dummen Menschen gesagt, dicht neben mir, und ich habe mich wohl gehütet, darüber zu lachen. Denn erstens, was nicht ist, kann ja noch werden mit Gottes Hülfe, und dann, wie hätte ich ihnen zeigen können, daß ich meine paar Gedanken noch besser beisammen habe, als sie alle, ohne mein Kind zu verrathen? Nein, nein, es ist gut so. Niemand braucht es zu wissen, als der liebe Gott und die alte Cesira, nicht einmal der Pater Francesco; der am wenigsten. Ist er nicht mit Schuld daran, weil er keinen besseren Rath gewußt hat? Und wenn meine letzte Stunde kommt, Niemand brauch' ich's zu beichten, Niemand. Denn wenn es eine Sünde war, meine war's nicht; wie hätte m i r so was einfallen können! Aber eine Mutter zieht sich Alles zu Gemüth, was ihr Kind thut, ganz wie eine eigene Sache. O, wenn Sie wüßten, lieber Herr! Aber ich und Miranda, wir sind stumm wie ein paar alte Schildkröten.

Ich sah deutlich, daß ihr Geheimniß ihr das Herz abdrückte, und da ich selbst auf die Lösung des Räthsels im höchsten Grade gespannt war, wagte ich unbedenklich den Versuch, ihr das Herz auf die Zunge zu locken.

Arme Mutter, sagte ich, Ihr wißt nicht, was ich darum gäbe, wenn ich Euch Euer bitteres Schicksal erleichtern könnte. Ihr habt mich hier vor drei Tagen wie einen alten Freund aufgenommen und morgen gehe ich von hier fort, weit, weit weg, und kann nicht mehr herauskommen, in Eurer Einsamkeit Euch ein gutes Wort zu sagen und ein menschliches Herz zu zeigen. Aber die Erinnerung an Eure Tochter wird mir immer nachgehen, zumal seit ich sie in der Kirche gesehen habe, wie sie daliegt in all ihrer Schönheit, und stolz wie eine schlummernde Königin. Darum kann ich es auch nicht glauben, daß sie mit einer Sünde aus der Welt gegangen sei, und wenn ich auch nicht weiß, wie das Alles gekommen ist, ich werde nie aufhören, sie für das vollkommenste Wesen unter der Sonne zu halten.

Die Alte machte plötzlich eine Bewegung, daß das Thierchen in ihrem Schoß ängstlich wurde und mit allen Gliedmaßen zu zappeln anfing. Aber gleich sank sie wieder in ihre kauernde Unbeweglichkeit zurück.

Ihr reis't morgen fort, lieber Herr? Nun, wenn Ihr einmal wiederkommt, dann findet Ihr uns Beide nicht mehr hier im Garten, und nur fremde Gesichter; denn die Tochter wird doch nicht glücklich sein können, wo ihre Mutter ihren letzten Hauch gethan hat, wenn sie auch nicht weiß, daß sie selber Schuld daran ist. Und das soll sie auch nie erfahren, und darum ist die alte Cesira stumm gegen Alle, die es verrathen könnten. O lieber Herr, reis't Ihr denn in ganz fremde Länder, wo man andere Sprachen spricht? Nun, dann schadete es ja Nichts, wenn Ihr es wüßtet. Einer Menschenseele möcht' ich es doch aufzuheben geben. Es ist mir sonst, als wüßt' ich irgendwo einen Schatz vergraben und müßte noch einmal aus meinem Grab aufstehen, um die Stelle wieder zu suchen. Wenn sie es aber hier in der Stadt zu wissen bekämen, am Ende dächten sie, es sei eine große Sünde gewesen, und statt meine Frau Tochter ehrenvoll zu Grabe zu bringen, verweigerten ihr die Priester den Segen und das Weihwasser über ihre Gruft. Oder sie wüßten auch wohl nicht, ob sie es überhaupt glauben sollten, und meinten, die alte, verrückte Mutter habe sich's nur so zusammengeträumt.

Und doch ist Alles wahr, wie das Wort Gottes. Wo hab' ich denn den Brief, in welchem er selbst es ihr geschrieben hat, der Lorenzino? Richtig, den haben wir ja nicht aufgehoben, den hat sie selbst noch verbrannt, nachdem sie ihn mir gezeigt hatte, wobei sie sagte: Mutter, nun ist Alles aus, und das ist der Lohn für meine lange Lieb' und Treue, und daß ich lieber eine brave Frau habe sein wollen, als eine glückliche. Und das Alles sagte sie ohne ein Thräne zu weinen, mit demselben stillen Gesicht, wie sie vorgestern Abend plötzlich bei mir eintrat und Guten Abend! sagte. Ich merkte aber auf den ersten Blick, daß was Schauderhaftes geschehen war, und wie ich ihre Hand faßte, war sie so kalt, wie meine Miranda. Kind, sagt' ich, setze dich hier zu deiner alten Mammina und laß dir was zu essen bringen. Du bist so elend und schwach, wie damals als

du kamſt und zuerſt erfahren hatteſt, daß der Lorenzino dich
liebt, ſagt' ich. Laß nur, Mutter, ſagte ſie. Heut iſt's
ſchlimmer als damals, heut, ſagte ſie, werd' ich's wohl nicht
wieder überſtehen. Und da mußte ich Thür und Fenſter zu-
ſperren, daß der Giannicco nicht etwa horchen könnte, und nun holte
ſie den Brief heraus, den hatte ſie an demſelbigen Morgen erſt
erhalten, ein paar Tage nach dem Begräbniß ihres Gemahls,
und der Lorenzino hatte ihn geſchrieben in irgend einer Hütte
oben zwiſchen den Eisbergen, wo er mit der Ceſira zuſammen-
getroffen war. Es war ein ſchöner Brief, lieber Herr, ſo ehrerbietig und wohlgeſetzt, daß man ihn gleich hätte können drucken
laſſen, aber jedes Wort ein Dolchſtich in das blutende Herz
meines armen Kindes. Er wußte ja noch nichts vom Tode
des Herrn Marcheſe, die Anzeige war ihm nach Paris zugeſchickt
worden, als er ſchon weg war, um eine Reiſe durch das Gebirge
zu machen, da oben in der Schweiz. Und da hatte er die
Kleine getroffen, die er ſeit ein paar Jahren, ſeit ſie in Genf
war, nicht wiedergeſehen hatte, und nun ſchrieb er: da ſie —
nämlich meine Liſa — ihm jede Hoffnung benommen habe, er
aber ihr Bild immer noch im Herzen trage und nun ihrem
Abbild begegnet ſei, habe ſich ſein Herz ihrer Tochter zugewendet,
die ihr ſo gliche, daß er manchmal glaubte, er ſähe ſie ſelbſt;
und da er das Mädchen befragt, ob ſie ihm wohl gut ſein könne,
habe ſie ihm unter Lachen und Weinen geſtanden, daß ſie ihn
ſchon ſeit ihrer Kinderzeit im Herzen getragen habe. Er hoffe
nun, daß auch ſie und ihr Gemahl, obwohl er kein vornehmer
Herr, ſondern nur ein Künſtler ſei, ihm ihren Segen nicht verſagen würden, und wolle die Antwort in Genf abholen, wohin
er ſeiner jungen Geliebten, die mit ihren Kameradinnen dorthin
zurückkehre, auf dem Fuße folgen werde.

Ob ich ſtarr war, lieber Herr, wie ich mir dieſen Unheils-
brief hatte vorleſen laſſen, ob ich etwas Anderes zu thun wußte,
als meinen alten Kopf zwiſchen beide Hände nehmen und alle
Heiligen anrufen, das fragen Sie mich wohl nicht. Dieſe
ganze Nacht ſaßen wir beiden armen Seelen beiſammen, unten
in meinem Stübchen, und oben in den ſchönen Zimmern brannten
die Kerzen und blühten die Blumen, ohne daß ein Menſch

daran Freude hatte. Sie sprach nicht Viel, aber ich sah, daß es in ihr zuckte und brannte, wie ein Kohlenhaufen unter der Asche. Und einmal sagte sie: Kann das der Himmel verlangen, daß man sein Liebstes, um das man sich zehn Jahre gehärmt hat, hergiebt, sobald ein Andrer die Hand danach ausstreckt? Und wenn das die eigene Tochter thut, ist's darum anders? Hat sie nicht noch ein langes Leben vor sich und kann noch viel Glück finden? Muß sie ihrer Mutter gerade das Einzige nehmen, was der noch übrig geblieben ist? — Und dann stellte sie sich vor den kleinen Spiegel und nahm einen Leuchter in jede Hand und beschaute sich eine ganze Weile. Meinst du nicht auch, Mutter, sagte sie, daß ich's mit so einem jungen Lärvchen noch aufnehmen könnte, wenn ich nur wollte? Was hat sie ihm zu bieten, als ein ganz unerfahrenes Herz? O und ich, sagte sie, alle die aufgesparten Schätze — ich wollte ihn damit überschütten, ihn reich machen, wie kein König auf der weiten Welt! Meinst du nicht auch, Mutter? Wenn ich nur wollte —! — Kind, sagt' ich, du hast das Vorrecht, du bist die Mutter, du mußt ihn wählen lassen, und wenn er Augen im Kopfe hat, sagt' ich —

Aber sie ließ mich nicht ausreden. Das verstehst du nicht, Mutter, sagte sie, immer noch vor dem Spiegel. Eben weil ich die Mutter bin von so einem großen Kinde — und da ist auch die graue Strähne, sagte sie, an der ist Er freilich Schuld, aber was kümmert das die Männer, ob wir um sie alt und häßlich werden? O und mit meinem eigenen Fleisch und Blut mich zanken — um einen Mann — pfui! ich könnte mir selbst nie wieder in die Augen sehen!

Zuletzt rieth ich ihr: frage den guten Pater Francesco! nur um sie zu beruhigen. Denn mir ahnte wohl, daß es zu Nichts helfen würde. Und sie nickte dazu, und so brachte ich sie endlich dahin, da schon die Hähne krähten, daß sie sich auf mein Bett streckte, und ich blieb im Lehnstuhl am Fenster sitzen, aber weder ich noch mein Kind fand nur eine Viertelstunde Schlaf.

Am Morgen ging sie dann wirklich zum Kloster hinauf, aber wie sie wieder zurückkam, sah ich schon von Weitem an ihrer Geberde, daß es zu Nichts geholfen hatte. Geduld hatte

er ihr angerathen und Ergebung, und sie möchte der Welt ent=
sagen und den Schleier nehmen. O lieber Herr, diese Frati!
Weil sie's selbst nicht besser haben, gönnen sie's jedem Menschenkinde,
auch einmal zu fühlen, wie's ihnen in ihrer Haut zu Muth
ist. Und das Kraut Geduld wächs't nicht in jedem Garten,
und wie sie davon sprach, daß sie es erleben sollte, die Cesira
mit ihrem Lorenzino an das Sprachgitter ihres Klosters kommen
zu sehen, — Mutter, sagte sie, ich wäre im Staude, wie eine
gefangene Pantherin das Gitter zu zerbrechen und auf die beiden
Glücklichen zu stürzen: gebt mir heraus, was ihr mir gestohlen
habt, mein Herz, mein Leben, meine irdische Seligkeit!

Damals sah ich sie zum ersten Male weinen, ob vor
rabbia oder vor Gram, weiß ich nicht, aber die Thränen
erleichterten sie, und von da an war sie völlig ruhig, sprach aber
von der ganzen Sache nicht mehr, wie von dem Donnerwetter
vom vorigen Jahr. Sie aß ein wenig, und wir scherzten sogar
zusammen, daß sie mehr Wein trank als gewöhnlich. Darin
muß ich mich nun üben, sagte sie; die Klosterfrauen haben auch
kein anderes Vergnügen, als ein Glas guten Wein. Und Nach=
mittags schrieb sie einen kurzen, aber sehr freundlichen Brief
an Herrn Lorenzino nach Genf, worin sie ihm ihren Segen schickte
und tausend Grüße an seine junge Braut auftrug, der sie selbst
schreiben würde, wenn sie nicht dächte, die Nachricht vom Tode
des Vaters sei jetzt schon in ihren Händen und sie selbst unter=
wegs nach Genua.

Und diesen Brief las sie mir noch vor und fragte mich,
ob sie sich auch mit keinem Wort darin verrathen hätte. Und
dann küßte sie mich und ließ mich geloben, daß auch ich dem
Lorenzino und meinem Enkelkind nie eine Silbe von alledem sagen
wollte. Wie ich ihr das fest versprochen, schickte sie mich hinunter,
ich sollte ein paar Stunden Siesta halten, sie selbst wolle schlafen.

Ich ging aber erst in den Garten nach dem Ziehbrunnen,
meine Miranda zu holen, denn die Hände brannten mir nicht
wenig. Und nun weiß ich nicht, wie es kam, daß ich da hinter
der großen Myrthenhecke mich hinsetzte und vor Kummer und
Mattigkeit fest einschlief. Aber auf einmal weckt mich eine
Stimme, das war die Stimme meiner Lisa, die ging mit ihrem

schwarzen Sonnenschirm durch den Myrthenweg und sprach mit dem Giannicco, und keines hatte eine Ahnung, daß ich hinter der Hecke saß. Was sie schon Alles geredet haben mochten, wußt' ich nicht, ich hörte nur noch, wie meine Frau Tochter sagte: Ich weiß, Giannicco, wie lange und treu du mich geliebt hast, und daß ich keinen Menschen auf der Welt habe, der Mehr für mich zu thun Willens wäre. Wenn du mir nun diesen Liebesdienst versagst, den ich von keinem Anderen gefordert haben würde, werde ich glauben müssen, nun sei die letzte Liebe und Treue aus der Welt verschwunden, und selbst die himmlische Barmherzigkeit Gottes eine armselige Lüge. — Und dann entfernten sie sich wieder, und erst nach einer Weile, wie sie wieder den Gang herauf zu mir zurückkamen, mein Kind immer noch bemüht, ihn zu überreden zu Etwas, das ich damals nicht begriff, da hörte ich den Burschen, den Giannicco, plötzlich sagen: Nun denn, und wenn es mich die ewige Seligkeit kosten sollte, ich will es thun, Frau Lisa, aber Ihr müßt mir meinen Lohn vorauszahlen. Erlaubt mir, daß ich nur ein einziges Mal den einen Arm, den ich noch habe, um Euch schlingen und Euch ein einziges Mal auf den Mund küssen darf. Dann soll es mir gleich sein, was man auf Erden und im Himmel von mir denkt oder mit mir anfängt.

Darauf sprach meine Tochter nichts, aber nach einer kleinen Weile hörte ich den Giannicco sagen: Ich danke Euch, Madonna. Nun ist Giannicco Nichts als ein Stück von Euch, und Ihr mögt mit ihm thun, wie Euch beliebt.

Ich grübelte, wie sie nun wieder gegangen waren, meine Frau Tochter ins Haus und der Krüppel an seine Arbeit, noch eine Zeitlang über dieser wunderlichen Geschichte, kam aber dem Wahren nicht auf die Spur, und ich weiß nicht, warum ich mich schämte, mein Kind geradewegs zu befragen, was das zu bedeuten habe. Werden Sie's glauben, lieber Herr, daß ich nicht eine Ahnung hatte, was sie sich mit diesem einzigen Kuß erkaufen wollte? Erst am Morgen, wie ich sie in ihrem Bette fand, blaß wie eine Lilie, und der Giannicco war verschwunden — und nun lief das Volk zusammen, und die dummen Menschen schrieen: Er hat sie aus Wuth wegen verschmähter Liebe umgebracht! —

und Andere, die noch einfältiger waren: Er hat sie beraubt! — Der! Giannicco! O und ich, die ich mir auf die Lippen beißen mußte, daß sie zuletzt sich in die Ohren raunten: sie hat den Verstand verloren!

Und ich hab' ihn auch verloren, lieber Herr! Ich kann unsern Herrgott nicht verstehen, und warum er das Alles zugelassen hat, und vielleicht finde ich meinen Verstand wieder, da oben, wo ich nun bald hinkommen werde. Glauben Sie, daß auch unvernünftige Geschöpfe in den Himmel kommen? Ich möchte die arme Miranda gern droben wiedersehen.

*   *   *

Ich mußte ihr die Antwort schuldig bleiben. Die ersten großen Tropfen des Ungewitters schossen in den Staub herab. Wenn ich nicht hier im Hause die Nacht zubringen wollte, mußte ich auf eilige Flucht bedacht sein. Nur die Hand konnte ich der Alten haftig drücken und ihr einschärfen, ein Obdach zu suchen. Dann stürmte mich der näher und näher heranbrausende Orkan die Straße hinab, wenig geschützt durch die Mauern der kleinen Gehöfte, so daß ich das Albergo d'Europa mitten im furchtbarsten Regenguß erreichte.

Am andern Morgen, als ich bei ganz reinem Himmel auf der Bahn nach Genua fuhr, hielt in Chiavari der Zug, um einen entgegenkommenden vorbeizulassen. Ein paar Augenblicke standen die beiden Wagenreihen nebeneinander still. Ich musterte drüben die Gesichter hinter den kleinen Fenstern, an denen der Sonne wegen meist die Vorhänge herabgelassen waren. In einem Coupé der ersten Klasse schob eine kleine Hand die seidene Gardine beiseit, und ein schönes Mädchengesicht wurde einen Augenblick sichtbar, in Trauer, aber, wie es mir schien, ohne tieferen Schmerz in den Zügen. Ich erkannte sofort die Tochter, die zu ihrer Mutter eilte, nicht ahnend, wo sie sie finden sollte. Es war in der That ein Abbild, das dem Urbild gefährlich werden konnte. Und doch — für mich wenigstens, der ich eingeweiht war, stand es fest: die Mutter würde gesiegt haben, sobald sie nur gewollt hätte!

<hr>

Pierer'sche Hofbuchdruckerei. Stephan Geibel & Co. in Altenburg.